广 视 角 · 全 方 位 · 多 品 种

权威 · 前沿 · 原创

社会蓝皮书

BLUE BOOK
OF CHINA'S SOCIETY

2011年
中国社会形势分析与预测

主 编／汝 信　陆学艺　李培林
副主编／陈光金　李 炜　许欣欣

SOCIETY OF CHINA
ANALYSIS AND FORECAST(2011)

社会科学文献出版社
SOCIAL SCIENCES ACADEMIC PRESS (CHINA)

法 律 声 明

  "皮书系列"（含蓝皮书、绿皮书、黄皮书）为社会科学文献出版社按年份出版的品牌图书。社会科学文献出版社拥有该系列图书的专有出版权和网络传播权，其 LOGO（ ）与"经济蓝皮书"、"社会蓝皮书"等皮书名称已在中华人民共和国工商行政管理总局商标局登记注册，社会科学文献出版社合法拥有其商标专用权，任何复制、模仿或以其他方式侵害（ ）和"经济蓝皮书"、"社会蓝皮书"等皮书名称商标专有权及其外观设计的行为均属于侵权行为，社会科学文献出版社将采取法律手段追究其法律责任，维护合法权益。

  欢迎社会各界人士对侵犯社会科学文献出版社上述权利的违法行为进行举报。电话：010－59367121。

社会科学文献出版社

法律顾问：北京市大成律师事务所

社会蓝皮书编委会

主要编撰者简介

汝　信　男，教授，汉族，1931 年出生，江苏吴江人。1949 年毕业于上海圣约翰大学，1956 年攻读著名学者贺麟先生黑格尔哲学专业研究生，毕业后留哲学所从事研究工作，1978 年晋升研究员，任哲学所副所长，1981～1982 年，在美国哈佛大学做访问学者，1982～1998 年任中国社会科学院副院长，并曾兼任哲学所所长，国务院学位委员会副主任。现任中国社会科学院学部委员、咨询委员会顾问。在国内外学术机构中曾担任的主要职务有：中华全国美学学会会长、中国政治学会会长以及国际哲学与人文科学理事会副主席、东德科学院外籍院士、韩国启明大学名誉哲学博士等。主要从事西方哲学史特别是德国古典哲学、美学的研究。主要著作有：《黑格尔范畴论批判》（与姜丕之合著，上海人民出版社，1961）、《西方美学史论丛》及《西方美学史论丛续编》（上海人民出版社，1963）、《西方的哲学和美学》（山西人民出版社，1978）、《美的找寻》（中国社会科学出版社，1992）。此外还有译著多种，并主编《西方著名哲学家评传》（10 卷）、《世界文明大系》（12 卷）和《当代韩国》（季刊）等。

陆学艺　男，江苏无锡人，研究员。曾任中国社会学会会长、中国社会科学院社会学研究所所长。现任中国社会科学院社会政法学部荣誉学部委员、中国农村社会学研究会会长。主要研究领域：农村经济社会的发展研究。曾就农村实行家庭联产承包责任制、农村改革和发展等问题发表了大量的论文、调查报告和著作，主要有《农业发展的黄金时代》、《联产责任制研究》、《当代中国农村与中国农民》等。主编了《社会主义初级阶段中的社会学》、《社会学》、《中国社会发展报告》、《中国社会形势分析与预测》、《当代中国社会阶层研究报告》、《当代中国社会流动》、《当代中国社会结构》等著作。

李培林　男，山东济南人。博士，研究员，中国社会科学院社会学研究所所长，中国社会学会会长，《社会学研究》主编。主要研究领域：发展社会学、组织社会学、工业社会学。主要代表作：《村落的终结》、《社会结构转型——中国经济体制改革的社会学分析》、《和谐社会十讲》、《另一只看不见的手——社会结构转型》、《转型中的中国企业：国有企业组织创新论》（合著）、《新社会结构的生长点》（合著）、《社会冲突与阶级意识——当代中国社会矛盾问题研究》（合著）、《国有企业社会成本分析》（合著）、《中国社会发展报告》（主编）、《中国新时期阶级阶层报告》（主编）等。

陈光金 男，湖南醴陵人。博士，研究员，中国社会科学院社会学研究所副所长。主要研究领域：农村社会学、社会分层与流动、私营企业主阶层。主要研究成果：《中国乡村现代化的回顾与前瞻》、《新经济学领域的拓疆者——贝克尔评传》、《当代中国社会阶层研究报告》（合著）、《当代英国瑞典社会保障》（合著）、《内发的村庄》（合著）、《中国小康社会》（合著）、《当代中国社会流动》（合著）、《多维视角下的农民问题》（合著）、《当代中国社会结构》（合著）等。

李　炜 男，陕西西安人。博士，副研究员，中国社会科学院社会学研究所社会发展研究室主任。主要研究领域：发展社会学、社会分层、社会研究方法。主要研究成果：《当代中国社会阶层研究报告》（合著）、《当代中国社会流动》（合著）、《农民工在中国社会转型中的经济地位和社会态度》（论文/合著）、《当代中国社会阶层的主观性建构和客观实在》（论文/合著）、《中韩两国社会阶级意识比较研究》（论文）。

许欣欣 女，北京人。博士，中国社会科学院社会学研究所研究员。1996～2007年，先后于美国哥伦比亚大学、杜克大学，韩国国立首尔大学，德国柏林自由大学做访问学者。主要研究领域：社会结构变迁、社会分层与社会流动、农村社会学。主要研究成果：《当代中国结构变迁与社会流动》（专著）、《中国城镇居民贫富差距演变趋势》（论文）、《从职业评价与择业取向看中国社会结构变迁》（论文）、《社会、市场、价值观：整体变迁的征兆》（论文）、《中国乡村建设与改造的案例研究》（研究报告）、《韩国农协的形成与发展及其对中国的启示》（论文）、《中国农民组织化与韩国经验》。

中文摘要

本报告是中国社会科学院"中国社会形势分析与预测"课题组的 2010 年年度分析报告（社会蓝皮书），由中国社会科学院社会学研究所组织研究机构专家、高校学者以及国家相关部委研究人员撰写。

本报告指出，在应对国际金融危机挑战的过程中，中国国民经济和社会发展经历了诸多严峻挑战，保持了宏观经济运行的连续性和稳定性，进入了新成长阶段。2010 年中国经济开始回暖、就业情况明显好转。2010 年，中国经济总量将超过日本，成为世界第二大经济体，但人均国民收入仍处于世界低位，改善民生任重道远。在新成长阶段，转变发展方式、改善和保障民生、实现全面建设小康社会的目标，成为中国的发展主题。

本报告多篇文章对 30 年来中国收入分配格局的变化、2010 年的收入分配形势和政策变化以及居民生活消费新趋势进行了分析，居民收入和消费水平都在继续提高，但差距问题依然严峻；在物价不断上涨以及其他经济社会因素的影响下，居民生活消费信心有所下滑，对物价波动的承受力显得脆弱。亟需进一步提高收入水平、缩小收入差距、规范收入分配秩序，合理控制物价水平，提振国民的生活消费信心，增强经济社会持续发展的社会基础。

就业、社会保障、医疗卫生体制和教育制度改革，是本报告持续关注的重点民生领域。这些领域的民生状况日益得到改善，但问题仍然突出。社会就业压力在新的形势下仍不容小觑，新生代农民工的就业和社会融合面临新的挑战，大学毕业生 5 年之内才能基本实现完全就业。社会保险工作取得进展，首部《社会保险法》终于颁布，但在提高社会保险覆盖率和保险水平、改革社会保险运行体制机制、保障公民相关权益以及加强社会救助等方面还有许多工作要做。医疗卫生体制改革在地方取得原则性进展，但公立医院改革相对滞后，药品制度改革还面临若干阻碍。2010 年是中国教育改革的筹划布局之年，面向未来的教育改革的价值、方针、目标、任务已基本确定，各地教育政策创新进入新的阶段，但也出现了一些新的热点问题。

社会阶层结构的进一步调整，阶层关系的进一步调节，是中国经济社会发展进入新成长阶段后的一个重要任务。近年来，中国的工人、农民、私营企业主等三大重要社会阶层都取得了新的发展，相关政策创新为他们进一步发展创造了新的政策和制度环境。与此同时，劳资关系仍然显得紧张，如何有效地保护劳动者权利的问题值得深入思考；以土地用途转换和土地权益流转为核心的土地收益分配，成为农村社会问题焦点；地方政府债务风险的增加对官民关系的影响也不容忽视。

总的来说，在新的经济社会发展形势下，中国的社会建设将涉及更为广泛的领域，需要按照中央提出的社会建设战略，立足现实，面向未来，对社会建设工作框架进行科学构思和设计。在这方面，本报告进行了探索性的尝试。

在即将来临的 2011 年，全社会都期盼着经济发展、民富国强、公平正义、社会和谐、生活安全、生态良好的包容性增长时代的到来。

Abstract

This is the 2010 Annual Report (the Blue Book of China's Society) from the Research Group on "The Analysis and Forecast of China's Social Development", issued by Chinese Academy of Social Sciences (CASS). Researchers and scholars from various research institutions, universities and government departments report on statistical data released by the government or social science surveys.

The report notes that, in 2010, under the background of the international financial crisis, China has made great effort to maintain the consistency and stability of macro economic policy, and China has stepped into a new stage of social development and economic growth. In 2010, China's economy begins to recover, and the employment situation has improved dramatically. By the end of 2010, China's Gross National Product (GNP) will overtake Japan, being the second largest world economy. However, our per capita income still ranks far below average among other countries, which requires us to make full efforts to improve people's well-being. At this new stage, the themes of China's development include the transformation of economic development mode, improving and safeguarding people's well-being, and the realization of moderately prosperous society in all respects.

Several chapters in the report provide detailed review on the structural changes of China's income distribution during the past 30 years and its current status. The report also interprets newly adopted policies and examines recent trend of consumer consumption. The analysis demonstrates that, although both income and consumption keep rising, the income gap among different social strata is widening, accompanied with soaring commodity prices and declining consumer confidence. With the consideration of multiple social and economic uncertainties, people's endurance on price fluctuation becomes more fragile. Therefore, we need to take action to boost the rate of increase on salaries, bridge the gap on economic well-being among different groups of people, and reformulate regulations to bring equity to the area of income distribution. In addition, it is critical to control the price on necessities to reinstate consumer confidence and reinforce the foundation for social and economic development.

The report sets its priority on the areas which include employment situation, social security system, healthcare reform, and education reform. Although we have made dramatic progress in these areas, there are still many problems. We are facing challenges on how to create new jobs and how to integrate new generation of migrant workers into the fast changing society. Also, it takes 5 years for students to be absorbed into the labor market after their graduation. The establishment of social security system has made great achievement, which is exemplified by the promulgation of the first Social Insurance Law. However, there is a long way to go before we can finally realize a wide coverage on social insurance. Meanwhile, it is urgent for us to reform the mechanism on how the social insurance system functions, and there is room to improve in terms of protecting citizens' rights and installing a well-functioned social assistance system. We have made breakthrough in the area of regional healthcare reform, but the public hospital's reform still lagged far behind. China's education reform launched its strategic planning to finalize the principles and goals for its future development. Currently, local governments take initiatives to implement new education policies, although there still have many unresolved issues.

Further, it is essential to maintain a stable social structure when we are stepping into a new stage of social and economic development. Therefore, the structure of social strata needs to be adjusted, and the relationship between different social groups needs to be realigned. During recent years, we have witnessed dramatic development for the working class, the peasants, and the private entrepreneurs. Meanwhile, policy innovation provides amicable environment for their growth. However, we must give more thoughts on how to protect workers' rights effectively. The transformation of land usage and the transferability of land property rights are important subjects in China's rural society. Meanwhile, we should not underestimate the increasing risk of local debt and its impact on the relationship between government and the public.

In general, China's social construction will step into a new area. We need to adhere to the strategy on social construction proposed by the central government, and take both current situation and future development into consideration. In this regard, the report is an experiment on how to integrate scientific ideology into social construction and how to design its framework.

The upcoming 2011 will be a year that China will look forward to a stronger economic growth and a prosperous society. In 2011, we will witness a society with better living standard and greater social justice and equity. Also, we will improve social harmony, and adjust our development mode to be ecologically compatible.

前　言

本书是中国社会科学院"社会形势分析与预测"课题组第 19 本分析和预测社会形势的年度社会蓝皮书。

2011 年的社会蓝皮书内容有以下几个突出的方面。

1. 中国在新成长阶段要加强社会建设

国际金融危机之后，尽管经济形势还存在一些不确定因素，但中国的改革发展实际已经进入了一个新的成长阶段。加快社会建设步伐，为国民经济持续健康发展开掘新的动力源泉，为社会和谐稳定和国家长治久安建立广泛的社会基础，是中国在这个新成长阶段所面临的重大任务。

2. 当前我国社会进入矛盾多发时期

经济社会发展还面临许多社会矛盾和挑战，实际上进入了社会矛盾多发时期。城乡收入差距、地区收入差距以及社会阶层收入差距持续拉大。劳动争议案件高位增长，各种群体性事件不断发生。社会安全形势比较严峻，矿难事故不断，食品药品安全问题频发，环境灾难事件急剧增加、危害日益凸显。对这些问题，我们必须从战略的高度加以重视。

3. 城市化成为推动发展的新动力

随着人们生活方式的改变，城市化成为继工业化之后，推动我国经济社会快速发展的新动力，成为推进新型工业化、加快发展第三产业、解决就业、扩大内需的重要举措。破除城乡二元结构、实现城乡一体化发展成为国家的重要发展目标。

本书的作者来自专业的研究和调查机构、大学以及政府有关研究部门，除总报告外，各位作者的观点，只属于作者本人，既不代表总课题组，也不代表作者所属的单位。

本书涉及的大量统计和调查数据，由于来源不同、口径不同、调查时点不同，所以可能存在着不尽一致的情况，请在引用时认真进行核对。

　　本课题的研究得到中国社会科学院的重点资助，本课题的研究活动的组织、协调以及总报告的撰写，均由中国社会科学院社会学研究所负责。

　　本年度"社会蓝皮书"由李培林、陈光金、李炜、许欣欣、张丽萍、范雷、刁鹏飞、田丰、崔岩负责统稿，汝信、陆学艺审定了总报告，胡刚负责课题的事务协调和资料工作。社会科学文献出版社社长谢寿光及本书编辑邓泳红、王颉、吴丹为本书的出版做了大量工作，在此表示诚挚谢意。

编　者

2010 年 11 月 20 日

目 录

ℬ Ⅰ 总报告

ℬ Ⅱ 发展篇

ℬ Ⅲ 调查篇

Ｂ Ⅳ　专题篇

Ｂ Ⅴ　阶层篇

Ｂ Ⅵ　附录

皮书数据库阅读 使用指南

CONTENTS

B I General Report

B II Reports on Social Development

社会蓝皮书

₿ Ⅲ   Reports on Social Survey

₿ Ⅳ   Reports on Special Subjects

ꓭ V   Reports on Social Strata

ꓭ VI   Appendix

总报告

General Report

B.1

新成长阶段的中国社会建设

——2010~2011年中国社会发展形势分析与预测

中国社会科学院"社会形势分析与预测"课题组

李培林　陈光金　李炜　田丰 执笔*

摘　要：在应对国际金融危机的过程中，中国国民经济和社会运行经历了诸多严峻挑战，保持了宏观经济政策的连续性和稳定性，进入了新成长阶段。2010年，中国经济开始回暖，就业情况明显好转，城乡居民的收入水平进一步提高，国内消费增长加快了步伐。世博会、亚运会在中国成功举办。到2010年底，中国的经济总量将超过日本，成为世界第二大经济体，但人均国民收入仍处于世界低位，改善民生的任务任重道远。在人民币升值的预期下，物价呈现上涨趋势，对低收入群体的生活产生严重影响。在新成

---

* 李培林，中国社会科学院社会学研究所所长、研究员；陈光金，中国社会科学院社会学研究所副所长、研究员；李炜，中国社会科学院社会学研究所副研究员；田丰，中国社会科学院社会学研究所助理研究员。

长阶段，转变发展方式、改善和保障民生、实现全面建设小康社会的目标，将成为中国的发展主题。

关键词： 社会建设　改善和保障民生　转变发展方式

2010 年是中国实施"十一五"规划的最后一年。"十一五"是全面建设小康社会的关键时期，在此期间，中国国民经济和社会运行经历了诸多严峻挑战，克服了金融危机、汶川和玉树地震等带来的不利影响，保持了宏观经济政策的连续性和稳定性，进入了新成长阶段。2010 年，中国经济明显回暖、社会建设加快步伐，世博会、亚运会成功举办。到 2010 年底，中国的经济总量将超过日本，成为世界第二大经济体，但人均国民收入仍处于世界低位，改善人民生活任重道远。2010 年10 月召开的中共十七届五中全会，通过了关于制定"十二五"规划的建议，为人们展现了中国未来五年发展的路线图。2010 年是承前启后的一年，也是充满希望的一年，中国将以崭新的姿态迎接下一个五年规划的到来。在新成长阶段，转变发展方式、改善和保障民生、全面实现小康社会，将成为中国的发展主题。

一 "十一五"时期社会建设总结与"十二五"时期展望

2010 年是中国第十一个国民经济和社会发展五年规划的最后一年。回顾五年的发展历程，与此前各个"五年规划"时期相比，"十一五"时期可以说是一个经济社会发展战略和发展方式大调整的时期。从战略调整上看，2006 年以来，以党的十六届六中全会作出的《关于构建社会主义和谐社会若干重大问题的决议》为标志，在全面总结新时期中国经济体制深刻变革、社会结构深刻变动、利益格局深刻调整、思想观念深刻变化以及面临的各种矛盾和问题的基础上，社会主义和谐社会建设从新型执政理念进入实际操作过程。2007 年，党的十七大胜利召开，大会政治报告全面论述了中国特色社会主义理论体系，把以人为本的科学发展观作为引领新时期经济社会发展的根本指导思想，正式提出社会建设战略，并将其放在与政治建设、经济建设和文化建设同样重要的地位，形成"四位一体"的新型发展战略，要求不断推进政治民主、国家法治、经济发展方式转变、和谐社会建设。随后不久，生态建设也被提升到战略地位，构成了新时期五大发展战略。2010 年 10 月，中共十七届五中全会审议通过了《中共中央关于制定国民经济和社会发展第十二个五年规划的建议》（以下简称《建议》）。《建议》突出了三个重点，即转变经济发展方式、注重保障和改善民生、全面推进各领域改革。《建议》强调，坚持发展是硬道理的本质要求，就是坚持科学发展，更加注重以人为本，更加注重全面协调可持续发展，更加注重统筹兼顾，更加注重保障和改善民生，促进社会公平正义。

1. "十一五"时期经济继续保持快速稳定增长

按不变价计算，2005～2009年，国内生产总值增长了54.5%，年均增长11.5%；人均国内生产总值增长了50.7%，年均增长10.8%。经济结构有所调整，2005～2009年，第一产业增加值比重从12.1%下降到10.3%，第二产业增加值比重从47.4%降至46.3%，第三产业增加值比重从40.5%提升至43.4%，这些变化标志着中国工业化进程已经进入中期阶段。特别值得一提的是，在发生大冰灾、大地震以及各种严重水旱灾害的情况下，农业生产形势仍然向好，粮食总产量持续多年保持增长态势，国家粮食安全得到了较好的保障。总的来说，中国经济进入了新成长阶段。

2. "十一五"时期的社会法制建设取得显著进展

社会立法和相关制度建设取得显著进展。2007年颁布新的《劳动合同法》，为调节劳资关系提供了法律保障；2007年颁布的《物权法》虽然属于经济法的范畴，但对私人财产正式赋予了合法地位，使其受到法律保护，这也是中国公民权利建设的一大跨越；2009年9月，《中共中央国务院关于深化医药卫生体制改革的意见》向全社会公布，强调了医药卫生事业的公益性，为解决看病难的问题指明了政策方向；2010年7月，《国家中长期教育改革和发展规划纲要（2010～2020)》发布，成为指导未来十年中国教育发展的纲领性文件；2010年10月，《社会保险法》颁布，这是国家最高立法机关首次就社会保障制度进行立法，为社会保障的全国统筹奠定了法律基础。

3. "十一五"时期城乡居民生活得到明显改善

国家为理顺收入分配秩序，调节收入分配差距，不断创新制度和政策。为了增加农民收入，国家先后出台了十项针对农户的补贴政策，为此国家每年投入数以百亿元计的财政资金，改善了农户的农业生产经营条件，增加了农户农业经营收入。为解决劳动报酬在国内生产总值中所占比重偏低并且持续下降的问题，国家不断提高最低工资标准，推行工资集体协商制度，加大工资拖欠清理力度。为

了缩小基于城乡居民收入差距而形成的城乡居民消费差距，推行了家电下乡、汽车下乡、建材下乡等一系列优惠措施，国家为此提供巨额补贴。"十五"期间，城镇居民人均可支配收入年均增长9.6%，农村居民人均纯收入年均增长5.3%；"十一五"期间，这两个指标分别提高到10.2%和8.3%。

4. "十一五"时期覆盖城乡的社会保障体系建设快速推进

2006年提出建立和完善覆盖城乡的社会保障体系目标之后，相关工作快速推进。进一步完善了城镇最低生活保障制度并实现全覆盖，建立了农村最低生活保障制度并且基本做到应保尽保，城乡居民最低生活保障水平不断提升。农村新型合作医疗制度不断推进，到2009年基本实现全面覆盖，提前实现了《中共中央、国务院关于进一步加强农村卫生工作的决定》提出的到2010年实现全覆盖的目标。城镇基本养老保险、基本医疗保险、失业保险、工伤保险、生育保险等主要社会保险制度的覆盖率不断提高，多数险种的参保人数增长速度明显加快。"十五"期末，失业保险、城镇职工基本医疗保险、工伤保险和生育保险四大险种参保人数，分别比"九五"期末增加239万人、7158.9万人、4127.7万人和2406.9万人；2009年，失业保险、城镇职工基本医疗保险、工伤保险和生育保险四大险种参保人数，分别比"十五"期末增加2067.8万人、6388.8万人、6417.5万人和5467.2万人。2010年，新型农村养老保险已经覆盖全国农村近30%的县。另外，"十一五"期间，农民工的社会保险日益受到全社会关注和政府的高度重视，开始将其纳入城镇社会保险体系，并且建立了旨在解决严重影响农民工参保积极性的社会保险转移接续制度。在教育领域，针对以往教育产业化带来的中低收入家庭子女上学难问题，国家采取了一系列措施促进教育公平，取消了全国义务教育阶段的学杂费，初步构建起针对贫困学生的助学制度和政策体系，特别是国家助学金制度。

5. "十一五"时期社会组织和公民意识加快发育成长

2009年，全国在民政部门登记注册的民间社会组织达43.1万多个，比2005年增长11.1万多个，增幅为34.8%；其中社会团体增加近6.8万个，增幅为39.5%；民办非企业单位增加约4.3万个，增幅为29.0%；基金会增加868个，增幅为89.0%。与此同时，全社会的公民意识也显著发育成长，尤其是2008年的汶川地震和北京奥运会，对激发公民的志愿精神产生了巨大作用，志愿者人数大幅增长，社会捐赠也明显增加。国家对民间社会组织和志愿者的发展提供了越来越多的支持，党的十六届六中全会《关于构建社会主义和谐社会若干重大问题的决定》、十七大政治报告，以及十七届五中全会报告，都强调要改革社会管理体制，发展社会组织，建设宏大的社会工作人才队伍，这些都将对中国公民、社会的成长发挥积极作用。

应该承认，"十一五"期间的经济社会发展还面临许多社会矛盾和挑战，实际上进入了社会矛盾多发时期。城乡收入差距、地区收入差距以及社会阶层收入差距持续拉大。劳动争议案件高位增长，各种群体性事件不断发生。社会安全形势比较严峻，矿难事故不断，食品药品安全问题频发，环境灾难事件急剧增加、危害愈益凸显。对这些问题，我们必须从战略的高度加以重视。

"十一五"时期即将结束，"十二五"时期即将到来，改善民生将成为"十二五"期间各类工作的出发点和落脚点。总结过去，展望未来，我们相信，"十二五"时期将成为党和政府的工作重心进一步调整、社会建设事业全面推进、民生得到显著改善的五年，也将是各种社会矛盾冲突逐步化解、社会更加和谐稳定的五年。

二　2010 年社会建设总体形势

2010 年中国经济率先迈出低谷走向复苏，对世界经济的增长作出了巨大贡献。在经济回暖的带动下，城镇化进程加快，民生问题得到改善，居民消费快速增长。

1. 经济增长稳步回升，转变发展方式加大力度

中国经济继续保持在 10% 左右的高位增长态势。预计全年国内生产总值总额将突破 37 万亿元，人均 GDP 将达到 4000 美元左右。从投资、消费和出口三大需求对经济增长的贡献来看，政府投资对经济增长的带动减少，最终消费需求基本保持稳定，外贸出口基本恢复，三大需求对经济增长的贡献逐步趋于合理。2010 年粮食再获丰收，总产 10800 亿斤左右，实现连续第 7 年增产。前三季度，猪牛羊禽肉产量 5439 万吨，同比增长 2.6%。

2010 年中国经济增长速度呈现"前高后低"的态势。这一方面是由于财政扩张和货币宽松政策的逐步淡出，另一方面是因为 2010 年加大了经济结构调整力度，出台了一系列控制房地产市场泡沫的调控措施，并采取各种措施确保实现"十一五"时期节能减排既定目标。经济适度增长，既是转变经济发展方式和产业结构升级的必然要求，也是中国政府主动加强经济运行宏观调控政策引导的结果。

总的来说，2010年初中央经济工作会议确定宏观经济政策的三大目标，即保持经济平稳较快发展、着力推进经济结构调整、加强资产泡沫与通胀预期管理，都顺利实现。但是，扩大内需、增强内需拉动经济增长作用的任务依然艰巨。

2. 城乡居民生活水平继续提升，物价上涨趋势需要警惕

2010年城乡居民收入继续增长，农村居民收入增速有望快于城镇居民。前三季度，城镇居民人均可支配收入达到14334元，扣除物价因素后，实际增长7.5%；农村居民人均现金收入达到4869元，扣除物价因素后，实际增长9.7%，农民人均纯收入全年增长预期超过8%，有望超过城镇居民人均可支配收入增长的速度。

居民消费保持快速增长势头。前三季度，社会消费品零售总额达到111029亿元，同比增长18.3%。汽车、家具、家电等热点消费品增长率仍然保持在较高水平，截至2010年9月底，分别比2009年同期增长了34.9%、38.4%和28.1%，但在国家房地产调控的大背景下，住房、建材等2009年热点消费品的增长幅度有所下降。住房和城乡建设部、财政部、发改委等六部委已联合发布《关于开展推动建材下乡试点的通知》，期望像汽车下乡、家电下乡一样，进一步拉动农村消费市场。

居民消费价格进入上行轨道，物价涨幅过大。受极端天气、重大灾害引发的未来农产品价格的上涨预期影响，5月份居民消费价格指数（CPI）同比增长突破3%；7~10月份居民消费价格指数分别同比上涨3.3%、3.5%、3.6%和4.4%，逐月攀升。前三季度居民消费价格指数总体涨幅为2.9%，但其中食品价格上涨6.1%，对居民生活，特别是低收入群体的生活产生严重影响。全年居民消费价格指数涨幅预计会超过3%的调控目标，物价上涨趋势应引起高度警惕。

3. 城市化进程加快，城乡一体化快速推进

随着人们生活方式的改变和土地价格的上涨，城市化成为继工业化之后，推动我国经济社会快速发展的新动力，成为推进新型工业化、加快发展第三产业、解决就业、扩大内需的重要举措。破除城乡二元结构、实现城乡一体化发展成为各地的重要发展目标。中国已经进入了城市化水平快速增长的时期，城市化水平从2005年的42.99%提高到2009年的46.59%，年均增加0.9个百分点。2010年，我国城市化水平将达到近48%，并将在"十二五"期间突破50%的临界点。

在一些经济比较发达的地区，人口向城市的集中、农村居民向城镇转移、农民生活方式的改变、城乡社会管理体制的统一，开始成为新的发展主题。

但是，在城市化的过程中，"土地城市化"快于"人口城市化"的问题比较突出，在土地增值成为地方财政收入重要来源的刺激下，新一轮"土地置换"形成热潮。

4. 就业形势有所好转，劳动就业总量压力和结构性矛盾同时并存

2010年就业形势与2008年和2009年相比，总体情况有所好转。1～10月，全国累计实现城镇新增就业人员1020万人；下岗失业人员实现再就业450万人；就业困难人员实现就业129万人。截至第三季度末，全国城镇登记失业率为4.1%，农村外出务工人员同比增长6.7%。

在东南沿海制造业集中的地区，结构性的"招工难"问题再次出现，这一方面反映了劳动力市场供求关系的深刻变化，另一方面也反映了劳动力素质与产业结构调整需求的不匹配状况。面对高校毕业生就业难的严峻形势，人力资源与社会保障部、教育部等六部委联合发布《关于实施2010年高校毕业生就业推进行动大力促进高校毕业生就业的通知》，截至2010年7月1日，全国普通高校毕业生就业率为72.2%，同比增长4.2个百分点；实现就业人数455.6万人，同比增长40余万人。

但就业形势依然不容乐观，劳动就业总量压力和结构性矛盾同时并存。高校毕业生630万人，加上初高中毕业后不再继续升学的学生600万人，另外还有大量的城镇下岗失业人员和军队退伍人员，全年需要就业的人员规模在2400万人左右。

5. 民生保障力度加大，覆盖城乡的社会保障体系不断完善

新型农村养老保险试点工作稳步推进。这是继农村新型合作医疗制度基本覆盖全国农村之后，在农村进行的又一项具有历史意义的大事业，它将逐步结束千百年来农民只能依赖家庭代际养老的历史。截至2010年9月底，全国已有508个县和4个直辖市开展了试点，参保人员6719万人，其中领取养老金人数1827.8万人，发放基础养老金118亿元。第四季度新农保试点进一步增加330个县，从而使全国进行新农保试点的县达到838个，占全国2800个行政县的近30%。

各项社会保险覆盖范围继续扩大。截至2010年9月底，基本养老、基本医

疗、失业、工伤、生育保险的参保人数，分别为 25025 万人、42072 万人、13147 万人、15871 万人、11973 万人，分别比上年底增加 1475 万人、1925 万人、431 万人、975 万人和 1097 万人。

企业养老保险的社会化程度逐步提高。全国纳入社区管理的企业退休人员达到 4091 万人，占全部企业退休人员的 75.6%，比上年底提高 0.4 个百分点。此外，截至 2010 年 9 月底，全国领取失业保险金人数 211 万人，比上年底减少 24 万人；失业保险基金支出 241.9 亿元，比上年同期增加 22.8 亿元，增长 10.4%。

6. 教育改革纲领性文件颁布，基本公共教育服务均等化逐步实现

2010 年教育发展与改革进程中的一件大事是，7 月份中共中央、国务院颁布了《国家中长期教育改革和发展规划纲要（2010~2020）》（以下简称《规划纲要》）。这是 21 世纪我国第一个教育改革发展规划纲要，是我国教育改革发展史上一个新的里程碑。《规划纲要》中明确提出，要把教育摆在优先发展的战略地位，2012 年国家财政性教育经费支出占国内生产总值比例要达到 4%；要把促进公平作为国家基本教育政策，保障公民依法享有受教育的权利。

我国处于义务教育阶段的在校学生有 1.6 亿人，其中大部分居住在农村和中西部地区。教育作为一项基本公共服务，要坚持公益性和普惠性，推进基本公共教育服务均等化。

7. 房地产调控政策密集出台，住房价格有望企稳

如何在控制房价的同时满足人民群众日益增长的住房需求，特别是新进入工作岗位的中低收入青年人的住房需求，是当前改善和保障民生的一个重点。近两年，房价过高、增长过快的情况，大大增加了普通民众解决住房问题的难度，引起了群众的普遍不满，房价也成为媒体和舆论的焦点。从 2010 年初开始，中央为遏制住房价格过快上涨，采取了一系列调控政策。1 月，国务院办公厅发布了旨在增加保障性住房和普通商品住房供给、合理引导住房消费、抑制投机性购房需求的《关于促进房地产市场平稳健康发展的通知》（以下简称"国十一条"）；2 月，银监会发出《关于加强信托公司房地产信托业务监管有关问题的通知》，加强了对市场风险的监管；4 月，住房和城乡建设部发布《关于进一步加强房地产市场监管完善商品住房预售制有关问题的通知》，国务院连续出台《差别化住房信贷政策》和《国务院关于坚决遏制部分城市房价过快上涨的通知》，明确提出可以根据实际情况，采取临时性措施，在一定时期内限定购房套数；紧接着住房和城乡建设部连续发出《关于加强经济适用住房管理有关问题的通知》和《关于加强廉租住房管理有关问题的通知》，规范准入审核，加强交易管理；5 月份以后，中国人民银行年内多次上调存款准备金率；9 月底，央行与银监会联合推出五条措施（即"新国五条"），加大贯彻落实房地产市场宏观调控政策措施的力度、完善差别化的住房信贷政策、增加住房的有效供给、加快推进房产税改革试点工作等，以巩固房地产市场调控成果。

可以说，2010 年是近年来我国出台房地产调控政策最密集、最严厉的年度。在一系列房地产调控政策出台后，一线城市房地产市场量跌价滞，房价企稳迹象明显。根据发改委公布的对 70 个大中城市监测数据，截至 2010 年 9 月份，全国70 个大中城市房屋销售价格同比上涨 9.1%，环比上涨 0.5%。然而，住房价格上涨的压力依然很大，部分城市新建商品房价格仍呈现涨幅较大的情况，控制住房价格上涨仍需出台更有力的措施，严防房地产市场泡沫的增加。

三　2010 年社会建设面临的主要矛盾和挑战

2010 年，中国经济社会快速发展的同时，也面临各种挑战和社会问题。特别是收入分配问题、劳动关系问题、物价房价问题等，比较突出。

1. 经济运行进入新成长阶段，发展模式亟待转变

2010 年中国经济运行进入相对较为平稳的时期。这次国际金融危机的冲击，暴露了我国经济增长过分依赖出口和投资所潜在的危险，1980～2008 年，世界平均外贸依存度由 34.87% 提高到 53.3%，同期我国外贸依存度从 12.5% 提高到59.2%，特别是加入 WTO 后的 2001～2008 年，我国外贸年均增速比世界贸易年均增速高 11.1 个百分点，外贸依存度相应上升了 20.7 个百分点。当危机冲击从金融领域扩散到实体经济领域后，过去传统的经济增长模式受到严重制约，暴露出经济总量较大，而经济结构和经济效率不高的粗放型增长，以及内需长期难以拉动的问题，过度依赖出口也加剧了我国和其他国家在贸易方面的矛盾与摩擦。因而，推动产业结构转型升级，通过提高个人消费来拉动经济增长，调整中国经济在世界经济产业格局中的位置，是中国转变经济发展方式的重点内容。

2. 部分地区劳动关系冲突显化，新生代农民工备受关注

2010 年，随着初级劳动力市场供求关系发生变化，以及新生代农民工的维

权意识明显增强，在我国部分产业集中的地区，劳动关系呈现紧张局面，劳动关系冲突显化。上半年，在珠三角地区，以南海本田工厂为代表的一些以加薪为目的的集体停工事件，产生了"蝴蝶效应"，波及沿海其他地区。而富士康企业员工的连续跳楼自杀事件，震惊全社会。2010 年 1 月 23 日至 2010 年 5 月 26 日，在短短的四个多月的时间内，深圳市台资企业富士康厂区内，连续发生十余起令人震惊的新生代农民工的跳楼自杀事件，造成 10 余人死亡、数人伤残的悲惨结局。这些事件折射出新生代农民工的维权意识的增强和对和谐体面劳动关系的渴望。维护普通劳动者的权益，关注劳动者心理健康，需要落实到制度保障上。

"新生代农民工"的问题已经受到中国政府的高度关注。2010 年中央一号文件《中共中央、国务院关于加大统筹城乡发展力度进一步夯实农业农村发展基础的若干意见》，第一次在中央正式文件中使用了"新生代农民工"的概念。新生代农民工是指"80 后"一代的农民工，据估计，新生代农民工有 1 亿人左右。与老一代农民工相比，新生代农民工更渴望融入城市，希望能够实现从农民身份向城市市民身份的转变。可以说，农民工的市民化已经成为解决半城市化问题的关键。在经济社会发展和积极稳妥推进城镇化的过程中，推动城乡一体化和逐步解决好进城农民工的市民化问题，是缩小城乡差距，实现社会公平的需要，也是中国经济增长、扩大内需的内在要求。

3. 收入分配改革举步维艰，警惕进入"中等收入国家的陷阱"

近年来，社会各界对收入分配改革的关注程度明显增加。尽管我国已经采取了一系列措施，旨在扭转城乡、区域、行业和社会成员之间收入差距扩大的态势，但收入差距持续扩大的趋势并未根本扭转，收入分配秩序还有待理顺。收入分配的改革因为触及既有的利益格局，遇到种种阻碍，举步维艰。从改革开放到金融危机之前的 1979～2007 年，国内生产总值年均增长 9.8%，人均国内生产总值年均增长 8.6%，城镇居民人均可支配收入年均增长 7.2%，农村居民人均纯收入年均增长 7.1%。近若干年来，居民收入在国民收入中占的比重不断降低，劳动者收入相对于资本收入增长过缓。特别是收入分配秩序中存在的一些不合理、不合法的因素，引起人民群众强烈不满，这是一个需要引起全社会高度重视的问题。贫富差距过大，基尼系数远超正常水平，将造成社会矛盾加剧，影响社会的和谐稳定。

2010 年我国人均 GDP 预计超过 4000 美元，已经进入中等收入国家行列。但从国际发展经验来看，有些国家从低收入进入中等收入之后，由于收入差距过大，造成内需增长乏力，城市化进程缓慢，经济结构、产业结构转型升级停滞，社会结构转变严重滞后，长期徘徊在中等收入水平区间而难有发展，中国要警惕进入这种"中等收入国家的陷阱"。

4. "土地城市化"再现热潮，警惕严重损害农民利益

进入 21 世纪以来，中国城镇化进程加快，这是经济社会发展的必然趋势。在这个过程中，中国也面临诸多严重挑战。其中最大的挑战是大规模圈占农地和各地不断发生的强行拆迁、暴力拆迁问题。据统计，2006～2008 年，在国家要求耕地占补平衡的情况下，全国耕地净减少 12480 万亩，年均减少近 4200 万亩，分别比"十五"期间五年减少总量（11300 万亩）和年均减少量（2260 万亩）多出近 1200 万亩和 1900 多万亩。2009 年以来，农村用地占用形势更加严峻，2010 年形成新一波占用农村土地高潮。与以往不同的是，这次热潮的主题是通过农村居民宅基地的"置换"来扩展城市建设用地。2010 年以来，全国有 20 多个省份出台了各种各样撤并村庄的规划和政策，通常是要求农民进城上楼，以宅基地换取市民权和社会保障。由此引发的社会矛盾和冲突，恶性事件、群体性事件频繁发生，对社会和谐稳定形势产生不利影响。

实际上，中国城市化发展主要制约因素并不是土地，很多城镇建设还是"摊大饼"式的。据研究，目前中国城市工业用地的容积率仅为 0.23，远低于国际平均水平。可以说，"土地城市化"出现热潮，更多是反映了土地财政的强大刺激，而不是统筹城乡发展、城乡一体化和新农村建设的真实需求。要警惕把"城乡一体化"变成"城乡一样化"，警惕在"土地城市化"中严重损害农民利益。

5. 半城市化问题突出，部分地区乡村凋敝

中国的城市化进程加快，但也带来一系列新问题。我国目前达到的约 48% 的城市化水平，是以城市常住人口来计算的，也就是把在城市生活半年以上的农村户籍农民工等，计算在市民当中，但实际上农民工只是在城里劳动，在福利、公共服务、社会保障等方面还享受不到市民的待遇，还是"半城市化"的，要把农民工转化成"市民"，还需要很大的努力。我国目前城市化大大地落后于工业化，人口城市化又落后于土地城市化。到 2010 年，在 GDP 当中，农业的增加

值所占的比重只有约10%；农业劳动力在全国从业人员中的比例还有38%，但居住在乡村的农民还有52%，这是已经把在城市居住半年以上的农民工计算为城镇常住人口的数据。

目前在一些地区，乡村空心化现象比较突出，表现在诸多方面：首先是产业空了，随着全国产业的结构升级和劳动力成本的上涨，乡村工业越来越失去了原来的竞争力，新兴产业逐步向大中城市和工业园区、新技术开发区聚集；其次是年轻人空了，年轻人都出外打工闯世界，巨大的城乡差距使他们不愿意再生活在乡村，农村成为老年人社会，农业成为老年人的工作；再次是住房空了，在一些发达地区，过去住房改建翻新得很快，现在很少有人改建翻新住房了，乡村富裕的人多数已经在城市买房搬进城市居住，一些村落1/3的住房都闲置了，长期无人居住和修缮的住房败落了，村庄变得萧条和缺乏人气；最后是乡村的干部也空了，村干部并不是一种职业，而是一种兼职，很多村干部主要的时间和精力不是为村里工作，而是为自己经营，乡镇干部住在乡镇的也越来越少了，因为城乡差距使他们的孩子要在城市上学、他们的家属要在城市工作。产业空、年轻人空、住房空、干部空，"四大皆空"造成一些乡村的凋敝和衰落。

四　2011年社会发展的展望与对策建议

2011年是落实"十二五"规划提出的经济社会发展目标的第一年，也将是中国新一轮改革发起之际。以经济发展方式转变为主线的经济体制改革、以社会管理方式转变为主线的社会体制改革、以政府职能转变为主线的行政体制改革，都将进入攻坚阶段。

1. 加快转变经济发展方式，推动全社会节能减排

国际金融危机的巨大冲击，带动国际经济格局正在发生深度变革，世界主要发达经济体都在加快调整经济结构，以期在新一轮增长中抓住先机。中国传统的出口导向型增长模式，在经济全球化的大背景下蕴涵着极大风险，而应对金融危机的投资拉动型的增长模式，也难以长期维持。通过保障和改善民生、增加居民收入，形成国内消费对经济增长的拉动，以逐步替代出口和投资，更加协调地拉动经济增长，方是长远之计。考虑到劳动力价格、土地价格上涨和资源环境的约束性，以廉价劳动力为基础的经济增长模式也是难以为继的，因此，应当积极培

育新兴支柱产业，培育具有自主创新和知识产权的产业和品牌，推动技术创新的产业化，以此带动产业结构的升级转型，提升中国制造的国际地位。

全球可持续发展也对未来温室气体减排提出更高要求，这势必给发展中国家带来更大压力。对于工业化方兴未艾的中国来说，也必须在适应全球减排趋势的基础上，加快对产业结构的调整，淘汰落后产能。与 2005 年相比，2009 年中央企业万元产值综合能耗（可比价）下降 15.1%；二氧化硫排放量减少 36.8%，化学需氧量减少 33.04%。但总体来看，"十一五"时期前四年，节能减排任务完成进度落后于时间进度要求，尤其是部分中小企业缺少技术改造、改进生产工艺流程的能力。所以，节能减排要与新技术推广和应用结合起来，形成节能减排对企业技术改造和产业结构升级的倒逼机制，以此加快经济发展方式的转变。

2. 加快收入分配改革，促进社会和谐公平

现阶段收入差距的持续扩大正在成为影响中国社会发展的重大问题。如果居民收入得不到较快增长，居民收入在国民收入分配中的比重得不到显著提高，以扩大内需推动经济发展的战略决策就无法实现。历史经验告诉我们，市场经济不可能自发调整和根本解决贫富差距扩大的问题。特别是在中国市场化改革进程中，权力市场化和行业垄断化的现象比较突出，已经形成的既得利益群体，对收入分配的调整形成强大阻碍。因此，收入分配改革最为关键的是，必须要痛下决心，彻底调整和逐步理顺利益分配格局。

收入分配改革并非是简单的劫富济贫，而是通过对当前的利益分配格局进行深度调整，让所有的劳动者共享经济社会发展成果，从鼓励一部分人先富起来迈向共同富裕。尤其是要提高居民收入在国民收入分配中的比重，提高劳动报酬在初次分配中的比重，扭转城乡、区域、行业和社会成员之间收入差距扩大趋势，形成基于社会公平与分配正义的居民收入与国民经济同步增长的合理局面，推进社会和谐与社会进步。

3. 加强控制物价上涨，保障城乡居民生活

2010 年以来，中国消费价格指数持续上升，实现中央政府制定的将 CPI 控制在 3% 的目标，面临各种不确定的因素。在各类消费品中，农产品价格上涨幅度最为明显。2010 年以来，不仅大蒜、绿豆、辣椒等小宗农产品价格轮番上涨，棉花、食糖等大宗农产品的价格也持续高位运行。国家统计局的数据

显示，1~9月，粮食价格同比增长 12.7%，棉花价格同比增长 32.0%，蔬菜价格同比增长 16.4%。农产品价格上涨，反映出民众和市场对通货膨胀的预期增加。

整体上看，中国城市居民生活已经基本达到小康水平，但由于低收入家庭的消费结构仍停留在以满足生存需要为主的温饱型模式，农产品价格上涨对低收入人群的生活质量影响最大。物价上涨，使低收入群体实际可支配收入相对下降，消费能力相对降低，部分低收入家庭生活困难加剧。为了保障普通人的生活质量，需要对通货膨胀采取有力的调控措施。

4. 继续调控住房市场，加大保障住房建设力度

2010 年初以来，房地产调控政策密集出台，保持了持续性和稳定性，在调控政策"组合拳"的影响下，全国房地产用地供应出现价跌量增的情况。但由于宏观经济复苏基础不稳，加之通货膨胀和人民币升值预期的存在，引发了社会各界对经济复苏和房地产调控持续性的担忧。第二轮房地产调控政策在保持政策持续性、稳定性的基础上，提高调控政策的针对性和灵活性，增加了首套房贷一刀切，首付比例提高到 30%；暂停发放第三套房贷；部分城市限购房套数等政策。严格执行差别化的住房信贷政策，支持居民合理住房消费，坚决遏制投机性购房，房地产泡沫化趋势必须更加坚决地予以遏制。

住房问题是影响民生的重大问题，解决住房问题的根本是提高住房的供给量，尤其是增加对中低收入人群的住房供给。在后续的房地产调控政策制定时，要继续采取积极措施，促开工、促销售，努力增加普通商品住房供应，加快推进保障性住房建设和各类棚户区改造，以提高市场供给。同时，继续加强房地产市场监管，促进房地产市场平稳健康发展。

5. 持续关注改善民生，健全普惠型公共服务

我国目前已经进入工业化的中后期，公众需求正在由消费型向发展型升级。在新的发展阶段，在解决温饱问题和实现总体小康的基础上，广大人民群众的物质文化生活需求将大幅度增长。当前的民生问题不再是经济发展不足所致，而是基本公共服务难以满足人民群众不断增长的需求所致。

因此，改善民生应重在加强社会建设，重在建立健全基本公共服务体系。中共中央十七届五中全会审议通过的《中共中央关于制定国民经济和社会发展第十二个五年规划的建议》中，提出要逐步完善符合国情、比较完整、覆盖城乡、可持续的基本公共服务体系，并从六个方面进行了具体部署：促进就业和构建和谐劳动关系、合理调整收入分配关系、健全覆盖城乡居民的社会保障体系、加快医疗卫生事业改革发展、加强和创新社会管理、全面做好人口工作。2010年10月28日，历经"三报四审"的《社会保险法》，经由十一届全国人大常委会第十七次会议审议通过。在即将来临的2011年，全社会都期盼着经济发展、民富国强、公平正义、社会和谐、生活安全、生态良好的包容性增长时代的到来。

China's Social Construction
in a New Stage of Growth

—Analysis and Forecast on Social Situation in China, 2010—2011

Abstract：The report notes that, in 2010, under the background of the international financial crisis, China has made great effort to maintain the consistency and stability of macro economic policy, and China has stepped into a new stage of social construction and economic growth. In 2010, China's economy began to recover, and the employment situation has improved dramatically. At the same time, income level for both urban and rural residents continues to increase, as well as the scale of domestic consumption. Meanwhile, during 2010, China has successfully hosted two world renowned events—the 2010 Shanghai World Expo and the 2010 Guangzhou Asian Games. By the end of 2010, China's Gross National Product (GNP) will overtake Japan, being the second largest world economy. However, our per capita income is still ranked far below average among other countries, which requires us to make full efforts to improve people's well-being. Further, with the anticipation of Renminbi's appreciation, commodity price is rising sharply, which especially compromised the living standard of the low income population. At this new stage, the themes of China's development include the transformation of economic structure, improving and safeguarding people's well-being, and the realization of moderately prosperous society in all respects.

Key Words：Social Construction; Improving and Safeguarding People's Welfare; Transformation of Development Mode

发 展 篇

Reports on Social Development

B.2

2010 年中国城乡居民收入和消费状况

吕庆喆*

　　摘　要： 本文对 2010 年中国城乡居民收入和消费状况进行分析，并对 2011 年我国城乡居民生活消费的发展趋势作出判断。2010 年，我国城乡居民收入继续保持增长，农村的居民收入增速快于城镇；与此同时，居民生活水平进一步提高，消费结构得到优化，生活质量不断改善，全面建设小康社会进展顺利；但是也出现了居民消费率（居民消费占 GDP 比重）下降、居民之间消费差距扩大、房价上涨过快、公共服务不足等问题。根据目前的发展趋势，2011 年我国城乡居民收入将继续保持快速增长，消费结构不断优化。

　　关键词： 居民收入　居民消费　生活质量

---

　　* 吕庆喆，博士，国家统计局统计科学研究所研究室主任、高级统计师。

一 城乡居民收入持续增长

（一）城乡居民收入持续增长

2010 年 1~9 月，城镇居民人均可支配收入 14334 元，同比增长 10.5%，扣除价格因素，实际增长 7.5%。在城镇居民家庭人均总收入中，工资性收入增长 10.1%，转移性收入增长 12.5%，经营净收入增长 9.9%，财产性收入增长 18.5%。农村居民人均现金收入 4869 元，增长 13.1%，扣除价格因素，实际增长 9.7%。其中，工资性收入增长 18.7%，家庭经营收入增长 8.7%，财产性收入增长 19.4%，转移性收入增长 17.2%。

（二）城乡居民收入结构有所变化

城乡居民收入在保持增长的同时，收入构成也发生了变化。从 2009 年数据看，工资性收入所占比重继续降低，转移性收入所占比重提高。2009 年工资性收入占全部收入的比重为 65.7%，比 2008 年下降 0.5 个百分点。转移性收入比重为 23.9%，比 2008 年提高 0.9 个百分点。经营净收入比重近年来持续增长，从 21 世纪初的 4% 左右持续上升到 2008 年的 8.5%，2009 年这一比重下降为 8.1%。财产性收入比重已经连续三年为 2.3%（见表 1）。

表 1　城镇居民收入结构的变化

单位：%

收入项目	2000 年	2001 年	2002 年	2003 年	2004 年	2005 年	2006 年	2007 年	2008 年	2009 年
工资性收入	71.2	69.9	70.2	70.7	70.6	68.9	68.9	68.7	66.2	65.7
经营净收入	3.9	4.0	4.1	4.5	4.9	6.0	6.4	6.3	8.5	8.1
财产性收入	2.0	1.9	1.2	1.5	1.6	1.7	1.9	2.3	2.3	2.3
转移性收入	22.9	23.6	24.5	23.3	22.9	23.4	22.8	22.7	23.0	23.9
合　计	100	100	100	100	100	100	100	100	100	100

2009 年，农村居民现金收入达 6270.2 元，比 2000 年的 2381.6 元增长 1.6 倍，货币收入率提高到 88.1%，比 2000 年的 75.7% 增加了 12.4 个百分点。近

年来农村居民收入结构一直发生变化,家庭经营收入比重持续下降,工资性收入、转移性收入、财产性收入的比例均不同程度得到提高(见表2)。2009年家庭经营收入比重为49%,在1990年时家庭经营收入比重高达75.8%,2002年降低到60%,2009年首次低于50%,家庭经营收入在农村居民收入中的主体地位继续下降。工资性收入已经成为农民增加收入的重要来源,农村居民人均工资性收入为2061.3元,是2000年的2.9倍;2000~2008年,工资性收入比重从31.2%上升到38.9%,2009年这一比重又上升到一个新的水平,达到40.0%。另外,2009年转移性收入在收入结构中的比重变化也比较大,从2008年的6.8%上升到7.7%。

表2 农村居民收入结构的变化

单位:%

项　　目	2000 年	2001 年	2002 年	2003 年	2004 年	2005 年	2006 年	2007 年	2008 年	2009 年
纯收入	100	100	100	100	100	100	100	100	100	100
工资性收入	31.2	32.6	33.9	35.0	34.0	36.1	38.3	38.6	38.9	40.0
家庭经营收入	63.3	61.7	60.0	58.8	59.5	56.7	53.8	53.0	51.2	49.0
财产性收入	2.0	2.0	2.0	2.5	2.6	2.7	2.8	3.1	3.1	3.2
转移性收入	3.5	3.7	4.0	3.7	3.9	4.5	5.0	5.4	6.8	7.7

二 城乡居民消费水平进一步提高

城乡居民消费支出继续增加。2010年1~9月,城镇居民人均消费性支出9941.6元,同比增长9.3%,扣除价格因素,实际增长6.3%。农村居民人均生活消费现金支出2713元,同比增长10.6%,扣除价格因素,实际增长7.3%。

从收入五分组来看农村居民生活消费水平(未考虑价格因素影响),2000~2009年,尽管不同收入组居民消费水平存在差异,但总体上普遍增长较快(见表3),年均生活消费增长幅度均达到10%左右。其中:低收入组2000年的生活消费支出人均977元,到2009年提高到2355元,年均增长10.27%;中等收入组人均生活消费支出由 1501 元提高到 3546 元，年均增长 10.02%；高收入组人均生活消费支出由 3086 元提高到 7486 元，年均增长 10.35%。

表 3　按农村居民家庭收入五分组生活消费水平比较

单位：元/人，%

年份 ＼ 分组	低收入户（20%）	中低收入户（20%）	中等收入户（20%）	中高收入户（20%）	高收入户（20%）
2000	977	1233	1501	1877	3086
2003	1065	1378	1733	2189	3756
2005	1548	1913	2328	2879	4593
2007	1851	2358	2938	3683	5994
2009	2355	2871	3546	4592	7486
2000～2009 年年均增长	10.27	9.85	10.02	10.45	10.35

从收入五分组来看城镇居民的消费水平（未考虑价格因素影响），2000～2009 年，不同收入组居民消费水平存在差异，从低收入户组到高收入户组，每组年均生活消费支出增长幅度逐渐加大（见表4）。其中：低收入户 2000 年的生活消费支出人均 2899.1 元，到 2009 年提高到 5833.0 元，年均增长 8.08%；中等收入户人均生活消费支出由 4794.6 元提高到 11309.7 元，年均增长 10.0%；高收入户人均生活消费支出由 8135.7 元提高到 24043.1 元，年均增长 12.79%。

表 4　按城镇居民家庭收入五分组生活消费水平比较

单位：元/人，%

年份 ＼ 分组	低收入户（20%）	中低收入户（20%）	中等收入户（20%）	中高收入户（20%）	高收入户（20%）
2000	2899.1	3947.9	4794.6	5894.9	8135.7
2003	3066.8	4557.8	5848.0	7547.3	12066.9
2005	3708.3	5574.3	7308.1	9410.8	15575.9
2007	4840.1	7123.7	9097.4	11570.4	19300.9
2009	5833.0	8738.8	11309.7	14964.4	24043.1
2000～2009 年年均增长	8.08	9.23	10.00	10.91	12.79

消费品市场平稳较快增长，热点商品持续旺销。2010 年 1～9 月，社会消费品零售总额 111029 亿元，同比增长 18.3%。其中，城镇消费品零售额 95987 亿元，增长 18.7%；乡村消费品零售额 15041 亿元，增长 15.8%。按消费形态分，餐饮收入 12632 亿元，增长 17.6%；商品零售 98397 亿元，增长 18.4%。其中，限额以上企业（单位）商品零售额 40945 亿元，增长 29.3%。热点消费快速增长，其中，汽车类增长 34.9%，家具类增长 38.4%，家用电器和音像器材类增长 28.1%。

三 城乡居民生活质量明显改善

（一）恩格尔系数下降，食品消费结构日趋合理

2010 年，城乡居民在食品消费方面，继续保持由量的满足转向质的提高，预计恩格尔系数略有下降。2009 年，农村居民人均食品支出 1636 元，比 2008 年增加 37 元；城镇居民人均食品支出 4479 元，比 2008 年增加 219 元。城镇居民恩格尔系数由 2008 年的 37.9% 下降到 2009 年的 36.5%；农村居民恩格尔系数由 2008 年的 43.7% 下降到 2009 年的 41.0%。

城乡居民在食品消费支出增长的同时，饮食更加注重营养，膳食结构更趋合理。从食品消费结构来看，农村居民人均粮食消费量由 2000 年的 250.2 千克降到 2009 年的 189.3 千克；城镇居民人均粮食消费量由 2000 年的 82.3 千克降到 2009 年的 81.3 千克。从食品的营养性角度看，肉、禽、蛋、奶等动物性食品消费显著增加，营养结构有所改善。农村居民人均肉禽及其制品的消费量由 2000 年的 18.3 千克上升到 2009 年的 19.6 千克，奶及其制品的消费量由 2000 年的 1.1 千克上升到 3.6 千克；城镇居民猪肉的消费量由 2000 年的 16.7 千克上升到 20.5 千克，鲜奶的消费量由 2000 年的 9.9 千克上升到 14.9 千克。

（二）衣着消费支出增加

近年来，城乡居民的衣着需求也发生了转变，人们的穿着更加注重服装的质地、款式和色彩的搭配，服装的名牌化、时装化和个性化成为人们的一种追求，成衣化倾向也成为衣着消费的主流。农村居民人均购买各种服装支出由 2002 年

的 61.1 元增加到 2009 年的 156 元，增长 1.55 倍。2009 年城镇居民人均衣着消费支出为 1284.2 元，比 2000 年的 500.5 元增长了 1.57 倍，其中用于购买成衣的支出人均 924.0 元，占衣着消费支出的 72.0%。

（三）家庭主要耐用消费品拥有量继续提高

城乡居民生活耐用消费品继续升级，家庭主要耐用品拥有量继续提高。与 2008 年相比，2009 年每百户城镇居民彩电拥有量从 133 台增加到 135.7 台，洗衣机、电冰箱的拥有量也分别从 94.7 台和 93.6 台增加到 96.0 台和 95.4 台，空调器拥有量从 100.3 台增加到 106.8 台、家用电脑从 59.3 台增加到 65.7 台、家用汽车从 8.8 辆增加到 10.9 辆、移动电话从 172 部增加到 181 部。每百户农村居民彩电拥有量从 99.2 台增加到 108.9 台，洗衣机、电冰箱的拥有量从 49.1 台和 30.2 台分别增加到 53.1 台和 37.1 台，移动电话的拥有量增加也很快，从 96 部增加到 115.2 部，而电话机的拥有量从 67 部下降到 62.8 部，摩托车从 52.5 辆增加到 56.6 辆，家用电脑从 5.4 台增加到 7.5 台。

（四）居住条件和居住环境持续改善

农村居民居住条件和居住环境持续改善。2009 年，农村居民人均居住支出为 805.0 元，比 2008 年的 678.8 元增加了 126.2 元。人均住房使用面积由 2008 年的 32.4 平方米增加到 2009 年的 33.6 平方米，增加了 1.2 平方米。其中，砖木结构和钢筋混凝土结构住房占 88.1%，比上年的 87.3% 提高了 0.8 个百分点。在农村居民住房面积增加的同时，居住条件有了极大改善。2009 年使用水冲式卫生厕所的农户占 19.6%，比 2008 年提高 2.1 个百分点，无厕所的农户占 6.5%，比 2008 年减少 0.9 个百分点；使用清洁燃油、燃气、电和沼气等的农户占 30.0%，比 2008 年提高 1.4 个百分点；饮用自来水的农户占 46.0%，比 2008 年提高 2.8 个百分点，而饮用浅井水、江河湖泊塘等非卫生水的农户占 23.1%，比 2008 年减少 1.3 个百分点；有 46.5% 的农户住宅外有水泥或柏油路面，比 2008 年提高了 4.1 个百分点，住宅外有石头或石板等硬质路面的农户占 22.2%。

近年来，由于大量住宅建成使用，城镇居民居住条件明显改善。2009 年，城镇居民人均住房建筑面积达 31.3 平方米，比上年增加 0.7 平方米。截至 2009

年末，有4.4%的城镇居民家庭住上了单栋住宅，83.7%的城镇居民家庭住在单元房中，36.4%城镇居民家庭住上了三居室或四居室，仅有11.9%的家庭还住在筒子楼及平房中。住房设施的改善更为明显，2009年，住房内有独用自来水的家庭达98.5%，有厕所浴室的家庭为81.0%，有空调设备或暖气的家庭为63.8%。大部分居民家庭的厨房摆脱了烟熏火燎，用上了快捷清洁的炊用燃料。截至2009年末，已有88.0%的家庭使用管道煤气和液化石油气，以煤为主要燃料的家庭比重降到了7.5%。

（五）交通工具快速更新，出行更加快捷

随着经济的快速发展，人民生活节奏的加快，交通消费在消费支出中开始占据重要地位。2009年，城镇居民人均交通消费1040.9元，比2002年增长2.9倍，占消费支出比重的8.5%，比2002年上升4.1个百分点。传统的交通方式已不能满足城镇居民越来越迫切的出行和沟通需求，人们追求更加方便、快捷的现代化交通方式。公共交通工具不再是出行的唯一选择，家用汽车、摩托车、电动车已经进入普通家庭，2009年，每百户城镇居民拥有家用汽车10.9辆，比2002年增长11.4倍。

随着农村居民与外界的交流日益扩大，现代化的交通工具迅速进入农村居民家庭，2009年每百户农村居民拥有摩托车56.6辆，购买交通工具支出人均121元，比上年增加30元，增长33.7%。

（六）发展型和享受型消费支出提高

随着城乡居民物质生活水平的不断提高，人们开始不断追求精神文化生活，文娱类消费日益受到居民的青睐。据统计，2009年，城镇居民人均教育文化娱乐用品及服务支出为1472.8元，比2000年增长了1.2倍，年均增长9.2%；农村居民人均教育文化娱乐服务支出为340.6元，比2000年增长了82.4%，年均增长6.9%。

随着收入的提高，城乡居民亦开始更多地关注自己的身心健康，过去大病小治、小病不治的现象有了较大改变。2009年农村居民家庭人均用于医疗保健支出为287.5元，比2000年增长2.28倍，年均增长14.1%；城镇居民家庭人均医疗保健支出为856.4元，比2000年增长1.69倍，年均增长11.6%，其中，用于

健身活动支出 15.6 元，比上年增长 14.7%，保健器具支出 17.9 元，比上年增长 17.8%，滋补保健品支出为 116.0 元，比上年增长 14.8%。

四 居民生活消费存在的主要问题

（一） 收入分配格局不合理

在国民经济初次分配中，劳动者报酬占初次分配总收入比例从 2004 年的 50.7% 下降到 2008 年的 47.6%。而从国际比较看，劳动者报酬占比的世界平均水平为 50%～55%；日本、韩国在工业化进程中的重化工时期，劳动者报酬占比也曾出现过低于 40% 的年份，但从未出现过持续性的下降；英、美、德等国家在工业化时期，劳动者报酬占比始终是最高的。另外，城乡、行业、群体之间收入分配不公与差距过大，基尼系数（国际上衡量居民收入分配差异即贫富差别的指标）2009 年估计达到 0.46，超过 0.4 的警戒线，这些因素都是导致居民消费不足的重要原因。

（二） 消费率特别是居民消费率偏低

消费率高低并不反映这个国家的经济发展水平，而是只反映消费对经济的拉动力，反映国民收入初次分配的状况。据世界银行统计资料显示，目前，低收入国家居民消费率平均为 75%，高收入国家平均为 62%，中等收入国家平均为 57.5%，全球平均为 61.5%。尽管改革开放以来居民消费保持了较快的增长，但却低于同期经济增长速度。由于居民消费慢于经济增长，使居民消费率（即居民消费占 GDP 比重）呈不断下降的趋势。1978 年居民消费率为 48.79%，20 世纪 80 年代基本都在 50% 左右波动，但 20 世纪 90 年代以后，逐年下降，2009 年降至 35.11%，比 1978 年下降了 13.68 个百分点。在这个过程中，城镇居民和农村居民对全体居民消费的影响也此消彼长，发生了很大的变化，城镇居民消费的影响逐步扩大，农村居民消费的影响逐步减小，1990 年，城镇居民消费规模第一次超过农村居民，成为居民消费的主导部分。之后，这一趋势不断强化，2009 年，在居民消费中，城镇居民消费的比重已达到 76.2%，农村居民消费的比重只有 23.8%，农村居民消费率也降到历史最低点，只有 8.36%。

表5　1978～2009年居民消费率

单位：%

年　份	居民消费率	农村居民	城镇居民
1978	48.79	30.30	18.49
1979	49.15	30.61	18.54
1980	50.76	30.72	20.04
1985	51.64	30.95	20.69
1990	48.85	24.20	24.64
1995	44.88	17.83	27.05
2000	46.44	15.34	31.10
2005	38.82	10.35	28.47
2006	36.94	9.57	27.38
2007	35.97	9.07	26.89
2008	35.12	8.73	26.39
2009	35.11	8.36	26.75

（三）房价上涨过快对消费支出产生挤压和抑制效应

2009年，城镇居民家庭人均总支出17248元，比上年增长17.0%，增速高于上年9.8个百分点，扣除价格因素，实际增长18.1%。其中，人均消费性支出12265元，比上年增长9.1%，扣除价格因素，实际增长10.1%。而人均非消费性支出4984元，比上年增长42.2%，增速高于上年49.0个百分点。其原因主要是购房与建房支出上涨过快，2009年城镇居民人均购房与建房支出1507元，比上年增长150.1%，占非消费支出的比重为30.2%，比上年高13.0个百分点。房价的过快上涨对居民的日常消费将产生一定的挤压和抑制效应，也会影响到国家扩大内需、刺激消费政策的实际效果。这也可从中国人民银行全国城镇储户问卷调查反映出来，2010年第三季度调查结果显示，预期房价上涨大幅上升，居民储蓄、消费意愿略有下降，但居民购房意愿没有明显变化，投资意愿有所上升。

（四）公共服务不足

国际经验表明，随着经济发展水平的提高，政府公共服务支出特别是教育、医疗和社会保障三项主要公共服务支出比重会明显上升。2008年，我国教育、医疗和社会保障三项公共服务支出占政府总支出的比重为 28.9%，与人均 GDP3000 美元以下和 3000~5000 美元的国家相比，分别低近 14 和 25 个百分点。政府服务供应不足，说明在国民收入第二次分配时，居民所得极少，迫使居民用自身收入来支付本应由政府支出的开支，客观上挤占了居民消费，并从心理上降低了居民的消费预期，导致储蓄率偏高。

（五）服务业发展滞后

随着我国居民生活水平进入小康，恩格尔系数下降，从商品消费到服务消费是一种必然趋势，但我国服务业不发达，特别是金融、教育、咨询、医疗、家政等行业发展滞后。2009 年，我国服务业增加值占 GDP 的比重为 43.4%，而世界平均为 68%，发达国家为 72%，发展中国家为 52%。服务业有效供给不足，严重影响居民消费升级，也影响全国的就业水平。

五　2011 年城乡居民生活消费的发展趋势和主要任务

2011 年是"十二五"规划的开启之年。"十二五"期间，将以扩大居民消费需求为着力点，大力增强消费对经济发展的推动作用，努力构建以消费为主导的发展模式，将消费置于拉动经济增长的首要位置，这无疑将会促使中国经济进入新的发展境界。2011 年，我国城乡居民收入将继续保持快速增长，消费结构不断优化，生活质量进一步提高。

（一）坚定不移地大力发展经济，为居民消费增长提供源泉

消费受收入约束，收入来源于生产总值，扩大消费需要宏观经济保持较快增长。因此，扩大消费，不能就消费率论消费率，单纯追求消费率的提升，而是首先应该大力发展经济，保持经济较快增长。"十二五"时期，是我国全面建设小康社会的关键时期，必须继续抓好和利用好我国发展的重要战略机遇期，促进经济长期平稳较快发展，加快调整经济结构，保持和扩大合理的投资规模，通过扩大投资，可以扩大就业。只有就业扩大了，才能通过增加居民收入最终带动消费水平的上升。

（二）调整收入分配格局，提高劳动者报酬比重

收入是消费的基础，是影响居民消费最直接、最重要的因素。改革开放以来，我国国内生产总值年均增长 9.9%，而城镇居民人均可支配收入年均实际增长 7.3%，农村居民人均纯收入年均实际增长 7.2%，大部分年份经济增长都快于居民收入的增长。2009 年，劳动者报酬占国内生产总值比重为 46.6%，与发达国家水平相比还有很大提升空间。调整收入分配格局应从调整国家、集体和个人之间的收入分配格局和不同收入群体之间的收入分配格局两个方面入手，从根本上解决居民消费后劲不足问题，进一步提高中低收入群体的消费能力，将社会经济发展尽快转化为消费，促进经济增长与人民生活水平提高的良性互动。

（三）稳定物价，保障民生

2010 年 7 月以来，我国价格总水平逐月攀升，以农产品为主的生活必需品价格上涨较快。10 月份 4.4% 的 CPI 涨幅中，食品类价格上涨"贡献"了 74%。民以食为天，价格上涨已经影响到城乡居民特别是中低收入群众的基本生活，影响到社会预期。分析未来走势，由于国际货币泛滥和国内流动性难以快速收紧，物价上涨压力仍然很大。因此，政府必须及时采取有力措施，把物价涨幅控制在居民可以承受的范围内。

（四）不断壮大中产阶层规模，促进消费结构升级

中产阶层是最为活跃、最强有力的消费力量，对全社会的消费与产出有着不可低估的影响。同时，发育中产阶层还有利于缩小社会收入分配差距，有利于优化产业结构以促进社会经济的协调发展，有利于创造良好的社会消费环境，有利于促进良好的社会价值观和社会规范的建立，有利于社会的和谐稳定。因此，努力增加中产阶层的比重，加快形成稳定的"两头小、中间大"的纺锤形社会结构，已成为政治、经济、社会稳定健康发展的客观要求。当前，城乡居民正处在消费结构转型升级的时期，这种转型升级的过程既是中产阶层形成的过程，也是产业结构优化，国民经济实现良性循环、协调发展的大好时期。政府应通过立法实现就业服务体系的制度化、专业化，努力为中产阶层创造一个良好的就业环

境。同时，要积极引导全社会转变就业观念，鼓励自谋职业和独立创业，鼓励合法致富，保护合法收入，形成中产阶层构成的多样化格局。

Income and Consumption Conditions of
the Urban and Rural Residents
in China, 2010

Abstract: The paper analyzes the overall income and consumption conditions in urban and rural China in 2010, and forecasts the trend of residents' consumption in 2011. In 2010, income level continues to rise steadily among both urban and rural residents, where the income growth rate of rural residents outpaces the rate of their urban counterparts. Meanwhile, residents' living standard further improved, where quality of life has been enhanced to a new level. At the same time, the consumption structure is optimized, and the progress of building a moderately prosperous society in all respects makes further achievement. However, admittedly, the rate of consumer's consumption—i. e. , the percentage of consumer consumption in overall GDP—is decreasing. And the gap among residents in terms of consumer consumption is widening. Further, the fast increase of housing price and inadequate public service also need to be addressed. According to the current trends, in 2011, the income level for both urban and rural residents will continue to keep a fast rate of increase, and consumption structure will further optimize.

Key Words: Residents' Income Level; Residents' Consumption; Quality of Life

B.3
我国当前的就业形势和产业政策

莫 荣 罗传银*

摘 要：2010 年，我国继续实行更加积极的就业政策，就业形势有所好转，用人需求和求职人数同比有较大幅度增长。在后金融危机时期，我国应适应工业化、城市化要求，加快工业结构的升级转换和转变经济发展方式，正确处理产业结构调整与人力资源配置的关系，促进就业的稳定增长。

关键词：就业形势 劳动力市场 就业优先

一 2010 年就业形势分析

1. 就业形势有所好转，就业压力依然较大

2010 年 1~9 月，全国城镇新增就业 931 万人，完成全年 900 万人目标的 103%；全国下岗失业人员再就业 440 万人，完成全年 500 万人目标的 88%；就业困难人员实现就业 126 万人，完成全年目标 100 万人的 126%。第三季度末，全国城镇登记失业人数 905 万人，同比减少 10 万人；城镇登记失业率为 4.1%，同比降低 0.2 个百分点。

农村外出劳动力继续增长，人力资源和社会保障部对安徽、江西、河南、湖北、四川 5 省 250 个行政村的快速调查，到 9 月底，外出人数相当于 2009 年外出人数峰值（8 月底）的 106.7%，相当于 2008 年 8 月底外出人数的 102.2%。

---

* 莫荣，人力资源和社会保障部劳动科学研究所副所长、研究员、博导，所学术委员会主任，中国劳动学会企业人力资源专业委员会会长；罗传银，杭州市就业局高级经济师。

1～9月，全国共有1254万人参加了政府补贴的职业培训，其中，企业在岗农民工培训215万人，困难企业职工培训97万人，农村"两后生"劳动预备制培训89万人，进城务工农村劳动者技能培训471万人，城镇失业人员技能培训264万人，登记求职高校毕业生技能培训39万人，创业培训79万人。共有1116万人参加职业技能鉴定，951万人取得职业资格证书，其中新增高级工134万人、技师15万人、高级技师4万人。

2. 用人需求和求职人数均有较大幅度增长

中国劳动力市场信息网监测中心在全国109个城市公共职业介绍服务机构搜集的劳动力市场职业供求状况信息①表明：2010年第三季度，用人单位通过公共就业服务机构招聘各类人员约668万人，进入市场的求职者约677万人，岗位空缺与求职人数的比例②约为0.99，比2009年同期上升了0.05。东、中、西部地区岗位空缺与求职人数的比例分别为1.01、0.96、0.95。从供求总量看，该季度的需求人数、求职人数分别比上季度减少了5.3万人和2.2万人，各下降了0.8%和0.4%。该季度需求人数和求职人数比2009年同期分别增加了114万人和75万人，各增长了21.8%和13.1%。

与2009年同期相比，东、中、西部地区的用人需求分别增加了70万人、38.6万人和5.4万人，分别增长了22%、32%和6.5%；东、中部地区的求职人数分别增加了48万人和32万人，分别增长了14.3%和23.5%，西部地区的求职人数减少了5万人，下降了5.4%。

3. 制造业依然是增加就业的主要领域

从产业分组来看，与2009年同期相比，第二产业的需求比重上升了1.1个百分点，第三产业的需求比重下降了0.5个百分点。具体数据参见图1。

从行业需求看，制造业、批发和零售业、住宿和餐饮业属于前三位的需求大户。82%的企业用人需求集中在制造业、批发和零售业、住宿和餐饮业、居民服务和其他服务业、租赁和商务服务业、建筑业，以上各行业的用人需求比重分别为33.9%、16.1%、12.8%、8.8%、5.8%和4.6%（见图2）。其中，制造业和

---

① 数据来源于中国劳动力市场信息网监测中心，2010年第三季度部分城市公共就业服务机构市场供求状况分析。

② 岗位空缺与求职人数比例＝需求人数/求职人数，表明劳动力市场中每个求职者所对应的岗位空缺数。

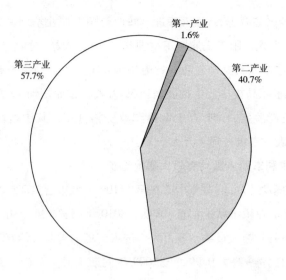

图1　按产业分组的需求人数

建筑业的用人需求分别占第二产业全部用人需求的 83.4% 和 11.2%，二者合计为 94.6%；批发和零售业、住宿和餐饮业、居民服务和其他服务业、租赁和商务服务业的用人需求分别占第三产业全部用人需求的 27.9%、22.2%、15.3% 和 10%，四项合计为 75.4%。

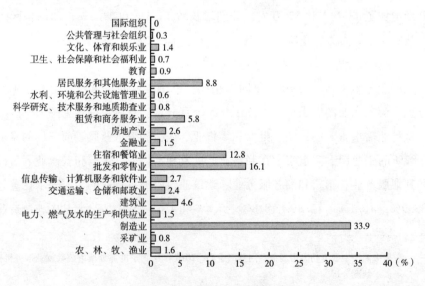

图2　按行业分组的需求人数

与上季度相比，第二产业的用人需求增加了近 10 万人，增长了 4.1%，其中制造业的用人需求增加了 10.2 万人，增长了 5%；第三产业的用人需求减少了 13.7 万人，下降了 3.7%，其中，批发和零售业、住宿和餐饮业、金融业、房地产等行业分别减少了 6.3 万人、2.4 万人、2.2 万人和 1.9 万人，各下降了 5.9%、3.0%、19.6% 和 10.2%，居民服务和其他服务业、租赁和商务服务业的用人需求分别增加了 2.9 万人和 1.5 万人，各增长了 5.6% 和 4.3%。

与 2009 年同期相比，第二产业、第三产业的用人需求分别增加了 52 万人和 64 万人，各增长了 25.1% 和 21.1%；其中，制造业、批发和零售业、住宿和餐饮业、居民服务和其他服务业、租赁和商务服务业、建筑业的用人需求分别增加了 43.8 万人、20 万人、20 万人、5.6 万人、3.4 万人和 4.7 万人，各增长了 25.1%、24.1%、32%、11.5%、9.9% 和 20.3%。

4. 非国有企业是吸纳劳动力的主渠道

在企业用人需求中，内资企业占 72.9%，其中以私营企业、有限责任公司和股份有限公司的用人需求比重较大，所占比重分别为 26.2%、24.8% 和 9.4%，国有企业、集体企业的用人需求比重仅为 4.3%；港、澳、台商投资企业的用人需求比重为 7.1%；外商投资企业的用人需求比重为 10.1%；个体经营的用人需求比重为 10%（见图 3）。

与 2009 年同期相比，企业用人需求总体增加了 109 万人，增长了 21.4%。其中，内资企业的用人需求增加了 68 万人，增长了 18%；内资企业中，联营企

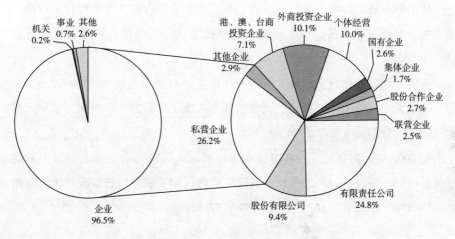

图 3　按用人单位分组的需求人数

业、有限责任公司、股份有限公司的用人需求分别增长了 61.3%、31.2%、28%；港、澳、台商投资企业，外商投资企业的用人需求分别增长了 31.6% 和 41.5%。

5. 失业人员①和外来务工人员是求职主体

在所有求职人员中，失业人员所占比重为 54.3%，其中，新成长失业青年占 27.9%（在新成长失业青年中应届高校毕业生占 47.8%）；就业转失业人员占 14.5%；其他失业人员占 11.9%；外来务工人员的比重为 34.8%，外来务工人员是由本市农村人员和外埠人员组成，其所占比重分别为 12.2% 和 22.6%。

与 2009 年同期相比，新成长失业青年的求职人数增加 4.5 万人，增长了 33%，其中应届高校毕业生增加 28 万人，增长了 48.2%；就业转失业人员的求职人数减少 0.9 万人，下降了 1%；其他失业人员的求职人数增加 2.5 万人，增长了 3.7%。外来务工人员中，本市农村人员求职人数减少了 8.4 万人，下降了 9.8%；外埠人员的求职人数增加近 30 万人，增长了 25%。

6. 高级工程师、高级技师和技师的需求缺口较大

从用人需求对技术等级要求看，对技术等级有明确要求的占总需求人数的 49.4%，主要集中在初级技能人员、中级技能人员和技术员、工程师，其所占比重合计为 41.5%。

从求职人员的技术等级构成来看，48.7% 的求职者都具有某种技术等级，主要集中在初级技能人员、中级技能人员和技术员、工程师，其所占比重合计为 42.2%。

从供求状况对比看，各技术等级的岗位空缺与求职人数的比例均大于 1，劳动力需求大于供给。其中技师、高级技师和高级工程师的岗位空缺与求职人数的比例较大，分别为 1.85、1.84、1.75。

与 2009 年同期相比，对各类技术等级的用人需求均有所增长，其中对高级技能、技师、高级技师、工程师、高级工程师的用人需求增长幅度较大，分别增长了 29.8%、32.5%、26.1%、29.5%、37.5%。

---

① 失业人员 = 新成长失业青年 + 就业转失业人员 + 其他失业人员。

二 我国促进就业的产业政策

为应对国际金融危机的冲击,从 2008 年下半年开始,我国政府采取了一系列措施稳定和扩大就业,其中 4 万亿元投资计划格外引人关注。

在 4 万亿元投资中,保障性安居工程投资是 2800 亿元;农村民生工程和农村基础设施投资大体是 3700 亿元;铁路、公路、机场、城乡电网投资是 18000亿元;医疗卫生、文化教育事业投资是 400 亿元;生态环境方面的投资是 3500亿元;自主创新结构调整投资是 1600 亿元;灾后的恢复重建方面,重灾区投资是 1 万亿元。与促进就业相关的产业政策主要集中在以下几个方面。

1. 支持战略性产业和新兴产业群的发展,培育新的经济增长点

2010 年 3 月,国家发改委办公厅发出《关于当前推进高技术服务业发展有关工作的通知》,提出逐步调整我国产业结构。2010 年 7 月,"十二五"规划强调进一步调整战略性新兴产业,努力发展战略性新兴产业,主要包括:新能源及新能源设备、智能电网等新能源产业;先进交通运输设备产业;下一代信息设备制造和信息服务业;纳米材料,新型结构材料,新型功能材料,电子信息材料等新材料产业;生物农业、生物材料、生物化学、生物医药、生物能源等生物工程及其相关产业;环保设备制造和环保工程及其相关服务产业;医药制造和医疗、保健、护理等健康产业;金融、保险和商务服务业等生产性服务业;动漫、游戏等文化创意产业。

2. 把培育绿色产业作为我国推动产业转型升级的重大契机

当前世界各国在争相发展新能源和节能环保等新兴绿色产业,积极培育未来新的经济增长点,这为"十二五"时期推进我国产业转型升级提供了新契机。一是发展有利于保护环境和提高能源资源利用效率的新兴绿色产业;二是发展新能源和节能环保等绿色产业;三是发展有利于节能环保技术改造提升传统产业的新兴绿色产业,带动相关服务业发展。

从主导产业来看,大力推进高新技术产业化进程,重点抓好电子信息、生物技术、先进制造技术、新材料、新能源和环保技术六个领域的科研与开发,形成一批 21 世纪的先导产业;同时把淘汰落后生产能力作为遏制高消耗、高排放行业的关键环节。

3. 适应工业化、城市化要求，加快工业结构的升级转换

一是重点突破研究开发、设计、营销、品牌、技术服务、专门化分工等制约工业结构优化升级的关键环节，促进劳动密集型产业向产业链高端发展，由单纯加工制造向设计、研发、品牌、服务等内容延伸。加工贸易实现由低附加值区段向高附加值区段、由单一生产向综合服务和全球运营方向转型升级。

二是强化和提升传统工业的新型化，先后出台了关于促进钢铁、水泥等行业结构调整的指导意见；制定发布了铁合金、焦化等行业的准入条件；积极推进高耗能高排放行业结构调整和淘汰落后工作；完善促进可再生能源发展的政策，建立了一批规模化示范工程，优化能源结构。

三是重点支持具有技术密集和知识密集、高附加值、高加工度特征的机电产业、高技术产业和新兴行业的发展。积极推进对铁路动车组、新型船舶等重大装备的研制和国产化，提升装备制造业的规模和水平；组织实施了一批交通运输基础设施重大项目，加强综合交通网建设；组织建设了一批重大科技基础设施，积极推动自主创新。

四是组织实施了生物医药、航空航天等领域的高技术产业化重大项目，支持发展高技术产业。制定了节能减排综合性工作方案，着力推进节能环保工作。

4. 强化制度创新，加快现代服务业尤其是生产性服务业的发展

为落实使服务业发展成为国民经济主导产业的战略部署，国务院发布了《关于加快发展服务业的若干意见》，组织制定了落实措施，明确了支持服务业关键领域、薄弱环节和新兴行业发展的配套政策。充分发挥国家服务业发展资金的引导作用，带动社会资金加大对服务业的投入。

一是顺应产业融合、分工深化细化的要求，依靠科技进步和技术创新，鼓励创新业态，提升服务业的整体素质和水平；引导制造业企业的专业服务外部化，促进专业服务业发展。

二是打破行业垄断，鼓励竞争，将竞争机制引入银行、保险、铁路、民航、邮政、电信等领域。建立健全有利于社会分工的法律法规，强化服务业的规范服务、诚信服务和知识产权保护，形成有利于分工的文化氛围。

三是抓住国际上服务业转移加快的机遇，在防止跨国公司对我国服务业关键领域实施控制的同时，积极稳妥地扩大服务业对外开放，承接软件、信息、金融服务、管理咨询等国际服务业转移。

四是随着城市化的加速发展，生产的社会化和生活水平的提高，加快发展生产性服务业和生活性服务业，为生产提供高效能服务的金融、保险、设计、咨询、电子商务、现代物流和供应链管理；为满足人们生活深层次需要，发展文化、教育、医疗卫生、旅游、电信等方面服务。

5. 坚持劳动密集型企业和资本密集型企业并举的方针

一是调整产业组织结构方面鼓励钢铁、煤炭、汽车等产业企业的联合重组，加强对产业集群的引导和规划，支持形成大中小企业协调发展的产业支撑体系。制定出台了《关于鼓励支持和引导个体私营等非公有制经济发展若干意见》及配套措施，为非公有制企业发展创造良好的市场环境。积极推动《反垄断法》的制定出台，维护有效竞争的市场秩序；稳步推进石油、天然气、电力、煤炭价格改革，完善市场经济体系；加快垄断行业体制改革，引入市场竞争机制。

二是积极鼓励、支持和引导个体私营等非公有制经济发展，改进服务和监管，不断提高非公有制经济的产业层次和企业素质。健全规范竞争秩序的法律和政策体系，从法制化、规范化的层面打破地方和部门保护主义，打破和消除地区垄断和行业垄断，对竞争性产业，要规范竞争秩序，公平竞争；对垄断性产业，进一步深化改革，放宽市场准入，提高市场开放程度，合理引导重组，促进市场有效竞争格局的形成。

三 我国产业政策的就业效应

中国产业政策和投资结构正在发生明显变化，在这种变化的影响下，产业结构的变动可能会形成结构性失业，而产业政策的变化可能会形成摩擦性失业，这将成为今后影响我国经济增长与就业弹性的主要因素。

我们运用中国统计局网站发布的各行业投资情况得到行业产业政策的变化，运用中国就业网站数据得到各行业就业需求人数，以此分析不同行业产业政策对各行业就业需求的弹性系数：就业需求弹性系数＝就业需求增速/投资增速。

从分析结果来看，就业需求弹性系数大于0的行业，主要集中在制造业、建筑业、信息传输业、住宿餐饮业和居民服务业等行业，说明我国十大产业振兴计划对增加经济发展动力和就业起到了一定作用；就业需求弹性系数小于0的行业，主要

表 1　2008～2010 年全国就业需求弹性系数分析

时　间	农林牧渔	采矿业	制造业	电力煤气	建筑业	交通运输	信息传输	批发零售	住宿餐饮	金融业
2008 年 1 月	-0.00619	-0.00316	0.191223	-0.0303	0.085106	-0.11321	0.083333	-0.06931	-0.02432	0
2008 年 4 月	0	0.009202	0.05414	0.010989	0.357143	-0.03704	0.018868	-0.04225	-0.0098	0
2008 年 7 月	0.001592	-0.0024	0.056886	0.006369	-0.06452	0.008264	0.089552	-0.01563	0.064615	-0.00191
2008 年 10 月	0.025688	0.012698	-0.12418	0.012987	0.023026	0	-0.0117	0.013699	0.045902	-0.00639
2009 年 1 月	0.004706	-0.00608	-0.02198	0	-0.00299	-0.00182	-0.04	0.040909	0.014493	0.000714
2009 年 4 月	-0.00435	-0.02459	0.040956	-0.01045	-0.01376	-0.00458	-0.0068	0.02	0.002188	0.003695
2009 年 7 月	-0.01277	-0.01714	0.093863	-0.01099	-0.00955	-0.00506	-0.03347	-0.00209	-0.02256	0
2009 年 10 月	-0.01603	0.005495	0.235075	-0.01053	-0.01736	0	0.016667	-0.03046	-0.03779	-0.00262
2010 年 1 月	-0.05155	0	0.05814	-0.02062	0.020408	-0.00694		-0.05775	-0.03828	-0.01235
2010 年 4 月	-0.00562	0.026316	0.02008	0	0.009317	-0.01195	-0.01923	0.025907	0.035242	-0.00613

时　间	房地产业	租赁商务	科学研究	水利环境	居民服务	教育事业	卫生保障	文化体育	公共管理
2008 年 1 月	-0.02594	0.006993	-0.00699	0.007407	0.002985	-0.00649	-0.00382	-0.00889	-0.02632
2008 年 4 月	-0.01709	-0.00713	-0.01049	0	0.042254	0	0.007092	0.0131	0.04878
2008 年 7 月	-0.03767	-0.02812	-0.02256	0.006042	-0.02687	0.015873	-0.0034	0.007605	-0.00621
2008 年 10 月	-0.01304	-0.01976	-0.00836	0.003106	0.035088	0	0.003268	-0.00385	0.00431
2009 年 1 月	0	-0.0066	0	-0.00164	-0.00835	-0.00291	0.001898	-0.00333	-0.00173
2009 年 4 月	0.013072	-0.0146	0.001294	0	0.003632	0	0.002805	-0.0035	-0.00191
2009 年 7 月	0.022321	-0.01362	0	-0.00392	0.023426	0	0.002743	-0.00174	-0.00272
2009 年 10 月	-0.00503	-0.00198	-0.00206	-0.00222	-0.01133	-0.00806	-0.00513	0.00211	-0.00683
2010 年 1 月	0.024862	0.008929	0.010417	-0.00816	0.075472	0.026667	0	0.009901	0
2010 年 4 月	0.013514	-0.00963	0	0.00373	-0.07965		-0.01099	0.006061	-0.01818

数据来源：中国统计网、中国就业网。

集中在电力煤气、交通运输、公共管理和社会组织、卫生社会保障和社会福利业、文化体育和娱乐业等行业；就业需求弹性系数等于 0 的行业，主要集中在采矿业、金融业、教育事业、科学研究、技术服务和地质勘察业等行业。

从增加就业弹性的角度出发，我国产业政策应当强化和提升原材料工业，促进传统工业的新型化；以产业链关键环节为重点，加快生产性服务业和居民服务业的发展；支持战略性产业和新兴产业群的发展，培育新的经济增长点。

Current Employment Situation and Industrial Policy in China

Abstract：In 2010, China has been implementing an active policy to create new employment opportunities. And as a result, there has been a great improvement in the employment situation. Both the vacancies of new positions and the amount of job applicants have been increasing significantly, compared with the statistics from last year. For the post-financial-crisis period, China will adjust its development to the requirement of industrialization and urbanization, and accelerate the upgrade of its industrial structure. At the same time, China will promote the transformation of the mode of economic development, and keep a balanced relationship between the adjustment of industrial structure and the allocation of human resource. Furthermore, China will make sure that new employment opportunities will increase steadily by creating new jobs.

Key Words：Employment Situation, Labor Market, Priority to the Promotion of Employment

B.4
我国收入分配现状及其发展趋势

杨宜勇　池振合*

摘　要：收入分配不平等已经成为影响我国经济和社会发展的重要问题，本文首先从城乡分解的角度分析了我国城镇居民收入不平等、农村收入不平等和城乡收入差距的现状；其次介绍了2010年我国有关收入分配政策的变化；最后文章针对我国收入分配现状提出了缩小收入差距的政策建议。

关键词：收入分配　收入不平等　收入分配政策

一　引言

生产和分配是人类社会中密切相关的两大根本性问题，既不能离开生产讨论分配，也不能离开分配来讨论生产。分配除了会对生产造成影响之外，还对经济和社会发展具有重要影响。如果收入分配不平等，那么就会使部分社会成员处于贫困之中，从而引发众多的社会问题。由此可见，收入分配问题是一国经济和社会发展中的根本性问题。有研究表明，2004年，中国的总体基尼系数就已经达到0.44；[①] 2007年，中国总体基尼系数大约为0.48~0.49，[②] 均大大超过了国际公认的0.4的警戒线水平。这说明，中国的收入分配非常不平等，收入差距问题已经成为我国一个严重的社会问题。

---

* 杨宜勇，国家发展和改革委员会社会发展研究所所长、研究员；池振合，中国劳动关系学院公共管理系讲师。
① 程永宏：《改革以来全国总体基尼系数的演变及其城乡分解》，《中国社会科学》2007年第4期。
② 李实：《如何看待收入差距低估问题》，收入分配问题研讨会，北京师范大学英东学术讲堂。

然而，19世纪80年代中国的收入分配不平等程度并不高，那时的收入差距问题并不严重。有数据显示，1984年，全国总体基尼系数大约仅为0.26。[①] 从1984年到2004年短短20年的时间内，我国已经由收入分配比较平等的国家进入到收入分配最不平等的国家行列之中，由此可见我国收入分配不平等扩大速度之快。近年来，在我国经济和社会发展中出现了一些新动向，它们必将对我国收入分配不平等产生重要影响。例如，2008年爆发于美国的金融危机，对我国产品出口造成了严重冲击，而这必将对我国居民收入分配产生影响，因为金融危机会降低行业间和地区间的收入不平等。与此同时，近年来我国出台了一系列对收入分配不平等进行调解的政策，它们的实施势必会对收入分配现状产生影响。

由于我国城乡二元经济结构的存在，本文先从城镇居民收入差距、农村居民收入差距和城乡居民收入差距三个方面对我国当前的收入差距现状及其未来发展趋势进行阐述；然后，介绍2010年我国政府所出台有关调节收入差距的政策；最后，本文提出缩小我国收入差距的一些政策建议。

二 我国收入分配现状

由于各种原因，很难获得我国居民收入的完整的原始数据，这极大地限制了有关居民收入分配问题的研究。即使能够获得的居民抽样调查数据也存在抽样样本小、时间不连续的问题，如"中国健康和营养调查"（CHNS）和"中国综合社会调查"（CGSS），这也限制了对居民收入分配问题的研究。鉴于上述情况，本文采用国家统计局历年公布的居民家庭收入分布数据作为研究我国城镇居民收入分配状况的数据。

需要说明的是，由于我国城乡二元经济结构的存在，国家统计局将城镇和农村居民家庭收入数据分别汇总和公布，所以无法通过既有统计获得全国居民家庭收入分布数据，也就无法计算出全国总体收入不平等程度。另一点需要说明的是，本文选取"大岛指数"作为反映我国城镇居民不平等程度的指标。所谓"大岛指数"，是指在居民收入五等分中最高20%居民的收入总和与最低20%居民收入总和之比，也可以表示为最高20%居民平均收入与最低20%居民平均收

---

① 王小鲁、樊纲：《中国收入差距的走势和影响因素分析》，《经济研究》2005年第10期。

入之比。本文使用大岛指数而不使用基尼系数和泰尔指数作为衡量收入不平等的指标，主要是基于以下原因。第一，无法获得有关居民收入的原始调查数据，所以不能直接计算基尼系数和泰尔指数。第二，如果通过《中国统计年鉴》公布的收入分组数据计算基尼系数和泰尔指数，那么就需要根据收入分组数据拟合出居民收入分布函数。在拟合过程中必然存在误差，它会对基尼系数和泰尔指数的精确性产生影响，而大岛指数则可以直接根据收入分组数据计算，这就避免了由于拟合收入分配函数而造成的误差。

（一）城镇居民收入分配状况

改革开放之后，我国城镇居民收入差距不断扩大，收入不平等程度逐渐增加（见图1）。从图1可以看出，1985～2009年，我国城镇大岛指数不断上升，由1985年的2.33上升到2009年的5.61。这说明，我国城镇收入差距总体上呈现逐渐扩大的趋势。在2002年，我国城镇大岛指数由2001年的4.64迅速上升到6.33，并且突破了大岛指数6.0的警戒水平。这说明，我国城镇居民家庭收入不平等程度已经达到了相当高的水平。尽管近年来我国城镇大岛指数出现了下降趋势，但这一数值始终在6.0附近，说明目前我国城镇居民收入不平等程度仍然非常高。例如，2009年我国城镇大岛指数为5.61。从图1还可看到，尽管我国城镇居民家庭收入不平等程度总体呈现不断扩大的趋势，然而在不同时期的变化趋势以及变化速度并不相同。例如，从2007年开始，城镇大岛指数开始下降，这

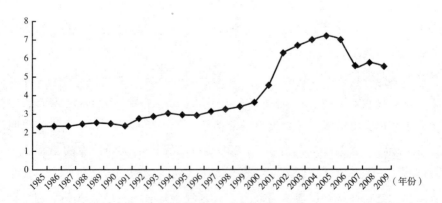

图1　1985～2009年城镇大岛指数

数据来源：由历年《中国统计年鉴》相关数据整理并计算获得。

说明我国城镇收入差距在缩小。

到目前为止，我国城镇差距变化可以大体上划分为四个阶段，即平稳演进、逐渐扩大、急速扩大、下降。1985～1991 年为平稳演进阶段。这一时期，我国城镇大岛指数基本保持在一个稳定水平，指数值由 1985 年的 2.33 增长到 1991 年的 2.38。这期间大岛指数保持稳定，说明我国城镇居民家庭收入差距处于平稳状态。从 1992 年开始，城镇大岛指数出现了上升趋势。到 2000 年，城镇大岛指数已经由 1991 年的 2.38 上升到了 3.62，表明我国城镇居民家庭收入差距正在逐渐扩大。尽管在这一期间我国城镇大岛指数增加，但是年均增长速度仅为 4.77%，这说明我国城镇居民家庭收入差距呈逐渐扩大趋势，因此，1991～2000 年可视为逐渐扩大阶段。从 2001 年开始，我国城镇大岛指数增加速度明显增加。特别是 2001 年和 2002 年，我国城镇大岛指数分别达到 4.54 和 6.33，每年的增长速度为 25.4% 和 39.4%，这表明我国城镇居民家庭收入差距迅速扩大。随后几年，尽管大岛指数的增长速度有所下降，但仍处于不断增长之中。2005 年，我国城镇大岛指数达到 7.23 的最高值。2000～2005 年，我国城镇大岛指数由 3.62 上升到 7.23，年均增长 14.8%，所以，这一阶段是我国城镇收入差距急速扩大的阶段。从 2005 年开始为第四阶段。在这一阶段，我国城镇大岛指数开始下降，到 2009 年已经由 2005 年的 7.23 下降到 5.61。这说明，我国城镇居民收入差距开始缩小，收入差距扩大的趋势得到有效遏制。

通过以上分析可以看出，从 19 世纪 80 年代中期开始，我国城镇居民家庭收入差距总体呈现逐渐扩大的趋势。从 19 世纪 80 年代中期到 1992 年中共"十四大"确定进行社会主义市场经济体制改革期间，我国城镇大岛指数处于平稳演进阶段，在这一阶段城镇收入差距没有发生实质性变化。从 1992 年进行社会主义市场经济体制改革之后，城镇大岛指数开始缓慢增加，城镇收入差距逐渐扩大，这说明体制转换是导致我国收入差距扩大的原因之一。特别是 2001 年底中国加入世界贸易组织之后，我国城镇大岛指数快速增加，城镇收入差距急速扩大，这说明加入世界贸易组织对我国城镇收入差距可能产生了实质性影响。近年来，我国城镇大岛指数的下降表明城镇居民家庭收入差距出现了缩小的趋势，说明城镇收入差距扩大的趋势得到了有效遏制。

（二）农村居民收入分配状况

我国农村地区收入分配不平等现象严重。从图 2 可以看出，2002 年我国农

村地区大岛指数为 6.88，已经超过了国际公认的大岛指数为 6.0 的警戒水平。2009 年，农村大岛指数更是达到了 7.95，这表明当前我国农村居民收入不平等程度已经非常高了。由此可见，农村居民收入不平等变化趋势与城镇居民收入不平等程度变化趋势并不相同。

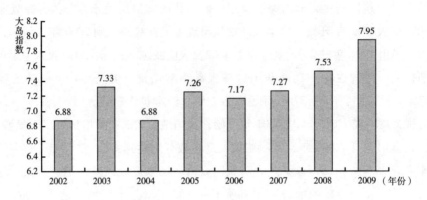

图 2　2002～2009 年中国农村大岛指数

数据来源：由历年《中国统计年鉴》数据整理获得。

　　图 2 显示，从 2002 年开始，我国农村居民收入差距大体呈现逐渐扩大的趋势。从图 2 还可以看出，尽管 2004 年农村大岛指数与 2002 年的全国大岛指数基本持平，但是从 2004 年之后，指数值便逐渐增大。2002～2009 年，我国农村大岛指数增长了 15.55%，年均增长约 2.1%。由此可见，我国农村收入差距问题正在进一步恶化。总体来看，我国农村居民收入不平等要大于城镇居民收入不平等（见图 3）。从图 3 可以看出，2002 年和 2003 年农村大岛指数分别为 6.88 和7.33，而相应年份城镇大岛指数分别为 6.33 和 6.88。2002 年和 2003 年我国农村大岛指数均大于城镇大岛指数，这表明我国农村居民收入不平等状况比城镇居民收入不平等状况更严重。2005 年，随着城镇居民收入差距的扩大，我国农村和城镇的大岛指数差距在缩小。例如，2005 年农村大岛指数为 7.26，城镇大岛指数为 7.23。城乡之间大岛指数的细微差别说明我国农村和城镇居民收入不平等程度基本相同，农村和城镇收入差距问题严重程度基本相同。然而，从 2006年开始，城镇大岛指数下降，而农村大岛指数则继续上升，两者不同的变化趋势导致农村大岛指数远远大于城镇大岛指数。例如，2009 年农村大岛指数为7.95，而城镇大岛指数则只有 5.61，两者相差 2.34。农村和城镇大岛指数的巨

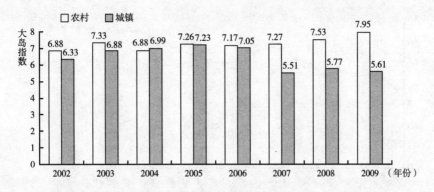

图3　2002～2009年城乡大岛指数

数据来源：由历年《中国统计年鉴》数据整理获得。

大差距说明农村居民收入不平等程度要远远大于城镇居民收入不平等程度，这表明农村居民收入差距问题比城镇收入差距问题严重。特别是近年来，农村居民收入不平等程度继续上升，而城镇居民收入不平等程度则呈现下降趋势，这说明我国出台的调节收入差距政策在城镇地区效果明显，而对农村居民收入差距调节效果甚微。

（三）城乡之间收入差距

按照城乡分解之后，我国总体收入差距可以划分为城镇收入差距、农村收入差距和城乡收入差距。因此，除了城镇和农村居民的收入差距之外，城乡收入差距也是影响我国总体收入差距的重要因素。总体上讲，我国城乡收入差距呈现上升的趋势（见图4）。

从图4可以看出，1985年，我国城镇居民人均可支配收入与农村居民人均纯收入之比为1.86，而2009年城镇居民人均可支配收入与农村居民人均纯收入之比已经增加到3.3。由此可见，我国城乡收入差距总体呈现出扩大趋势。然而，特别需要注意的是，近一段时间我国城乡收入差距扩大的趋势得到了有效遏制。2002年我国城镇人均可支配收入与农村人均纯收入之比为3.11，而2009年这一值仅上升到3.33。2002～2009年我国城镇人均可支配收入与农村人均纯收入之比的年均增长0.98%，而1997～2003年则高达4.5%。由此可见，从2002年开始，我国城乡收入差距迅速扩大的趋势得到了有效遏制，这表明我国政府出台的有关增加农民收入、缩小城乡收入差距的措施已经开始发挥效果。尽管我国

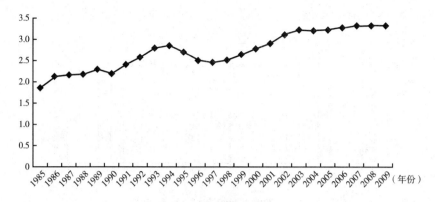

图4 1985~2009 年城乡收入比

数据来源：由历年《中国统计年鉴》数据整理获得。

城乡收入差距迅速扩大的趋势得到了有效遏制，但是造成我国城乡收入差距的制度因素并没有根除，所以我国城乡收入差距扩大的趋势不会在短期内发生根本改变。从图4可以看出，尽管从2002年起部分年份城镇居民人均可支配收入与农村居民人均纯收入之比略有下降，但是总体上看仍然呈现上升趋势。例如，我国城镇居民人均可支配收入与农村居民人均纯收入之比由2007年的3.33下降到2008年的3.31，而到2009年这一数值又上升到3.33。

总之，我国城镇居民收入差距已经由扩大转变为逐步缩小；农村居民收入差距则呈现继续扩大的趋势；城乡收入差距快速上升的趋势得到了有效遏制，但是导致城乡收入差距的制度因素没有根除，所以城乡收入差距变化趋势不会发生根本变化。从城乡分解的角度来看，农村居民收入差距扩大是导致我国目前总体收入差距扩大的主要影响因素。

三　2010 年收入分配政策的新变化
及其对收入分配的影响

随着全国总体基尼系数的不断升高，收入差距问题越来越严重，它对经济和社会发展的不利影响也越来越明显，与此同时，我国政府对收入差距问题越来越重视，相继出台了一系列政策调控收入分配，以缩小过大的收入差距。例如，人力资源社会保障部等部委联合，于2009年下发了《关于进一步规范中央企业负责人薪酬管理的指导意见》，以此规范中央企业负责人的薪酬。然而，上述政策的实施未能从根本上改变全国总体收入不平等程度继续上升的趋势。所以，2010年我国政府工作任务的重点之一就是要改革收入分配制度，以此遏制收入分配差距不断扩大的趋势。

（一）调整收入分配格局，提高"两个比重"，即居民收入在国民收入分配中的比重和劳动报酬在初次分配中的比重

温家宝在《关于制定国民经济和社会发展第十二个五年规划建议的说明》中指出，当前必须通过改革收入分配制度来解决我国收入差距过大的问题。由此可见，通过收入分配制度改革缩小收入差距已经成为解决我国当前收入分配问题的重点所在。改革收入分配制度的重点之一就是调整国民收入分配格局，调高"两个比重"，即居民收入在国民收入分配中的比重和劳动报酬在初次分配中的比重。温家宝认为，提高"两个比重"的关键是提高城乡居民收入特别是中低收入者的收入水平以及建立企业职工工资正常增长机制和支付保障机制。与此同时，《中共中央关于制定国民经济和社会发展第十二个五年规划的建议》提出，在十二五时期我国要努力提高居民收入在国民收入分配中的比重，提高劳动报酬在初次分配中的比重。可以看出，在未来相当长的一段时间内，调整收入分配格局，提高"两个比重"将是我国收入分配制度改革的重点所在。

（二）规范收入分配秩序，建立公平公正的收入分配秩序

在调节国民收入分配格局的同时，规范收入分配秩序也是我国收入分配制度改革的重要组成部分。温家宝指出，要通过坚决打击取缔非法收入，规范灰色收入，逐步形成公开透明、公正合理的收入分配秩序。规范收入分配秩序的措施主要包括推进事业单位工资制度改革和治理商业贿赂等。与此同时，深化垄断行业工资制度改革也是规范收入分配秩序的重要组成部分。其主要措施包括打破垄断、完善对垄断行业工资总额和工资水平的双重调控政策等。

（三）完善收入再分配制度

收入再分配制度是收入分配制度的重要组成部分，在抑制收入差距扩大方面具有重要作用。温家宝指出，要发挥财政、税收的调节作用，特别是加大税收对收入

分配的调节作用，使之有效调节过高收入。完善个人所得税制度，建立综合与分类相结合的个人所得税制度。与此同时，社会保障制度在收入再分配方面也具有重要作用，所以我国政府高度重视社会保障制度的建设。温家宝指出，"十二五"期间我国要坚持广覆盖、保基本、多层次、可持续的方针，加快推进覆盖城乡居民的社会保障体系建设。完善我国社会保障体系建设的主要措施包括，实现新型农村养老保险制度全覆盖、推动机关事业单位养老保险制度改革、扩大社会保障覆盖面等。

通过以上分析可以看出，在未来一段时间内，我国收入分配领域的改革主要集中在收入分配制度改革，而收入分配制度改革的重点是调整国民收入分配格局，提高"两个比重"，即居民收入在国民收入分配中的比重和劳动报酬在初次分配中的比重。与此同时，规范收入分配秩序，完善再分配制度也是未来我国收入分配制度改革的重要组成部分。

四　政策建议

我国出台的收入分配相关政策在抑制收入差距继续扩大方面已经发挥作用。例如，由于调节收入分配政策的实施，城镇居民收入差距已经出现下降趋势，城乡收入差距过快增长的趋势也已经得到了有效的遏制。但是，与城镇居民收入差距和城乡收入差距变化趋势形成鲜明对比的是农村居民收入差距呈现继续上涨的趋势。目前，农村居民收入差距扩大已经成为推动全国总体收入差距上涨的主要原因。因而，如何通过收入分配制度改革缩小农村居民收入差距已经成为我国缩小收入分配差距的主要任务。鉴于此，我们提出以下几点政策建议。

1. 整顿和规范收入分配秩序

当前造成我国收入分配差距过大的首要原因是收入分配秩序混乱，而收入分配秩序混乱的根源在于政府行政权力过多涉入收入分配领域。所以，要继续完善与社会主义市场经济相一致的收入分配制度；要继续推动政府机构改革，精简政府人员，缩小政府规模，提高政府行政效率；要转变政府职能，全心全意为人民服务。国家是维护公共利益的机构，这就决定了国家活动公益性的基本性质。现代企业制度的根本性质是营利性，所以，国家的根本性质与企业性质是相矛盾的，因此，要继续推动国有企业改革。具有公益性的企业应继续由国家经营，而非公益性的国有企业要逐渐转变为由社会资本经营。

2. 加快推进新农村建设，推动农民生活水平稳步提高

农村居民收入差距和城乡收入差距是影响我国收入差距的重要因素，所以要加快推进新农村建设，增加农民收入特别是中低收入户的收入，从而缩小农村居民收入差距和城乡收入差距。目前，我国农村从业人员具有文化水平低、年龄大、女性居多的特点。因此，如何增加农业从业人员的收入水平已经成为一个亟待解决的问题。与此同时，要加快农村社会保障制度建设，特别要提高农村最低生活保障制度的保障标准，这样才能保障困难人群的基本生活。

3. 建立公正合理的劳资关系，为提高劳动报酬占初次分配比重创造环境

只有通过建立起真正代表工人利益的工会组织，才能从根本上改变劳动者相对于资本的弱势地位，才能为企业职工建立起正常工资增长机制创造条件。要建立行之有效的工资集体协商制度，这样才能扭转单个劳动者相对于资本的弱势地位，才能为劳动者争取到合理、公正的劳动报酬形成机制。

Income Distribution in Today's China and
Its Future Trend

Abstract：Income inequality is the first and foremost problem that influences China's social and economic development. The paper firstly analyzes China's income inequalities between urban and rural areas, and then decomposes the income gap between these two areas. Furthermore, the paper introduces policy changes on income distribution and income redistribution in 2010. At last, the paper reaches its conclusions and proposes solutions to narrow the urban-rural income gap.

Key Words：Income Distribution; Income Inequality; the Policy on Income Distribution

B.5
2010年中国社会保险制度建设新进展

王发运　李　宇*

摘　要：本文回顾了改革开放以来中国社会保险基本制度建设的探索，分析了2010年社会保险事业运行的基本情况，提出了当前我国社会保险制度建设面临的问题。2010年中国颁布了新中国成立以来的第一部《社会保险法》，这部法律在我国社会保险的主要项目、基本制度模式、覆盖城乡居民的目标取向、政府的保险职责等方面有所突破和创新。

关键词：社会保险　社会保险法　制度建设

经过艰难的立法过程，2010年10月28日，十一届全国人大常委会第十七次会议表决通过了《社会保险法》，胡锦涛主席签署第三十五号主席令，公布《社会保险法》从2011年7月1日起施行。这是中国社会保险制度建设的突破性进展，从此，中国社会保险制度有了自己的基本法。今后，中国社会保险制度将按照《社会保险法》的框架继续发展。当此之际，回顾过去三十多年中国社会保险制度建设和创新的艰难历程以及所取得的成就和面临的挑战，展望未来中国社会保险制度发展的方向，是十分有意义的。

一　中国社会保险基本制度建设的艰难探索

中国社会保险基本制度的建设，是从逐步确立基本保险项目开始的。围绕着社会保险的基本制度选择、社会保险的覆盖面、社会保险的政府责任以及社会保

* 王发运，人力资源和社会保障部社会保险事业管理中心处长；李宇，首都经济贸易大学副教授。

险的转移接续问题，进行了长达三十多年的摸索和尝试，最终形成了一个较为系统的基本制度体系。

（一）中国社会保险主要项目的探索

1984 年，部分地区试行国有企业退休费用社会统筹，揭开了我国社会保险制度改革的序幕。改革一般都采取了先试点、后规范，逐步推开的办法。比如，1994 年城镇职工医疗保险实施"两江试点"，1995 年企业职工养老保险实行社会统筹与个人账户相结合的办法的全国性试点，2000 年辽宁省开展完善城镇社会保障体系试点以及随后东北三省扩大试点，2003 年开展新型农村合作医疗保险制度试点，2009 年以来实施农村社会养老保险制度试点，等等。

自 1884 年德国建立工伤保险起，社会保险已经有了 100 多年的发展历史。但对于社会保险应当有哪些项目，各国有不同的立法实践。美国《社会保障法》仅仅涵盖老年遗属和残疾保险，德国、日本等国则不仅有养老、医疗、失业、工伤和生育保险，还建立了护理保险。有的国家在普惠型的养老保障之外，把行业养老保险等纳入社会保险范畴。看来，实行什么项目的社会保险，取决于各国的具体国情。在我国，不同时期对社会保险的具体内容有不同的规定。1951 年我国施行的《劳动保险条例》内容包括疾病待遇、工伤待遇、死亡待遇、养老待遇、生育待遇等项目。当时没有失业保险，只有失业救济。1986 年，为适应国营企业转换经营机制和劳动制度重大改革的需要，国家建立了待业保险制度。1993 年以后，待业保险改称失业保险。1994 年 7 月通过、1995 年 1 月 1 日起实行的《劳动法》，原则规定了劳动者在年老、患病、工伤、失业、生育等情况下有权获得帮助和补偿。但是在实践中，对于社会保险的内涵还是有争论的。比如，单独设立生育保险有无必要？有人认为生育医疗费用完全可以由医疗保险承担，主张取消生育保险；有人则主张生育保险与医疗保险协同推进，实际上把生育保险作为医疗保险的附属项目。又比如，补充保险是不是社会保险？一种观点认为社会保险体系是多层次的，企业年金和补充医疗保险等都属于社会保险；另一种观点则认为企业年金等属于商业保险，或者至少应由商业保险公司承办。近年来，随着老龄化的步伐加快，部分地区特别是上海市提出要探索建立护理保险。

（二）中国社会保险基本制度的选择

自从有了社会保险，关于最佳制度模式的争论就一直没有停止过。中国的情

况同样如此，关于养老保险和医疗保险制度模式的争论尤其激烈。改革之初，我们注意到，多数成熟市场经济国家实行以现收现付、社会统筹为主要特征的传统养老保险模式，而东南亚、拉美等新兴市场经济国家推行的是以强制储蓄、个人积累和个人账户为主要特征的养老保险模式。两种模式孰优孰劣，在国际社会保障领域、国际劳工领域曾经有过长期、尖锐的争论。

经过长时间的探索，中国最终将两种模式融合起来，选择了"社会统筹与个人账户相结合"。但社会统筹与个人账户如何结合，意见仍然不一致。1997年国家统一企业职工养老保险制度后，争论的兴奋点转移到了如何消化养老保险历史欠账和是否做实个人账户上，表面上似乎与制度模式无关了，实际上还是制度模式争论的延续。对于基本医疗保险的制度模式，社会舆论首先是集中于搞保险模式还是免费医疗模式，另外就是医疗保险要不要个人账户，也是一个争议的问题，需要经过进一步的探索，以立法的形式加以解决。

（三）中国社会保险制度覆盖目标取向探索

多年来，社会保险工作一直以城镇职业人群为主要对象，城镇无业居民的社会保险比较薄弱；农村和农民以土地保障为主，社会保险基本是空白。随着经济体制改革和就业形式多元化，原有的以单位职工为主的社会保险难以适应形势需要。同时，经济社会发展和国家财力的增强，也为在农村开展社会保险工作创造了条件。社会保险覆盖范围逐步从城镇扩大到农村，从国有企业扩大到各类企业，从单位职工扩大到灵活就业人员和城乡居民。

党的十七大确立了建立覆盖城乡居民的社会保障体系的目标，由此，扩大社会保险覆盖面的工作进入了一个新的发展阶段。预计到2010年末，城镇职工养老保险参保人数将达到2.5亿人，城镇医疗保险参保人数将达到4.2亿人，加上新农合参合人数，总量将超过12.5亿人，医疗保险基本实现全覆盖。失业保险、工伤保险和生育保险也将分别覆盖到1.3亿人、1.6亿人和1.2亿人，新农保到2011年春节前后缴费人员和享受待遇老年人的总量也有望超过1亿人。可以说，距离人人享有社会保障的日子已为期不远。

（四）政府社会保险职责的探索

社会保险是政府行为，离不开政府的支持和投入。在这方面，中国是走过一些弯路的。改革初期确立的社会保险制度，有减轻国家负担的意图，导致一些群众把改革片面理解为实行个人缴费，增加个人负担。随着改革的深入，政府的社会保障责任逐步明确，并采取了一系列支持鼓励政策。国家对社会保险基金实行税收减免，中央财政通过转移支付弥补地方养老保险基金的缺口，仅最近两年就投入 500 多亿元，历年来已累计投入 5000 多亿元，帮助地方解决关闭破产企业退休人员参加医疗保险。

但是，这种投入更多的是随机性的，没有明确的章程可循。因此，多年来，政府对社会保险的投入并未遵循社会保险发展的客观规律，随着经济社会的发展而不断增长及推进制度化。以养老保险为例，在实行个人账户和社会统筹相结合的制度的过程中，对于因改革措施的推进而形成的巨额空账，政府一直没有找到可行的办法予以填补，国家每年只是根据当年支付的实际缺口，提供财政补贴，养老保险支付面临巨大的风险。这些问题无疑亟须从制度上加以根本解决。

（五）建立可转移接续社会保险体系的探索

曾经有一个宣传口号：无论你在哪里干，社会保险接着算。但现实中，社会保险关系转移接续难，制度之间衔接不顺畅，却是制约我国社会保险事业发展的突出问题。每年年末，经济发达的珠三角地区和长三角地区都有大量农民工退保，把社保机构门口堵得水泄不通。前几年的政府工作报告都把解决社会保险关系转移接续难问题作为一项重要任务。

2009 年末，国家出台了《城镇企业职工基本养老保险关系转移接续暂行办法》，人力资源和社会保障部与财政部一起印发了《关于基本医疗保险异地就医结算服务工作的意见》。目前，养老保险关系转移接续工作总体形势平稳，没有出现"退保潮"。截至 2010 年 9 月底，全国累计开具参保缴费凭证 80.4 万份，办理跨省转移接续 14.7 万人次，其中办理转入 5.3 万人，办理转出 9.42 万人。异地就医结算服务工作的意见虽然 2010 年 7 月才开始实行，但也取得了很大进展，已有 26 个省份印发了医保转续办法，18 个省份印发了医保转续经办规程，17 个省份医保转续经办工作已启动。据初步统计，第三季度统筹地区之间有近 3 万人转入，近 4 万人转出。

二　中国社会保险相关政策的创新成就与要求

基本社会保险制度建立起来后，还需要有相应的制度和政策安排作为实施的保障。三十多年来，中国在探索建立基本社会保险制度的同时，也在基本制度实施的政策保障方面进行了探索，不断取得新的突破。

（一）社会保险建立方式的创新成就

现代社会保险制度建立的基本原则是法律强制、劳资分责、政府担保、自成系统、自我平衡、自我发展。但在中国，城镇无业居民和农民属于社会的弱势群体，收入水平低。如果没有政府的鼓励和投入，城镇无业居民和农民的社会保险工作很难迅速推开。

为了建立城镇居民医疗保险制度和新型农村合作医疗制度，中国突破了严格的社会保险框框，积极进行制度创新，通过政府补助，引导居民和农民参加城镇居民医疗保险和新型农村合作医疗、新型农村社会养老保险试点，中央政府和地方政府对参保人员都提供了相应的补助。在世界社会保障历史上，对如此大规模的人群提供补助，引导其参加社会保险，中国是第一个。传统的看法认为，社会保险必须强制参加。但是，中国有自己的国情，在关于居民参与社会保险的政策取向上，最重要的政策创新是提出了自愿参加各种保险的原则，这是对国际社会保险理论的一大贡献。

（二）社会保险统筹层次和权益保障的创新要求

社会保险统筹层次低，待遇差别就很难控制，不利于维护社会公平正义。中国地区之间经济发展程度、收入水平差距较大，加之财政分灶吃饭，各种利益纠葛导致提高社会保险统筹层次困难很多。经过十多年的努力，到2009年底，全国所有省级行政区都制定了省级统筹制度，只是还没有全部实施到位。

根据人社部和相关部门的评估，目前全国有25个省级单位达到了省级统筹的标准。目前医疗、工伤、失业保险基本上是县级统筹，2009年确立的目标是在2~3年内实现市级统筹。但是，提高统筹层次的速度越慢差别会越大，最后统筹起来的缺口和负担就越重，耗时越长，全国统筹会更加困难。《中共中央关于制定国民经济和社会发展第十二个五年规划的建议》已经把实现基础养老金的全国统筹作为今后五年的重要任务，相信养老保险全国统筹应该会在未来的五年内完成。

1978 年，国务院 104 号文件把连续工龄满 10 年作为享受退休金的一项基本条件。1997 年国务院《关于建立统一的企业职工养老保险制度的决定》又将这一规定延长到 15 年。这种调整，实际上对工龄不满 15 年的居民的社会保障权益造成了不利影响。当然，养老保险最低缴费年限政策自有其客观合理理由，但硬性规定缴费不够 15 年，就把个人账户储存额一次性发放本人，解除养老保险关系，总让人感觉有失公允。因此，探索突破这一政策限制，也是近年来中国社会保险事业发展的一个重要内容。

（三）社会保险经办机构和社会保险费征收办法的创新需求

1993 年后，按照政事分开的原则，各地普遍设立了社会保险经办机构，2009 年底全国共有 7000 多个经办机构，工作人员 14 万人。但是，社会保险经办机构的法律地位一直没有很好解决。

在社会保险费征收手段方面，也有进一步完善的需要。在"两个确保"的政策实施以来，针对保险发放工作"一手硬"、征收工作"一手软"的问题，1999 年国务院出台了《社会保险费征缴暂行条例》，规定了不按时缴纳社会保险费的一些处罚措施。但总体看，社会保险费征收机构征收手段较少，社会保险费征收难的问题没有得到根本解决。

如何进一步创新相关政策，解决社会保险经办机构和社会保险费征收办法中存在的各种问题，是社会保险相关政策创新的客观要求。

三 根本制度的最终确立和相关政策的创新

如果从 1951 年《劳动保险条例》的出台算起，我国社会保险已经走过了近 60 年的发展历程。改革开放 30 年来，在改革劳动保险制度和公费医疗制度的过程中，国家陆续制定了一些法规、规章，但始终没有一部顶层的法律，社会保险制度的稳定性、规范性和强制性都缺乏有力而牢固的法律支撑。因为该法关乎每个公民的福祉保障，承载着太多的民生期盼，有关各方对很多问题的认识不一致

甚至相互冲突，其出台的艰难和坎坷可想而知。经过长期艰难的探索和创新，《社会保险法》终于出台，为最终确立中国社会保险的根本制度、创新相关政策安排，奠定了坚实的法律基础。

（一）《社会保险法》的立法过程

早在1993年，原劳动部就开始研究起草《社会保险法（草案）》，先后3次向国务院报送了草案送审稿。由于需要调整的社会关系错综复杂，各相关利益方纠葛甚深，"深水区问题"太多，《社会保险法》始终艰难地徘徊在出台的关口，虽然数度被列入全国人大常委会的立法规划及国务院的立法工作计划，却频频"胎死腹中"。与此同时，企盼《社会保险法》的民意呼声与日俱增。2003年"两会"期间，254名全国人大代表联名呼吁尽快制定《社会保险法》；2004年"两会"期间，500多位全国人大代表联名发出同样的呼声；2006年"两会"期间，465名全国人大代表提出类似议案。在社会各界的努力下，2007年，《社会保险法（草案）》首次提请全国人大常委会审议。2008年12月，草案再次提请审议，全国人大常委会决定将草案面向全社会征求意见。2009年12月，草案第三次提交审议。2010年10月，草案第四次提交审议并表决通过。至此，经历17年的艰辛探索，走过"三报四审"，《社会保险法》"终成正果"。

《社会保险法》是新中国成立以来第一部社会保险的综合性法律，是中国特色社会主义法律体系中发挥支撑作用的重要法律，是履行"让人人享有社会保障"这一庄严政治承诺的法律保证。该法涉及养老、医疗、失业、工伤、生育五大险种，规范了社会保险关系，规定了用人单位和劳动者的权利与义务，强化了政府责任，明确了行政部门和社会保险经办机构的职责，确定了社会保险相关各方的法律责任，是名副其实的民生基本大法。它的出台，预示着中国现代公民社会建设迈出了一大步；它的出台，结束了社保领域各自为政的乱象，填补了社会保险领域一直没有一部统一的基础性法律的空白。

（二）《社会保险法》确立了中国社会保险的基本制度

《社会保险法》是在近年来各地试点的基础上完成的，把通过实践证明比较成熟可行的做法通过法律形式加以提升和固化。

一是提升和固化了我国社会保险的主要项目。本次立法规定中国社会保险主要包括基本养老保险、基本医疗保险、工伤保险、失业保险、生育保险等，在法律层面固化和提升了我国社会保险的主要项目。

二是提升和固化了五项保险的基本制度模式。本次立法肯定了五项保险的基本制度模式，明确规定基本养老保险实行社会统筹与个人账户相结合，否定了免费医疗的政策取向，基本制度的稳定性有了法律保证。

三是提升和固化了全覆盖的目标取向。顺应时代发展对社会保险制度全覆盖的要求，本次立法把养老保险和医疗保险的覆盖范围扩大到城镇各类劳动者和全体居民，工伤保险、失业保险、生育保险覆盖全体职业人群，以法律的形式确立了广覆盖的社会保险制度体系。

四是提升和固化了政府的社会保险职责。本次立法把政府对社会保险基金承担的责任分为三个方面。第一，国有企业、事业单位职工参加基本养老保险前，视同缴费年限期间应当缴纳的基本养老保险费由政府承担；第二，政府对新型农村社会保险、城镇居民医疗保险给予补贴；第三，社会保险基金出现支付不足时，政府给予补贴。以上规定首先从源头上解决了养老保险的历史欠账问题，明确了政府对开展农村社会保险和居民社会保险的支持，明确了政府对基金的托底责任。

五是提升和固化了建立可转移、可衔接的社会保险的要求。《社会保险法》明确规定了社会保险关系转移接续的基本原则，接续的范围不仅限于养老保险和医疗保险关系，而且扩展到失业保险，要求缴费年限累计计算，还要求社会保险行政部门和卫生行政部门建立异地就医医疗费用结算制度，方便参保人员享受医疗保险待遇。

（三）《社会保险法》体现了大量政策创新

立法不仅是固化和提升现有政策规定的过程，也是对现有政策规定突破和创新的过程。

《社会保险法》肯定了以往的正确做法，把新型农村合作医疗和新型农村社会养老保险都归入基本保险。同时，根据中国国情，《社会保险法》赋予个人自由选择的权利，允许有关人员自愿参加城镇居民医疗保险、新型农村合作医疗保险、新型农村社会养老保险。

在社会保险统筹层次上有了突破和创新。《社会保险法》从促进社会公平正

义出发，明确规定养老保险要逐步实行全国统筹，医疗保险、工伤保险、失业保险、生育保险逐步实行省级统筹。这一突破和创新为社会保险事业的发展确立了目标，也为加快提高各项社会保险统筹层次提供了法理依据。

在权益保障方面，《社会保险法》也有不少突破和创新之处。《社会保险法》在各项制度的设计上，突出维权，把保障参保人的合法权益、打造服务型政府作为出发点，与现行政策相比，有很多突破。比如，该法解决了缴费不足 15 年的人员无法享受基本养老金的问题，允许达到法定退休年龄时累计缴费不足 15 年的人缴费至满 15 年即可享受，突出体现了人性化操作的立法本意。再如，医疗保险和工伤保险中有关费用应由第三人承担的，当第三人不支付或者无法确定第三人时，由基金先行支付的条款，也突破了现行规定，虽然可能会增加基金负担，但却体现了法律的人文关怀精神，在一定程度上也提高了社会保险的公信力。

在社会保险经办机构的职责定位方面的突破和创新是，《社会保险法》单独设章，规定了社会保险经办的有关核心内容，明确了经办机构属于由财政保障经费的政府职能部门，赋予了经办机构社会保险基金管理主体、信息管理主体和社会保险权益管理主体的法律地位，规定了经办机构提供社会保险服务、负责社会保险登记、缴费基数核定、个人权益记录、社会保险基金核算、社会保险待遇支付等工作职责，还给予了经办机构履行职责必需的工作资源和手段，使社会保险经办具有了充分的法律依据。更为重要的是，《社会保险法》在明确经办机构职能定位的同时，把立法的侧重点放在了经办机构的服务规范和义务上，这在以往的立法中是不多见的。比如，经办机构要提供社会保险咨询等相关服务，要与医疗机构、药品经营单位直接结算医疗费用，要足额支付社会保险待遇，要定期将个人权益记录单据免费寄送本人，不得泄露用人单位和个人信息，等等。有了这些规定，参保人员应享受的基本社会保险服务就有了法律保证。

在社会保险费征收手段上的突破和创新，主要表现为，《社会保险法》赋予征收机构对逾期未缴纳或者补足社会保险费的用人单位采取必要的征收手段，比如可以查询其存款账户，可以划拨，甚至可以申请人民法院扣押、查封、拍卖其财产，以抵缴社会保险费，这就从法律上增加了缴纳社会保险费的强制性，对于加强社会保险费的征收工作具有重要意义。

四 中国社会保险制度建设的未来发展方向

中国的社会保险制度正在建立健全的过程中，有些制度需要根据经济社会的发展不断完善。实际上，《社会保险法》的规定还比较"原则"。与人们的期望相比，《社会保险法》在重大制度方面的授权性条款仍然过多，一定程度上"不解渴"，还有许多难题有待破解。

征收体制有待破解。目前，北京、上海等 15 个省区市、新疆兵团和大连、深圳、青岛 3 个计划单列市的社会保险费全部由社会保险经办机构负责征收，占全国征收地区的 51.3%；安徽 1 省和宁波、厦门 2 个计划单列市全部由税务机构负责征收，占全国征收地区的 8.1%；河北、江苏等 15 个省份则既有社会保险机构负责征收，也有税务机关负责征收，占征收地区的 40.6%。征收体制不统一，反映了各界对我国社会保障发展目标取向的根本分歧。4 月份，《求是》杂志刊登了财政部部长谢旭人的署名文章《坚定不移深化财税体制改革》，建议研究开征社会保障税，各界对于未来社会保障领域的税费之争更加激烈。如果开征社会保障税，即社会保险费改税，则大方向上应由税务机关征收社会保险费。但费改税与已经确定的社会保险制度模式不相匹配。征收体制不统一，还反映了对社会保险管理体制的争论。有人认为，社会保险收、支、管全由一个部门负责，容易产生腐败，必须分部门管理，各司其职，互相制约，他们甚至提出了税务征收、社保核定、银行发放、财政管理、审计监督的部门分管格局。

退休年龄有待破解。退休年龄是社会保险尤其是养老保险的一个重要政策。最近，法国通过了退休制度改革法案，决定提高退休年龄。这一事件在法国引起全面罢工。面对迅速老龄化，面对基金的支付压力，国内有人也提出逐步提高退休年龄的观点。10 月，上海市出台了柔性退休政策，引起社会热议。"该不该延迟退休"，争论高潮迭起，可谓几家欢乐几家愁。梳理这些争论，可以看出多种利益的纠葛、不同立场的声音。认同目前退休政策的，多为一线以体力劳动为主的工人，他们中的一些人在职收入偏低且不稳定，退休后有望获得稳定的养老金收入。希望延迟退休的，多是有一定职位的公务员及科研人员，包括受"55 岁门槛"限制的女性。就社会层面而言，主张延迟退休者认为，随着人口寿命延长、健康水平提高，延迟退休有利于人力资源的充分利用，且城市化和人口老龄化给养老保险基金支付带来巨大压力。不少老龄化国家普遍采取了逐年延迟退休年龄或者弹性推迟领取养老金的做法。而反对延迟退休者看来，延长退休年龄势必挤压年轻人的就业机会，这对于我国劳动力长期供大于求的现状，无疑是雪上加霜。但问题远不是这么简单。对反对者的主张，也是争议颇多。有人提出，早退休或者提前退休并不能给年轻人腾出岗位，不少提前退休者依然在以其他方式就业，就业总量大体不变；新劳动力也不一定能替代有经验的劳动力，因为劳动力市场上真正供不应求的是有丰富经验的高技能、高素质人才，让这些人延迟退休，可以弥补高端人力资源市场的不足，避免人才的浪费，有利于促进经济社会高效运转，从而可能派生新的就业岗位。更有乐观者认为，随着国家经济持续快速发展，对劳动力的需求会相应加大，对高素质劳动者的需求会增加得更快。看来，退休年龄政策与人口寿命及健康状况，与城市化、老龄化趋势，与就业和社会经济发展水平都有着十分紧密的联系，是非常重大和十分敏感的社会公共政策，涉及广大参保职工的切身利益，政策的调整需要统筹考虑，循序渐进，这是各国的共同做法和经验。也许，正是基于这些考虑，《社会保险法》没有对退休年龄作出明确规定，但问题回避不了，总有一天要有说法。

公务员养老保险问题有待破解。社会保险五个项目中，目前养老保险制度改革相对滞后，城镇居民养老保障办法还没有出台，公务员养老制度改革阻力尤其大。在《社会保险法（草案）》征求意见时，社会上对加快改革公务员养老保险的意见也很多。如果公务员养老制度改革无法得到有效推进，那么涉及 3000 万人的事业单位养老制度改革也很难推行下去。2008 年国务院常务会议推行的五省市事业单位养老金改革已经陷于停滞不前状态。《社会保险法》预留了公务员养老保险改革的发展空间，授权国务院制定公务员和参照公务员法管理的工作人员的养老保险办法。

基金保值增值问题有待破解。到 2010 年底，城镇 5 项社会保险基金收入、支出和结余将分别超过 1.7 万亿元、1.4 万亿元和 2 万亿元，收入和支出相当于 20 世纪末、21 世纪初全国财政年度总收入和总支出，基金积累几乎相当于 20 世纪 80 年代末、90 年代初的全国国内生产总值。在基金规模特别是基金结余快速增加的同时，基金保值增值的压力越发突出。为加强和规范基金管理，《社会保险法》规定设立社会保险基金预算，设定了若干禁止性条款，加强了社会保险监督工作。如何在确保基金安全的前提下，开展基金投资运营特别是对养老保险个人账户基金开展投资运营，实现保值增值，是今后必须直面的一大难题。

尽管还有诸多地方不尽如人意，还有许多难题要破解，《社会保险法》仍然具有里程碑意义，为今后社会保险事业发展提供了一定的法制保障。《社会保险法》要真正发挥作用，需要中央有关方面和各级各地的积极努力，尤其要加快制定各种配套规章，使之真正实现可操作，更需要执行者从根本上对法律的敬畏和依法办事意识的提高。

New Progress on the Development of Social Security System in 2010

Abstract：The paper reviews the experiment on China's social insurance system since the reform and opening-up policy. Also, the paper analyzes the current status and operation of the social insurance system in 2010. And the author points out the problems China is facing in terms of the establishment of its social safety net. In 2010, China promulgated its first Social Insurance Law. This law makes progress on issues such as the major social insurance categories, basic social security regulatory mode, and the policy orientation of expanding insurance coverage to include both urban and rural residents. Meanwhile, the Social Insurance Law further articulates the responsibility of the government to provide social safety net, and takes several innovative steps and makes breakthrough on the current social insurance system.

Key Words：Social Insurance；Social Insurance Law；Establishment of Regulatory Regime

ℬ.6
2010 年中国教育的发展和改革

杨东平*

摘　要：2010 年是中国教育改革的筹划布局之年，各项国家文件密集出台。经两年之久制定的《国家中长期教育改革和发展规划纲要（2010～2020 年)》、《国家中长期人才发展规划纲要（2010-2020 年)》均已颁布。10 月中共中央举行十七届五中全会，11 月公布《中共中央关于制定十二五规划的建议》，面向未来的教育改革的价值、方针、目标、任务已基本确定。中国正在由"穷国办大教育"向"大国办强教育"转变，由人口大国向人力资源国转变。应正确认识和处理发展、改革、开放的关系，通过体制机制创新解决教育领域存在的问题。

关键词：教育发展　教育改革　教育政策

一　2009 年教育发展的基本情况

据教育部《2009 年全国教育事业发展统计公报》，各级各类的教育基本情况如下。

2009 年普及九年义务教育的人口覆盖率已达到 99.7%；初中阶段毛入学率达 99%；初中毕业生升学率达 85.60%，比 2008 年提高了 2.2 个百分点。由于学龄人口减少，小学、初中的学校数、学生数继续减少。全国共有小学 28.02 万所，比 2008 年减少 2.07 万所；招生 1637.80 万人，比 2008 年减少 57.92 万人；在校生 10071.47 万人，比 2008 年减少 260.04 万人。初中学校 5.63 万所（其中职业初中 0.02 万所），比 2008 年减少 0.16 万所。招生 1788.45 万人，比 2008 年

---

* 杨东平，北京理工大学教育研究院教授，博士生导师，21 世纪教育研究院院长。

减少 71.15 万人；在校生 5440.94 万人，比 2008 年减少 144.03 万人。

学前教育有所发展，幼儿园数、在园幼儿数、幼儿园园长和教师数均有增加。2009 年全国共有幼儿园 13.82 万所，比 2008 年增加 0.45 万所，在园幼儿（包括学前班）2657.81 万人，比 2008 年增加 182.85 万人。幼儿园园长和教师共 112.78 万人，比 2008 年增加 9.58 万人。

高中阶段毛入学率 79.2%，比 2008 年提高 5.2 个百分点。全国高中阶段教育（包括普通高中、成人高中、中等职业学校）共有学校 29761 所，比 2008 年减少 1045 所；招生 1698.86 万人，比 2008 年增加 49.74 万人；在校学生 4640.91 万人，比 2008 年增加 64.84 万人。其中普通高中规模有所下降，与 2008 年相比，招生数减少 6.67 万人，下降 0.8%；在校生数下降 1.7%；全国中等职业教育（包括普通中等专业学校、职业高中、技工学校和成人中等专业学校）招生和在校生数有所增加，招生 868.52 万人，比 2008 年增加 56.41 万人；在校生 2195.16 万人，比 2008 年增加 108.07 万人。

高等教育招生数和在校生规模持续增加。全国各类高等教育总规模达到 2979 万人，高等教育毛入学率达到 24.2%。普通高等学校 2305 所，比 2008 年增加 42 所，其中本科院校 1090 所，高职（专科）院校 1215 所。

普通高等教育本专科共招生 639.49 万人，比 2008 年增加 31.83 万人，增长 5.24%；在校生 2144.66 万人，比 2008 年增加 123.64 万人，增长 6.12%。全国招收研究生 51.09 万人，比 2008 年增加 6.45 万人，增长 14.45%；其中博士生 6.19 万人，硕士生 44.90 万人。在学研究生 140.49 万人，比 2008 年增加 12.19 万人，增长 9.50%；其中博士生 24.63 万人，硕士生 115.86 万人。

民办教育各类学历教育在校生达 3065.39 万人，比 2008 年增加 240.99 万人。其中民办幼儿园在园幼儿 1134.17 万人，占全国在园幼儿数的 42.7%；民办普通小学在校生 502.88 万人，占全国小学在校生数的 5.0%；民办普通初中 4331 所，在校生 433.89 万人，占全国初中在校生数的 7.97%；民办职业初中 4 所，在校生 0.1 万人；民办普通高中 2670 所，在校生 230.13 万人，占全国普通高中在校生数的 9.5%；民办中等职业学校 3198 所，在校生 318.1 万人，占全国中等职业教育在校生数的 14.5%，另有非学历中等职业教育学生 40.08 万人。民办高校 658 所（含独立学院 322 所），在校生 446.14 万人，占全国普通高等教育在校生数的 20.8%；其中本科生 252.48 万人，专科生 193.66 万人，此外，还有

涉及自考助学班、预科生、进修与培训班等方面的非学历教育组织部门。

在 2009 年 11 个省份参加新课改后的高考的基础上，2010 年又有北京、黑龙江、吉林、陕西和湖南 5 个省份纳入进来。与以往不同的是，各地新课改后的高考方案都把学业水平测试或综合性评价作为录取的参考依据。

2010 年全国普通高校本专科招生计划为 657 万人（其中普通本科 339 万人，高等职业教育 318 万人），比 2009 年增长 3%，是 1997 年以来增长幅度最低的一年。研究生招生计划安排 53.4 万人（其中博士约 6.2 万人，硕士约 47.2 万人），比 2009 年增长 4.5%。全国高考报名人数达 957 万，比 2009 年减少了大约 65 万。2010 年平均录取率达到了 68.65%，比 2009 年增加近 7 个百分点。招生计划继续向中西部倾斜，支援中西部地区的招生协作计划比 2009 年扩大一倍。

截至 2010 年 11 月，"十一五"规划提出的关于教育发展的几个主要指标，有的已提前完成，有的到 2010 年底将实现。高等教育毛入学率从 2005 年的 21% 提高到 2009 年的 24.2%；高中阶段毛入学率从 2005 年的 52% 提高到 2009 年的 79%；初中毛入学率从 2005 年的 95% 提高到 2009 年的 99%；小学净入学率一直保持在 99% 以上。中国正在由"穷国办大教育"向"大国办强教育"转变，从人口大国向人力资源强国转变。

二 贯彻落实《国家中长期教育改革与发展规划纲要（2010～2020 年）》

（一）举行全国教育工作会议，颁布《国家中长期教育改革与发展规划纲要（2010～2020 年）》

2010 年 7 月 13 日，全国教育工作会议在京召开，这是 21 世纪之后我国召开的首次全国性教育大会，《国家中长期教育改革与发展规划纲要（2010～2020 年）》正式颁布（以下简称《规划纲要》）。《规划纲要》对未来十年的教育发展作出部署，要求推动教育事业科学发展，提出加快从教育大国向教育强国、从人力资源大国向人力资源强国迈进的目标，是中国教育发展的一个重要里程碑。

这次《规划纲要》的制定过程采取问计于民、问政于民的开放决策方式，制定过程经过了调查研究、起草论证、公开征求意见、审议完善四个阶段。前期组织众多专家学者围绕 11 个重大战略专题和 36 个子课题开展大规模调研。同时，委托 8 个民主党派中央、4 个社会研究机构、6 个教育学会平行调研；委托世界银行研究院、欧盟总部等国际组织及我驻外 60 个教育处组进行国际调研；在制定过程中先后两次面向社会公开征求意见，这在中央文件的制定历史上尚属首次，也是《规划纲要》突出的创新点。初稿完成后，先后 4 次大范围征求意见，反复咨询论证，深入研究探讨。

《规划纲要》将"优先发展、育人为本、改革创新、促进公平、提高质量"的 20 字工作方针，作为未来教育改革发展的工作指南，并提出 2020 年我国教育改革发展的战略目标是"基本实现教育现代化，基本形成学习型社会，进入人力资源强国行列"，即"两基本、一进入"。同时细化为 5 个具体目标，实现更高水平的普及教育、形成惠及全民的公平教育、提供更加丰富的优质教育、构建体系完备的终身教育、健全充满活力的教育体制。

《规划纲要》还对一些社会关注的热点难点问题，诸如财政性教育经费支出占 GDP 4%、基本普及学前教育、减轻中小学生课业负担、解决义务教育阶段择校问题、保障农民工子女就学、拔尖创新人才培养、高考改革、高校行政化、教师队伍建设等予以积极回应，提出了解决问题的思路和方法。按照统筹规划、分步实施、试点先行、动态调整的原则，部署了 10 个重大改革试点。

在此之前，2010 年 6 月，《国家中长期人才发展规划纲要（2010～2020年）》经中共中央、国务院批准发布。确定未来我国人才发展的指导方针是"服务发展、人才优先、以用为本、创新机制、高端引领、整体开发"。确定推进 6 类人才队伍即党政人才队伍、企业经营管理人才队伍、专业技术人才队伍、高技能人才队伍、农村实用人才队伍、社会工作人才队伍的建设。

2010 年 10 月，中共中央十七届五中全会提出，"以科学发展为主题，以加快转变经济发展方式为主线"，"更加注重以人为本，更加注重全面协调可持续发展，更加注重统筹兼顾，更加注重保障和改善民生，促进社会公平正义。"全会审议通过了《中共中央关于制定国民经济和社会发展第十二个五年规划的建议》，就加快教育改革发展，建设人才强国，全面落实国家中长期科技、教育、人才规划纲要，提出要求。

（二）各地贯彻落实《规划纲要》，组织改革试点

在《规划纲要》通过之后，工作重点转移到贯彻落实上来。2010 年 8 月，

国务院成立国家教育体制改革领导小组，成员单位包括中央组织部、中央宣传部、中央编办、发展改革委、教育部、科技部、工业和信息化部、财政部等 20 个部门。审议了《教育规划纲要任务分工方案》、《国家教育体制改革试点总体方案》，在全国组织申报国家教育改革试点。目前，正在制定各个领域的分规划和工作方案，以落实《规划纲要》提出的改革任务。11 月，按照《规划纲要》意见，作为决策民主化的一个重要措施，国家教育咨询委员会正式成立。

上海市、江苏省、青海省、广东省、河南省、山东省等省市相继召开教育工作会议，讨论和通过了本省市的教育规划纲要。

上海市的教育规划纲要提出把"为了每一个学生的终身发展"作为贯穿未来 10 年的核心理念，并确立了总体目标：到 2020 年，率先实现教育现代化，形成终身学习的教育新体系，形成激发受教育者发展潜能的教育新模式，形成多元开放的教育新格局，形成均衡协调可持续发展的教育新布局，使得教育发展和人力资源开发水平迈入世界先进行列。上海市率先成立了由各领域 45 名委员组成的上海市教育决策咨询委员会，就重大教育主题进行决策咨询。

上海市确定了 11 个方面的教育改革发展重点任务，突出强调教育体制改革和制度创新，将着力开展七方面的改革探索：一是探索教育公共管理新体制和新机制，提升教育公共管理水平。尤其是要转变政府职能和管理方式，优化教育基本公共服务资源配置，促进义务教育均衡发展，推动基础教育优质资源的扩大和共享。二是探索人才培养模式和招生考试制度改革，全面实施素质教育。三是探索教育支撑产业结构调整的机制与路径，增强教育服务能力。四是探索扩大教育对外开放的机制与模式，提升教育国际化水平。五是探索推动学习型社会建设的新机制，完善终身教育体系。六是探索建设着眼未来、服务全国、面向世界的教育发展战略性支持平台，增强服务国家教育改革和决策咨询的服务功能。七是探索建立教育区域合作联动发展的新机制，增强上海教育辐射服务功能。

广东省教育工委与省教育厅 2010 年 8 月 31 日下发《广东省教育综合改革试点总体方案》，确定在全省范围内分区域、有步骤地开展教育综合改革试点工作，重点在办学体制、管理体制、培养体制、保障机制等方面进行全方位的改革。广东教育综合改革试点将分三步走。第一步（2010～2012 年），启动试验，重点突破。选择部分地区和学校分别开展重点项目试点工作，着重突破难点，完善相关政策措施。第二步（2013～2015 年），扩大范围，稳步推进。在前期试点工作的基础上，扩大试点范围，教育综合改革初见成效。第三步（2016～2020年），全省推广，深化改革。全面推进教育改革工作，全面实现教育改革目标，凸显全国教育综合改革试验区的示范效应。

广东省将在建立中国特色现代大学制度上着力，推进高校治理模式改革，探索实行校长职业化的改革。在高校招生录取制度改革方面，将在高中学业水平考试基础上，逐步形成分类考试、综合评价、多元录取的高等教育考试招生制度，并探索建立自主招生、推荐招生、定向招生、破格录取的招生机制。高水平大学将采取统一考试、学校联考、学校单考等多样化考试招生形式，探索创新型人才选拔培养新模式；一般本科学校以国家统一考试为主要依据，结合高中学业水平考试和综合素质评价择优录取；推进高等职业学校自主招生改革，逐步实现根据学生高中阶段学业水平考试成绩和技能测试成绩注册入学；成人高等教育逐步由统一考试招生过渡到注册入学。

三 教育改革的新进展

（一）国家教育政策

1. 建立健全国家资助体系

2010 年，国家连续出台三项资助家庭经济困难学生政策。一是从 2010 年秋季学期起，建立普通高中家庭经济困难学生国家资助制度，国家助学金平均资助标准为每生每年 1500 元，资助面约占全国普通高中在校生总数的 20%，所需资金由中央与地方按比例分担。二是从 2010 年秋季学期起，对公办中等职业学校全日制正式学籍一、二、三年级在校生中城市家庭经济困难学生免除学费（艺术类相关表演专业学生除外）。三是从 2010 年秋季学期起，上调普通高校国家助学金资助标准，将平均资助标准由年生均 2000 元上调至 3000 元，此项政策惠及430 多万名高校家庭经济困难学生，可有效地帮助他们解决基本生活需要。

2. 教育部提出 2020 年实现区域内义务教育基本均衡

2010 年 1 月，教育部印发《关于贯彻落实科学发展观进一步推进义务教育均衡发展的意见》，提出力争在 2012 年实现区域内义务教育初步均衡，到 2020年实现区域内义务教育基本均衡。11 月，教育部发布《关于治理义务教育阶段

择校乱收费问题的指导意见》，从规范招生入学秩序、完善招生入学政策等方面向各地教育行政主管部门提出 10 项要求。并提出了时间表，"力争经过 3~5 年的努力，使义务教育阶段择校乱收费不再成为群众反映强烈的问题。"

3. 调整研究生结构，增加专业硕士比例

教育部部署调整研究生招生结构，扩大应用型的专业学位研究生比例，开展全日制硕士专业学位研究生教育，以改变研究生培养以学术型为主的格局。2010 年扩大招收全日制专业学位硕士研究生，新增计划和部分存量招生计划共安排招收 11.9 万名，占研究生招生总规模的 25%。同时，还首次实行专业硕士和传统的学术型硕士分开招考，并对研究生招生政策作出调整。2010 年 9 月，教育部通知，2011 年将新增 19 种专业硕士学位，将继续扩大专业学位研究生招生范围和规模，2010 年学术型研究生招生规模将按原则上不少于 5% 的比例调整专业学位。

4. 研究生思想政治理论课改革

从 2010 年下半年新学期开始，教育部在部分试点高校启动新一轮的思想政治理论课改革，主要针对硕士和博士研究生。改革内容是将硕士研究生必修的"科学社会主义理论与实践"改名为"中国特色社会主义理论与实践研究"，"自然辩证法概论"和"马克思主义与社会科学方法论"为选修课。博士生的思想政治理论课，文科的"马克思主义与当代社会思潮"与理科的"现代科学技术革命与马克思主义"更名为"中国马克思主义与当代"，并开设"马克思主义经典著作选读"作为选修课。试点高校的思想政治理论课课时将被压缩。而且，没有正式的教材、大纲，各校自行探索教学方案呈交教育部。

多年来，高校公共政治课一直备受争议，认为它实效较差，占据了学生大量的时间精力，严重影响学生的专业学习。也有人认为，这一改革释放出关于"政治体制改革"的良好信息。

5. 传统文化教育进入学校

2010 年 9 月，教育部、语言文字应用管理司发布《关于确定部分地区和学校开展"中华诵·经典诵读行动"试点工作的通知》（以下简称《通知》），确定全国 15 个省（区、市）的数百所中小学和 11 所直属高校参加这一试点。《通知》要求"试点地区和学校要认真学习和领会《国家中长期教育事业改革和发展规划纲要》战略主题及中央有关领导同志有关重要批示的精神……切实将

'加强中华民族优秀文化传统教育和革命传统教育'的战略主题贯彻到教育教学的各个方面，将诵读行动打造成加强青少年爱国主义教育、增强民族历史文化传承、构建中华民族共有精神家园的重要载体和平台。"长期以来，传统文化教育虽然已经正名，但只是在体制外进行传播，未能进入学校和课堂。这一举措被视为国家正在塑造新的主流价值观的重要信号。

6. 提高高等教育质量，开展"卓越工程师教育培养计划"

2010 年 7 月，教育部正式启动"卓越工程师教育培养计划"（以下简称"卓越计划"），批准清华大学等 61 所高校为第一批实施高校。

"卓越计划"是贯彻落实规划纲要、强化工程人才培养的重要计划，为国家走新型工业化发展道路、建设创新型国家和人才强国战略服务。"卓越计划"的特点包括行业企业深度参与培养过程，学校按通用标准和行业标准培养工程人才，强化培养学生的工程能力和创新能力。教育部在五个方面采取措施推进该计划的实施：一是创立高校与行业企业联合培养人才的新机制，二是以强化工程能力与创新能力为重点改革人才培养模式，三是改革完善工程教师职务聘任、考核制度，四是扩大工程教育的对外开放，五是教育界与工业界联合制定人才培养标准。

（二）地方教育制度创新的新进展

各地政府和教育主管部门围绕国家和地方教育规划纲要的制定，自主开展了一系列教育改革措施，显示了地方教育制度创新的可能性和可行性，并为整体性的教育改革提供了实践经验和案例。

上海市强化政府公共服务职能，构建政府主导、社会参与的学前教育格局。2009 年，公办园在园幼儿数占全部幼儿数的 79.10%。在农民工子女教育方面，至 2010 年秋季开学，上海 40 余万来沪农民工同住子女全部在公办学校或政府委托的民办小学免费接受义务教育，其中 30 余万人在公办学校就读，超过总数的70%。浙江省绍兴市在城区倡导民办公助的模式，在农村倡导多主体的办园机制，通过公办民办并举，有效解决了学前教育的难题。

重庆市政府改革公共财政政策，确保教育优先发展，财政性教育经费占GDP 的比例已经达到 4.1%。湖北省教育厅通过开展地方教育制度创新推进义务教育均衡发展，鼓励各地市因地制宜地解决面临的问题，并建立促进教育制度改革创新的奖励激励机制。

湖南省委组织部和安徽省委组织部，将教育投入纳入县市级领导政绩考核。广东省政府教育督导室发布《广东省2007～2008年度地市以上市党政领导干部基础教育工作责任考核结果》，首次对全省21个地市党政"一把手"履行基础教育工作责任的情况进行考核，并明确规定，考核不合格的领导干部原则上不能提拔使用。

山东省建立教育行政问责制，规定对出现多次严重违规办学行为的县（市、区），撤销荣誉称号，追究教育行政部门负责人的责任，直至追究当地党政负责人的责任。

河北省教育厅转变职能，实行委托管理建立新型民办教育管理机制，由省民办教育协会代为实施部分行政执法事项，如对直属民办学校的年度检查及核发办学许可证事项；对直属民办学校办学水平和教育教学质量的评估；对民办学校招生简章和广告的审核备案；对授予省级民办学校荣誉称号前的评审；对设立非学历民办高等学校、医学类中等专业学校审批前的评估、论证等。这在全国尚属首次。

在促进义务教育均衡发展方面，各地也采取措施，获得实质性的进展。在中考制度改革上，2010年，内蒙古实行将优质高中50%的招生指标分配到各个初中；河北省将公办省级示范高中分配到校的招生指标提高到80%。江苏省教育厅立法促教育均衡，要求示范区每年15%以上教师轮岗，促进教师流动。北京市平谷区改革中考录取方式，高中不再收取择校费。各地出现了一批学校均衡、学业成绩好、学生负担轻的义务教育均衡发展的先进地区，如山东的招远县、甘肃的民乐县、北京的房山、密云等区县。辽宁盘锦市成为无须择校的城市。

广东省在高等教育的改革开放方面有所作为，积极探索高等教育的办学新模式，积极地推进现代大学制度建设。筹办之中的南方科技大学在去行政化方面锐意改革；深圳大学开始进行较深入的人事制度和行政管理改革；东莞理工学院与加拿大麦克马斯特（McMaster）大学等许多国外名校开展深度国际合作；北京师范大学珠海分校与香港浸会大学举办的联合国际学院（UIC），在创新人才培养模式方面提供了有益的探索。

四 年度教育热点

2010年，教育领域除了一些长期存在的老大难问题继续"发酵"外，又出现了一些始料未及的新问题，凸显了教育生态的恶化以及解决教育问题的复杂性和紧迫性。

（一）校园安全事件频发

从 2010 年初开始，全国各地频发校园安全事件，多名儿童死于非命。3 月 23 日，福建南平实验小学发生凶杀案，13 名小学生被砍伤，其中 8 名孩子死亡。在此后不到两个月的时间里，各地连续出现 6 起伤害学生的恶性案件，令全国上下震惊。校园安全引起国家高度重视，国务院、教育部、公安部采取一系列校园安全措施加强防范，包括实行"校安工程"，各个学校安装摄像监视器，封闭管理，配备保安，公安部门在学校、幼儿园门口值勤等。在南平案件发生之后，北京及时制止了 7 起针对中小学幼儿园的案件，抓获了 10 名犯罪嫌疑人。2010 年 5 月 14 日，温家宝总理表示不但要加强治安措施，还要解决造成问题的深层次的原因，包括处理一些社会矛盾，化解纠纷，加强基层的调解作用等，不仅给孩子们，而且应该给每一个人创设一个和谐、安全的环境。

（二）学前教育短缺成为严重问题

随着"金猪宝宝"造成的幼儿园招生高峰期到来，大中城市普遍出现幼儿园"入园难、入园贵"现象，成为影响民生的严重社会问题。优质公办幼儿园日益成为社会稀缺资源，一些家长千辛万苦为孩子彻夜排队报名，出现亲子班"占坑"、家长"比赛"交钱、"条子生"泛滥等各种怪现状。这主要是政府长期忽视学前教育，甚至退出在这一领域的公共服务所致。以北京为例，全市注册的幼儿园 1266 所（其中公办园 330 所，社会力量办园 936 所），而未经注册的非正规幼儿园达到 1298 所，数量超过了正规幼儿园。据统计，1996 年北京市幼儿园总数是 3056 所，15 年来数量减少过半。政府对学前教育的投入严重不足，安徽省 2008 年对学前教育的政府财政投入是 1.2 亿元，但对同样是非义务教育的普通高中投入则是 28 亿元。

2010 年 11 月，温家宝总理主持召开国务院常务会议，专门研究当前发展学前教育的政策措施。会议提出五项措施，包括扩大学前教育资源；加强幼儿教师队伍建设；加大学前教育投入；强化对幼儿园保育教育工作的指导；完善法律法

规，规范学前教育管理等。北京市教委表示，未来 5 年北京将投入 50 亿元新建 300 所幼儿园、扩建 300 所幼儿园，解决入园难问题。

（三）高考加分乱象

2010 年高考季节，高考加分乱象再次成为公众关注声讨的重点。主要问题是各地加分项目过多过滥，高考加分政策正在成为权势人物为子女升学而大行腐败的通道。据统计，重庆市获加分人数为 3.37 万人（其中少数民族加分考生 1.3 万多人），占考生总数约 17.19%。北京市有 1 万多人获高考加分，占考生总数的 13.3%。

据中国青年报记者统计发现，高考加分呈现"三集中"的特点，即向发达地区或中心城市集中，向体育加分项目集中，以及向少数中学和个别项目集中。广东省共有 4169 人获加分，其中体育加分 987 人，占加分总人数的 23.6%；获体育加分的 987 人中，来自广州市考生有 472 人，几占一半，而广州市考生数仅占广东省的 1/10。

目前教育部的加分规定只有 14 种，全国各省、市、自治区却有近两百种，表明高考加分正在成为破坏教育公平、助长权钱交易的腐败通道。中国青年报社会调查中心的专项民意调查（3602 人参加）显示，77.2% 的人赞同高考回归"裸考"，77.9% 的人认为高考招生方式应当通过"两会"代表委员表决。① 政府已意识到这一问题的严重性，《规划纲要》中提出将逐步"规范和清理高考加分项目"。

事实上，山东省已经从 2008 年起逐渐取消省内高考加分项目，目前已全部取消。北京市正在制定的教育规划纲要拟试点高考报名社会化。湖南省 2010 年的高考报名采取网上报名，实行报名社会化。

（四）高校学术环境的恶化

高校学术环境恶化的社会新闻持续不断。2010 年 3 月，南京大学教授王彬彬揭露清华大学教授汪晖的著作《反抗绝望》涉嫌抄袭，由于公共媒体曝光，

---

① 黄冲、马明洁：《77.9% 的人认为高考招生方式已需两会表决》，2010 年 3 月 2 日《中国青年报》。

迅速酿成重大公共事件。7月初，有网友以《朱学勤：学术界另一个"汪晖"?》为题发表系列文章，批评上海大学教授朱学勤的博士论文《道德理想国的覆灭》同样存在抄袭嫌疑，朱学勤主动请求立即启动对自身问题的学术调查程序。

华中科技大学同济医学院附属协和医院泌尿外科主任、973首席科学家肖传国教授雇凶打人，报复质疑其手术效果的"打假斗士"方舟子、《财经》杂志编辑方玄昌。这一案件告破，肖传国案二审宣判认定为寻衅滋事罪，判处5个半月拘役，连带赔偿方舟子误工费500元，赔偿方玄昌医疗费、营养费2174.54元。

在2010年9月3日出版的美国《科学》杂志上，清华大学生命科学学院教授、院长施一公和北京大学生命科学学院教授、院长饶毅联合撰文，痛陈目前中国的科研基金分配体制及科研文化问题。认为尽管近年来中国研究经费持续以20%的比例增长，但这种增长没有对中国的科学和研究起到应有的强大的促进作用，现行的科研基金分配体制、各种潜规则在某种程度上阻碍了中国创新能力的发展。他们呼吁建设中国健康的科研文化，研究基金必须基于学术优劣分配，而不再依赖私人关系。

五　问题和讨论

随着《规划纲要》的公布，面向未来的教育改革发展的任务、目标都已确定。由于学龄人口减少、国家财力增强、教育投入大幅增加，教育内部外部的环境得到明显改善。例如，由于考生减少，2010年全国高考平均录取率超过69%，比2009年增加7个百分点。不仅各大城市，包括山东等人口大省高考平均录取率已超过80%。从理论上说，我们完全有可能超越长期以来以分数、考试、升学率为本的应试教育，追求好的教育，理想的教育。从这个意义上说，中国教育到了一个历史性的转折点，处在一场大变革的前夜。与此同时，教育现实和教育问题依然严峻，无论是愈演愈烈的择校竞争还是高校的学术环境，以及高考制度、学前教育等，某种程度上还在恶化之中，并未得到真正有效的治理，教育改革亟待破局。

（一）　正确认识和处理发展、改革、开放的关系

与社会其他领域的改革一样，教育改革正在进入深水区，它的真正障碍不是

观念、理念，而是业已形成的利益格局和既得利益集团。因而，需要努力推进以体制机制改革为核心的实质性的教育改革。在这个问题上，需要进一步解放思想，处理好发展、改革与开放的关系。

在《规划纲要》中，最强调的是人才培养模式改革，这当然很重要，但是应当看到，人才培养模式单一、缺乏创造性和多样化的教育模式的主要问题还是高度行政化的教育管理体制对教育事业的束缚，只有通过教育体制改革，政府向学校授权，向校长授权，实行教育家办学，恢复学校的活力，才能有效地提高教育质量，培养优秀人才。教育领域应当坚持体制改革优先，不失时机地推动以制度变革为中心的实质性的教育改革。

教育改革需要认识和处理发展、改革、开放的关系。发展不能代替改革，而改革则可以大幅度地促进发展。在三者之中，对内和对外的开放是最为薄弱的。借鉴经济体制改革的经验，通过开放促进改革，引进多种层次、类型的境外办学和合作办学，对于打破单一的管理体制，改变传统的教育教学观念，具有十分重要的作用。广东省在这方面的思路特别值得鼓励和借鉴。

（二）通过体制机制创新解决教育问题

高校学术环境恶化，行政化和官本位正在损害中国教育和科研，已成共识。如何治理官本位、行政化的弊端，现在还处于提出问题的阶段。肖传国雇凶杀人事件的严重性，也显示了学术环境的恶化。

教育部发布的治理义务教育阶段择校乱收费的《指导意见》，要求各地要力争经 3～5 年解决这一问题。这是教育部首次明确治理择校乱收费的时间表，但舆论普遍不表乐观。对于这种靠发文、开会、表态的工作模式，公众已经失去信心，如何提高教育部的公信力、提振公众对于教育改革的信心成为重要的问题。显而易见，关键在于各级政府采取实际行动，打破少数人的特殊利益，真正依法行政，有所作为。

解决幼儿园问题，从另一方面凸显政府治理改革的重要性。学前教育的短缺直接受到 20 世纪 90 年代"教育产业化"、"幼儿教育市场化"思潮的影响。2003 年《国务院办公厅转发教育部等部门（单位）关于幼儿教育改革与发展指导意见的通知》（国办发〔2003〕13 号）提出，未来 5 年幼儿教育改革与发展的目标是"形成以公办幼儿园为骨干和示范，以社会力量兴办幼儿园为主体，公办与民办、正规与非正规教育相结合的发展格局。"此后各地出现将学前教育推向市场的做法，公办幼儿园大幅度减少。但是，在当前重视学前教育的情况下，一些地方也出现大包大揽、包揽一切的传统做法。事实上，政府的恰当定位既不是卸责，也不是包揽，而是改善公共服务，通过财政等各种政策工具的"主导"，建立公民并举、公私合作的方式，满足社会的需求。这次"突如其来"的学前教育危机，为许多地方政府提供了一个改革治理方式的契机。

（三）促进地方教育制度创新

近年来的教育发展，地方教育创新呈现明显的活力。国家贯彻《规划纲要》的主要做法，也是推进地方开展改革试点，推动地方教育制度创新。2009 年 12 月，由 21 世纪教育研究院、南都基金会、新教育研究院等民间机构发起组织的"全国第二届地方教育制度创新奖"评选，表彰了 20 个地方政府创新的案例。自下而上的地方教育创新的意义，一是将国家的政策落地，因地制宜地加以细化和具体化，使之成为可以操作、切实可行的措施。二是探索那些尚未解决、有待破解的难题，寻找"过河"的石头、桥和船，为整体性的教育变革提供经验和案例。地方教育创新的实践使我们深刻认识到启动教育变革这一有效路径的极端重要性。

在各地教育制度创新的实践中，一个重要方向是加强行政督导，由督教发展为督政，对地方主要负责人进行审计和问责，山东、广东、湖南、安徽等地都开始了这一尝试，取得了明显效果。

比较而言，各地制度创新的实例，在行政体制改革方面仍显较为单薄，在申报国家教改试点项目中，政学分开、管办分离、去行政化等改革也是弱项，从另一个方面说明这一改革的艰难。由于目前的教改在某种程度上仍然是教育界的自我变法。舆论强烈呼吁"期待以全国人大主导教育改革打破沉闷格局"，以便增加教育改革的动力。正如《规划纲要》的制定得到来自上层的最高推动，它的贯彻落实同样需要高于教育部门的权力介入和推动，由作为最高权力机关的全国人大出面主导教育改革，保障权力制衡，保障受教育权利真正回归社会，是一个重要的选择。

（四）关于"中国模式"的思考

2010 年 10 月，中国 9 所顶尖大学联谊会的主题是世界一流大学建设的中国模式。有校长发言认为，中国高等教育长期处于学习、模仿、追赶西方的状态，"如果我们不摆脱这种外部价值观的统治……就很难改变依附和从属的地位，而站在世界知识体系的中心和前沿"；中国大学应"独立自主于西方设立的规范和限制，应该是坚守和体现出中国民族文化特征的大学，而不是世界一流大学的学舌鹦鹉。"① 如果从这一立场追问，那么"建设世界一流大学"的命题是否还有正当性呢？这种刁诡的思维和话语，从一个方面凸显了讨论"中国模式"命题的重要性和现实意义。在改革开放 30 年后，中国社会发展正处于一个新的历史起点，特别需要认清形势和大局，为未来教育发展正确定位。我们应当警惕排拒向西方学习、反对融入主流文明的狭隘民族主义的自负，坚持改革开放的正确方向；同时，要强调从中国的实际出发，反对食洋不化的洋八股和洋教条主义，这在当前具有很强的现实意义和针对性。

Report on Education Reform and Its Recent Development in China, 2010

Abstract：China's education reform has arrived at a critical point in 2010. This year is a year of strategic planning for China's education development and reform, for extensive administrative regulations have been promulgated and put into effect. After two-year's research and deliberation, the Framework of National Mid- and Long-Term Education Reform and Development Planning (2010 – 2020) has finally been announced. At the same time, the Framework of National Talents Project was also published. In October, the Central Committee of the Chinese Communist Party (CCCCP) held its 5th plenary session of 17th CCCCP. In November, the CCCCP published its Recommendation on the Drafting of the Twelfth Five-Year Plan, which finalized the value, principle, goals and targets of China's further education reform. In the past decades, China, as a developing country, carried out an all-inclusive type of education. In the future, China, as a newly emerging power, will transform its education towards a system focusin on cultivating high-level human resource. And

---

① 李斌、周凯；《中国模式能圆世界一流大学梦吗》，2010 年 10 月 14 日《中国青年报》。

China will also transform from a country of labor towards a country of talents. Chinese education reform is moving forward, which requires us to keep the balance among development, reform and openness. And we should try to solve various education related issues through innovation in a systematic way.

Key Words: Development of Education; Education Reform; Education Policy

B.7

全国新医改进入关键阶段

顾 昕*

摘 要：到 2010 年 10 月底，全国新医改的三年实施计划到了中期评估的阶段，全国有 30 个省市先后公布了各自的新医改方案，开始了医药卫生体制的新一轮改革。2010 年初，中央政府关于公立医院改革试点的指导意见出台，16 个城市被选为国家级试点城市，其具体的改革措施陆续推出。同时，国家致力于遏制公立医院药价虚高的问题，并在基层公立医疗机构中实施基本药物制度。但是，在药品制度上的诸多改革措施，并没有在医疗机构中建立合理的激励机制。医药卫生体制改革亟待进一步深化。

关键词：全民医保 付费改革 公立医院法人化 基本药物制度

根据《中共中央国务院关于深化医药卫生体制改革意见》（以下简称《新医改方案》）和《医药卫生体制改革近期重点实施方案（2009～2011 年）》（以下简称《实施方案》），到 2010 年 10 月底，新医改的三年实施计划到了中期评估的阶段。[1] 那么，改革的进展如何呢？

首先，新医改的政策究竟如何落实，在很大程度上取决于各省政府发布的地方版实施方案。随着新医改工作的开展，各省、自治区、直辖市以及部分主要城市都根据中央《新医改方案》与《实施方案》的精神，结合自身实际情况，相继出台了地方版的新医改方案。到 2010 年 10 月，省级的新医改方案或实施方案已经有了三十份，仅有上海市的新医改方案尚未公布。由于经济发展水平和医药

---

* 顾昕，北京大学政府管理学院教授。

[1] 顾昕：《中国医药卫生体制改革正式启动》，载汝信、陆学艺、李培林主编，《社会蓝皮书：2010 年中国社会形势分析与预测》，社会科学文献出版社，2009。

卫生发展状况不同，相当多的省级新医改方案都具有一些地方特色。然而，通览30个省级新医改方案，可发现两个鲜明的特征：其一，各省对基本医疗保障体系的建设，大多给出了相对充分的阐述，而在其他方面的内容则相对简单、贫乏。其二，与中央版相对照，很多省份的新医改方案在诸多方面的具体措辞和语言风格上都高度相似，缺乏具有针对性的措施安排。

地方版新医改方案中第一个特征的出现，同中央版就具有这一特征有着密切的关系。可以说，在基本医疗保障体系的制度框架、推进基本医疗保障体系的建设进度以及基本医疗保障体系中重要的制度建设等方面，中央《新医改方案》和《实施方案》都给出相对充分、清晰而明确的阐述。因此，地方版新医改方案在这些方面的论述较为充分，也是不难预见的。

然而，即便在基本医疗保障体系的建设上，很多省份也仅仅是将国家设定的政策目标稍做细化，鲜有就各自省份的情形给出确保这些政策目标得以实现的具体措施，这几乎成为所有省份新医改方案的一个共同特点。例如，关于医保覆盖面的扩大问题，各省均提出了等于或高于国家目标（90％）的参保率，有些省份甚至对扩面难度很高的城镇职工医保和城镇居民医保都提出了95％的参保率目标，而对参加新农合提出了近乎100％的参保率目标，却未针对各自的省情指出扩大医保覆盖面的难点及其应对措施。再如，就各项医保的筹资水平，很多省份不愿意把政府补贴水平和个人缴费水平明确化，仅仅满足于照搬中央《新医改方案》中给出的数字或一些笼统的提法。又如，对于医保改革乃至整个医疗卫生体制改革核心的医保付费改革问题，很多省份的医改方案仅仅一带而过，连起码的试点计划都未加制定。

地方版医改方案中上述的第二个特征，在医保之外的各个部分表现得更加明显，尤其是就医疗卫生服务体系的改革与发展问题，无论是基本药物制度的实施、基层医疗卫生机构的健全、公立医院的改革，还是民营医疗机构的发展，各地要么照搬照录国家《新医改方案》的原则，要么基本上重复过去行之多年但效果不彰的措施。

在基本药物制度建设方面，各省新医改方案基本上是照搬中央《新医改方案》中的原则性表述，在明确具体的落实措施上建树不多。在具体的实践中，各地普遍反映基本药物制度的落实困难重重。在健全基层医疗卫生服务体系的问题上，无论是涉及社区医疗卫生服务机构的国有化还是多元化，涉及基本医疗服务的补偿机

制，还是涉及首诊制与转诊制的建立，各省新医改方案均未给出实质性的推进措施。在公立医院改革方面，各省的新医改方案更是缺乏实质性的具体内容，有些省份在这一点上甚至不如其多年前提出的医改方案。此外，绝大多数省份并未忽视医疗服务体系多元化的问题，但对如何加快引入民间资本（即所谓"社会资本"）兴办医疗机构，并没有给出符合地方实际的明确思路，对于阻碍民间资本进入医疗服务领域的各种因素没有给予特别关注，更谈不上给出针对性的治理措施。

毋庸讳言，在医疗卫生服务体系的改革与发展上，中央《新医改方案》和《实施方案》中实际上包含着两种不同的思路，一种是以强化行政管理控制为核心的行政化思路，另一种是以强化政府购买服务为核心的市场化思路。由于中国幅员辽阔，各地经济社会发展水平差异巨大，尤其是公共服务市场发育和社会资本拥有程度差别巨大，因此在中央《新医改方案》和《实施方案》中行政化思路和市场化思路并存，既是正常的，也是必要的。正是由于这一点，中央政府才希望各地"积极探索"，基于各地的实际情况，提出深入的、细致的、切实可行的改革措施。具体到医疗卫生服务体系改革的两种思路，各地完全可以明确其两种改革思路的适用范围。例如，在经济发达地区（中小型城市）积极探索市场化的改革，而在经济落后地区尤其是山区、偏远地区和其他人口密度较低的地区，通过行政化手段确保民众都能享受基本的医疗卫生服务。可惜的是，在各省的新医改方案中，我们没有看到积极探索的魄力、勇气以及努力的方向。

尽管如此，很多地方还是在不同方面开展了一些新探索。本文将针对基本医疗保障体系建设、公立医院改革和药品政策变革，对新医改政策的执行情况进行一次初步的中期评估。

一 全民医疗保险进入新的发展阶段

新医改的第一项工作，即"加快推进基本医疗保障制度建设"，进展十分平稳。在未来的若干年，医保改革与发展的重心将从拓宽覆盖面逐步转移到提高医疗保障水平、改善医疗保障服务上来。

1. 全民医保接近实现

中央《实施方案》明确提出，到2011年，基本医疗保障制度全面覆盖城乡居民；具体而言，城镇职工医保、城镇居民医保和新农合的参保率都要提高到

90%以上。表1显示，到2009年底，基本医疗保障体系覆盖了12.3亿民众，人口覆盖率首次超过了90%。这是一个历史性的进步。考虑到中国依然有一部分人享受公费医疗，还有一部分人购买了商业健康保险，这两类人群加起来接近总人口的10%。因此，全民医保的时代已经到来（见表1）。

表1　基本医疗保障体系的覆盖率（2004～2009年）

单位：亿人，%

年份	城镇职工医　保	城镇居民医　保	农村新型合作医疗	总参保人　数	总人口数	覆盖率
2004	1.2	—	0.8	2.0	13.0	15.7
2005	1.4	—	1.8	3.2	13.1	24.2
2006	1.6	—	4.1	5.7	13.1	43.2
2007	1.8	0.4	7.3	9.5	13.2	71.8
2008	2.0	1.2	8.2	11.3	13.3	85.3
2009	2.2	1.8	8.3	12.3	13.3	92.4

资料来源：《中国卫生统计年鉴》，2009年，第347～348页；2010年，第349～350页、第355页。

当然，全民医保的发展在城乡间存在明显差异。城镇职工医保和城镇居民医保的参保者总数在2009年达到了4.0亿，而2009年城镇居民总数为6.2亿，因此覆盖率仅达到64.6%。新农合参保者人数2009年达到8.3亿，超过了当年农村居民人数（7.1亿），在当年农村户籍人口（8.8亿）中也达到了94.7%的高覆盖率。[1] 在未来的两三年内，医保扩面的主要挑战在于城镇地区。

2. 提高保障水平

随着覆盖面的拓宽以及政府对城镇居民医保和新农合补贴水平的提高，基本医疗保障体系的筹资水平得到了大幅度提高。总体来说，基本医疗保障体系的保障水平不高，具体体现为医保基金的支付总额占医疗机构业务收入的比重依然不高，到2009年依然不足四成。这个比例至少要达到七成，基本医疗保障体系才能切实发挥其费用风险分摊和第三方购买的作用。[2]

医保保障水平的高低，归根结底是由其筹资水平所决定的，但现阶段医保基

---

[1]　关于城乡人口的数据，参见中华人民共和国卫生部编《2010中国卫生统计年鉴》，中国协和医科大学出版社，2010。

[2]　顾昕：《全民医保的新探索》，社会科学文献出版社，2010。

金的结余水平也具有决定性作用。表2显示，三个公立医疗保险基金均有累计结余，而城镇职工医保和城镇居民医保基金的累计结余率相对较高。

表2　历年基本医疗保险基金累计结余率（2004～2009 年）

年份	城镇职工医保			城镇居民医保			新农合		
	累计结余额（亿元）	累计结余率（%）	可支付月数	累计结余额（亿元）	累计结余率（%）	可支付月数	累计结余额（亿元）	累计结余率（%）	可支付月数
2004	957.9	84.0	13.3	—	—	—	17.8	40.3	8.1
2005	1278.1	90.9	14.2	—	—	—	38.5	46.7	7.5
2006	1752.4	100.3	16.5	—	—	—	76.0	36.0	5.9
2007	2440.8	110.2	18.8	36.1	84.0	31.2	131.9	31.2	4.6
2008	3303.6	114.5	19.6	128.1	82.7	23.5	198.9	25.4	3.6
2009	2882.0	78.5	12.4	220.7	87.7	15.8	220.3	23.3	2.9

注：累计结余率，即累计结余与当年收入之比；可支付月数，以当年支出水平为基数计算。
资料来源：《中国卫生统计年鉴》，2010，第350页。

医保基金的结余额过高，参保者就无法享受到适当的医疗保障。这不仅对于医疗保障体系的完善是不利的，而且对于促进内需主导型经济发展模式的形成也是不利的。社会医疗保险基金的钱，取之于民，应该用之于民。针对这一问题，《新医改方案》提出了改革意见——积极探索合理的结余水平，并适当调整结余率。[①] 2009 年，各地政府的医保管理部门开始改变以往追求基金高结余率的理念，积极探索各种扩大参保者保障水平的措施。例如，增加医保可支付的服务项目和药品种类、推进门诊统筹、修改个人账户的使用范围等，促使医保基金结余水平有所下降，体现为累计结余可支付月数的下降。这些改革措施的落实，有望在短期内提高基本医疗保障体系的支付水平，最终造福于广大的参保者。

3. 医保付费改革起步

在全民医保的时代，医保机构向医疗机构的支付，亦即国际文献中所谓的"供方支付"（provider payment），将成为医疗机构收入的主要来源，而供方支付方式的选择将对医疗机构的行为产生深刻的影响。医疗机构是否为参保者提供性价比较高的医药服务，关键性影响因素之一在于医保机构选择供方支付模式的组合类

---

① 顾昕：《中国城乡公立医疗保险的基金结余水平研究》，《中国社会科学院研究生院学报》，2010 年第 5 期。

型。事实上，以多元供方支付模式的组合来代替传统的按项目付费（fee-for-service）主导制，这是世界各国医保改革的中心和难点。[①]

2010 年，主管城镇医保的人力资源与社会保障部，开始将医保付费改革当做工作重点之一，鼓励地方进行各种各样的试点。据不完全统计，大约 86% 的统筹地区开始探索多种医保付费的组合方式。但是，医保付费改革的艰巨性不可低估。在改革的实践中出现了一系列新的问题，包括：（1）市场化的购买机制与医药价格的行政管制相冲突。由于医疗服务和药品价格的现行行政定价方式与按项目付费相适应，因此医疗服务的人力成本在其他新医保付费模式无法得到适当的体现，从而极大地挫伤医疗机构的积极性。（2）医保机构对医药服务的购买行为出现了行政化趋势，即依靠形形色色的行政检查来推进新付费机制，而对服务购买的合同管理极为薄弱。（3）谈判机制的非制度化。医保机构与医疗机构相互扯皮，新医保付费方式的标准制定也缺乏公开透明性。（4）付费方式选择的重复博弈。尽管各地采用了不少新付费方法，但依然用按项目付费的方式来结算，于是新付费方式向旧结算办法回归，按项目付费依然发挥主导作用，付费改革的效果不明显。

当然，出现这些新问题并不奇怪。世界各国的医保付费改革大多经过 10 年的重复博弈才稳定下来，而中国的全民医保才刚刚上路。

二　公立医疗机构改革蹒跚而行

与医疗保险的改革相比，医疗服务体系的改革总体来说比较迟缓，这一格局在过去的若干年一直没有发生实质性的改变。在 2010 年，改变这一格局似乎有了一些转机。

在中国，公立医疗机构，尤其是公立医院，在医疗服务市场上占据主导甚至垄断地位，因此医疗服务体系改革的重点在于公立医院改革。长期以来，公立医院处于一种"行政型商业化"的状态。[②] 一方面，公立医院都是事业单位，均隶

[①] 参见 John C. Langenbrunner, Cheryl Cashin, and Sheila O'Dougherty（eds.），Designing and Implementing Health Care Provider Payment Systems：How-To Manuals. Washington, D. C.：The World Bank, 2009。

[②] 顾昕：《全民医疗保险走上正轨》，载汝信、陆学艺、李培林主编，《社会蓝皮书：2008 年中国社会形势分析与预测》，社会科学文献出版社，2007。

属于一个庞大的行政型等级化体系，大多数公立医院都从属于各级卫生行政部门，在战略决策和人事管理上受到所属卫生行政部门的左右。另一方面，公立医院的主要收入来源于"业务收入"，即医疗服务和药品出售（见图1）。由于多种因素，公立医院医药费用的上涨幅度在过去的二十多年里一直居高不下。根据卫生部的统计，卫生部门所属综合医院的次均门诊费用和次均住院费用在2009年达到159.5元和5951.8元，分别是1990年同类水平的14.6倍和12.6倍，而2009年城乡民众的收入仅为1990年的11.4倍和7.5倍。① 与此同时，公立医院中"以药补医"的格局没有改变。具体而言，其医疗服务一直入不敷出，但药品出售一直保持盈余状态（参见表3）。尽管后一项的盈余近年来有所降低，但依然是维持公立医院正常运行（特别是维持医护人员的待遇）的重要保障。

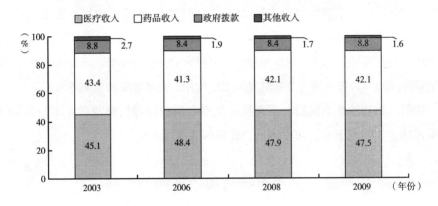

图1 公立医院的收入来源构成，2003~2009 年

资料来源：中华人民共和国卫生部编《2004 中国卫生统计年鉴》，中国协和医科大学出版社，第 85 页；《2005 中国卫生统计年鉴》，第 100 页；《2006 中国卫生统计年鉴》，第 102 页；《2007 中国卫生统计年鉴》，第 100 页；《2008 中国卫生统计年鉴》，第 93 页；《2009 中国卫生统计年鉴》，第 93 页；《2010 中国卫生统计年鉴》，第 94 页。

显然，如果公立医院的改革不落实，整个医药卫生体制改革就不可能成功。按照计划，关于公立医院改革的配套实施文件应该在2009年下半年出台。但直到2009年年底，文件依然没有出台。因此引发媒体发出公立医院改革是否"搁浅"的议论，而卫生部新闻办公室主任邓海华驳斥了这样的说法。② 2010 年 2 月

① 参见中华人民共和国卫生部《2010 中国卫生统计年鉴》，中国协和医科大学出版社，2010。
② 参见中国经济网的报道，http://www.ce.cn/xwzx/gnsz/zg/201001/12/t20100112_20785141.shtml。

表3 公立医院的收支（2003～2009 年）

单位：亿元，%

年份	收入总额	支出总额	总收支结余率	医疗收入	医疗支出	医疗收支结余率	药品收入	药品支出	药品收支结余率
2003	2549.2	2468.7	3.2	1149.0	1354.5	-17.9	1107.2	959.9	13.3
2004	3339.8	3223.3	3.5	1490.5	1700.2	-14.1	1347.3	1189.7	11.7
2005	3700.6	3556.2	3.9	1758.1	2008.7	-14.3	1591.8	1401.9	11.9
2006	4029.6	3992.8	0.9	1949.9	2229.8	-14.4	1664.2	1511.1	9.2
2007	4902.2	4785.8	2.4	2378.4	2711.8	-14.0	2023.5	1905.9	5.8
2008	6090.2	5895.4	3.2	2914.2	3278.5	-12.5	2564.0	2411.3	6.0
2009	7457.0	7114.5	3.2	3544.2	3911.3	-10.4	3136.1	2925.4	6.7

资料来源：《2004 中国卫生统计年鉴》，中国协和医科大学出版社，2004，第 85 页；《2005 中国卫生统计年鉴》，2005，第 100 页；《2006 中国卫生统计年鉴》，2006，第 102 页；《2007 中国卫生统计年鉴》，2007，第 100 页；《2008 中国卫生统计年鉴》，2008，第 93 页；《2009 中国卫生统计年鉴》，2009，第 93 页；《2010 中国卫生统计年鉴》，2010，第 94 页。

10 日，《关于公立医院改革试点的指导意见》（卫医管发〔2010〕20 号）（以下简称《指导意见》）终于公布了。① 配套文件"千呼万唤始出来"，这本身就昭示着公立医院改革的艰难性。

《指导意见》提出了 9 项公立医院改革的试点内容：（1）优化公立医院布局并调整其功能。（2）推进公立医院属地化管理，设立专门机构负责其资产管理、财务监督和管理层的任命。（3）探索建立以理事会制度为核心的公立医院法人治理结构。（4）改革公立医院内部运行机制，包括人事制度改革。（5）改革公立医院补偿机制。（6）加强公立医院管理。（7）改革公立医院监管制度。（8）建立住院医师规范化培训制度。（9）推进多元化办医格局，即鼓励、支持和引导民间资本进入医疗服务领域。同时，国家医改办选定 16 个城市作为国家公立医院改革试点城市，其中东部地区 6 个，包括鞍山、上海、镇江、厦门、潍坊、深圳；中部地区 6 个，包括七台河、芜湖、马鞍山、洛阳、鄂州、株洲；西部地区 4 个，包括遵义、昆明、宝鸡、西宁。

从 2010 年春天开始，16 个城市开始制定其公立医院改革试点的实施方案。按计划，试点实施方案应该在年中制定完毕。但是，直到 10 月底，仅有 8 个城

---

① 该意见的文本可在中国政府网上找到，参见 http：//www.gov.cn/gzdt/2010－02/24/content_1540062.htm。

市（即镇江、七台河、马鞍山、鄂州、株洲、遵义、昆明和西宁）在网上公布了其试点实施方案，4个城市（鞍山、潍坊、洛阳和宝鸡）的方案已经编订但没有向全社会公布，其他城市是否编订出试点方案尚不明确。

建立公立医院理事会制度，完善法人治理结构，是公立医院改革试点的重点之一。理事会由出资人代表、医院法人代表、医院职工代表及其他代表组成，主要对出资人负责。理事会负责战略决策，而医院的日常管理由院长及其管理团队负责。这一制度变革的核心在于公立医院的出资人代表是谁，以及理事会中的"政府理事"如何选任？有些城市新组建了由卫生、组织、发改委、财政、人事、编办、劳动、物价、国资局等部门组成的公立医疗机构管理委员会，扮演出资者的角色。实际上，这样的机构相当于政府各部门的联席会议，同各地政府已有的工作会议没有多大区别。有些地方则践行所谓"管办分开不分家"的模式，在卫生局里新设公立医疗机构管理处，扮演出资者的角色。当然，也有少数地方，在卫生局之外设立公立医院管理部门，行使"办医院"的职责，而卫生局则行使监管医院的职责。

新的制度建设是否能真正解决公立医院与卫生行政部门长期以来存在的"政事不分、管办不分"的关系，还有待观察。鉴于公立医院改革刚刚起步，对其进展和效果的评估，恐怕至少还要等待两三年。总体来看，公立医院改革迟滞，同改革的主导思想不明确有关。公立医院改革的实质是政府改革，而不是医院改革。仔细看一看关于公立医院改革的《指导意见》，不少内容涉及公立医院自身的管理，与政府改革无关。与公立医院改革相关的政府改革林林总总，一言以蔽之，是改革政府与医院的关系，其中有财务关系、人事关系、医院服务项目的准入、医院发展的决策权、医院行为的管制等，其核心是"去行政化"。[①]

三　公立医院"药价虚高"治理不力

公立医院的法人化及其法人治理结构的完善，显然是一个长期的工作，不可能一蹴而就。在公立医院中，还有一些制度安排扭曲了医院行为，其中最突出的就是"药价虚高"的问题。总体来看，在处方行为或者药品购销行为上，公立

---

① 顾昕：《公立医院改革本质在于政府改革》，《中国医疗保险》2010年第3期。

医院不仅偏好价格偏贵的产品，而且即便是采购同一厂家的产品，公立医院也宁愿从偏贵的进货渠道进货，然后再高价销售。很多人将这种"高价进货、高价销售"现象的发生归咎于医疗服务的市场化。但是，在一个正常的市场中，"高价进货、高价销售"难道应该成为普遍存在的商业模式？

2010年5月16日，中央电视台财经频道《每周质量报道》栏目播出的《暴利药价解密》节目，将公立医院"药价虚高"问题，尤其是其"高价进货、高价销售"的问题，曝光在观众面前，一时间舆论哗然。在湖南长沙市，著名公立医院湘雅二医院的医生向一位患者推荐使用芦笋片，每盒价格213元。这位患者无力负担如此昂贵的药品，于是在全市寻找便宜的药品销售点，结果发现此药在全市所有公立医院都一个价格，而且在零售药店没有出售。更令人吃惊的是，这位患者发现，此药的出厂价仅为15.5元。而就在长沙市，湖南医药公司以每盒30元的价格批发此药，此药在公立医院的零售价居然比批发价翻了七倍多。湘雅二医院辩称其没有违规，因为医院是以185.22元一盒的价格采购此药，然后根据国家规定加价15%，零售价为213元，正好是当地物价部门所规定的该药的最高零售限价。①

为此，湘雅二医院及湖南有关方面受到社会各方的严厉谴责。三天之后，湖南省和长沙市两级纪检监督、工商、卫生、公安等部门组成联合调查组，进驻湘雅二医院。一时间，这个有着100多年历史、人称"北有协和、南有湘雅"的著名公立医院人心惶惶，最后湘雅医院药剂科的一位副主任因"吃回扣"4万元左右而被立案调查。②

然而，客观事实是，公立医院药品零售价格虚高的现象在全国长期普遍存在，绝对不是湘雅二医院的特殊现象，也不是湖南省独有的现象。根据中央电视台的报道，芦笋片在很多地方药品集中招标的招标指导价或中标价都在110～190元，同样"虚高"。因此，正是现行医药卫生体制中存在的某些制度弊端，导致了这种现象的长期普遍存在。如果把"天价芦笋片"仅仅看成是一个孤立的违规事件，并满足于揪出一两个违规者或违法者进行"问责"，实际上是忽略

---

① 参见中央电视台网站上的报道视频，http：//news.cntv.cn/program/zhiliangbaogao/20100516/100747.shtml。
② 杨中旭：《"天价芦笋片"利益链》，《财经》，2010年6月21日（总第266期）。

了公立医院的药品制度存在的问题。

造成公立医院药价虚高的直接原因是政府施加了药品加成管制。由于政府规定公立医院药品出售的加价率最高只能是 15%，公立医院在绝大多数情况下都倾向于"高价进货、高价销售"。一般而言，"高价进货、高价销售"这种奇怪的营销模式在正常的市场环境中很难普遍流行。然而，公立医院所处的市场环境恰恰就是不正常的，因为公立医院在医药服务市场中占据着主宰甚至垄断地位。权威机构发布的数据显示，尽管零售药店在中国药品销售终端的市场份额从1992 年的 5.5% 提高到 2008 年的 24.4%，而药品销售的 3/4 是在医疗机构中发生的。① 央视上述节目中提供的一个关键信息也证实了这一问题的根源，患者只能从公立医院购买芦笋片，从零售药店无法买到这种药品。

为什么号称以"公益性"为运营目的的公立医院反而出现了"药价虚高"的现象，而其他类型的医疗服务机构（例如民营医疗机构和未执行药品零差率前的基层医疗机构）并没有普遍出现这种问题，原因很简单，即政府专门对公立医院设立了一项药品加成管制，规定公立医院出售药品的加价率最高不能超过15%。

有了这一管制，如下的事情必然会有极大的概率发生：（1）公立医院特别喜欢用贵药，试想治疗某病既可以用批发价 10 元的药品，也可以用批发价高达100 元的药品，医院使用前者只能赚取 1.5 元，而使用后者可以赚取 15 元，医院及医生们倾向于购销后一种药品也就不足为奇。（2）公立医院特别喜欢进贵药，明明是同一家制药企业的产品，公立医院宁可对价格便宜的进货渠道视而不见，却纷纷从价格偏贵的进货渠道进货。芦笋片就是现成的例子。在长沙，明明就有极其正规的公司以 30 元一盒的价格批发芦笋片，可是长沙所有的公立医院都宁愿从其他渠道以 185.22 元一盒的高价进货，然后依照国家规定顺价加价15 个百分点，每盒账面获利 27.77 元。倘若药剂科药品采购负责人以 30 元的价格进货，每销售一盒医院只能获利 4.5 元，试想公立医院的管理者和其他医生会同意吗？

更为重要的是，有了药品加成管制，政府为了治理公立医院药价虚高而推出的种种行政化措施，例如行政性药品降价、药品集中招标、药品零差率政策、商

① 卫生部卫生经济研究所编《2009 中国卫生总费用研究报告》，卫生部卫生经济研究所，2009。

业贿赂的治理整顿等，均告失效，并且让公立医院这个药品最大销售终端市场的扭曲现象进一步雪上加霜。①

因此，只有切切实实地推进政府管制改革，公立医院药价虚高的顽症才能得到根治。然而，现行的药品制度改革却试图绕开解除药品加成管制这个核心问题，从其他地方寻找问题的解决办法，其结果自然是缘木求鱼。

在公立医院"药价虚高"的顽症久治不愈之时，政府试图通过全面实施基本药物制度来缓解民众对"药价虚高"、"药费虚高"的怨气。基本药物制度的核心内容有五个方面：（1）各地根据中央版的《基本药物目录》，确定地方版的《目录》，一般是增加一些适合当地疾病谱或民众用药习惯的药品。（2）实行省级基本药物的集中招标采购。（3）强制公立医疗机构只能使用中标的基本药物，不得销售其他任何药物。（4）基本药物销售实施零差率，即进货价和零售价均为中标价。（5）政府设法从其他渠道，主要是政府财政和医保基金，为基层医疗机构提供15%的药品加成补偿。

对于基本药物制度，中央政府2009年曾计划在30%的基层公立医疗机构中试点，2010年要求各地将试点范围扩大到60%。实际上，各地贯彻落实的进展相当迟缓，主要原因在于基本药物制度的设计存在诸多不尽合理之处，难以为基层公立医疗机构提供一个良好的激励机制，各地政府和医保机构难以落实。②

除此之外，推进基本药物制度还产生了一系列新的问题。

在2009年推行基本药物制度以前，基层公立医疗机构的药品销售不受15%药品加成管制约束，而是根据市场情况自主采购、自主确定零售价格，只要不超过国家规定的最高零售限价即可。在这种制度下，批零差价全部归基层医疗机构所有，采购价越低，其获利也就越多。由于基层医疗机构面临着零售药店和民营诊所的竞争，其药品零售价格不可能比竞争对手高出太多。为了获得更多赢利，一般而言，基层医疗机构会想方设法，寻找性价比高的进货渠道，并且在可能的范围内竭力压低采购价。尽管加价率均超过40%，部分药品甚至达到100%，但由于采购价很低，其零售价大多低于当地政府药品集中招标为公立医院设定的中标价，更低于国家发改委（或当地物价部门）规定的最高零售价。这种机制促

① 顾昕：《正本清源还是病急乱投医》，《财经》，2010年6月21日（总第266期）。
② 朱恒鹏：《基本药物制度：路在何方》，《中国社会科学院研究生院学报》2010年第5期。

使基层医疗机构在与供应商谈判时，尽可能降低药品采购价，从而通过充分的市场竞争形成相对合理的价格。由于争相从价格较低的进货渠道采购药品，推行基本药物制度以前，基层医疗机构中很少出现返点和回扣现象，也基本没有药价虚高的问题。

2010 年，情况发生了变化。由于目前设计出来的基本药物制度，要求各地在基层医疗机构中实行基本药物的集中招标并推行零差价政策，基层医疗机构（尤其是乡镇卫生院）已经开始与药企协商"返利"和"回扣"问题。道理很简单，执行零差价政策相当于实施了药品加成管制。为了获得更大的利益，各地首先在基本药物的集中招标环节中设法留下不少高价中标的药品，同时在降低平均中标价上做一做表面文章。基层医疗机构在实际采购中自然会让"高价标上量、低价标流标"。由于实施零差价政策，基层医疗机构不能直接在账面上从基本药物的销售上获取"利润"，但是它们完全可以向那些提供高价标的医药企业要求提供"服务"、"返点"甚至赤裸裸的"回扣"。

还需要指出的是，不能指望通过加强政府监管来杜绝基层医疗机构的上述暗箱操作行为。事实上，目前公立医院向医药企业争"服务"、拿"返点"以及医生吃"回扣"，已成为众所周知的普遍现象。这一现象已经存在多年，各级政府束手无策，医药企业敢怒不敢言。虽然政府屡屡出台各种行政化措施加以治理整顿，冀望于各种检查，但基本上收效甚微。如果政府连数量有限的三级医院都没有管好，如何能够管好数量众多、分散在农村地区的乡镇卫生院呢？根治这种扭曲现象的办法是釜底抽薪，消除这种模式产生的土壤，尽早废止药品加成管制和药品零差率政策。

National Health Care Reform in China
Steps into A Key Stage

Abstract：By the end of October 2010，the three-year plan for implementing new health reforms has come to the stage for mid-term evaluation. 30 provincial and municipal governments have made public their local reform proposals. In early 2010，the central government's guide for public hospital reforms was promulgated and 16 cities were selected as the sites for carrying out pilot programs. Meanwhile, the government makes great efforts to curtail unreasonably high drugs price in public hospitals and to implement essential drugs system at grassroots levels. Many new initiatives in reforming pharmaceutical regulations fail to create reasonable incentives among public providers. Therefore, medical and health reform needs to be carefully planned in greater details.

Key Words: Universal Coverage Health Care Insurance; Provider Payment Modes; Corporatization of Public Hospitals; Essential Drugs System

调 查 篇

Reports on Social Survey

B.8

2010 年中国居民生活质量指数报告[*]

袁岳 张慧[**]

摘 要: 金融危机对居民生活的负面影响在 2010 年逐步显现,城乡居

----

[*] 本报告分析的数据来自 2010 年 10 月针对全国 7 个城市、7 个小城镇及其周边农村地区进行的入户调查,城市执行区域为北京、上海、广州、武汉、成都、沈阳、西安,每城市成功样本量不低于 300 个;小城镇执行区域为浙江绍兴诸暨、福建福州长乐、辽宁锦州北宁、河北石家庄辛集、湖南岳阳临湘、四川成都彭州、陕西咸阳兴平,每个小城镇成功样本量不低于 150 个;农村执行区域在上面提到的 7 个小城镇地区分别选取一个行政村,每个行政村成功样本量不低于 100 个。调查采取多阶段随机抽样方法,共获得 4143 个成功样本,其中城镇居民 3408 名,农村居民 735 名,城镇受访者年龄在 18~60 岁之间,农村受访者年龄在 16~60 岁之间。数据结果已根据各地实际人口规模进行加权处理,在 95% 置信度下抽样误差为 ±0.89%。调查样本基本构成情况:男性 48.6%,女性 51.4%;16~25 岁 16.3%,26~35 岁 24.5%,36~45 岁 29.1%,46~55 岁 22.7%,56~60 岁 7.5%;小学及以下 7.2%,初中 30.6%,高中/中专/技校 39.7%,大专 15.2%,本科及以上 6.7%,另有 0.3% 拒绝回答学历问题。

[**] 袁岳,零点研究咨询集团董事长,美国哈佛大学公共管理学硕士,北京大学社会学博士,2007 耶鲁世界学者,国际咨询机构协会(Association of Management Consulting Firms, AMCF)副主席兼中国代表,中国市场研究行业协会副会长、ESOMAR 中国代表;张慧,零点研究咨询集团指标数据业务总监,中国科学院心理学博士。

民总体生活满意度下降，居民在经济、职业、社保等个人层面的指标回落；对国家经济状况、国家国际地位感、政府管理信心度等国家层面的指标亦出现下滑；居民对物价波动的承受力下降、消费信心提升困难；物价、住房等关键问题没有得到实质性改善，居民对国家经济发展成就感与个人受益感之间存在较大反差；社会发展滞后于经济发展。

关键词：生活质量指数　总体生活满意度　生活满意度的影响因素　因素影响力

一　城乡居民总体生活满意度

金融危机对居民生活的负面影响仍在延续，城乡居民总体生活满意度下降。2010 年城市、小城镇和农村居民的总体生活满意度分值分别为 3.41 分、3.37 分和 3.42 分。在 2009 年和 2010 年，三类居民的总体生活满意度有所回调，其中小城镇居民降幅最为明显（3.59 分→3.37 分），其次是农村居民（3.55 分→3.42 分）（见图 1）。

比较城乡居民对各项指标的评价分值结果，2010 年的变动体现在以下几个方面。

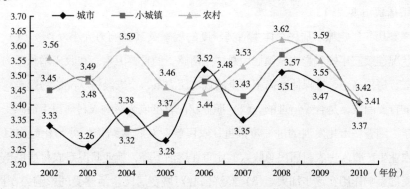

图 1　2002～2010 年城乡居民总体生活满意度变化趋势

注：图中数据为基于 5 级量表的得分，5 分表示非常满意，1 分表示非常不满意。

资料来源：2002～2009 年数据来自零点研究咨询集团历年《中国居民生活质量指数报告》。2010 年数据见零点研究咨询集团 2010 年入户调查资料（除有特殊说明，下文中 2010 年数据均来源于此调查，不再重复）。

1. 影响城乡居民生活满意度的几项关键指标与 2009 年持平或有所下降

历年调查发现，个人经济、职业、社保和业余娱乐生活都是影响城乡居民总体生活感受的重要微观指标，但这些指标在 2010 年出现回落：城镇居民的职业满意度、社保满意度、业余娱乐生活满意度等指标下降至 2006 年以来的最低点，个人经济状况满意度则保持稳定；农村居民的职业、经济和社保满意度均下降至 2006 年以来的最低点，业余娱乐生活满意度也处于较低水平。

2. 城乡居民对国家经济形势和政府管理的信心回落

2010 年，城乡居民对国家经济状况的评价小幅下降；政府管理信心度（包括管理经济事务、管理国际事务和管理社会事务）全面回落；国家国际地位感也终止了 2006～2009 年间的连续上升趋势，回落到与 2006 年基本持平的水平。

3. 城乡居民对物价波动承受力下降、消费信心指数城乡表现存在差异

2010 年，城乡居民的物价波动承受力下降，当前水平（2010 年 10 月份）仅高于 2008 年同期水平，比 2006 年、2007 年、2009 年均有明显下降；消费信心指数方面，城镇居民稳中有升，但农村居民均降至 2006 年以来的最低水平。

4. 对未来生活有信心也有忧虑，需要关注农村居民的生活信心问题

预期未来生活时，城镇居民对于未来收入和未来生活水平的改善有一定的乐观度，对于自己未来的竞争力预期也基本持稳，但对今后养老问题的忧虑程度明显增强；农村居民对未来收入增长和未来生活改善的乐观度则有下降趋势，且低于城镇居民（见表 1）。

考察历年影响城乡居民总体生活满意度的因素及其影响力大小发现：（1）个人经济状况连续三年蝉联影响城镇居民总体生活感受的首要因素。在收入增长乏力、物价上涨、房价高企、社保体系尚不健全的现实压力下，个人经济状况成为影响生活满意度的首要因素，是合乎情理的。（2）职业状况首度成为影响农村居民生活感受的首要因素。随着城市化发展的进一步推进，农民就业及收入结构的城市化趋向日益明显，农业生产收入占农村居民总收入的比重在逐渐下降，就业状况对农村居民整体生活感受的影响作用在逐步加大。（3）经济信心对城乡居民生活感受的影响力在提升。在 2009 年度的调查中，我们发现，当年度城乡居民对国家宏观经济和对政府管理能力的较高信心，是提拉民众生活满意度的重要因素；而本年度，公众对于国家经济状况、对于政府管理信心，均有一定程度的回落。相应地，经济信心（包括个人未来经济信心以及国家未来经济信心），对于民众生活满意度的影响力也在提升（见表 2）。

表1　2009～2010年影响城乡居民总体生活满意度的主要指标得分情况

指　标	2010 年			2009 年		
	城镇	农村	总体	城镇	农村	总体
休闲娱乐生活满意度	3.24	3.11	3.17	3.39	3.12	3.24
职业状况满意度	3.33	3.25	3.29	3.58	3.34	3.44
个人经济状况满意度	3.19	2.96	3.07	3.17	3.06	3.11
个人社保保障满意度	3.20	2.94	3.06	3.42	3.21	3.31
国家经济状况评价	3.68	3.73	3.71	3.72	3.83	3.78
物价波动承受力	3.14	3.05	3.09	3.36	3.32	3.33
消费时机认同度	2.95	2.61	2.77	2.89	2.81	2.84
消费信心指数	3.27	3.10	3.18	3.26	3.23	3.24
未来养老忧虑度	3.23	2.98	3.09	2.99	3.33	3.18
未来竞争力预期	3.29	3.03	3.15	3.25	3.15	3.19
未来收入乐观度	3.47	3.37	3.42	3.36	3.42	3.39
未来生活乐观度	3.38	3.29	3.33	3.34	3.41	3.38
国家国际地位感	3.79	3.79	3.79	3.94	3.99	3.97
社会治安安全感	3.52	3.35	3.43	3.67	3.72	3.69
政府管理经济事务信心度	4.10	4.08	4.09	4.25	4.28	4.27
政府管理国际事务信心度	4.18	4.04	4.10	4.37	4.26	4.31
政府管理社会事务信心度	3.60	3.75	3.68	3.84	3.85	3.85

　　注：（1）表中数据为基于5级量表的得分。对于养老忧虑指标，分值越高表示忧虑程度越高，对于其他指标，分值越高表示满意度或信心度越高。

　　（2）2009年之前数据见《2010年中国社会形势分析与预测》。

　　资料来源：零点研究咨询集团历年《中国居民生活质量指数报告》。

表2　2009～2010年影响城乡居民总体生活满意度的主要指标及其影响力比较

城镇居民				农村居民			
2010 年		2009 年		2010 年		2009 年	
指标	影响力	指标	影响力	指标	影响力	指标	影响力
个人经济状况	0.41→	个人经济状况	0.45	职业状况	0.30↑	休闲娱乐生活	0.45
职业状况	0.39→	职业或工作状况	0.44	休闲娱乐生活	0.27↓	物价波动承受力	0.31
休闲娱乐生活	0.31→	休闲娱乐生活	0.43	个人经济状况	0.26→	个人经济状况	0.31
物价变动承受力	0.27→	物价波动承受力	0.41	人际关系	0.26↑	职业状况	0.3
社会保障	0.25→	社会保障	0.34	物价变动承受力	0.23↓	未来收入预期	0.24
未来收入水平预期	0.23↑	环卫与环保	0.32	国家经济状况	0.20↑	社会保障	0.23
环卫与环保	0.22↓	国家经济状况	0.29	社会治安	0.19↑	人际关系满意度	0.18
国家未来经济信心	0.21↑	未来收入水平预期	0.27	生活便利性	0.17↑	国家经济状况	0.17

　　注：（1）表中影响力数据为各因素与总体生活满意度之间的相关系数，箭头指向表明与上一年度相比排名位次的变化情况，↑表示位次上升，↓表示位次下降，→表示位次没有变化。

　　（2）2009年之前数据见《2010年中国社会形势分析与预测》。

　　资料来源：零点研究咨询集团历年《中国居民生活质量指数报告》。

二　城乡居民关注的社会问题

2010 年物价问题再次成为城镇居民的首要关注点。医疗、住房价格、农村养老制度化建设等问题持续保持高关注度（见表 3）。纵观 1999 年以来城乡居民关注的社会问题可以发现：1999～2005 年，下岗就业和社会保障问题一直是公众关注的核心焦点；2007～2008 年，物价问题开始引人注目，并以较高提及率连续两年稳居城乡居民"关注榜"榜首；2009 年，城乡居民聚焦的社会问题则与当年国家的一系列政策以及当年的整体经济环境密切相关。

城镇居民更为关注物价、医疗改革和住房价格问题。此外，近两年有超过 10% 的城镇居民表示贫富分化问题是他们最为关注的社会问题。而在农村地区，贫

表 3　2008～2010 年城乡居民关注的社会问题比较

单位：%

城　镇					
2010 年		2009 年		2008 年	
物价	42.0	医疗改革	34.8	物价	66.2
医疗改革	37.2	下岗及就业	31.5	食品药品安全	33.8
住房价格	33.6	社会保障	28.9	社会保障	23.3
下岗及就业	25.8	住房价格	28.5	住房价格	23.0
社会保障	24.2	物价	25.2	下岗及就业	20.0
食品药品安全	17.8	贫富分化	14.7	医疗改革	14.1
贫富分化	13.3	食品药品安全	13.8	廉建与反腐	13.3
廉建与反腐	9.9	教育体制改革	12.5	贫富分化	11.6
农　村					
2010 年		2009 年		2008 年	
农村医疗改革	38.6	养老制度和相关方案	39.1	物价	64.8
物价	36.0	物价	34.7	食品药品安全	34.7
养老制度和相关方案	29.9	农村医疗改革	27.6	农民增收	28.7
农民增收	16.0	农民增收	18.8	农业政策	20.8
农民就业	12.4	农民就业	17.6	农村医疗改革	17.8
农业政策	12.3	食品药品安全	15.5	四川灾区震后重建	13.0
青少年教育	12.0	农业政策	15.3	贫富分化	12.4
教育体制改革	12.0	教育体制改革	14.9	假冒伪劣商品	11.7

注：表中数据为关注率，按照关注程度使用限选三项的答法计算得出，仅列出提及率超过 10% 的社会问题。

资料来源：零点研究咨询集团历年《中国居民生活质量指数报告》。

富分化不是农村居民关注的主要问题，农村医疗改革和物价问题位列第一和第二位，农村养老制度化建设在农村居民中也有较高的关注度，而农民增收、农民就业问题需要引起关注。

三 城乡居民的物价波动承受力和消费信心

城乡居民的物价波动承受力有所下降，城乡之间消费信心指数变化存在差异。据国家统计局公布的数据，2010 年前三季度，居民消费价格指数（CPI）同比上涨 2.9%。其中，9 月份 CPI 同比上涨 3.6%，环比上涨 0.6%，涨幅创 23 个月新高（见图 2）。

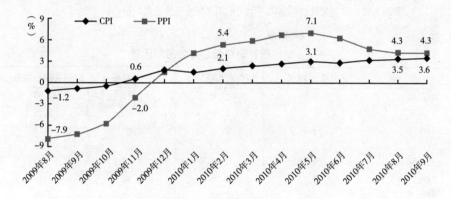

图 2 2009 年 8 月至 2010 年 9 月中国 CPI、PPI 涨幅走势

资料来源：中华人民共和国统计局公布的数据。

随着 CPI 的持续走高，物价问题成为本年度调查中城镇居民关注的首要社会问题，在农村居民中的关注程度仅次于农村医疗改革，位于第二位。调查数据同时显示：2010 年度，城乡居民物价波动承受力在下降，当前水平仅高于 2008 年 10 月的水平（见图 3）。

城镇居民 2010 年消费信心指数与 2009 年基本持平。2010 年城镇居民对个人经济状况感知有所改善，对国家经济状况评价基本持平，但对消费时机认同度略有下降。农村居民 2010 年消费信心指数下滑，农村居民对个人经济状况的判断、对国家经济状况的判断以及消费时机认同度相比 2009 年偏低，这使农村居民的消费信心指数下降到 2006 年以来的最低水平（见表 4、表 5）。

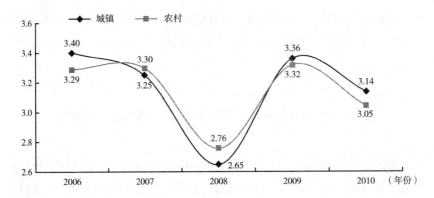

图3 2006～2010年中国城乡居民物价波动承受力变化趋势

注：图中数据为基于5级量表得分，分值越高承受力越强，5分表示完全可以承受，1分表示完全不能承受。

资料来源：零点研究咨询集团历年《中国居民生活质量指数报告》。

表4 城市居民消费信心指数历年比较

时　间	个人经济	消费时机认同度	国家经济	消费信心指数
2003 年	3.1	2.60	3.49	2.97
2004 年	3.1	2.69	3.59	3.13
2005 年	3.1	2.78	3.66	3.15
2006 年	3.26	2.82	3.6	3.21
2007 年	3.15	2.99	3.67	3.27
2008 年 9 月	3.15	2.95	3.58	3.19
2008 年 12 月	3.08	2.54	3.36	3.00
2009 年 10 月	3.13	2.96	3.64	3.24
2010 年 10 月	3.21	2.89	3.65	3.25

注：消费信心指数通过个人经济状况评价、消费时机认同度、国家经济状况评价三项指标来反映。

资料来源：2008 年 12 月份的数据来源于零点研究咨询集团 2008 年 12 月份完成的《城市居民 2009 年生活预测报告》；其他历年数据来源于零点研究咨询集团历年《中国居民生活质量指数报告》。

表5 农村居民消费信心指数历年比较

时　间	个人经济	消费时机认同度	国家经济	消费信心
2006 年 10 月	3.26	2.96	3.70	3.31
2007 年 10 月	3.23	3.08	3.76	3.36
2008 年 10 月	3.08	2.70	3.74	3.17
2009 年 10 月	3.06	2.81	3.83	3.23
2010 年 10 月	2.96	2.61	3.73	3.10

注：消费信心指数通过个人经济状况评价、消费时机认同度和国家经济状况评价三项指标来反映。

资料来源：零点研究咨询集团历年《中国居民生活质量指数报告》。

零点研究咨询集团于 2009 年 10 月份进行的居民生活质量调查结果表明：当时，在城市、小城镇和农村地区，分别有 46.4%、37.6% 和 36.1% 的家庭计划在 2010 年要压缩家庭消费支出。而本年度调查结果表明：2010 年，实际压缩家庭消费支出的家庭比例远大于 2009 年底的预计比例，在城市、小城镇和农村地区，分别有 58%、54.6% 和 65.2% 实际压缩了家庭消费。本年度调查结果还表明：在城市和小城镇地区，约有半数家庭计划 2011 年压缩消费，农村地区计划压缩消费的家庭比例高达 62.8%（见表 6）。

表 6　2009～2010 年城乡家庭理财特点及 2011 年家庭理财规划

单位：%

项　　目	城市	小城镇	农村
2009 年实际采取"多储蓄少消费"模式的家庭比例	50.9	46.4	54.2
2009 年年底计划 2010 年将采取"多储蓄少消费"的家庭比例	46.4	37.6	36.1
2010 年实际采取"多储蓄少消费"模式的家庭比例	58.0	54.6	65.2
2010 年 10 月计划 2011 年将采取"多储蓄少消费"的家庭比例	48.3	46.0	62.8

资料来源：零点研究咨询集团历年的《中国居民生活质量指数报告》。

四　城乡居民对房价与医疗改革的评价与期望

城镇居民当前对政府的首要期望是"降低房价"，未来一年的最大心愿是"改善住房条件"；新医改方案实施以来，对减轻居民医疗负担方面的成效已经显现。

（一）城镇居民当前对政府的首要期望是"降低房价"

国家统计局公布的数据显示，在 2009 年 8 月到 2010 年 4 月期间，全国 70 个大中城市房屋销售价格同比涨幅一路攀升，2010 年 5～9 月期间，同比涨幅虽连续回落，但 2010 年 9 月份的同比涨幅依然高达 9.1%。

比较零点研究咨询集团 2008～2010 年的调查数据发现，在谈到最关注的社会问题时，城镇居民对房价问题的提及率连年高升：2008 年 23%、2009 年 28.5%、2010 年 33.6%。本次调查显示，2010 年，房价问题位列"城镇居民最关注的社会问题"的第三位，仅次于对物价和医疗改革的关注程度；约半数城镇居民当前对政府的首要期望是"降低房价，解决住房难问题"；在谈到自己未来一年的计划时，除了"更加努力地工作、挣钱"外，提及比例最高的就是"要尽力改善住房条件"，城市居民的提及比例高达49.1%，小城镇居民的提及比例也达到了33.8%（见图5、图6）。

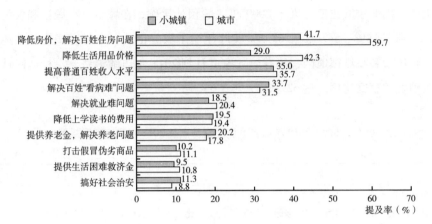

图4 2010年调查中城镇居民对政府的首要期望

资料来源：零点研究咨询集团《2010年中国居民生活质量指数报告》。

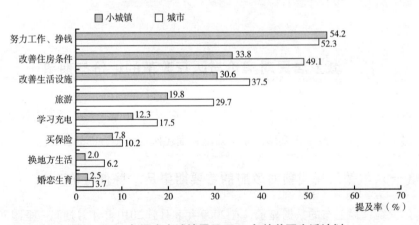

图5 2010年调查中城镇居民2011年的首要生活计划

如果用"房价收入比"①来衡量，在发达国家，一般而言，房价收入比超过6就可视为泡沫区。而根据中国指数研究院提供的数据，在2009年，一线城市

---

① 房价收入比指房屋总价与居民家庭年收入的比值，这一指标主要用于衡量房价是否处于居民收入能够支撑的合理水平。

的房价收入比普遍超过 10，其中深圳为 15.1，北京为 14.9，上海为 9.7；二线城市的厦门、杭州，比值也分别高达 13.1 和 10.9。而根据国家统计局公布的数据，相比 2009 年、2010 年房价总体呈上升趋势，但居民收入增长有限，因而 2010 年房价收入比会高于 2009 年。当买不起房成为共识，当蚁族、蜗居、房奴等成为热门词汇，当胶囊公寓出现，当住房成为普通老百姓的痛和忧……他们只有最朴素的念头：希望政府能够降低房价，希望自己来年的住房条件能够得到改善。

（二）新医改方案减负功能已经显现

2009 年 4 月 6 日正式公布的新医改方案凸显不少新变化，由市场化回归公益性、全民医保、基本药物制度、政府主导下的多元投入、公立医院与行政部门脱离行政隶属关系、新医改投入 8500 亿资金等举措，赢得居民对医改方案的信心。根据零点研究咨询集团《2009 年中国居民生活质量指数报告》，2009 年底，近六成居民（58%）对新医改整体方案有信心，超过七成（72.3%）居民对基本药物制度的减负作用有信心。表明在该项方案推出之初，城乡公众对于"解决看病难问题"是充满期待和希望的。新医改方案公布实施至今已有一年半时间，老百姓"看病难看病贵"问题是否得到了改善呢？

2010 年的调查数据显示，42.2% 的城乡居民表示实施新医改方案后，医疗负担有所减轻，其中农村居民感受最为明显，其次是小城镇居民，再次是城市居民。半数左右农村居民（50.3%）感受到了新医改的减负作用，小城镇和城市居民中这一比例分别为 35.5% 和 29.5%。进一步分析发现，收入越低的家庭，对于新医改方案减负作用的感受越强（见表 7）。

表 7　2010 年城乡居民对新医改方案实施后医疗负担变化情况的感知

单位：%

项　　目	城市	小城镇	农村	总体
增加了很多	9.0	0.2	0.2	2.4
增加了一些	11.4	4.9	3.2	5.6
没什么变化	46.8	57.1	43.5	47.2
减轻了一些	29.1	33.9	48.9	40.9
减轻了很多	0.4	1.6	1.4	1.2
拒答/说不清	3.3	2.3	2.8	2.8
合　　计	100.0	100.0	100.0	100.1

基本药物制度是新医改方案中的一项基本制度，实施这项制度的根本目的在于减轻老百姓的用药负担。目前这项制度已经显示出减轻老百姓看病就医负担的积极效果。2010 年度的调查结果表明，在城市和小城镇地区，均有三成多公众表示，实施基本药物制度后，家庭药费负担有所减轻，农村地区这一比例则超过四成（41.1%）。认为家庭药费负担没有变化的比例超过四成。同时我们也需要注意到，在城市中还有超过 20% 的居民表示，药费负担不降反增。而对于检查诊疗费用，城镇地区表示增加和表示减少的比例基本相当，农村地区表示减少者比例高于表示增加者比例（见表 8）。

表 8　2010 年城乡居民对新医改方案实施后药费负担和
检查诊疗费变化情况的感知

单位：%

项　　目	药费			检查诊疗费		
	城市	小城镇	农村	城市	小城镇	农村
增加了	21.6	17.8	15	27	23.9	18.4
没变化	43.6	47.1	41.2	47.2	52.6	52.1
减轻了	32.5	31.5	41.1	23.4	20	25.9
拒答/说不清	2.3	3.6	2.7	2.4	3.5	3.6

"城乡基层医疗卫生服务体系进一步健全"是新医改的另一目标。医疗"多网点"、患者"少跑腿"，"农村居民小病不出乡，城市居民享有便捷有效的社区卫生服务"是新医疗方案勾画出的蓝图。2009 年度的调查发现，城镇居民不愿意去社区医院看病的主要原因在于质疑社区医院的医疗技术水平，认为社区医院的医疗设备陈旧落后、药品不全、服务项目有限等。本年度调查发现，对于当地社区医院的各项服务条件的改善情况，在新医改方案实施一年半之后，城镇居民给予了一定程度的积极评价（见表 9）。

对比上述 2010 年的调查结果与 2009 年居民对医改的期望可以看出，新医改制度公布实施一年半之际，公众对新医改的减负作用较为认同，但与 2009 年公众的期望还有一定的距离。当然，任何一项改革措施的功效都需要一定的时间来展现。我们希望，随着时间的推移，新医改功效能够越来越显著。

表 9　城镇居民对社区医院在实施新医改方案后

各项服务条件的评价情况

单位：%

项　目		有改善	没变化	有退步	拒答/说不清
医护人员专业技术	城　市	28.6	66.7	3.2	1.6
	小城镇	32.1	63.7	2.9	1.4
医疗仪器先进完备性	城　市	45.7	45.1	6.7	2.5
	小城镇	47.3	45.1	5.9	1.7
药品品种丰富性	城　市	36.7	49.1	10.1	4.0
	小城镇	35.5	56.2	6.6	1.7
服务项目丰富性	城　市	38.5	52.4	7.3	1.9
	小城镇	44.0	47.2	6.8	2.0
就诊环境舒适性	城　市	55.4	36.9	6.2	1.4
	小城镇	45.0	47.4	6.4	1.2
医护人员服务态度	城　市	41.0	51.4	6.4	1.1
	小城镇	38.9	50.2	9.1	1.9

五　城乡居民的职业满意度与职业期望

当经济成为影响生活满意度的首要因素时，收入水平成为职业选择的核心考虑因素。两成城镇居民首选理想职业是公务员，折射出的整体社会心态值得关注。

（一）约半数居民对自己的职业状况感到满意

职业满意度对城镇居民的总体生活感受具有重要影响作用（位列影响力第二位），有 49.7% 的居民对自己的工作和职业状况感到"满意"，感觉"一般"的人占 33.2%，17.1% 的人"不满意"。

具体分析城镇居民对工作不满意的原因，排在首位的是对收入水平不满意（见表 10）。在分析受访者实际收入水平和工作满意度之间的关系时发现，个人月均收入达到 5000 元以上的群体中，对于工作表示满意者比例达到了 65.4%；而个人月均不满 2000 元、2000 ~ 3000 元、3000 ~ 5000 元的三个群体间，这一比例并无显著性差异（48.8%、49.4% 和 52.3%）。由此提示，月均收入 5000 元可能是提升城镇居民工作满意度的一个收入阈限值（见表 10）。

表10 2010 年城镇居民对工作不满意的原因

单位：%

项　　目	城市	小城镇	城镇总体
对收入水平不满意	49.0	48.5	48.8
工作累、压力大	25.3	27.8	26.3
稳定性差	25.4	13.3	20.6
工作环境不好	12.5	19.9	15.5
发展机会少	13.7	16.1	14.6
假期少	10.0	6.4	8.6
与自己的能力/兴趣/专业等不一致	8.4	6.2	7.6
人际关系不好	7.5	7.7	7.5
安全性不好	6.1	9.5	7.5
人脉和社会资源少	7.5	4.5	6.3

注：本题为限选两项题，故应答比例之和大于100%。

（二）收入是城镇居民职业选择的首要考虑因素，如果可自由选择职业，公务员是首选

当经济条件成为影响生活感受的首要因素时，收入水平自然也就成为职业选择的核心要素。城镇居民在选择职业时，首要考虑因素是收入水平，对收入水平的关注程度远高于对工作压力、发展机会、工作环境与自身能力兴趣匹配程度等因素的关注程度。相对而言，小城镇居民对工作环境和工作中人际关系的关注程度高于城市居民，而城市居民对于职业与自己能力兴趣的匹配性以及工作的稳定性更为关注。参见表11。

表11 2010 年城镇居民选择职业时看重的因素

单位：%

项　　目	城市	小城镇	城镇总体
收入水平高	25.0	28.9	26.8
工作轻松，压力不大	11.6	9.4	10.6
发展机会多	11.4	9.3	10.5
工作环境好	7.1	12.2	9.5
与自己的能力、兴趣、专业等相一致	13.3	4.6	9.2
稳定性好	10.4	6.1	8.4
人际关系好	6.4	10.2	8.1
安全性好	6.8	9.3	8.0
人脉和社会资源广	5.7	6.7	6.2
假期多或工作时间比较灵活	1.5	1.2	1.4
行业的社会声誉好	0.7	0.4	0.6

如果可以自由选择职业，公务员以较大的优势（21.4%的提及率）成为城市居民的首选职业，其后依次是企业家（13.9%）、政府官员（13.2%）、医生（12.7%）；在小城镇，公务员仍是首选（16.8%），但企业家（15.8%）、中小学教师（15.4%）、医生（12.4%）紧随其后，公务员的优势尚不显著。两成以上城市居民首选公务员，这一数据结果反映出了整个社会对公务员群体的艳羡，工作稳定、收入高、社会保障充足、有更多的踏入仕途的机会。

不过我们应该意识到，当前城镇居民的职业心态，从某种程度上来说，折射着社会价值观的变迁。工作的目标定位于安稳地获得优厚报酬，缺乏锻炼能力、施展才华、成就事业、利泽整个社会的考虑。这会影响个人和整个社会的发展与进步水平。

六 城乡居民对政府管理信心度有待提高

在历年调查中，城乡居民均表现出了对于国家层面宏观指标的高度信心。在2009年，尽管遭遇全球性经济危机，当年城乡居民对国家经济、国家国际地位、政府管理信心度（包括管理经济事务、管理国际事务和管理社会事务）均全面提升。可是2010年，城乡居民对宏观指标的乐观度较2009年有所下滑，主要表现在居民对国家经济状况的评价小幅下降；对国家国际地位感回落到与2006年基本持平的水平；对政府管理信心度（包括管理经济事务、管理国际事务和管理社会事务）略有下降。参见图7。

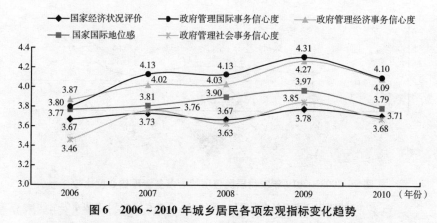

图 6 2006~2010 年城乡居民各项宏观指标变化趋势

注：图中数据为基于5级量表的得分，5分表示最高评价，1分表示最低评价。

资料来源：零点研究咨询集团历年《中国居民生活质量指数报告》。

零点集团历年调查数据显示，城乡居民对政府管理社会事务的信心度，一直低于对其管理经济事务和国际事务的信心度。在对具体的社会事务评价中，公众对于政府搞好社会治安、应对灾难性事件的能力相对乐观，而对于反腐和解决贫富分化问题，信心度则明显不足。2010年，无论在城镇还是在农村地区，对这两个问题的信心回落均更为突出。折射出公众对贫富分化问题的感知进一步加强、对腐败问题的痛恨和无奈。参见图8、图9。

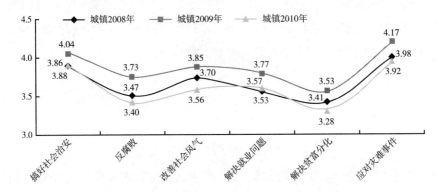

图7　2008～2010年城镇居民各项社会事务管理信心度比较

注：图中数据为基于5级量表的得分，5分表示非常有信心，1分表示完全没有信心。

资料来源：零点研究咨询集团历年《中国居民生活质量指数报告》。

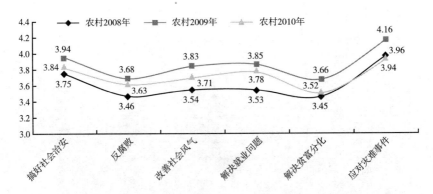

图8　2008～2010年农村居民各项社会事务管理信心度比较

注：图中数据为基于5级量表的得分，5分表示非常有信心，1分表示完全没有信心。

资料来源：零点研究咨询集团历年《中国居民生活质量指数报告》。

研究人员认为，2009 年，政府在全球经济危机中果断决策，推出 4 万亿元投资和十大产业振兴规划方案；同时在医疗、教育、社保等公共服务领域强力推进；且适逢新中国成立 60 周年，新中国 60 年来的巨变、综合国力提升带来的国际话语权等，也大大激发了城乡民众的自豪感，在这些因素的综合作用下，2009 年城乡居民对于政府的管理能力和国家的未来发展充满信心。而在 2010 年，尽管按照经济学理论，中国已经走出经济危机，但是物价持续上升、城市房价高企、贫富分化感加强、社会领域的一些老问题没有得到根本性改善。这些因素会拉低居民对国家宏观经济状况的评价和政府管理信心度。

七　城乡居民对国家经济发展的成就感高于个人受益感

比较零点研究咨询集团历年数据可以发现，城乡居民对个人经济状况的感受与他们对于国家宏观经济发展成就的感受间一直存在差距（见图 9）。在预期国家未来经济发展和个人未来生活时，同样表现出了这种反差，对于国家经济发展的信心度均高于个人生活水平提升的信心度（见图 10）。

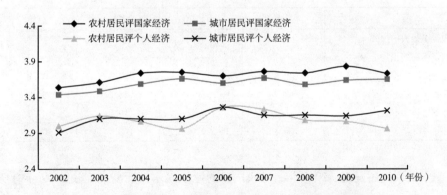

图 9　历年城乡居民评价国家经济状况和个人经济状况

注：图中数据为基于 5 级量表的得分，5 分表示认为经济状况非常好，1 分表示认为非常不好。

资料来源：零点研究咨询集团历年《中国居民生活质量指数报告》。

居民对改革获益的判断存在分化。本年度调查中，总体来看，超过半数的居民认为，自己的家庭在中国的改革开放中获益（城市 53%、小城镇 56.1%、农村 68.2%）。但需要引起注意的是，城镇中约三成居民认为改革开放给自己家庭

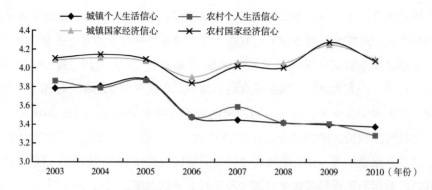

图10　历年城乡居民对国家经济发展的信心和对个人未来生活水平提升的信心

注：图中数据为基于5级量表的得分，5分表示非常有信心，1分表示完全没信心。
资料来源：零点研究咨询集团历年《中国居民生活质量指数报告》。

带来的好处和所遭受到的损失相当，利弊基本抵消。还有约5%民众表示，改革开放使自己蒙受了或多或少的损失。参见表12。

表12　2010年城乡居民对于自身改革获益的判断

单位：%

项　　目	城市	小城镇	农村	总体
遭受了很大的损失	0.6	0.4	0.1	0.3
遭受了一些损失	6.7	4.0	4.4	4.9
有好处也有损失，二者相当	39.8	39.4	27.3	32.9
得到了一些好处	47.7	51.7	58.2	54.2
得到了很多好处	5.3	4.4	10.0	7.7
总　　计	100.1	99.9	100	100

　　本次调查还发现，2010年，城镇居民的业余娱乐生活满意度较2009年有所下降（3.39分→3.24分），亦低于2006年、2007年的水平，仅与2008年同期水平基本持平，农村居民的业余娱乐生活满意度则一直处于较低水平。而在谈到对业余娱乐生活不满意的原因时，"没钱"、"没时间"、"压力大没心情"，是城乡居民的普遍心声。这在一定程度上折射出了多数民众当前的生活状态和生活心态。

　　改革开放以来，中国经济的发展成果举世瞩目。但是，GDP高速增长的同时人均收入增长乏力；住房、医疗、教育、社保、就业等领域的诸多问题，多年来没有得到根本性解决；贫富分化明显，社会不公平感开始出现，部分公众对改革获益出现负面判断；腐败问题层出不穷。所有这些表明国家经济发展的巨大成就，还需要更多地转换成国民的切身福利。

结 束 语

2010 年，中国经济率先走出经济危机，前三季度国内生产总值同比增长 10.6%。但是，普通公众的生活满意度和各方面的信心度却较 2009 年普遍下降。研究人员认为，这并不是 2010 年一年的变化结果，而是多年来各种社会问题的总体积累和综合反应。2009 年国内外经济形式的特殊性，一定程度上缓解了各种负面情绪和负面心态，并且激励城乡民众对国家宏观层面各项指标和对政府的较高信心度。而在 2010 年，这种特殊激励作用消失，而收入增长困难、物价上涨等问题越来越严峻；社保、医疗等领域，公众依然没有切实的获益感和保障感；政府在反腐、房价等领域的作为尚没有突出成效，这些都是社会发展长期滞后于经济发展的综合反应。任何一个国家和民族，经济快速发展时期，都是各种社会问题频出的时候。经济跃上一个台阶时，往往是社会问题必须解决的时候，而此时的经济基础为致力于社会发展也提供了可行性。我们期待中国的这个发展阶段尽早到来！

Report on 2010 Survey on Quality of Life for Chinese Residents

Abstract: The negative impact of the global financial crisis on Chinese residents becomes more evident in 2010. First, the overall life satisfaction of urban and rural residents is declining. On the individual level, people are less satisfied with their economic status, occupation and social security. On the national level, indicators on national economic confidence, international status and government performance also experience a declining trend. Meanwhile, price fluctuation endurance is falling as well as consuming confidence. Commodity Price, housing, medical care and other key social

issues have not been substantially improved. There is a huge gap between feelings of national economic achievements and feelings of people's welfare. At the same time, social development lags behind economic development.

Key Words: Living Standard Index; Overall Life Satisfaction; Factors Affecting Life Satisfaction; Influence of Factors

2010 年上海世博会的社会经济效益和社会评价

张海东　孙秀林*

摘　要： 2010 年上海世博会是迄今为止规模最大、参观者最多、影响最为深远的一次世博会，它的主题"城市，让生活更美好"，集中体现了上海世博会的理念和特色。本报告依据与上海世博会直接相关的统计数据和调查数据，从更广的视野对 2010 年上海世博会的社会经济效益和社会影响进行初步的评估。分析表明，上海世博会对上海社会经济发展具有明显的促进作用，增强了中国的国际声望，加快了上海的基础设施建设，增加了就业岗位，加快了上海成为国际旅游中心的步伐。

关键词： 上海世博会　社会经济效益　社会评价

2010 年 5 月 1 日至 10 月 31 日第 41 届世界博览会在中国上海举办，历时 184 天。此次世博会是由中国举办的首届世界博览会，也是首次在发展中国家举办的世界博览会。随着世博盛会的成功谢幕，对世博会的评价和总结已经成为人们关注的热点之一。本报告依据与 2010 年世博会直接相关的统计数据和上海大学上海社会科学调查中心的调查数据，① 对上海世博会的社会经济效益进行初步的评估。

---

* 张海东，上海大学上海社会科学调查中心常务副主任，教授；孙秀林，上海大学上海社会科学调查中心，副教授。

① 上海大学上海社会科学调查中心的调查数据包括两个部分，一是该中心于 2010 年 7 月组织实施的名为"世博与上海社会质量"的调查数据，该调查按照随机抽样原则在上海随机抽取了 12 个区 46 个居委会，成功访问了 1203 个样本；二是该中心于 2010 年 11 月初进行的以上海居民对世博会的评价为主题的电话调查数据。

一　上海世博会的理念和特色

"城市，让生活更美好"（Better City，Better Life）是 2010 年上海世博会的主题，集中体现了上海世博会的理念和特色，是上海世博会的灵魂。按照主办方的构想，这一主题词要表达的基本理念是"以创新为动力，建设绿色城市，构筑美好家园"。① 设计者援引亚里士多德的话说，"人们来到城市是为了生活，人们居住在城市是为了生活得更好"。在"城市，让生活更美好"的主题下，上海世博会的组织方旨在通过展览、主题活动和主题论坛回答三个问题，即：什么样的城市让生活更美好？什么样的生活观念和实践让城市更美好？什么样的城市发展模式让地球家园更美好？这三个问题实质上将人、城市和地球三者之间的有机联系揭示出来。

为了更好地演绎这三个问题，上海世博会还提出了五个副主题，它们是"城市多元文化的融合"、"城市新经济的繁荣"、"城市科技的创新"、"城市社区的重塑"以及"城市与乡村的互动"。

城市是人类最为重要的文明样式之一，目前全世界总人口中的一半生活在城市，预计到 2020 年全世界将有 2/3 的人口生活在城市。但在世博会 159 年的历史中，以"城市"作为综合类世博会的主题，上海世博会还是第一次。"城市，让生活更美好"不仅是世博会在理念上的重要创新，也是上海世博会的特色所在。可以说 2010 年上海世博会是一个探讨人类城市生活的盛会，在 5.28 平方公里的世博园区，各个展馆都在以自己的理念和方式努力地诠释着"城市，让生活更美好"的主题。"城市最佳实践区"首次将城市作为最独特的展品，展示了全球公认的、最有创新意义和示范价值的城市保护及开发的实践案例。

更为重要的是，在城市化进程不断推进、城市病集中爆发的背景下，上海世博会向公众传达了明确无误的信息，人类通过努力，可以将城市变成让生活更加美好的家园。所以，上海世博会达成了一系列目标，提高公众对"城市时代"中各种挑战的忧患意识，并提供可能的解决方案；促进对城市遗产的保护；使人

---

① 周振华、周国平主编《献策世博：从申博到办博》，格致出版社、上海人民出版社，2010，第 29 页。

们更加关注健康的城市发展；推广可持续的城市发展理念、成功实践和创新技术；寻求发展中国家的可持续的城市发展模式；促进人类社会的交流融合和理解。如联合国秘书长潘基文在 2010 年中国上海世博会高峰论坛开幕式致辞中所说的那样，"正是因为本届世博会，数以千万的人民知道，城市是有可能变得更加健康、更加安全的，城市能够更好地把自然和技术融合在一起。城市里的居民可以获得更加清洁的空气和水，享受更加美好的生活。换句话说，这届世博会给我们带来了希望，我们有信心应对城市化时代日益涌现的挑战。"①

二 上海世博会的特点和历史地位

上海世博会是一次人类文明的精彩对话，如果把它放在世博会的历史长河中客观地进行评价，可以说它是迄今为止规模最大、参观者最多、影响最为深远、最成功的一次世博会。我们可以根据一些指标来判断这个评价。

1. 上海世博会创造了历届世博会参观人数的最高纪录

上海世博会参观人数达到 7308.4 万人次，平均每天 39.7 万人次。园区单日最大客流为 103.28 万人。本届世博会的参观人数远远超过了此前人数最多的1970 年日本大阪世博会（见图 1）。

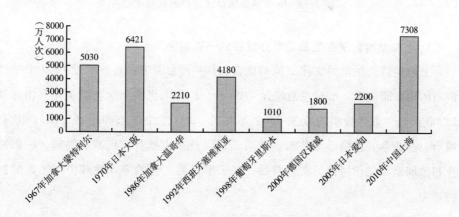

图 1 近 40 年来历届世博会参观人数比较

---

① 参见上海世博会官方网站。

抽样调查数据显示，上海世博会的境外参观者约占入园参观者总人次的5.8%；境内参观者中，上海本地参观者约占入园参观者总人次的27.3%，来自江苏省和浙江省的参观者分别占参观者总人次的13.2%和12.2%，来自国内其他省区市的参观者约占41.5%。

2. 上海世博会参展的国家和国际机构创历史之最

上海世博会有190个国家和地区及56个国际组织参展，创下了世博会参展史上最大规模的纪录（见图2），有媒体曾评价上海世博会为人类有史以来最大的一次国际展览会。

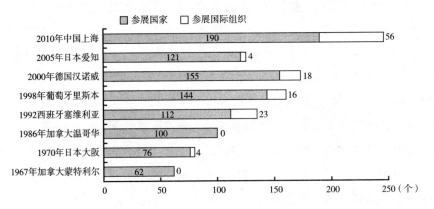

图2 近40年来历届世博会参展规模比较

3. 上海世博会是各类活动举办最多的一次盛会

上海世博会是世界文化交流的盛会，184天会期中，共有超过1200个中外演出团体来园演出，节目总数超过1100个。世博园区共上演各类文化演出活动22900余场，累计吸引观众逾3400万人次。200多个国家和地区、国际组织、城市、企业参展者精心准备的文艺活动，以及一大批具有民族、民间、民俗特色和浓郁地域文化特色的文艺节目，展示了世界文化的多样性和中华艺术的独特魅力。

上海世博会期间还举办了1场高峰论坛、6场主题论坛、1场青年高峰论坛以及53场公众论坛。10月31日举行的世博会高峰论坛深入探讨了一系列与城市发展有关的问题，并发表了《上海宣言》，形成了对全球城市创新与可持续发展的共识。

上海世博会的各项配套活动，是自 1855 年巴黎世博会首创艺术展和歌舞表演、1870 年巴黎世博会首创在会展期间召开国际会议以来，各类活动举办最多的一次盛会。

4. 上海世博会汇聚、展示了与世博会主题相关的人类文明创新成果

展示人类文明创新成果是世博会的永恒的主题。早期的世博会展示的是工业文明的创新成果，主要展示工业革命成就和各国先进工业品，现在已经演变为综合展示包括经济、文化、科技、社会发展成就在内的人类文明创新成果的世界性盛会。

创新也是上海世博会追求的目标之一。上海世博会突出强调创新是引领城市发展的核心，是让人们生活更美好的重要保障。在上海世博会的展品中，不仅大量地运用了新技术、新材料、新能源，还汇聚并展示了大量的城市发展的新成果和新理念。城市最佳实践区集中了全球遴选出的 80 个城市案例，展示了世界先进的城市发展理念和具体实践。"网上世博会"首次以网络方式呈现实体世博会，让世界各地的人们能够远程参与上海世博会，也使上海世博会实现了"永不落幕"，是世博会传播方式的一大创新。2010 年 5 月 1 日至 10 月 31 日，网上世博会累计入"园"参观者为 8234 万人次，页读数（PV）累计超过 8.73 亿。[①]

5. 上海世博会出色的服务工作满足了世界各地参观者的需求

上海世博会构筑了复杂庞大而又高效的服务体系，出色地满足了世界各地参观者的需求。根据世博会官方网站统计，上海世博会在媒体服务、交通服务、参观者服务、志愿者服务等方面做了大量出色的工作。

在媒体服务方面，2010 年 4 月 27 日开放的上海世博会新闻中心在世博会期间共接待了 18.6 万人次的中外记者，还为近 400 名参展方新闻联络官、288 场重要官方活动、198 个媒体参访团提供了服务。国际广播电视中心（IBC）提供 3 万多个小时的世博节目资源，充分满足了媒体的报道需求。

在参观者服务方面，世博会园区共设 56 个参观者服务点，向参观者提供问询接待、物品寄存、失物招领、物品租赁、母婴接待、残障援助、热水供应等一系列服务。园区共接待参观者问询 108.5 万人次，组织者共发放 1 亿份世博导览图，其中 8000 万份为园区导览图，2000 万份为园外导览图。此外，园内和出入

---

① 参见上海世博会官方网站。

口分别设有 5 个医疗点和 14 个临时医疗点，提供医疗和急救服务。

在交通服务方面，园区内设有 4 条地面公交线路、5 条观光线、1 条轨道交通专用线、5 条越江轮渡航线、8 条水门航线。截至 10 月 31 日，园区内交通累计运送游客约 1.83 亿人次，为参观者游园提供了便捷的交通服务。

在志愿者服务方面，上海世博会共有 79965 名园区志愿者，其中包括 1266 名国内其他省区市志愿者和 204 名境外志愿者。这些志愿者分 13 批次，为游客提供了 129 万班次、1000 万小时约 4.6 亿人次的服务。此外，世博会还有城市服务站点志愿者和城市文明志愿者。世博会期间全市设 1000 个左右的城市服务站点，总招募人数大约 13 万左右。世博会城市文明志愿者是指在世博会园区外自愿无偿地开展维护秩序、倡导文明、美化环境、扶危助困等志愿服务活动的世博会志愿者。城市文明志愿者大约 197 万人，包括平安志愿者、交通文明志愿者、世博会宣传志愿者等 8 大类，主要开展 8 个方面的服务。

6. 上海世博会为后世留下具有历史意义的文化遗产

历史上成功的世博会总会给后世留下具有历史意义的文化遗产，这些文化遗产是其所属时代人类文明成果的优秀代表。例如，水晶宫、埃菲尔铁塔等都是世博会的直接文化遗产。上海世博会也将为后世留下具有历史意义的文化遗产，那就是中国馆、主题馆、世博中心、文化中心、世博轴这“一轴四馆”。“一轴四馆”不仅是上海世博会的见证，也是当今人类城市文明发展最新成果的代表，将作为承载 2010 年上海世博会的辉煌的物质载体永久保留。

上述指标在衡量世博会的成功与历史地位时是必要的，或许还有些不充分。例如，对世博会直接经济效益的评价付诸阙如。根据有关报道，目前世博会官方的数据还在审计之中，估计明年 5 月才能正式公布。所以，本报告暂时无法对直接投资达 286 亿元的世博会的收支平衡状况做出评估，但是，我们可以从有关部门给出的数据中，从更广的视野对上海世博会的社会经济效益做出评价。

三 上海世博会的社会经济效益

上海世博会对上海社会经济发展具有明显的促进作用，我们可以从以下几个方面做一初步的分析。

1. 上海世博会极大地增强了中国的国际声望

上海世博会开创了世博会历史上多个世界"之最"，包括"参加规模之最"、"参观游客之最"、"举办活动之最"，并首度将"城市"作为展品，城市最佳实践区和网上世博会也创造了世博会历史上的奇迹。

上海世博会的成功举办，标志着中国国际地位的提高，继北京奥运会之后，又一次在国际舞台上提升了中国的国际形象与软实力。在上海世博会闭幕之际，许多国际组织官员与各国政要对本次世博会给予了高度评价，称这次精彩绝伦的世博会是一次巨大的成功，为促进国与国之间的交流合作作出了重要贡献。

上海世博会中，中国向世人展示了全新的风貌。上海世博会将历史和现代完美融合、将现在和未来对接、为东西方相聚架起了桥梁。在世博期间，世界各国的媒体对上海世博会进行了密集报道，大大激发了人们对中国文化以及可持续发展的兴趣。

2. 世博会加快了上海的基础设施建设，拉动了上海经济的快速增长

世博会筹办期间，大规模基础设施投资对经济的拉动作用显著。世博会的筹建费用包括园内和园外两大部分，其中，园内建设费用包括土地搬迁、功能建设、筹备运营三块。统计数字显示，自 2002 年申办成功以来，上海市政府累计投资了 286 亿元用于场馆建设和运营支出；而园外的建设费用更多，总计超过 2700 亿元，这 2700 多亿元的投资主要用于城市基础建设，与上海市民的民生直接相关。例如，为了避免世博会期间游客高峰出现拥堵，上海市扩建了城市轨道交通系统，在世博会开幕前夕，上海世博会轨道交通网建成 11 条线路，使上海地铁和城市轨道交通总长度扩展到 400 公里。这一举措使上海成为中国轨道交通最发达的城市，提前 20 年完成了同样规模的城市基础设施。

如此巨大的基础设施建设投资，有力地拉动了上海经济的快速增长。估计上海世博将给我国带来 1.2 万亿至 1.5 万亿元的产出效应，其中，至少有 30% 释放在世博会展期之后。据专业机构预测，筹备期间，"世博经济"每年对上海 GDP 增长的拉动约为 2%，对整个长三角地区投资的拉动约为 30%。在 2010 年世博会正式召开的时候，上海世博会对上海 GDP 增长的拉动增大为 3% ~ 5%，对长三角地区投资的拉动将超过 50%。①

---

① 参见 http：//press. idoican. com. cn/detail/articles/20090704017271/。

在收入方面，据专家测算，在上海世博会举办的半年时间里，直接收入可以达到 468.64 亿元；再依照相关产业的乘数效应，乘以 1.7 倍后，可产出 794.77 亿元。世博会游客的购物规模有望达到 175 亿元，其中本地游客估计平均每人消费 238 元、国内其他地区游客估计平均每人消费 481 元、境外游客估计平均每人消费 773 元。[①]

3. 世博会改善了上海的就业环境，增加了就业岗位

上海世博会的举办带动了建筑、物流、会展等数十个相关行业的服务需求。同时，城市餐饮、购物、交通、旅游、环保等配套设施的建设，也催生了大量的就业机会。据研究表明，从 2004 年到 2010 年初，上海"筹博"期间，投资项目直接带动了 7000 多个就业岗位，上海市重大项目带动就业近 14.6 万人。例如，仅中国馆建筑施工项目就新增 1700 多个就业岗位。据估计，在世博会期间，园区内外可带动 62.7 万人就业。

不仅如此，在世博会结束后，上海启动世博会志愿者职业发展服务计划，为参与世博会志愿服务的高校学生志愿者和离校未就业的毕业生志愿者提供就业服务。行动计划包括世博会志愿者职业辅导计划、岗位见习计划和职位招聘计划。世博会志愿者职业辅导计划，即上海将在 3 年内举办 320 场"青年就业创业大讲堂"系列讲座；世博会志愿者岗位见习计划主要内容是，上海将在 3 年内整合 1700 家企事业单位作为"世博会志愿者职业见习基地"，推荐 17000 名志愿者上岗见习；世博会志愿者职位招聘计划，指上海将定期向应届生发布外资企业就业市场供需状况调查报告，每年为世博会志愿者举办 3 场招聘会。届时，多家用人单位将面向世博会志愿者进行招聘。

4. 世博会期间，上海旅游、住宿、餐饮业经营效益全面上扬，上海成为国际旅游中心的步伐加快

2010 年上海世博会的举办，强化了上海作为国际旅游中心的基础地位。通过世博会筹备阶段的旧城改造、基础设施的建设及生态环境的优化，通过机场、水运、高速公路网络的改进，通过会展业、商业、金融服务业等行业的进一步发展，大大增强了上海的国际旅游吸引力，使上海旅游产业的接待能力大大提升，为上海迈向国际旅游中心跨出了坚实的一步。据中国旅游研究院初步测算，上海

---

① 参见 http://www.scdz-l-tax.gov.cn/quxian/ShowArticle.asp? ArticleID = 31001。

世博会将带来超过 800 亿元的直接旅游收入。①

据上海商业信息中心对世博会期间进行的全面监测显示，在世博会游客大量集中的影响下，上海市住宿、餐饮业零售额快速增长。世博会带来的大量客流，使上海的宾馆酒店入住率居高不下，带动宾馆服务业的经济效益大幅上升；同时，餐饮企业 5～9 月营业收入同比增幅为 36.4%，而在世博会前的 3 月和 4 月，餐饮企业营业收入同比增幅只有 16.6% 和 14.8%。② 世博会游客累计达 7308 万人次，如果按 70% 的游客在园区内用餐、人均餐饮消费约 40 元计算，世博会带来的餐饮收益约 20.46 亿元。③

5. 世博会之后，浦江沿岸经济开发将进一步带动上海经济发展

2002 年世博会申办成功以后，为符合上海市"百年大计、世界精品"的黄浦江两岸的纵深开发理念，选择了黄浦江两岸作为世博会会址。希望把黄浦江边的生产岸线逐渐改变成生活岸线，变成"清水岸线"，希望通过世博会这个机遇，体现城市的发展可以让市民直接获益，希望通过世博会场地的建设带动全上海的发展。

世博会场地位于上海南浦大桥和卢浦大桥之间，规划用地范围近 6 平方公里，其中浦东部分为 3.93 平方公里，浦西部分为 1.35 平方公里。随着世博园项目的开建，作为上海最大的单体动迁项目，先后拆迁 1.8 万户居民住宅及 272 家企业。为了安置动迁居民，新建的浦江世博家园和三林世博家园两个大型居住社区，总居住建筑面积约 200 万平方米，公建和商业配套设施建设超过 35 万平方米。

世博会以后，黄浦江两岸园区的进一步综合利用、开发和建设，尤其是"十二五"期间，黄浦江两岸的建设规划成为"后世博"发展的显著亮点，也是上海建设"四个中心"，特别是金融、航运两个中心的重要推动力。世博会闭幕之后，世博园永久性保留的"一轴四馆"，将成为上海的新地标。有专家预计，世博会后的经济效应将持续释放到土地价值上，"后世博"概念将成为沿江房地产发展的巨大驱动力。由于世博园处在城市中轴线上，拥有不可复制的景观价

① 参见 http://content.caixun.com/NE/02/9e/NE029ef4.shtm。

② 参见 http：//finance.ifeng.com/roll/20101110/2856973.shtml。

③ 参见 http：//news.163.com/10/1109/08/6L1KORJN00014AED.html。

值，必将成为城市建设和区域规划的重心，也将形成上海高端物业的集中地域，在后世博效应的不断推动下，区域规划发展将快速成型，其价值也将逐渐显现。

四　上海世博会的"后世博效应"

从历史的经验来看，成功的世博会往往会给世博会举办地的经济社会发展带来积极的长远而深刻的影响，具有助推器的作用，这种影响和作用被称为"后世博效应"。例如，1933 年以"一个世纪的进步"为主题的芝加哥世博会，对美国经济从大萧条的低谷中走出来，进而走向新一轮繁荣的历史进程起到了积极的推动作用。1970 年的大阪世博会，对重树日本国民的信心，使日本经济迅速融入世界并崛起为新兴的世界经济大国起到了重要的推动作用。上海世博会举办之时，全球性的金融危机的阴霾还没有完全消退，世界各主要经济体正在为寻求可持续的经济复苏和发展之路而努力，中国经济发展也面临着经过三十多年的高速增长后急需结构转型的关键时点。那么，上海世博会结束后，如何将好的世博会经验、世博会精神加以推广，发挥世博会的助推器作用，使"后世博效应"能够有效放大，助推经济社会发展就成为一个十分重要的课题。这里仅对"后世博效应"做简要的前瞻和展望。

1. 上海世博会的带动有助于加速推动长三角经济社会一体化进程

成功的世博会对区域经济社会发展的带动作用非常明显。例如，1970 年日本大阪世博会带动了日本关西地区都市圈的形成及区域经济的发展；西班牙1992 年的塞维利亚世博会促进了西班牙南部落后地区的经济社会发展。上海世博会将为长三角地区的经济社会一体化发展带来新的机遇。

世博会举办期间，国务院批准实施《长江三角洲地区区域规划》，将长江三角洲地区发展的战略定位为亚太地区重要的国际门户、全球重要的现代服务业和先进制造业中心、具有较强国际竞争力的世界级城市群。长三角地区的发展目标是，到 2015 年，率先实现全面建设小康社会的目标；到 2020 年，力争率先基本实现现代化。上海世博会的举办为长三角地区经济社会协调发展迈出实质性步伐提供了契机。

（1）长三角同办世博会为促进区域经济社会协调发展提供了难得的机遇

为了成功举办世博会，上海提出了"共同办世博、深化区域合作"的办博设想，提出了"机遇共抓、资源共享、主题共绎、活动共办、声势共造"的思路。2008 年 12 月，上海世博局与长三角 15 个城市签署了全面合作框架协议，通过在城市推介、城市活动和经贸、旅游等方面进行全方位交流与合作，进一步提升各个城市的产业优化、科技创新、城乡发展、生态保护、社会和谐以及区域融合。因此，上海世博会实际上已经成为长三角城市共同分享发展机遇、共同繁荣城市文化、共同赢得区域合作一体化的实践平台。

（2）世博会安保机制的制度化是长三角区域经济社会和谐稳定的重要举措

2010 年上海世博会有很多成功的经验，如何总结这些成功的经验并使之常态化、制度化，变成长效机制是一项非常有意义的工作。例如，上海世博会在安保方面取得了巨大的成功，实现了"平安世博"的目标，这与苏、浙、沪警务联勤指挥机制发挥的重要作用密不可分，也充分证明了区域合作的重要性。世博会甫一落幕，苏、浙、皖、沪区域警务合作就全面启动，世博会安保机制就被当做一种长效机制而制度化。这种制度上的创新对于区域社会和谐稳定发展具有重要的现实意义，也对如何将好的世博会经验制度化从而推动长三角区域经济社会协调发展具有重要的启示意义。

（3）便捷的交通将促进长三角地区都市圈的同城化进程

世博会期间，沪宁城际高铁通车，从上海到南京最快时间缩短到 73 分钟，江苏南部很多城市到上海的时间都大大缩短，都市圈之间的同城化现象在长三角地区开始显现。随着沪宁、沪杭、宁杭等城际高铁的全面开通，长三角城市圈的同城化效应将愈发明显。届时，沪、宁、杭作为中心城市的功能、重要的产业和优势资源将以更加便捷的方式向周边地区扩散和释放，必将有力地吸引人口、产业和各种要素向交通走廊沿线聚集，促进区域经济社会一体化进程向纵深发展。

2. 上海世博会有助于上海产业结构的调整升级和布局新兴产业，加快上海经济增长方式的转变

上海世博会举办之年是我国着力调整产业结构、转变经济增长方式最关键的一年，也是"十一五"规划执行即将完毕，制定"十二五"规划的重要年份。上海在全力筹办世博会的同时，充分考虑将世博会与上海经济社会长远发展相结合，推动发展转型和结构调整，把推进国际金融中心、国际航运中心建设作为加快产业结构调整的突破口，细化明确了 160 多项要推进的重点工作和措施。为了

在转变经济发展方式上率先取得突破性进展，上海把举办世博会作为促进上海科技发展的重要契机，把大力推进高新技术产业化作为上海制造业提升能级、向高端发展的重要举措，明确了新能源、民用航空、生物医药等9个重点领域，① 以期在新一轮国际科技和产业发展制高点的竞争中赢得先发优势。

世博会为人类最新科技成就的展示搭建了全方位、多角度、深层次的平台，这些最新科技成果包括新一代通信、人工智能、新材料、生态节能建筑等。同时，世博会中新技术的应用和示范有助于推动技术变革和产业革命，从而带动形成新的产业和经济增长点。

3. 上海世博会有助于上海接受和实践有关城市发展的具有前瞻性的先进理念，并在全国形成示范效应，引领城市发展

上海世博会鲜明地弘扬了绿色、环保、低碳等发展的新理念，这些具有前瞻性的先进理念将引领城市发展。温家宝总理在上海世博会"城市创新与可持续发展"高峰论坛上的主旨演讲中专门就此进行了阐述，他指出，上海世博园本身就是一个低碳的典范，园内太阳能发电系统总装机容量高达4.6亿兆瓦，各类新能源汽车的运用超过千辆，象征工业文明的165米高的大烟囱被改装为气象信号塔。用最新低碳材料和节能技术建造的各国展馆比比皆是，馆内陈列的最新低碳技术和产品不计其数。首次设立的城市最佳实践区用一个个生动的案例、逼真的模型展示了世界各国在城市建设和管理方面的智慧，描述了未来城市生活的新模式。这些新理念反映出人类对发展含义的理解更加科学，在谋求发展的道路上更加理性、成熟，必将对未来的经济发展方式、产业结构和消费方式产生深远的影响。

后世博时代，上海必将吸收这些先进的城市发展理念，为创新、绿色、和谐城市的建设注入新的动力。

4. 上海世博会筹办和举办中积累的管理经验有助于改进和提高城市管理水平

作为一届成功的大型国际展览会，上海世博会积累了丰富的城市管理经验。这些经验包括社会动员、安全保障、食品供应、环境卫生处理、道路交通疏导等全方位的管理经验，这些经验是特大型城市管理难得的宝贵财富。如何将这些经验转化为后世博时代日常化的管理，将是改进和提高上海作为国际化大都市管理

---

① 数据来自中国政府网。

水平的重要指标和城市软实力的显著标志。

5. 上海世博会以志愿者为代表的利他主义的奉献精神的传承弘扬有助于提高上海的凝聚力

被称为"解读中国的真正名牌"① 的志愿者是世博会中的一道亮丽的风景，以世博会志愿者为代表的利他主义的奉献精神完美地诠释了世博会志愿者尤其是青年志愿者所具有的价值观念。对志愿者精神的传承与弘扬是后世博时代上海乃至全中国应该大张旗鼓高度弘扬的一种宝贵精神。深入总结志愿者精神的实质内涵，广泛宣传、传承和弘扬志愿者的奉献精神，对提高上海乃至全国社会凝聚力具有重要的意义。

五 上海世博会的社会评价

根据上海大学上海社会科学调查中心问卷调查和电话调查数据，我们从以下几个方面来描述上海居民对本届世博会的社会评价。

1. 多数上海居民认为世博会在很多方面有助于改善上海的民生

调查问卷中设计了十个关于上海居民如何看待世博与民生的关系问题，有六个问题测量正面的效果，包括"世博会能够改进城市交通状况"、"世博会有助于提高市民的生活水平"、"世博会有助于提高市民公德意识"、"世博会能够促进上海经济发展"、"世博会有助于改善城市环境"、"世博会有助于改善治安状况"。四个问题用来测量负面的效果，包括"世博会使房地产价格提高"、"世博会可能导致物价上涨"、"世博会导致政府财政紧张"、"世博会给市民日常生活带来不便"。

从回答的结果来看，在认为世博会具有正面效果的回答中，除去"世博会有助于提高市民的生活水平"的回答均值较低（不到3.3）之外，其余各个选项的回答均值都很高（都在3.6以上）（见图3）。在认为世博会具有负面效果的回答中，认为"世博会可能导致物价上涨"与"世博会使房地产价格提高"的均值稍高，而认为"世博会导致政府财政紧张"和"世博会给市民日常生活带来不便"的均值则比较低，仅仅在3.0左右。总体而言，认为世博具有正面效果的均值

---

① 参见温家宝总理在上海世博会"城市创新与可持续发展"高峰论坛上的主旨演讲。

（3.3～3.9 之间）明显高于认为世博具有负面效果的均值（2.9～3.6 之间）。从这一组测量的结果可以看出，多数上海居民认为世博会有助于改善上海的民生。

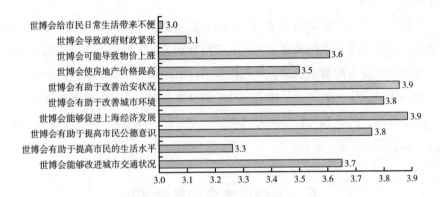

图3 上海居民对于世博改善民生看法的回答均值

2. 绝大多数上海居民认为世博会使上海更加包容开放

从上海居民对于"世博意味着上海更加包容开放"的看法的回答中可以看出，绝大多数的上海居民认同这一点，选择"同意"（72.1%）与"非常同意"（12.2%）的人占绝大多数。这说明世博会的召开，增加了上海居民的包容开放意识。

3. 志愿者精神感染普通市民，世博会志愿者受到一致好评

世博会闭幕后，以世博会志愿者为主题的专项电话调查①表明，人们对世博会志愿者所体现出来的奉献精神给予了高度的肯定和极高的评价。

在对志愿者服务评价方面，95%的受访者认为世博会志愿者为游客带来了便利，94%的受访者对世博会志愿者具有奉献精神给予了充分的肯定，在对世博会志愿者的服务水平、服务态度、在工作中的应变能力、在工作中的组织协调能力、在工作中的团队合作、工作尽职尽责情况、心理素质或承受压力的能力、对世博会及相关场馆知识掌握水平、精神风貌等方面的评价中，世博会志愿者都获得了极高的评价（见图4）。

在对世博会志愿者的知晓和志愿服务意愿方面，82.4%的受访者知道"小白菜"指的是园区世博会志愿者，63%的受访者的亲戚、朋友，或本人及本人的子

① 该调查由上海大学上海社会科学调查中心于 2010 年 11 月初组织实施。

女中有人是世博会志愿者，87% 的受访者支持亲友或子女成为世博会志愿者，80% 的受访者表示如果有机会的话愿意成为一名志愿者。

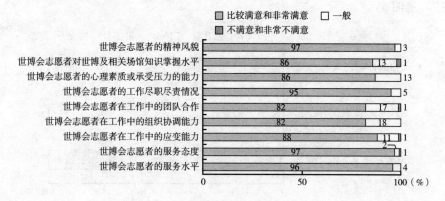

图 4　上海居民对世博志愿者服务的评价

4. 上海市民对世博会的组织工作评价非常高

根据上海大学上海社会科学调查中心 2010 年 11 月初进行的电话调查结果，上海市民对 2010 年中国上海世博会的组织工作评价非常之高。数据显示，从对世博会组织方面的各项评价指标来看，上海市民评价最高的是"组织动员方面的表现"（91% 的人回答"非常满意"和"比较满意"）和"世博会的安保服务"（92% 的人回答"非常满意"和"比较满意"）（见图 5）。

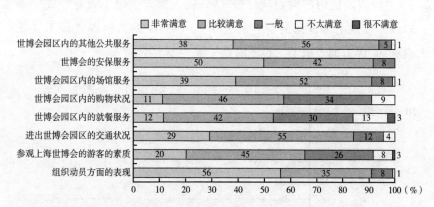

图 5　上海市民对世博会组织方面的评价

5. 上海市民对世博会的总体评价"非常满意"

上海居民对于世博会的总体评价也很高，92% 的被访者认为世博会举办得

"非常成功"和"比较成功",94%的被访者认为世博会的公众参与度"非常高"和"比较高",93%的被访者对世博会的举办规模表示"非常满意"和"比较满意"（见图6）。

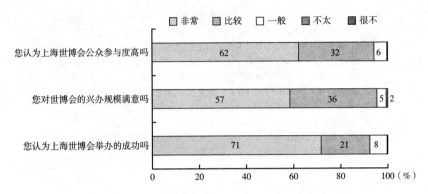

图6　上海市民对世博会的总体评价

6. 上海市民对世博会的"不足之处"的看法

当然，世博会也有其不足之处，调查数据显示，超过一半（57%）的被访者认为"排队时间过长"，此外也有被访者认为"游客素质不高"（11%）、"进出园区交通不便"（7%）、"过度影响了市民的正常生活"（6%）（见图7）。此外，参观者对"世博园区内的就餐服务"（16%的人回答"很不满意"或"不太满意"）、"世博园区内的购物状况"（9%的人回答"很不满意"或"不太满意"）以及"参观上海世博的游客的素质"（8.7%的人回答"很不满意"或"不太满意"）等方面表示了"很不满意"或"不太满意"。

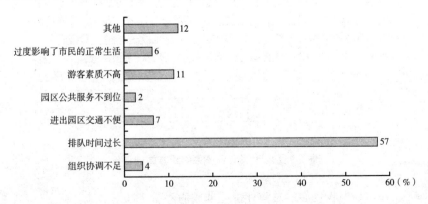

图7　上海市民认为世博会的不足之处

总之，上海世博会是一次非常成功、精彩、难忘的盛会。当世博会圆满谢幕之后，如何做好"后世博"这篇大文章，有效发挥世博会助推器的作用，切实推动经济社会又好又快发展是当务之急。尤其是针对世博会期间的不足之处，需要在总结经验的基础上，深刻认识产生不足之处的原因，才可以在未来的社会发展中进一步弘扬"城市，让生活更美好"的世博会精神。如对于世博会满意度最低的排队问题，在未来的城市管理与大型活动中，有关部门需要进一步优化场地布局，在空间上合理安排行动路线；世博会园区内的就餐、购物以及进入园区的交通问题等之所以引起游客的不满，也反映了我们在空间设计规划上的欠缺，尤其是在考虑人与空间的互动过程中存在的不足。所有的活动，都离不开参与者，如何提高参与者的国民素质，加强国民素质教育，也是未来提高我国软实力的一个重要指标。

The Socioeconomic Benefit and Social Evaluation of 2010 Shanghai World Expo

Abstract：The 2010 Shanghai World Expo has far-reaching influence, and is by far the largest World Expo in terms of its scale and the amount of visitors. As the most successful World Expo, Shanghai World Expo introduces the theme "City makes life better" to highlight the feature and ideology of this World Expo. From the analysis of 2010 World Expo's statistics and survey data, the report conducts a preliminary evaluation on the 2010 World Expo's socioeconomic benefit and its social impact from a wider standpoint. The statistics show that the 2010 World Expo significantly promoted Shanghai's social and economic development. On the one hand, the 2010 World Expo enhances China's international prestige, and facilitates the infrastructure construction around Shanghai. Also, hosting the 2010 World Expo creates more employment opportunities and accelerates the pace of Shanghai being the world center of tourism.

Key Words：Shanghai World Expo; Social and Economic Benefit; Social Evaluation

ℬ.10
新生代流动农民工的收入状况和改变户籍意愿

张 翼*

摘　要： 本文通过对 2010 年大样本调查数据的分析发现，"80 后"流动农民工在整个农民工群体中所占比重达到 46% 左右；他们的劳动时间长于"80 前"，而收入水平较低。绝大多数"80 后"流动农民工不愿转变为非农户口。在涉及承包地时，他们比"80 前"的转户意愿更低。由此得到的结论是，中国未来只能走常住人口城市化、基本服务均等化的道路，仅仅把流动人口户籍化的城镇化道路不可持续。

关键词： 流动农民工　年龄结构　收入分布　转户意愿

农民工的年龄结构、收入状况与流动心态如何？这个问题既关系到农民工的流动，也深刻影响着中国当前的城镇化进程。因此，利用既有的大样本调查数据所做的分析，一方面有助于我们避免小样本调查导致的偏误判断，另一方面也有助于澄清学术界与媒体有关农民工问题的基本认识，帮助我们描绘出一幅能够真正代表农民工群体的实际构成画面，为政府部门决策提供正确的数据支持。

本文使用的数据，均来自国家计生委 2010 年流动人口动态监测调查。该调查以全国在城市（城镇）中居住满一个月、不是本区（县）户口、年龄在调查时点（2010 年 4 月 15 日）介于 16～59 岁的流入人口为总体，制作了抽样框，采用分层抽样方法在全国共抽取了 4 个直辖市、27 个省会城市、5 个计划单列市、46 个地级市、24 个县级市，调查并回收了 122800 份问卷。因为各个城市的

---

* 张翼，中国社会科学院人口与劳动经济研究所，研究员。

流动人口数量不同，故各个城市的抽样比存在差异。所以，本文在数据处理过程中对国家人口和计划生育委员会于 2010 年 4 月统计的流动人口实有数据进行了加权，使数据的分析能够对流动农民工的年龄结构、收入分布、城镇/城市落户意愿形成推论。

一 "80 后"逐渐成为流动农民工的主力

关于新生代农民工问题的讨论，正在成为学术界的热点。不仅这样的讨论常见于学术文章，而且如何解决好这一问题也已成为政府部门的政策配置重心。在 2010 年中共中央一号文件中就明确提出要"采取有针对性的措施，着力解决新生代农民工问题"。这是党的文件中第一次使用"新生代农民工"这个词。

那么，"80 后"新生代流动农民工在当前整个农民工队伍中占有多大比重呢？

表 1 农民工年龄段与流动时间交叉表

单位：%

流出户籍地时间期限	出生年龄段					合计
	1950～1959 年	1960～1969 年	1970～1979 年	1980～1989 年	1990 年及以后	
不到半年	1.8	10.0	21.0	47.2	19.9	100.0
半年至一年	1.8	11.8	23.3	46.3	16.8	100.0
一年至两年	1.7	13.9	31.6	43.7	9.0	100.0
三年至四年	2.2	18.2	37.6	39.3	2.7	100.0
五年至六年	1.8	21.4	42.8	32.8	1.2	100.0
七年及以上	3.1	27.6	50.8	17.4	1.0	100.0
总计	2.1	17.4	34.9	37.0	8.6	100.0
N =	2007	16324	32666	34636	8035	93668

从表 1 的"总计"中可以看出，新生代"80 后"占农民工总数的比重为 45.6%（"80 后"的 37% 加"90 后"的 8.6%），"80 前"占农民工总数的比重则为 54.4%。但从"不到半年"这一行来看，2010 年初离开户籍地进入城镇或城市的农民工中，"80 后"达到 47.2%，"90 后"达到 19.9%，其和为 67.1%。在流出户籍地"半年至一年"这一行，"80 后"为 46.3%，"90 后"为 16.8%，

其和为 63.1%。但在"一年至两年"这一行，"80后"与"90后"的和就下降为 52.7%。因此，每年新增加的农民工，或者每年从农村户籍地流出的增量农民工，其主体已经是"80后"与"90后"的新生代。但在"流出户籍地"三年或三年以上流动农民工中，老一代农民工仍然占据非常大的比例。

因此，政府政策的配置重点，就不应该区分"80后"与"80前"，而应该一视同仁。事实上，在城镇化过程中，那些长期居住于城市，并且在城市已经取得了丰富的生活与工作经验的"80前"农民工，才更易于融入城市之中。这是我们必须认识到的一个社会事实。所以，政府部门在深化城镇化进程的有关决策中，应该针对所有农民工群体配置政策。要知道，那些不适应城市生活或者难以在城市立足的"80前"农民工，已经陆陆续续地离开了城市，回归到了农村。

二 "80后"农民工的劳动时间较长

近期，有研究认为"80后"农民工不像"80前"那样吃苦耐劳、任劳任怨。这些研究总结说"80后"具有"三高一低"特征，即受教育程度高，职业期望值高，物质和精神享受要求高，工作耐受力低。

但从大样本抽样调查得到的结果，却与"职业期望值高"、"工作耐受力低"等说法不甚契合。当然，由于九年义务制教育的推行，也由于计划生育对家庭子女数量的限制，"80后"新生代农民工得到了更好的受教育机会，积累了更高的人力资本。因此，"80后"的平均受教育程度的确是高于"80前"。关于这一点，我们可以从分性别的受教育程度列表中得到答案。

表2 "80前"与"80后"农民工的受教育程度比较

单位：%

出生时段	性别	受教育程度				合计
		小学	初中	高中	中专及以上	
"80前"	女性	41.57	49.32	6.29	2.82	100
	男性	23.22	58.48	13.80	4.50	100
	小计	32.14	54.03	10.15	3.68	100
"80后"	女性	7.79	62.73	14.23	15.24	100
	男性	5.29	62.41	17.47	14.84	100
	小计	6.68	62.59	15.67	15.06	100

从表 2 可以看出，在"80 前"女性农民工的受教育程度情况中，小学占 41.57%，初中占 49.32%，初中文化程度及以下者占 90% 以上。在"80 前"男性农民工的受教育程度情况中，小学占 23.22%，初中占 58.48%，初中文化程度及以下者占 81% 左右。可见，在"80 前"农民工中，男女两性的受教育程度存在很大差异。在"80 后"女性农民工的受教育程度情况中，小学占 7.79%，初中占 62.73%，初中文化程度及以下者占 70% 左右。在"80 后"男性农民工的受教育程度情况中，小学占 5.29%，初中占 62.41%，初中及以下文化程度者占 67% 左右。可见，与"80 前"相比，"80 后"农民工男女两性的受教育程度差异已大大缩小。

将"80 前"与"80 后"这两个群体相比较，可以看出，"80 后"的受教育程度远远高于"80 前"。"80 前"高中及以上文化程度者占比不到 14%，但"80 后"高中及以上文化程度者占比超过了 30%。

劳动经济学研究得到的一个基本结论是，学历越高的人或者人力资本越高的人，其在劳动力市场择业中的"摩擦"就可能越大。比如说，从拉沙石到搬运砖头的工种转换，几乎没有什么技术障碍，但从瓦工到电焊工之间的工种转换，却存在技术障碍。"80 后"农民工在择业中选择性的增强，是与其人力资本的提高相关的，这不能被仅仅解释为"代际"差异。也就是说，所有人力资本较高的农民工都存在对高收入工种的选择偏好。

即使考虑到这些因素，"80 后"也不能被描述为"怕吃苦"的群体。如果我们以每天工作时间的长短定义"吃苦"，则从表 3"80 后"与"80 前"日工作时间的比较上可以看出，在"每天工作 8 小时人数占比"栏，"80 后"在各个文化程度阶段的占比都低于"80 前"的相应群体。但在"每天工作时间超过 9 小时人数占比"中，"80 后"农民工在各个不同的学历水平上，都超过了"80 前"的对应群体。甚至在"每天工作时间超过 11 小时人数占比"栏，我们也可以清楚地看到，"80 前"各个文化程度的农民工的占比都比"80 后"相对应各文化程度的占比要小。

因此，认为"80 后"农民工在吃苦耐劳方面不如"80 前"农民工的"说法"是很难成立的。"80 前"农民工经过长期的城市适应，找到了相对较为稳定而"合适"的工作，有效缩短了自己的工作时间，保护了自己的身心健康。但"80 后"初到城市，面对的是一个全新的市场，尚需要积累工作经验与人脉关系

才能够缩短自己的工作时间，故不得不"吃苦耐劳"以维持其最基本的就业岗位。因此，只有加强农民工的权益保护，才能有效缩短农民工的日工作时间而并不降低其收入。那种"依靠加班"而提升收入的现象，不应该在规范的劳动力市场持续存在。

表3 "80前"与"80后"农民工的日工作时间比较

单位：%

出生年代	文化程度	每天工作8小时人数占比(1)	每天工作时间超过9小时人数占比(2)	每天工作时间超过11小时人数占比(3)
"80前"	小学	36.4	63.6	24.9
	初中	41.5	58.5	22.8
	高中	52.4	47.6	20.1
	中专及以上	70.0	30.0	8.9
"80后"	小学	31.5	68.5	33.6
	初中	38.6	61.4	30.2
	高中	51.0	49.0	20.3
	中专及以上	60.3	39.7	15.6

注：第（1）栏＋第（2）栏＝100%；第（3）栏是从第（2）栏分割出的。

三 "80后"农民工收入较低

还有人认为，"80后"在择业时，更希望找到"高收入"的工作，认为新生代"80后"农民工不同于以往农民工的最大特点是"宁肯待业也要找到收入较高的工作"。但事实果真如此吗？在"民工荒"的影响下，中国的劳动力市场已经发生了重大的变化——从卖方市场转变为买方市场。在这种情况下，我们从城镇流动农民工的就业与失业状况上就可以看出其是否存在"宁肯待业"的问题。

从表4可以看出，对于男性来说，"80前"被访者回答自己现在处于"就业"状态的比例为98.2%，"80后"的这一比例为97.2%。而回答说自己处于"无业/失业"状态的比例，"80前"为1.2%，"80后"为1.4%。这就是说，对于男性而言，在"就业状况"上，"80前"与"80后"的区别几乎可以忽略。

对于女性来说，"80前"农民工回答说自己现在处于"就业"状态的比例为76.9%，"80后"为81.6%。而回答说自己处于"无业/失业"状态的比例，

"80前"为1.7%，"80后"为2.5%。"80前"与"80后"在"无业/失业"的选择中，区别也不是很大。

这里唯一需要强调的是，由于家庭内部的分工，女性农民工选择"操持家务"的人数百分比，"80前"大大高于"80后"（21.4%：15.2%）。其中的主要原因可能在于"80前"农民工有孩子需要照顾，而"80后"较为年轻（尤其是其中的"90后"），可以全身心投入工作。

表4 "80前"与"80后"就业状况比较

单位：%

就业状况	男性			女性		
	"80前"	"80后"	小计	"80前"	"80后"	小计
就 业	98.2	97.2	97.8	76.9	81.6	79.2
操持家务	0.6	0.3	0.5	21.4	15.2	18.4
在 学	0.0	1.2	0.5	0.0	0.7	0.3
无业/失业	1.2	1.4	1.3	1.7	2.5	2.1
总 计	100.0	100.0	100.0	100.0	100.0	100.0

那么，对于参与到劳动力市场之中的就业者来说，"80后"与"80前"相比，是不是收入更高一些呢？因为收入反映的是与人力资本及性别分工相关的问题，故我们在分析农民工的收入时，以文化程度及性别分类分析。

表5 "80后"与"80前"农民工月均收入比较

单位：元/月

教育程度	"80前"		"80后"	
	女性	男性	女性	男性
小 学	1088.01	1851.84	985.30	1734.00
初 中	1257.54	2218.70	1319.94	1878.36
高 中	1945.54	2803.76	1477.02	2065.66
中专及以上	1956.14	3435.63	1764.77	2378.89
月平均收入	1250.01	2269.03	1384.38	1977.69

看表5可知，在农民工中，男女两性的收入差距是很明显的。"80前"女性农民工的月平均收入为1250.01元，男性为2269.03元。在"80后"农民工中，女性月均收入为1384.38元，男性为1977.69元。男女两性收入的差距，不能完

全以性别歧视来解释。在调查中我们发现，很多女性农民工，不仅要在外面就业，还需要照顾家庭。在家庭分工中，男性则相对专一于务工经商。这就是说，有些女性农民工自己选择了"半就业"或灵活性就业，以便照顾孩子，辅助丈夫全力工作。

当然，这里还需要注意女性的一个重要就业选择问题，即基于性别和年龄而发生的职业工资竞争问题。我们知道，女性农民工就业的一个主要领域，是服务业中的宾馆餐饮与服装鞋帽零售。男性在这些领域，是缺乏竞争力的。考虑到劳动力市场存在的年龄与性别歧视问题，不管是宾馆餐饮业，还是服装鞋帽销售，甚至更广泛的柜台接待等职业，年轻的女性都比年纪较大女性具有竞争力。所以，我们不难看出，在女性中，"80前"初中文化程度的月平均收入低于"80后"初中文化程度者的月均收入，前者平均为1257.54元，后者为1319.94元。除此之外，在将"80后"与"80前"相比较时，我们会发现，"80前"各文化程度农民工的收入，都要高于"80后"相应受教育程度农民工的收入。

这就是说，从就业参与状况得到的结论是，"80前"与"80后"的就业率基本不存在显著差异——"80后"不存在"宁肯待业"问题。从平均收入上来说，"80后"也在总体上低于"80前"——据此难以推断出"80后"在"从事高收入"工作的结论。如果我们从心理预期上推理，那所有的农民工，甚至于所有的就业人员，都希望自己从事高收入的工作，谁希望自己的收入低呢？所以，说"80后"具有"宁肯待业也要找高收入工作"的特点，是缺少说服力的。

四 "80后"农民工转变户口的意愿并不强烈

在城镇化过程中，很多城市将城镇化的政策配置重点倾向于"80后"，认为与"80前"农民工相比，他们更愿意转变为非农户口。言下之意，"80后"农民工更不愿回农村，他们自然而然地会成为城镇化的主力。实际上，只要能找得到工作，无论"80前"还是"80后"，他们都不愿意回农村。只是在劳动力市场的年龄歧视中，某些不具有"年龄竞争优势"的"80前"不得不回农村而已。

但是，论及转户口，此一问题与愿不愿意回农村不能完全混同在一起。也就是说，这是两个不同性质的问题。农民工希望在城市务工经商，但却不愿意转户口。这一状况与土地问题密切相关。2002 年 8 月 29 日第九届全国人民代表大会常务委员会第二十九次会议通过的《中华人民共和国农村土地承包法》第 26 条规定："承包期内，承包方全家迁入小城镇落户的，应当按照承包方的意愿，保留其土地承包经营权或者允许其依法进行土地承包经营权流转。"但在"承包期内，承包方全家迁入设区的市，转为非农业户口的，应当将承包的耕地和草地交回发包方。承包方不交回的，发包方可以收回承包的耕地和草地"。这就是说，如果农民工要将自己的户口转变为城镇户口，或者转变为非农户口，如果想继续保证其承包地与宅基地的承包权不变，必须选择"小城镇"落户。如果要将户口转变到设区的城市即中等城市或大城市则必须交回承包地。在有些土地资源极其稀缺的省份，还要求必须交回宅基地。

为深入讨论"80 后"与"80 前"农民工在户籍转变及城镇化过程中的差异，我们在调查中，除一般性地询问农民工的转户意愿外，还询问了这样一个问题：在交回承包地的情况下，农民工的转户意愿如何？

表 6　"80 后"与"80 前"愿意转变为非农户口的人数百分比比较

单位：%

文化程度	您愿意转变为非农户口吗		如果交回承包地,您愿意转变为非农户口吗	
	"80 前"	"80 后"	"80 前"	"80 后"
小　学	21.1	23.6	57.4	51.1
初　中	24.9	27.3	60.1	52.1
高　中	28.1	30.4	61.0	56.8
中专及以上	33.9	30.7	59.2	50.3

注："如果交回承包地，您愿意转变为非农户口吗"这个问题，只对"第一栏"中回答说愿意转变为非农户口的人提问。

从表 6 可以看出，在一般性询问农民工的转户意愿时，对于"80 前"小学文化程度者来说，其愿意转变为非农户口者占比为 21.1%，初中为 24.9%，高中为 28.1%，中专及以上为 33.9%——伴随文化程度的提高，愿意转户的百分比也随之有所升高。对于"80 后"农民工而言，愿意转户的百分比分布趋势亦如此。"80 前"与"80 后"相比，二者的差异并不大。而且，在"中专及以上"组，反倒是"80 前"高于"80 后"。这就是说，对于以初中文化为主的农民工

群体来说，在不涉及土地问题时，"80后"的转户意愿稍稍高于"80前"。

但在涉及土地问题时，针对那些在第一栏回答说愿意转变户口的农民工所做的调查发现，对于"80前"农民工来说，小学文化程度的愿意转变户口的比重为57.4%，初中为60.1%，高中为61.0%，中专及以上为59.2%。但对于"80后"来说，小学则是51.1%，初中为52.1%，高中为56.8%，中专及以上为50.3%。由此可以得出以下三个结论。

第一，伴随文化程度的提高，愿意转变户口的人数百分比虽然也有所提高，但提高的幅度很小。第二，"80后"愿意转变户口的百分比，在各个不同的文化程度段，都比"80前"要低很多。第三，在较高文化程度段，当"80后"农民工的文化程度提高到"中专及以上"时，其愿意转变户口的百分比反而下降了，甚至比初中文化程度者还要低一些。

这是一个极其有意思的发现。在土地价值逐渐增值的大背景中，在通货膨胀与粮食价格迅速攀升的过程中，在新农村建设使传统农村面貌日益改变的时代中，农民工开始越来越关心起自己的土地。的确，农民工倾向于到城市务工经商，但却处在城市生活成本的迅速提升过程中，仅仅高不可及的房价与住房租金，就是难以逾越的门槛，使农民工难以下决心退出土地，以破釜沉舟之势进入城市。因此，中国在现代化过程中的城镇化特征，已经与工业革命时期英国的城镇化特征不可同日而语。让农民在保留承包地的前提下进城，不仅能给农民工留有后路，使其在难以融入城市生活时重归家园，而且是城市老龄化日渐加深的必然选择。也就是说，那种以城市户籍引诱农民工自动转变户口的思想，已经失去了意义。在城市快速老龄化的压力之下，城市将不得不改变原有的对待农民工的强势态度，以更加积极的、适应于农民工发展的、能够调动农民工积极性的方式吸纳农民工进城。如果中国的经济增速能够长期持续在8%以上，则可能不出5年，城市将不得不依赖农民工的进入来求得发展。看看德国经济增长时期的移民史，就不难得出这样的结论。

当然，对于那些想将自己的户口转变为城市户口的农民工来说，到底是哪些因素促使他们做出这样的决策呢？也就是说，城市除就业岗位外，还有什么可以吸引农村流动人口转为非农户口呢？从表7可以看出，农民工希望转变为非农户口的主要原因，就在于为子女创造较好的学习条件，有利于子女未来的发展。这反映出城乡之间教育资源配置的不平等。

表7 农民工转变为非农户口的原因

单位: %

| 出生年代 | 受教育程度 | 您希望获得非农业户口的最主要原因是什么 | | | | | | | 合计 |
		能够享受到与城市居民同样的福利待遇	为了子女的升学教育	城市居民保障性住房	就业机会	城市生活居住环境	城市文化环境	其他	
"80前"	小学	16.60	50.15	4.76	10.86	14.37	2.35	0.92	100.00
	初中	15.95	57.29	3.93	8.70	11.68	2.01	0.45	100.00
	高中	17.26	56.98	4.87	8.01	9.41	2.81	0.66	100.00
	中专及以上	13.39	67.72	4.20	5.25	6.04	2.89	0.52	100.00
	小计	16.19	55.51	4.28	9.14	12.03	2.23	0.61	100.00
"80后"	小学	12.99	50.00	4.24	15.11	13.84	3.39	0.42	100.00
	初中	12.61	41.98	3.78	18.55	16.89	5.65	0.54	100.00
	高中	13.53	35.29	4.72	19.91	18.57	7.91	0.06	100.00
	中专及以上	15.29	32.05	4.70	21.18	17.74	8.56	0.49	100.00
	小计	13.23	39.84	4.13	18.94	17.08	6.34	0.44	100.00

注: 只对回答说愿意转变为非农户口的农民工提问。

从表7还可以得知,"80前"农民工普遍养育有子女,所以,他们"为了子女的升学教育"而谋求非农业户口的动机更为强烈。总体而言,文化程度越高的农民工,其"为了子女的升学教育"而转变户口的比例也越高。在小学文化程度中,"为了子女的升学教育"而转户口的比例为50.15%,在中专及以上文化程度中,相应的比例却上升到了67.72%。这说明文化程度越高的农民工,越注重子女的教育问题。

但对于"80后"来说,或者其子女尚小,或者其尚未婚配,或者尚未生育子女,故"为了子女的升学教育"而转户口的比例比"80前"要低很多。在小学文化程度中,有50%的人将欲转户口的原因归结为"为了子女的升学教育";可在中专及以上文化程度的人口中,相应的比例只有32.05%。

另外,对于"80前"农村流动人口来说,转变为非农户口的主要原因,除"为了子女的升学教育"外,"能够享受到与城市居民同样的福利待遇"也是不可或缺的一个考量。毕竟,伴随年龄的增加,如果要持续在城镇生活下去,没有社会保障的支持,是难以想象的。但对于"80后"来说,这一项所占比重并不高。从"小计"里可以看出,仅仅为13.23%。但对于"就业机会"与"城市

生活居住环境"项的选择比例却很高，分别达到了18.94%和17.08%。看文化程度栏百分比变化的趋势就会发现，随学历水平的升高，选择这两项的人数占比也随之升高。

五 初步结论

本文通过对大样本调查数据的分析发现——

第一，"80后"正逐渐成为流动农民工的主体。但是，目前"80前"仍然占据很大比重。在这种情况下，政府部门的政策投入，就不能偏重"80后"，而应该一视同仁，使所有流动农民工都能够均等共享融入城市的机会。

第二，与"80前"农民工一样，"80后"仍然保持着吃苦耐劳的本色。这个群体被强加的"宁肯待业也要找高收入工作"的特征，以及那种"怕吃苦又比较脆弱"的群体性格，可能只是小样本调查或案例访谈得到的结论。那种认为"80后"农民工应该像"80前"一样任劳任怨、给工作就干的思想，既是一种跟不上时代发展的、根深蒂固的歧视性思想，也是未看清劳动力人口市场转变形势的短视行为。

第三，在被日渐热炒的农民工转户方面，原被寄予厚望的、对城市极其向往的"80后"农民工，却反倒与"80前"的态度基本一致。在涉及承包地等问题时，"80后"更显示出不愿意"转户"的特点。不仅如此，伴随着文化程度的上升，"80后"农民工不愿转变户口的百分比，反倒趋于上升的态势。这说明：并不是文化程度越高的农民工，越愿意交出土地而转变为"彻彻底底"的城市市民。在新型农村养老保险逐步扩展覆盖面的过程中，在新型农村合作医疗日渐提高报销比例的过程中，在城镇社会保障制度逐渐与农村社会保障制度接轨的过程中，在土地价值越来越趋于上升的大背景下，农民工保留土地的预期会更为强烈。

在这种情况下，要推进中国的城镇化进程，就不能简单地寄希望于农民工的转户。这个问题的历史性解决，将不再局限于农民工应不应该转户，也将不再局限于农民工该不该保留土地进城。在城市人口加速老龄化的背景下，能不能吸引农民工进城，将是城市劳动力不足时不得不即将面对的现实。也就是说，中国的城镇化过程，很快将由城市政府"说了算"，逐渐过渡到城市政府与农民工之间共同"说了算"。农民工愿不愿意进城，愿意进入什么样的城市成为市民，已经成为农民工自己的选择。如果要加速城市化的进程，就必须顺应时代的变化，以基本服务的均等化将常住人口城镇化。

改革开放以来中国的城市化历史有力地证明，无论城市政府如何努力，想要限制农民工的进城，已绝无可能。那种不以投资改变产业布局，而仅仅以"宜居城市"的设计而强制疏散人口的做法，迄今为止都以失败告终。而户籍制度的最后一道门槛——给予当地户籍城市居民以优先使用城市公共资源的狭隘的地方保护主义做法，也会在劳动力的短缺中最终退出历史舞台。废除户籍制度的资源配置功能，还其以人口信息的登记本貌，也已成为历史的必然。以身份证管理人口、以常住地配置社会公共资源的城市化道路，是中国未来不得不做出的选择。

Income Situation of the New Generation of Migrant Workers and Their Attitude towards the Change of Hukou Registration

Abstract：The paper analyzes a large sample from 2010 survey data. The result shows that migrant workers who belong to the "80s Generation" reach to about 46% in the whole population of migrant peasant workers. The analysis also demonstrates that migrant workers in the "80s Generation" work for longer time than migrant workers who were born before the 1980s. However, the former earned less salary than the latter group. Meanwhile, most "80s Generation" migrant workers are unwilling to change their residential registration status to "non-agricultural resident". Regard to farmland lease, the "80s Generation" migrant workers are usually disinclined to transfer their resident registration records. The paper concludes that, in the future, China should only take the path of urbanization by assimilating migrant workers and providing equal servies to both permanent residents and non-permanent residents. And it is unsustainable to integrate urban and rural areas through changing Hukou registration.

Key Words：Migrant Workers；Age Structure；Income Distribution；Attitude towards the Change of Hukou Registration

B.11

"80后"大学毕业生的就业状况

——基于6所"985高校"毕业生的调查[*]

李春玲 吕 鹏[**]

摘 要：这篇调查报告以6所"985高校"毕业生为对象，分析了与大学生就业密切相关的五个重要问题。第一，进入劳动力市场的高校毕业生有着较高的就业率，在毕业5年后基本能达到完全就业。第二，因继续求学或者准备各种资格考试而未进入劳动力市场的大学生，随着毕业年份延长，进入劳动力市场的比例也在逐步提高。第三，重点大学的毕业生也面临"文凭贬值"压力。第四，毕业生的预期月薪与实际月薪之间存在一定差距。第五，实际就业单位与预期之间也存在较大差距。

关键词：重点大学 毕业生 就业

自1999年政府实施大学扩招政策以来，我国的高等教育规模迅速扩张，在校生及毕业生人数逐年增长，2010年高校应届毕业生人数高达630万，是1998年（大学扩招前）高校毕业生人数的7.6倍。同时，我国高等教育毛入学率也从大学扩招前的约10%上升至2009年的24.2%。而这一大学生群体的主体部分是"80后"，他们极其幸运地赶上了"大学扩招"的机会上了大学，但又极

---

* 1998年5月4日，国家主席江泽民在庆祝北京大学建校100周年大会的讲话中提出："为了实现现代化，我国要有若干所具有世界先进水平的一流大学。"为此，教育部决定实施"面向21世纪教育振兴行动计划"，重点支持部分高等学校创建世界一流大学和高水平大学，简称"985"工程，纳入此计划的高校，简称"985高校"。此文是中国社会科学院重大科研项目"境遇与态度：'80后'青年的社会学研究"的前期成果之一。

** 李春玲，中国社会科学院社会学研究所研究员；吕鹏，中国社会科学院社会学研究所助理研究员。

其不幸地面临着前所未有的就业压力和竞争。目前,大学毕业生就业困难已经成为一个社会公众广泛关注的社会问题,教育部门公布的大学毕业生的就业率和失业率遭到公众的普遍质疑,专家学者对于大学生就业难的原因解释未能令人满意,大学生及其家长纷纷抱怨政府部门未能采取有效的政策措施缓解大学生就业压力。同时,已经就业的大学生也十分不满他们目前的就业状态和薪资水平。

为了深入了解"80 后"大学毕业生的就业状况,中国社会科学院社会学研究所对全国多所大学扩招后历届毕业生(即 2003 年以来)的就业情况实施网上追踪调查。调查委托麦可思教育咨询公司实施。第一阶段调查了 6 所"985 高校"2003～2010 年毕业生 4655 人。6 所高校按地区选取东南、华南、西南、西北、东北和中部地区各 1 所。调查对象的选取是基于各校历届毕业生名单进行随机抽样,然后通过 Email 方式联系被选中的调查对象,要求调查对象登录网上调查系统接受调查,当各校毕业生调查回应率达到 50% 时停止调查。对调查数据的样本分布进行初步分析后发现,男性和理工科毕业生的应答率明显高于女性和文科毕业生,其他方面则较为接近总体的实际分布。接受调查的毕业生中,男性占 68.5%,女性占 31.5%;理工科学生占75.6%,人文科学和社会科学学生占 24.4%。为了提高调查数据的代表性,我们根据教育部公布的综合类大学毕业的性别比例和专业比例对性别和专业分布进行加权。

一 "985 高校"毕业生的人口特征

作为"80 后"群体的精英分子,"985 高校"近八年毕业生具有一些明显的人口特征(见表 1)。他们绝大多数是"80 后",接近半数的人是独生子女,其独生子女比例明显高于整个"80 后"群体。同时,越年轻的毕业生中独生子女比例越高,2003 年前的毕业生(即大学扩招前上大学的毕业生)的独生子女比例大约是 20%,2003 届毕业生的独生子女比例为 30% 左右,其比例随后逐年增长,2009 届毕业生的独生子女比例达到 50%。"985 高校"毕业生中来自农村家庭的比例明显低于"80 后"群体的农村人口比例,并且这一比例在不同年份也有所波动。2003 年之前的毕业生大约 40% 来自农村,2003 届和 2004 届毕业生中来自农村家庭

的比例明显上升（分别为45%和51%），其后比例开始下降，2007～2009届毕业生中来自农村家庭的比例回落到39%～40%之间。这种变化可能是大学扩招政策的影响造成的，大学扩招的最初几年，农村家庭子女受益于扩招政策，其上大学的机会明显上升，但随后出现的大学毕业生就业困难使农村家庭子女上大学的意愿下降。"985高校"毕业生中党员比例非常高，尤其在硕士和博士毕业生中表现得更加明显。同时，毕业生中的党员比例逐年快速增长，在本科毕业生中，2003年之前的毕业生党员比例大约是30%，2003届本科毕业生党员比例为32%，随后逐年增长，2009年达到45%。硕士和博士毕业生的党员比例也显示了同样的增长趋势，2003年之前，硕士毕业生的党员比例大约30%，2003年增长到50%左右，2009年达到70%，2003年之前的博士毕业生中大约60%是党员，2009年达到75%。

表1 "985高校"毕业生人口特征

单位：%

项　目	"80后"比例	独生子女比例	已婚比例	来自农村的比例	少数民族比例	党员比例
本科毕业生	94.7	46.6	15.4	39.8	7.1	40.8
硕士毕业生	89.4	44.4	36.3	37.5	3.7	69.8
博士毕业生	51.7	29.8	60.9	47.6	4.9	72.4

二 毕业生的就业率

大学毕业生的就业率是一个极具争议性的话题。自2003年第一届扩招后毕业生开始就业以来，大学生就业困难问题愈演愈烈。教育部公布的近几年大学应届生毕业后3个月内的就业率在70%～75%之间，公众媒体则普遍认为大学毕业生的就业率远远低于官方公布的数据，学生及家长由于面临日益严峻的就业压力而认为大学生就业率更低。导致大学毕业生就业率的估计差异的一个重要原因是计算方法不统一，官方的就业率统计常常把继续求学（读硕/博或出国读书）的毕业生计算为就业，而公众媒体或毕业生及家长则把这些人归类为未就业。麦可思教育咨询公司公布的近几年大学毕业生就业率常常为媒体所引用，其采用的统计方法是排除继续求学的学生来计算就业率,它所公布的历年大学生毕业半年后就业率如表 2。

表 2　2006～2009 届大学生毕业半年后就业率

单位:%

项　目	"211"院校	非"211"院校	高职高专院校	总体
2006 届	90.2	87.3	80.1	—
2007 届	93.5	90.4	84.1	87.5
2008 届	90.1	87.3	83.5	85.6
2009 届	91.2	87.4	85.2	86.6

我们也采用类似方法估计"985 高校"毕业生的就业率和失业率,即排除继续求学的人(读硕/博士、出国学习或参加各类培训项目)以及准备继续求学(复习考硕/博)和准备各类资格考试而暂时不打算就业的人,只在需要就业的人中计算就业率和失业率。

表 3　"985 高校"历届毕业生目前的就业率和失业率

单位:%

毕业年份	本科毕业生			硕士毕业生		
	当前就业率 (有稳定工作)	当前失业率 (正在找工作)	从未就业 比　率	当前就业率 (有稳定工作)	当前失业率 (正在找工作)	从未就业 比　率
2009	92.4	7.6	6.0	90.3	9.7	8.1
2008	93.0	7.0	4.1	92.1	7.9	7.8
2007	97.2	2.8	1.5	92.3	7.7	6.3
2006	98.2	1.8	1.2	96.7	3.3	3.4
2005	95.1	4.9	0.6	96.0	4.0	2.9
2004	95.9	4.1	0.0	—	—	—
2003	97.2	2.8	0.0	—	—	—

注:统计的基数是"有稳定工作"的人和"正在找工作"的人之和。

表 3 列出调查期间(2010 年 4～8 月)6 所"985 高校"毕业生的就业状况。总体来看,"985 高校"有极高的就业率,只有极少数毕业生处于失业状态。把

表3数据与表2数据相比较，"985高校"2009届本科毕业生就业率（92.4%）高于"211"院校91.2%的平均就业率（"211"院校包括了"985高校"），而"211"院校就业率高于普通院校（87.4%）。随着毕业年份的延长，毕业生就业率也逐步提高。"985高校"本科毕业生在毕业5年后基本达到完全就业，即毕业后都曾经有过就业经历，虽然个别人目前仍在寻找工作，但他们已经有过工作经历，目前只是为了跳槽而找寻新的工作。

不同学历的毕业生相比较，硕士毕业生的就业率略低于本科毕业生，而且硕士毕业生需要更长的时间达到完全就业。这可能是由于硕士毕业生的专业性较高，就业领域比本科生狭窄，同时硕士生的工作条件要求也更高，更不愿意接受不满意的工作。"985高校"博士毕业生的就业率高于本科生和硕士生，并且毕业后两年内基本达到完全就业。本次调查结束时2010届毕业生还未完成就业过程，因而无法统计此届毕业生的就业率和失业率，调查截止时（2010年8月底），接受调查的2010届本科毕业生中，84.2%已有工作，15.8%还在继续找工作；硕士毕业生中87.5%已有工作，12.5%还在找工作。另据麦可思教育咨询公司对毕业生各月份的签约率的调查，2010届大学毕业生的各月份签约率高于2009届毕业生。根据这些信息判断，2010届毕业生的就业率应高于2009届毕业生。

上述统计显示的大学毕业生就业率——不论是"985高校"还是其他院校，都表明大学毕业生的失业问题并不如人们想象的那么严重，尽管这一问题的确存在。与大多数发达国家的大学毕业生就业状况相比较，中国的大学生失业问题并不是特别突出。在许多国家，高等教育由精英教育（只有少数人能上大学）发展到大众教育（多数人都能上大学）都会引发大学生就业难问题。这一过程对中国大学生及其家长的心理冲击极其强烈，主要是由于这一过程演进得过于剧烈，大学扩招政策在短短的数年之内使中国高等教育规模急剧膨胀，大学毕业生数量成倍增长，使大学毕业生由"天之骄子"变为"落地凡人"的过程瞬间显现，快得令人无法接受。另一方面，在其他社会，往往是高等教育实现或接近大众化水平时——大学毛入学率超过60%，大学毕业生的就业困难才开始显现。在高等教育大众化或普及化的条件下，获得大学文凭的成本极大降低，想上大学的人都能上大学，在这种情况下，大学毕业生找工作困难也就成为一个可以理解的现象。然而，中国的高等教育规模远未达到大众化的水平，大学毛入学率还未达到25%，上大学的机会竞争仍然十分激烈，学生和家长投入的教育成本（经济成本、时间成本和努力程度）不断增加。如此多的付出而换来的大学文凭竟然不能找到一份满意的工作，这的确让人心理难以平衡。引发大学生就业难问题的另一个因素是大学生及其家长普遍缺乏劳动力市场竞争的应对经验，尤其是扩招后的最初几届毕业生（2003届、2004届和2005届毕业生），就业难问题突然降临令他们措手不及，他们没有前人的经验可供参考，而劳动力市场也没有提供足够的渠道和信息有助于他们找工作。近两三年来，这一方面的问题有所缓解，毕业生和家长对于就业难问题有了充足的心理准备，劳动力市场、学校、政府以及前辈学长向毕业生提供了多种就业渠道和信息。不过，毕业生及家长对于就业困难形势的充分估计又带来了另一个社会问题，一些毕业生家长利用权力及社会关系网帮助子女安排就业，而缺乏权力和关系资源的家长只能用金钱贿赂来帮助子女找工作，这导致了毕业生就业机会竞争的不公平现象，同时又加剧了寻找工作的成本和压力。

虽然中国当前的大学毕业生的失业率并不是很高，但毫无疑问，大学生失业现象已经在中国社会出现，而且还有可能继续发展。历年的人口普查数据显示，1982年30岁以下、具有大学文凭的人的未就业率（排除在校生）仅为0.1%，1990年此比率为0.8%，2000年为5.1%；2005年百分之一人口抽样调查数据显示的这一比率上升到7.6%；2008年中国社会科学院社会学研究所的全国抽样调查数据显示的这一比率继续上升至11.2%。这意味着，30年前，大学毕业生几乎都有工作，而现在，大学文化水平的年轻人有1/10没有工作。当然这并不是说这1/10的人都是失业者，自愿不就业的人——比如说愿意做家庭主妇的人的比例也在上升，但很明显，大学毕业生失业现象在逐年增长。

三　毕业生分流现象与继续教育

严峻的就业形势迫使相当数量的毕业生采取某些方式来延迟就业，其中的一个主要方式就是继续求学，或者变相地延续学习过程——参加各种专业培训或准备各种资格认证考试等。这导致许多应届毕业生在毕业后相当长的时间内并未进入劳动力市场。

表4 "985高校"毕业生的就业和不就业状况

单位：%

学历	目前状态	2009届	2008届	2007届	2006届	2005届	2004届	2003届
本科	有工作	56.7	72.9	90.1	85.9	83.1	79.1	90.9
	没有工作	43.3	27.1	9.9	14.1	16.9	20.9	9.1
	其中：							
	正在找工作	4.7	5.5	2.6	1.6	4.2	3.9	1.8
	读研/博或出国学习、复习考研/博或准备出国	33.5	17.4	4.6	8.5	8.6	12.0	4.1
	准备公务员或其他资格考试、参加专业/职业培训	4.1	2.8	1.3	2.6	2.1	2.5	1.8
	自由职业/自主创业/家族企业	0.5	0.8	0.9	1.2	1.5	1.9	1.1
	什么也不做	0.5	0.6	0.5	0.2	0.5	0.6	0.3
硕士	有工作	68.7	73.5	84.1	89.9	—	—	—
	没有工作	31.3	26.5	15.9	10.1	—	—	—
	其中：							
	正在找工作	7.4	6.3	6.2	3.2	—	—	—
	读研/博或出国学习、复习考研/博或准备出国	19.4	16.7	6.9	5.5	—	—	—
	准备公务员或其他资格考试、参加专业/职业培训	3.5	2.3	1.8	0.8	—	—	—
	自由职业/自主创业/家族企业	0.2	0.6	0.6	0.5	—	—	—
	什么也不做	0.8	0.6	0.4	0.1	—	—	—

表4数据显示，"985高校"2009届本科毕业生在毕业一年左右仅有接近2/3的人（61.9%）进入了劳动力市场，其中，56.7%的人有稳定的工作，4.7%的人正在找工作，0.5%的人从事自由职业和自主创业或为家族企业工作，而略超过1/3的毕业生（38.1%）并未进入劳动力市场，他们以某种方式继续接受教育，还有个别人"什么也不做"。与此同时，2009届硕士毕业生中约3/4的人（76.3%）进入了劳动力市场，另外的接近1/4的毕业生（23.7%）还在继续接受教育或什么也不做。刚毕业的应届生进入劳动力市场的比例应该更低，本次调查截止时（2010年8月底），2010届6所"985高校"本科毕业生进入劳动力市场的比例大约是55%，硕士毕业生的相应比例大约是60%。随着毕业时间的延长，毕业生进入劳动力市场的比例逐步提高。硕士毕业生在毕业5年左右进入劳动力市场的比例可达到95%左右，本科毕业生在相同时间里可达到90%左右。

大学毕业生面临劳动力市场的就业压力而采取的这种对应策略，使继续教育机会发挥了就业蓄水池的功能，政府部门在制定相关政策时应该考虑这种蓄水池作用，在就业需求减少的年度，可增加继续教育机会，而在就业形势良好的年份，可压缩继续教育的供给量。同时，在估计大学应届毕业生的就业需求数量时，也应注意到有一定数量的毕业生将不在当年立即就业，而是在随后数年中逐步进入劳动力市场。不过，普通高校应届毕业生进入劳动力市场的比例应该比"985高校"毕业生高，因为他们读硕士和博士及出国留学的机会远低于"985高校"的毕业生。

四 初职月薪及"文凭贬值"现象

当前大学毕业生不仅面临着就业压力，同时也面临着低工资的威胁，毕业生们不得不接受一些较低月薪的工作，这使他们感觉到自己努力争取到的大学文凭变得越来越不值钱。引起媒体广泛关注的《蚁族》[①]一书描述了"高校毕业生低收入聚居群体"，这一群体的月收入"大大低于城镇职工平均工资"，是"继三大弱势群体（农民、农民工、下岗职工）之后的第四大弱势群体"。这表明，拿

---

① 廉思主编《蚁族》，广西师范大学出版社，2009。

着大学文凭的人也有可能沦为低收入者，甚至有可能落入失业贫困群体。让大学毕业生心理极其不平衡的是，当大多数的就业人员的工资收入逐年上升时——甚至连农民工的月工资都在明显上涨，他们能找到的第一份工作的平均月薪水平不仅没有逐年上升，而且有可能是下降的。这在社会上引起了大学文凭是否"贬值"的议论。

表 5 是麦可思教育咨询公司公布的近几年大学毕业生半年后平均月薪。各年数据相比较来看，虽然毕业生平均月薪有所波动，但未显示明显的上升或下降趋势。不过，由于全国及城镇的就业人员的平均收入一直逐年增长，相比较而言，大学毕业生的初职月薪实际是有所下降，"大学文凭贬值"现象的确出现了。

表 5　2006～2009 届毕业生半年后月薪

单位：元

届　别	"211"院校	非"211"院校	高职高专院校
2006 届	2086	1807	—
2007 届	2949	2282	1735
2008 届	2549	2030	1647
2009 届	2756	2241	1890
2010 届（截至 6 月底）	2314		2155

"985 高校"毕业生作为大学毕业生中的精英群体是否也面临着精英院校的"大学文凭贬值"？图 1 展示了"985 高校"历届毕业生初职月薪与城镇家庭及就业人员的收入比较。"985 高校"毕业生的初职月薪明显比其他院校毕业生半年后月薪高（参见表 5 与表 6）。同时，在 2006 年之前，"985 高校"毕业生初职月薪也明显高于当年城镇单位就业人员月平均工资和城镇家庭人均可支配月收入。但自 2006 年以来，"985 高校"毕业生初职月薪与城镇单位就业人员月平均工资和城镇家庭人均可支配月收入的差距开始缩小。这是由于城镇单位就业人员月平均工资和城镇家庭人均可支配月收入逐年稳步增长，大学毕业生的初职月薪增长不明显。"985 高校"本科毕业生的初职月薪在 2006～2008 年之间增长微弱，而 2008 年之后则略有下降；"985 高校"博士毕业生的初职月薪在 2005～2010 年期间基本变化不大；只有硕士毕业生的

初职月薪增长明显。这些数据毫无疑问地表明"985 高校"的大学文凭也在贬值。

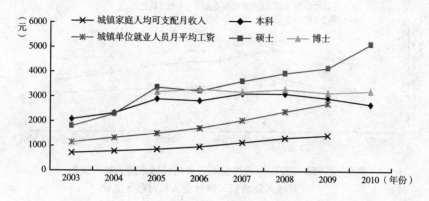

图1 "985 高校"毕业生初职月薪与城镇家庭人均可支配
月收入及城镇单位就业人员月收入比较

图 2 所显示的毕业生初职月薪与城镇单位就业人员月平均工资和城镇家庭人均可支配月收入的比例变化更明显地体现了"文凭贬值"。2005 年"985 高校"本科毕业生的初职月薪是城镇家庭人均可支配月收入的 3.32 倍,是城镇单位就业人员月平均工资的 1.92 倍;而 2009 年,其初职月薪与城镇家庭人均可支配月收入之比下降到 2.06,与城镇单位就业人员月平均工资则基本相同(1.08 倍)。2005 年博士毕业生的初职月薪是城镇家庭人均可支配月收入的 3.66 倍,是城镇单位就业人员月平均工资的 2.11 倍;2009 年博士毕业生的初职月薪与城镇家庭人均可支配月收入之比下降到 2.21,与城镇单位就业人员月平均工资基本相同(1.16 倍)。这也就是说,目前名牌大学("985 高校")本科毕业生和博士毕业生初职平均月薪只能达到城镇就业人员的平均月薪水平,那么普通高等院校毕业生的最初收入肯定是低于城镇就业人员的平均月薪了。另外,与城镇其他人员相比,"985 高校"硕士毕业生的收入优势还在保持,只是这种优势的程度有所下滑,即硕士文凭也在贬值,只是贬值程度较小。2005 年"985 高校"硕士毕业生的初职月薪是城镇家庭人均可支配月收入的 3.85 倍,是城镇单位就业人员月平均工资的 2.22 倍;到 2009 年,其初职月薪与城镇家庭人均可支配月收入之比下降到 2.91,与城镇单位就业人员月平均工资之比下降到 1.53。

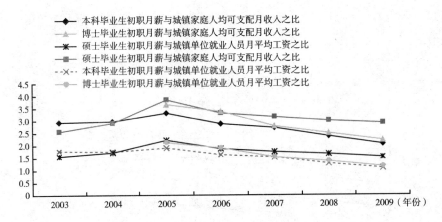

图 2　"985 高校"毕业生初职月薪与城镇家庭人均可支配
月收入及城镇单位就业人员月收入之比

五　预期月薪与实际月薪

一些政府官员和专家学者认为，对于大学毕业生就业难问题，毕业生本人也应承担一定的责任，因为他们总是对就业预期过高，尤其是对月薪要求太高。一些调查数据也显示，大学生对月薪的要求明显高于他们实际可获得的月薪水平。[①]"985 高校"的毕业生也存在同样的问题，作为大学生中的精英分子，他们可能对月薪水平期望更高。表 6 列出了"985 高校"在校生所期望的初职月薪和近三届毕业生实际获得的初职月薪，这些数据反映出毕业生的月薪期望值与实际月薪水平的明显差距。不论是本科生还是硕士生和博士生，他们在毕业前对初职月薪的期望值都高于毕业后他们能获得的实际月薪水平。目前"985 高校"在校本科生对初职月薪的平均期望值比 2009 届毕业生实际初职月薪高出 384 元，即他们可能获得的月薪只是他们所期望的月薪水平的 88%。硕士生对初职月薪的期望值与实际可获得的月薪水平之间的差距略小一些，其期望值与实际月薪之差为 276 元，他们可能获得的月薪是他们所期望的月薪水平的 94%。月薪期望值与实际月薪水平差距最大的是博士生。"985 高校"在校博士生对初职月薪的

---

① 李春玲、王伯庆：《中国大学生就业与工资水平调查报告》，《2009 年：中国社会形势分析与预测》，社会科学文献出版社，2009。

平均期望值要高于 2009 届毕业生实际初职月薪 3223 元，他们可能获得的月薪只是他们所期望的月薪水平的 50%。2010 年 8 月底本次调查结束时已找到工作的毕业生报告了他们的签约月薪，虽然这不能代表 2010 年"985 高校"毕业生的总体月薪情况，但硕士毕业生和博士毕业生的月薪似乎有所上升，而本科毕业生的月薪则略有下降。接受调查的"985 高校"2010 届本科毕业生平均签约月薪为 2703 元，硕士毕业生平均签约月薪为 5120 元，博士毕业生平均签约月薪为 3225 元。

表 6   "985 高校"在校生期望初职月薪与大学毕业生初职月薪比较

单位：元

	在校生期望 初职月薪	2009 届毕业生 初职月薪	2008 届毕业生 初职月薪	2007 届毕业生 初职月薪
本科	3329	2945	3116	3126
硕士	4442	4166	3963	3622
博士	6393	3170	3306	3185

六   工作单位选择与实际就业分布

大学毕业生就业期望与实际就业状况的差距不仅体现在工资收入方面，同时也反映在他们对工作单位类型的选择上。图 3 展示了"985 高校"在校生所期望的工作单位类型与 2009 届毕业生初职工作单位类型。绝大多数的"985 高校"在校生都期望能在国有单位或外资企业找到工作而较少愿意去民营企业工作，但毕业生实际就业于民营企业的比例远高于他们的期望值。"985 高校"本科在校生中只有 5.64% 的人选择去民营企业，而本科毕业生中有 25.87% 的人就业于民营企业；硕士在校生中仅 2.16% 的人愿意去民营企业，而硕士毕业生中有 17.29% 的人在民营企业工作。本科生最想去的工作单位是外资企业（29.19%），政府机构和科研事业单位（22.64%）也是他们理想的就业部门，但本科毕业生进入这两个领域就业的比例明显低于他们的期望值（分别为 22.12% 和 13.67%）。硕士在校生最希望去的是科研事业单位（26.52%）和国有企业（22.21%），硕士毕业生就业于这两个领域的比例与其期望值较为接近（分别为

25.03%和21.04%），但硕士毕业生就业于政府机构的比例（13.58%）明显低于他们的期望值（18.32%）。绝大多数的博士在校生希望去科研事业单位工作（63.39%），他们基本上都能如愿，70.4%的博士毕业生就业于科研事业单位工作，但是想去政府机构的博士生则不一定能如愿，10.85%的博士在校生选择去政府机构工作，但仅有4.2%的博士毕业生能在这一部门工作。

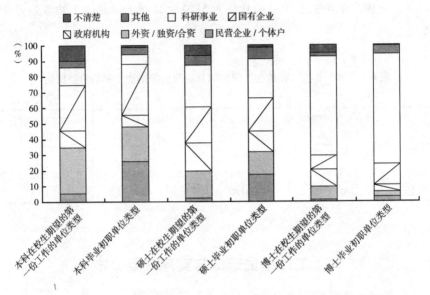

图3 "985高校"在校生期望工作单位类型与毕业生初职单位类型

大学毕业生的工作单位选择与劳动力市场的工作岗位分布存在着差距，这也是导致大学生就业难的原因之一。目前中小民营企业是吸纳劳动力最多的经济部门，但大多数毕业生——尤其是"985高校"的毕业生——不愿意去这类企业工作，这导致了一个矛盾现象，一方面，中小企业的老板抱怨招聘不到合适的大学毕业生，而另一方面，大学毕业生则抱怨他们找不到满意的工作。

综合上述数据分析，我们可以对"985高校"毕业生的就业状况做出以下总结：第一，应届毕业生中只有大约2/3的人会在当年进入劳动力市场，另外的1/3还将继续投身教育过程而在随后数年中陆续进入劳动力市场；第二，进入劳动力市场的毕业生中90%以上都能在一年内就业，而处于失业状态的比例并不高；第三，与普通高等院校的毕业生一样，"985高校"的毕业生也遭遇了"文凭贬值"；第四，毕业生的就业期望与劳动力市场的实际状况的差距，加大了大学生找到满意工作的难度。

Employment Situations of Graduates among the "80s Generation"

—A Report of Graduates from Six "985" Chinese Universities

Abstract：The report, based on a survey of graduates from six top universities in China, analyzes five important questions related to the employment situations among Chinese graduates. First, among those who entered the labor market, the employment rate is relatively high. And most graduates can finally find a job in 5 years. Second, a large proportion of graduates do not enter the labor market immediately; instead, they plan to further their education or to take other credential exams. But still, the employment rate of these people increases as time eclipses. Third, even graduates from renowned universities confront with the pressure of "credential inflation". Fourth, there are significant gaps between expectation to salaries and real income. Fifth, although most newly graduates want to work for state-owned companies or foreign employers, the percentage of them who work at domestically owned private businesses is still higher than expected.

Key Words：Top Chinese Universities；Graduates；Employment Situations

B.12
家长对中小学子女的职业期望
及其影响因素

邓大胜　何光喜　赵延东*

摘　要：父母对子女的职业期望反映了社会成员的职业偏好和社会分层状况，也会对子女未来的职业产生影响。本文通过对一项全国性抽样调查数据的分析，分析了我国中小学生家长对子女的职业期望情况。结果发现，绝大部分家长都从很早开始规划孩子未来的职业，家长普遍更青睐那些专业性强、稳定性高和社会声望高的职业；家长的期望受到孩子的性别、学习成绩、家长自身的社会经济地位等多种因素的综合影响。

关键词：职业期望　代际传承　社会分层

"孩子长大了该干什么？"这是一个几乎所有父母都曾经思考过的问题。特别是在中国，随着独生子女政策的推行，父母们——甚至全家数代人——都把美好的希望寄托在唯一的孩子身上，这一问题也就显得更为突出。在学术研究中，这个问题其实是"职业期望"（Occupational Expectation）的问题。本文将根据一项社会调查的结果，集中讨论中国青少年的父母们对子女未来职业的期望及其影响因素。

一　问题与数据

（一）问题的提出

职业期望是社会成员对从事某种职业的倾向性态度，家长对子女的职业期望

---

* 邓大胜，中国科学技术发展战略研究院助理研究员；何光喜，中国科学技术发展战略研究院副研究员；赵延东，中国科学技术发展战略研究院研究员。

则是指家长对子女从事某种职业的倾向性态度。对这个问题的研究具有非常重要的意义。首先，家长对子女职业的期望反映了社会成员的职业偏好，从中可以分析一个社会的价值观和社会心态趋势；其次，家长对子女职业的期望受到家长自身社会经济特征的影响，是切入社会分层代际传承性研究的良好视角；再次，家长的期望对青少年子女的职业意识可能产生直接或潜在的影响，从而影响孩子将来的成长与发展，分析家长的期望在一定程度上可以预测下一代青少年的职业取向。长期以来，学术界对人们的职业期望或职业选择进行了大量研究，①但这些研究大都局限于对求职者或者青少年学生本人的研究，了解他（她）们对自己未来职业的倾向性态度。而对青少年家长对于子女的职业期望的专门研究却很少，本文使用一项全国性的中小学生及其家长调查数据，回答以下问题：（1）中国中小学生家长对子女将来从事职业的期望具有何种特征？（2）这种期望受到哪些因素影响，我们对此如何解读？

（二）数据来源

本报告分析使用的数据来自 2009 年开展的"全国（城市）青少年科技素养抽样调查"。该项目由教育部中央教育科学研究所和科技部中国科学技术发展战略研究院共同实施。

此次调查的样本总体是全国 286 个城市（指直辖市、省会城市和地级市的市辖区，不含下辖的县和县级市）的小学四年级和初中二年级在校学生，以市辖区范围内的在校学生数为依据，采用分阶段的概率比例规模抽样（PPS）方法，共抽取了 128 个市辖区，然后在每个区抽取一个小学四年级班和一个初中二年级班，选取班里的所有学生作为调查对象。要求每个学生填答一份问卷，并带一份家长问卷由监护人填答完成。实际调查完成的样本为 20 个省市的 61 个小学班和57 个中学班，有效的学生问卷、家长问卷分别为 6079 份和 6028 份。

二　中小学生家长对子女未来职业的期望

在调查问卷中，我们向所有受访的中小学生家长询问了如下问题："你最希

---

① "博士学位获得者职业取向调查"课题组，《博士学位获得者职业取向调查报告》，中国科学技术出版社，2009。

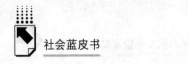

望这个孩子长大后从事什么职业?"以此来测量他们对子女未来从事职业的期望。本题为单选题,给出了13个答案选项,我们对部分选项进行了合并处理。

(一) 绝大多数家长已经开始考虑孩子未来的职业选择

只有6.5%的家长表示对自家孩子未来的职业"没有想过"或"无所谓",此外还有1.1%的家长回答"要看孩子的兴趣能力和发展"。二者合并,7.6的家长没有特别思考过这个问题。反过来可以说,92.4%的家长对自己孩子未来的职业方向已经开始有所考虑和预期(见图1)。小学生和初中生家长的这个比例相差不大,前者为91.2%,后者为93.4%。这表明,在各种竞争日益激烈的当今中国,家长对孩子未来的职业道路已经开始超前规划(或至少是考虑),这种规划已经提前至小学阶段。

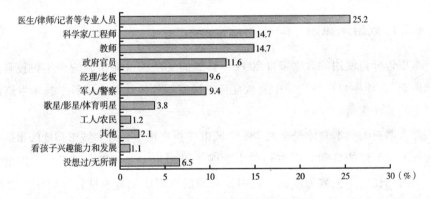

图1 家长对孩子未来的职业期望

值得注意的是,家长的受教育水平越高,提前开始考虑孩子将来职业选择的比例越低。本科及以上教育水平的家长,对孩子将来的职业期望回答"没有想过"、"无所谓"或"看孩子兴趣能力和发展"的比例高达12.6%(见表5)。这可能是因为,教育水平越高的家长越倾向于自由、宽松的理念,对孩子的未来职业规划越倾向于持比较开放的态度。

(二) 专业性强、社会声望高、稳定性强的职业成为大多数家长期望子女从事的职业

从调查结果看,家长们对孩子未来职业的选择比较集中于专业性较强、社会

声望较高以及工作稳定性较好的职业，具体结果列于图 1 中。

我们可以从图 1 中得出以下基本结论。

（1）专业性强、社会声望高、稳定的职业成为大多数家长的选择。选择"医生/律师/记者等专业人员"的比例最高，达 25.2%；选择"科学家/工程师"的家长和选择"教师"的家长比例接近，都是 14.7%。三类选项合计高达 54.6%，超过了半数。这些职业的共同特点是专业性强，具有较高的教育水平门槛。同时，这些职业一般都在社会上享有较高的声望，[①] 具有相对不错的经济收入，并具有较强的稳定性。

（2）拥有较丰富权力资源、稳定性强的政府公职也比较受家长的青睐。经过长达 30 多年的改革之后，我国正逐步转向更为公平公正的社会，但"体制内"和"体制外"的差别短期之内仍难以消除，因此政府公职被许多人看做是最为稳定、最有保障同时又占据最多权力资源的职业而受到青睐。近年出现的公务员考试热突出反映了这一倾向。本次调查发现，家长们十分青睐"政府官员"职业，选择比例为 11.6%。此外，"军人/警察"也是政府公职之一，选择比例为 9.4%。二者合计选择比例高达 21.0%。

（3）稳定性较差、社会声望较低的职业未受家长重视。在西方发达国家，企业管理或经商一般被看成是非常有前途的职业，能够进入商学院深造的一般都是最优秀的学生。本次调查却显示，仅有不到一成（9.6%）的家长希望孩子将来成为"经理/老板"。"歌星/影星/体育明星"等职业一般也都具有很高的经济收入，此次调查中却只有极少数家长（3.8%）希望孩子将来从事这种职业。这两类职业的共同特点是具有很高的收入水平（至少是潜力），但一般来说稳定性较差，总体社会声望较低。调查显示多数家长对这样的职业并不青睐。

（4）"工人"和"农民"成为被社会抛弃的职业。调查显示，仅有 1.2% 家长希望孩子将来当"工人"或"农民"。这反映了我国"工人、农民"职业社会经济地位极差的现状。

值得注意的是：我国的就业统计数据显示，全社会中从事专业技术工作的人

---

① 李春玲：《当代中国社会的声望分层——职业声望与社会经济地位指数测量》，《社会学研究》2005 年第 2 期。

员和机关企事业单位负责人的比例只占极少的比重。譬如，2008 年我国城镇就业人员的职业构成中，单位负责人仅占 2.1%，专业技术人员仅占 11.2%，农林牧渔水利业生产人员占 27.7%，商业、服务业人员占 24.8%，生产运输设备操作人员及有关人员占 19.8%，办事人员占 8.2%。[1]

但人们通常对孩子未来抱有"人往高处走"的向上、向好的预期。我们的调查结果显示，绝大多数家长对子女未来职业的期望都集中在这些少数较"好"的职业上。

（三）家长对男孩、女孩的职业期望存在明显差异

家长对男孩、女孩不同的职业期望，反映了我国公众对职业性别分工的固化或刻板的印象。表 1 展示了家长对于不同性别的子女将来从事职业的期望，从中可以发现以下特征。

表 1　按学生性别比较其家长的职业期望

单位：%

家长期望孩子从事的职业	男	女
医生/律师/记者等专业人员	18.5	31.8
科学家/工程师	20.7	8.9
教师	6.7	22.7
政府官员	13.3	9.8
军人/警察	13.5	5.5
经理/老板	12.3	7.0
歌星/影星/体育明星	3.3	4.5
工人/农民	1.6	0.8
其他	2.3	1.9
看孩子兴趣能力和发展	1.2	1.0
没想过/无所谓	6.7	6.1
合　　计	100.1	100.0

（1）男孩的职业选择范围更为宽广，女孩的选择范围则较为狭窄。家长对男孩的职业期望分布比较均匀，各种职业的选择比例相差较小，选择比例超过

---

[1]　数据来源：《中国人口与就业统计年鉴 2009》表 3 - 21。

10%的职业共五类，分别为"科学家/工程师"（20.7%）、"医生/律师/记者等专业人员"（18.5%）、"军人/警察"（13.5%）、"政府官员"（13.3%）和"经理/老板"（12.3%）。而对于女孩，家长期望其从事的职业则非常集中，选择比例超过10%的职业仅两类，分别为"医生/律师/记者等专业人员"（31.8%）和"教师"（22.7%）。

（2）家长对女孩从事的职业具有强烈的刻板印象，更希望她们从事稳定型、知识型的职业，但不包括科学技术工作。譬如，女孩家长选择"医生/律师/记者等专业人员"职业比例高达31.8%，是男孩家长的1.7倍，选择"教师"职业的比例更高达男孩家长的3.3倍。这两类职业的共同特点是稳定，同时又是"知识型"的工作。虽然"科学家/工程师"同样具备这些特点，但"女孩不适合从事科研工作"的社会刻板印象显然发挥了作用，选择该职业的女孩家长比例不足男孩家长的一半。同样的刻板印象发挥作用的职业类型还有"军人/警察"和"经理/老板"，选择的女孩家长比例均远低于男孩家长。性别对其他职业的选择也有影响，但差异不是太大。

这种预期上的性别差异非常有趣，而且可能产生实际的社会后果。中国科学技术发展战略研究院课题组于2007年对全国3000名博士毕业生职业取向的调查结果显示：女博士生在选择职业时，对"职业稳定性"的考虑明显多于男博士生。① 这是否与她们从小到大受到父母职业期望的影响有关？社会性别模式的形成是一个长期而复杂的过程，其中有许多问题都值得进一步深入探索。

三 影响家长对子女职业期望的因素

接下来我们分析家长对子女的职业期望受到哪些因素的影响。家长对子女的职业期望综合反映了家长自身的职业偏好和对子女从事该职业现实可能性的判断，因此也必将受到这两方面因素的共同影响。其中，家长对子女从事某职业的现实可能性的判断，很大程度上基于对孩子学业成绩的判断，因此，本部分将考察孩子学业成绩对家长期望的影响。而影响家长自身职业偏好的因素中，除了前

---

① "博士学位获得者职业取向调查"课题组，《博士学位获得者职业取向调查报告》，中国科学技术出版社，2009。

文已经涉及的职业自身的社会地位（包括收入、权力和声望等）以及受其影响而形成的社会主流价值取向以外，最重要的影响因素就是父母本人及其家庭的社会经济背景。由于参照系不同，不同社会经济背景的家庭或个人对同一份职业的吸引力的评价可能完全不同。本部分将分别考察家庭的职业背景、经济状况和教育水平等社会经济背景因素对其子女职业期望的影响。

（一）子女的学业成绩对家长职业期望的影响

有些职业对教育水平的准入门槛要求较高，如科学家、工程师、医生以及其他专业人员等；有些职业则没有那么高的要求，如军人/警察、经理/老板、歌星/明星以及普通的工人/农民等。我们以孩子的学习成绩在所在班级里的位置作为衡量其学业成绩的指标，计算不同学习成绩的孩子其家长对其未来职业的期望，结果显示，子女的在校学习成绩显然对家长期望他们将来从事什么职业有着很明显的影响（见表2）。

表2　孩子学习成绩与家长期望之间的关系

单位：%

家长期望孩子从事的职业	孩子学习成绩				
	优良	中上	中等	中下	差
医生/律师/记者等专业人员	26.0	26.9	26.7	22.1	15.3
科学家/工程师	21.7	16.8	11.8	10.4	10.6
教师	15.0	15.1	15.0	14.7	11.6
政府官员	12.8	12.9	10.8	9.5	8.3
军人/警察	4.5	8.0	10.0	13.9	14.6
经理/老板	7.8	8.5	11.1	10.5	12.6
歌星/影星/体育明星	2.2	2.8	4.2	5.9	6.3
工人/农民	0.7	0.6	0.6	2.0	5.3
其他	2.2	1.5	1.9	3.1	2.7
看孩子兴趣能力和发展	1.1	0.9	1.3	1.3	1.7
没想过/无所谓	6.0	6.0	6.6	6.7	11.0
合　　计	100.0	100.0	100.0	100.1	100.0

从表2中可以发现：

（1）学习成绩在班上"优良"或"中上"的孩子，家长期望其将来当"科学家"或"工程师"的比例明显高于其他孩子。这说明，在家长眼中，"科学家/工程师"职业对孩子学习成绩的要求很高且具有"刚性"，学习成绩成为限制许多家长期望子女从事该职业的刚性制约因素。

（2）学习成绩"差"的孩子，家长期望其将来当"教师"或"医生/律师/记者"等专业人员的比例明显低于其他孩子，其他孩子之间的差异却并不大。这表明，对于许多家长来说，这些职业对于孩子的学习成绩有一定的要求，但这种要求没有那么"刚性"，即便成绩"中等"甚至"中下"也有可能达到（家长对孩子将来的成绩进步还有一定的预期），只有成绩"差"的孩子（家长对其将来的成绩进步预期也较低）这种可能性才显著较低。

对"政府官员"这一职业的预期也呈现出这种特点。学习成绩越好的孩子，家长期望其将来当"政府官员"的比例越高，但这种差异并不很大。说明在许多家长眼中"政府官员"职业对孩子的学习成绩也具有一定的弹性。

（3）学习成绩"差"或"中下"的孩子，家长期望其将来成为"军人/警察/消防"、"老板/经理"、"歌星/影星/体育明星"或"工人/农民"的比例明显高于学习成绩较好的孩子。这说明，对于许多家长来说，这些职业对孩子的学习成绩没有太大要求。其中，"军人/警察"、"老板/经理"、"歌星/影星/体育明星"或者由于社会声望较高或者由于收入水平较高，成为许多成绩较差的孩子的家长的较为理想的期望；而各方面均较差的"工人/农民"职业，则成为许多成绩不好的孩子的家长的无奈选择。

（二）家庭职业背景对家长期望子女从事职业的影响

家庭职业背景指家庭成员所从事的职业类型。家庭职业背景的以下两种属性可能影响到家庭成员的职业期望。一方面，家庭职业背景在一定程度上反映了家庭的社会经济地位，从而影响职业期望；另一方面，家庭成员从事的职业本身也会影响他们对职业的价值评判。

我们将孩子的家庭职业背景分为"政府官员"、"科学家/工程师/专业技术人员"、"老板/经理"、"军人/警察/消防"和"工人/农民"等五类；其中，前四类家庭被界定为父母中任何一人从事该职业的家庭，而"工人/农民"家庭则被界定为父母双方都是"工人/农民"。① 这几类家庭期望孩子从事的职业情况如表3所示。

---

① 需要说明的是，这种家庭分类并不满足互斥、完全的分类原则，分类的目的只是挑出若干职业背景的家庭，以便分析这种职业背景对家长职业期望的影响。

表3 学生家庭职业背景与家长期望之间的关系

单位：%

家长期望孩子从事的职业	家庭背景				
	科学家/工程师/专业技术人员	政府官员	军人/警察/消防	经理/老板	工人/农民
医生/律师/记者等专业人员	28.1	35.1	26.1	27.9	22.4
科学家/工程师	21.4	15.1	15.3	15.3	14.9
教师	12.2	10.7	9.9	9.0	19.2
政府官员	11.1	15.6	17.1	11.7	10.3
军人/警察	4.8	4.4	13.5	7.6	11.0
经理/老板	7.1	5.2	0.9	11.4	10.2
歌星/影星/体育明星	1.8	3.3	1.8	3.0	3.4
工人/农民	0.9	0.0	0.0	0.2	2.1
其他	3.2	2.5	1.8	2.8	1.7
看孩子兴趣能力和发展	1.8	1.4	0.0	2.8	0.2
没想过/无所谓	7.6	6.8	13.5	8.3	4.7
合　　计	100.0	100.1	99.9	100.0	100.1

表3结果显示，前述家庭职业背景对职业期望的两种影响机制都有所表现。

（1）各种职业背景的家庭对子女的职业期望均表现出对父母职业的偏好或"传承性"。譬如，"科学家/工程师/专业技术人员"背景的家庭期望子女将来仍然成为"科学家/工程师"的比例为21.4%，远高于其他职业背景的家庭；"政府官员"背景的家庭期望子女将来仍然成为"政府官员"的比例为15.6%，仅次于"军人/警察/消防"家庭①（17.1%）而高于其他职业家庭；"军人/警察/消防"背景家庭期望子女将来仍然成为"军人/警察"的比例高达13.5%，远高于其他家庭；同样的趋势也表现在"老板/经理"和"工人/农民"家庭，期望子女将来从事父母职业的比例均高于其他家庭。这表明家长对子女的职业期望普遍表现出"代际传承性"的趋势，许多家长更希望子女将来仍然从事自己的职业。

（2）社会经济地位较低的"工人/农民"家庭对子女职业的期望也相对较

---

① 考虑到"军人/警察/消防"职业某种程度上与"政府官员"职业非常接近，这个比例在某种程度上也支持了"传承性"。

低。譬如，这些家庭把"教师"和"军人/警察"作为期望职业的比例明显高于其他家庭，而把"医生/律师/记者等专业人员"、"科学家/工程师"和"政府官员"作为期望职业的比例却明显低于其他家庭。原因可能在于不同职业背景的家庭在考虑职业期望时的"参照系"不同：对"工人/农民"家庭而言，"教师"、"军人/警察"由于收入和社会声望较高（相对而言）而又工作稳定，算是比较理想的职业；而对于其他具有更高社会经济地位职业的家庭来说，这两类职业在各个方面的吸引力则可能要弱一些。

此外，"工人/农民"家庭期望子女将来成为"经理/老板"的比例高达10.2%，仅略次于"经理/老板"家庭，而远高于其他家庭。这可能是因为：虽然对于具有较高社会经济地位职业背景的家庭来说，"经理/老板"职业的社会声望较低，缺乏吸引力，但对"工人/农民"家庭来说，其社会声望还是相对较高的，加之较大的"致富"可能性，因而具有较强的吸引力。

（三）家庭经济水平对家长期望子女从事职业的影响

对家庭经济水平的测量可以进一步验证上述解释：家庭经济地位是否会影响家长对子女的职业期望。我们测量了受访者家庭的月收入，并将其从低到高等分为五个组，分别看处于不同收入水平的家庭对子女未来职业的期望。结果如表4所示。

表4　学生家庭收入水平与家长期望之间的关系

单位：%

家长期望孩子从事的职业	家庭收入水平				
	最低	中低	中等	中高	最高
医生/律师/记者等专业人员	19.7	24.7	23.1	28.9	29.2
科学家/工程师	12.7	15.3	17.5	15.1	14.9
教师	19.1	16.3	20.3	13.2	9.7
政府官员	9.8	11.8	11.3	11.3	14.3
军人/警察	12.0	9.8	8.1	8.4	7.0
经理/老板	10.2	9.4	8.1	10.2	8.9
歌星/影星/体育明星	5.9	3.3	2.8	3.3	2.9
工人/农民	2.7	1.3	0.9	0.7	0.5
其他	2.3	1.6	1.0	1.8	2.6
看孩子兴趣能力和发展	0.3	0.5	0.7	1.3	2.1
没想过/无所谓	5.3	5.8	6.0	5.9	7.9
合　　计	100.0	100.0	100.0	100.1	100.0

表4结果为上述"参照系"假说提供了一个佐证。从表中可以看到家庭收入水平较低的家庭对子女的职业期望也相对较低。以"教师"和"军人/警察"职业为例，较低收入水平家庭期望子女从事这两类职业的比例明显高于收入水平较高的家庭，而期望子女从事"医生/律师/记者等专业人员"、"科学家/工程师"和"政府官员"职业的比例则明显低于收入水平较高的家庭。另外，收入水平越低的家庭，期望子女将来成为"工人/农民"的比例越高。

这个结果与前文对家庭职业背景的分析比较一致，也可以用"参照系"假说进行解释："教师"和"军人/警察"对收入水平较低的家庭来说算比较理想的职业，但对收入水平较高的家庭来说却远非最理想的职业。这个发现还可以引申出一个很有意思的职业阶层图景："教师"、"军人/警察"这类职业成为不同社会阶层家庭的职业期望的分界点，在职业分层谱系中处于中间位置。对于"低阶层"的家庭来说，这类职业是社会声望较高、工作稳定、收入良好（相对而言）的理想职业；而对于"高阶层"的家庭来说，这些职业工作辛苦，收入又不是太高（也是相对而言），吸引力就没有那么高。

（四）家长受教育水平对其期望子女从事职业的影响

家长的教育水平既是一个家庭社会经济地位的影响因素，又影响着家长本人的社会认知水平和价值观取向。因此，不同教育水平的家长对子女未来职业期望的不同，可能源于这两种因素的共同作用。我们计算了孩子父亲或母亲（取决于谁是问卷的受访者）的受教育水平与他/她对孩子未来职业期望间的关系，结果如表5所示。

从表5可以看到，受教育水平与职业期望之间关系密切程度超过前述家庭职业背景和家庭收入水平变量，教育水平与某种职业的选择比例呈现明显的线性关系。

（1）受教育水平越高，越希望孩子从事"医生/律师/记者等专业人员"和"科学家/工程师"这两项需要专业技术知识的职业。大学本科及以上教育水平的家长中，选择这两类职业的比例已经超过半数。这可能与受教育水平较高的群体对专业性较高的职业具有较强的偏好和价值取向有关。

（2）受教育水平越高，越不愿意孩子成为"教师"、"军人/警察"、"经理/老板"、"歌星/影星/体育明星"或"工人/农民"。部分原因可能是受教育水高的家长看待这些职业时的参照系不同（在他们看来"教师"、"军人/警察"的职业吸引力还不够强）；部分原因可能是来自价值取向方面的差异（比如，"经理/老板"、"歌星/明星"这类职业虽然具有很高的经济收入，但整体社会声望仍然偏低）。

表5 家长的受教育水平与对子女职业期望之间的关系

单位：%

家长期望孩子从事的职业	家长的受教育水平				
	小学及以下	初中	高中	大专	本科及以上
医生/律师/记者等专业人员	16.1	22.4	29.0	30.6	33.9
科学家/工程师	12.1	14.7	13.4	15.6	19.3
教师	18.3	16.7	14.7	11.3	8.4
政府官员	11.0	10.6	13.2	13.8	11.1
军人/警察	11.2	11.1	9.7	6.9	5.3
经理/老板	15.8	10.9	7.2	6.6	5.3
歌星/影星/体育明星	5.7	4.5	2.5	2.7	0.9
工人/农民	2.5	1.3	0.8	0.2	0.2
其他	1.9	1.9	1.8	2.9	2.9
看孩子兴趣能力和发展	0.0	0.5	1.4	2.4	2.4
没想过/无所谓	5.4	5.4	6.3	7.1	10.2
合　　计	100.0	100.0	100.0	100.1	99.9

四　小结

从以上研究中，我们可以得出一些基本结论。

（1）绝大部分家长从孩子很小的时候就已经开始对子女未来有所期待，这可能反映了中国社会竞争日益激烈的现实。很遗憾，我们目前没有找到国际上可以进行比较的数据，未来如果能进行类似的比较研究，可能会使我们对中国的社会现实有更清楚的定位。

（2）与我们的研究预期相同，家长普遍更青睐那些专业性强、稳定性高和社会声望高的职业，"专业技术人员"、"科学家"、"工程师"、"教师"和"政府官员"对大多数家长有很强的吸引力。值得注意的是，这些职业在现实生活

社会蓝皮书

的职业分布中只占很小的比例，在"理想"和"现实"之间，存在着巨大的落差。如何引导家长们建立更为理性、现实的职业期望，需要全社会共同努力。

（3）在期望孩子"人往高处走"的同时，家长对子女的职业期望也表现出一定程度的"代际传承"特点。也就是说，不少人还是有着"子（女）承父（母）业"的想法，希望孩子从事自己目前从事的职业。同时，家长对子女的职业期望也受到自身所在社会阶层的影响，"低社会阶层"父母对子女的未来预期也相对更低。这种趋势可能进一步强化现有的社会分层结构，并使这种分层结构在未来得到复制。

（4）家长对男孩和女孩的职业期望呈现明显的分化趋势，对女孩的职业期望更为集中于工作稳定性高的职业。这种期望反映了我国公众头脑中对于职业性别分工的刻板印象，在一定程度上也反映了现实的社会性别分工模式。这种刻板印象和思维定式可能影响未来青少年一代的学业选择（如文理科择业）和实际择业倾向，进一步复制和固化现有的社会性别分工模式，因此值得进一步深入研究。

Parents' Occupational Expectations to Primary and Junior School Students and Influencing Factors

Abstract：Parents' occupational expectation to children not only reflects the occupational preference of social members and social stratification, but also has an impact on children's occupational development in their future. Based on the data of a national-level sampling statistics, the paper describes the occupational expectation of Chinese parents to their children. The finding shows that most parents start to plan for children's occupational development from their early stage. Most parents prefer professional, stable and highly prestigious occupations. Parents' expectation is influenced by the gender and school performance of their children, and also by parents' own social-economic status.

Key Words：Occupational expectation；Inter-generational Mobility；Social Stratification；Primary and Junior High School Students

专 题 篇

Reports on Special Subjects

𝔅.13

中国当前社会建设的框架设计

李培林　陈光金

摘　要：社会建设是中国特色社会主义的理论体系的重要组成部分。中国改革开放以来，一直坚持以经济建设为中心，社会建设问题被提出并放在突出位置加以特别重视，是中国经济社会发展进入新成长阶段的必然要求。社会建设相对于经济建设来说，在中国还是一个新的探索领域，还没有一套完整的框架设计。本文从社会建设的重点领域、组织架构、资源保障和工作重心几个方面，对社会建设的总体框架进行了尝试性的设计。

关键词：社会建设　社会管理　民生建设

国际金融危机之后，尽管经济形势还存在一些不确定因素，但中国的改革发展实际已经进入了一个新的成长阶段。加快社会建设步伐，为国民经济持续健康发展开掘新的动力源泉，为社会和谐稳定和国家长治久安建立广泛的社会基础，是中国在这个新成长阶段所面临的重大任务。

一 社会建设的重点领域

社会建设实践涉及社会发展的方方面面，但在每一个时期，社会建设工作都要根据实际需要确定重点工作领域。从宏观上看，当前中国社会建设最重要的领域主要包括三个方面，即基本民生建设、社会安全建设和社会管理模式建设，它们构成一个相对完整的系统。

1. 基本民生建设

所谓基本民生，就是直接关系到广大人民群众生存发展的根本大计的主要民生领域。就人民群众生存和发展的内在逻辑来说，基本民生应当包括劳动就业、收入分配、住房与社会保障、教育和医疗卫生这样几个相互关联、相互支撑的重要领域。

——劳动就业。中国劳动就业问题主要包括城镇新增劳动力就业、农村剩余劳动力转移和失业劳动力再就业、劳动力素质提升、就业结构调整升级以及建立全国统一劳动力市场等。当前，就业问题集中在三个方面：一是解决好劳动力就业问题。近年来，中国在劳动力就业方面做出了巨大的努力，但经济活动人口中的失业问题仍然比较严重。因此，解决好失业问题是就业工作的第一步。二是需要把劳动力培训、提高劳动力素质作为重要任务。应当说，如果用受教育水平来测量，中国劳动力的素质是在不断提高的，从世界上一些国家的经验看，当一国的经济发展进入中等水平阶段时，国民教育应当从普及初中向普及高中发展，同时推动高等教育大众化，与此同时，要大力发展劳动培训、提高存量劳动力素质。三是要进一步改革人口流动管理体制。要消除计划经济时代遗留下来的各种制约劳动力正常流动以及侵害流动劳动力的基本社会权利的制度性藩篱，健全和完善全国统一的劳动力市场。

——收入分配。现阶段中国收入分配问题的焦点是差距过大，近年来中国在缩小收入差距方面做了不少工作，包括城乡扶贫开发战略、大力实施西部大开发战略，多次提高最低工资水平，取消农业税费，提高个人所得税起征点，加大对农户和城乡贫困住户的转移支付力度，等等，但是这些措施在缩小收入不平等方面看来收效并不显著，不平等扩大的趋势没有得到根本扭转。究其原因，关键在于中国的初次分配不平等问题日趋严重。反思中国收入不平等问题不断加剧的过程，并对照国际上一些收入分配不平等程度相对较低国家的经验，收入分配调节需要三种重要机制共同发挥作用。第一种是经济机制，亦即经济增长和经济结构调整，国民经济增长增大了可供分配的"蛋糕"，经济结构调整带来就业结构和职业结构的变化，扩大了中产阶级规模，降低了财产性收入在国民收入中所占份额，从而有助于缩小收入分配差距。第二种是国家再分配机制，主要包括财政、税收、福利与各种转移支付。许多国家的经验表明，良好的国家再分配体制机制在缩小收入差距上的效果都相当明显。第三种是社会性机制，最主要的是社会相关利益群体集体参与收入分配的决定，包括工会运动的发展以及工资集体协商制度的建立和有效运作。因此，现阶段中国社会建设工作在调节收入分配、缩小收入差距方面的重要任务，首先就是要真正建立起上述三大机制并使其正常、合理、有效地发挥作用。

——住房和社会保障。住房问题近期已经成为社会反响巨大的社会问题，从表面看，是房价过高导致需要购房者买不起，实质问题则是缺少对保障性住房与市场化房产供给的合理规划和管理，因此房产政策改革的方向应当是以此为突破口，促使房地产业健康发展。除了保障性住房建设和供给问题之外，应当说，中国社会保障建设从种类上看已经相对齐全，但存在着尚未实现全民覆盖、水平较低以及各项目发展不平衡的问题。还要注意到，中国现行社会保障体系在落实转移支付时还具有某种程度的收入分配逆向调节效果。有鉴于此，中国社会保障制度和体系建设的下一步工作，一是要继续扩大覆盖面，二是要根据经济发展水平不断提高保障水平，三是要逐步建构相对统一的全国城乡保障体系，四是要提高社会保障供给的公平公正性，解决目前社会保障存在的逆向调节问题。

——教育和医疗卫生。在现代社会，教育和医疗卫生事业的发展具有很强的外部效益，是提高国民素质、增强国家创新能力、提升国家软实力的公共品或准公共品，是经济社会现代化的根基。在不同社会事业领域，社会建设的模式应当有所不同。教育和卫生事业的发展关系到一个社会的机会结构，需要更多地重视公平。中国医疗卫生领域的改革经过几年的广泛讨论和研究，已经取得重大进展，这就是2009年4月公布的《中共中央国务院关于深化医药卫生体制改革的意见》。对照起来，中国教育体制改革仍然任重道远。《国家中长期教育改革和发展规划纲要（2010～2020年）》对中国未来十年教育事业发展进行了科学规划和部署，未来十年是实现把中国从人力资源大国建设成人力资源强国重大战略的

关键时期。

2. 社会安全建设

良好的社会秩序和有保障的社会安全是经济社会发展的基本社会条件。中国现阶段处于经济快速发展时期，也是社会矛盾冲突多发时期，各种可能引发社会安全问题和影响社会秩序的社会风险不断地累积起来。当前影响中国社会安全稳定的社会问题，大体可以分为三类。

第一类是各种刑事犯罪。改革开放以来，各种刑事犯罪的发生率始终居高不下。统计表明，1978～2008年，全国法院一审刑事案件数从14.7万件增加到76.8万件，年均增长8.59%，每万人口的一审刑案数从1.53件上升到5.78件。而且，1997年以来，此类案件连续11年维持着增长趋势。第二类是各种具有人为性质的生产生活安全灾难。近年来，各种重大生产安全事故、食品药品质量事故以及环境污染事故不断发生，造成了巨大的生命财产损失和广泛的社会信心损失。环境污染事故导致的安全问题也不可忽视，而且经过二三十年的累积，近两年这种灾难也进入多发阶段。第三类是各种深嵌在转型期社会结构之中的利益矛盾和冲突，突出表现为劳资矛盾冲突呈高发态势，信访和群体性事件的发生率也居高不下。

对于第一类具有常态性质的社会安全问题，可以通过加大治安打击力度来加以控制，而对于后两类问题和矛盾，则需要更多的治本之策来治理。这些问题和矛盾得以产生的最主要原因，乃是社会转型时期各种利益主体追逐利益的行为失范以及由此引发的社会利益关系失衡和冲突。因此，中国要从根本上改变社会安全稳定的严峻形势，就必须针对这些引发各种重大社会安全问题的深层次问题进行治理，尤其是日益严峻的劳资矛盾和干群矛盾，特别需要从制度建设入手进行治理。

3. 社会管理模式建设

在过去三十多年中，中国致力于改革计划经济体制、建设社会主义市场经济管理模式，正是这种模式的转变，为中国经济持续快速稳定发展提供了动力源泉。现在开展社会建设，转变传统社会管理体制，构建新的社会管理模式，将为经济社会发展提供新的动力。

现代社会管理是一个以政府干预和协调为条件、以基层社区自治为基础、以非营利社会组织为中介、动员公众广泛参与的互动过程。在传统计划经济时代，中国社会管理的基本模式是，政府承担着几乎全部社会职能，以单位制为基础对社会实行总体控制，社会运行成为政府运行的组成部分。这是一种行政吸纳社会或社会运行行政化的管理模式。随着改革的深入和市场经济体制的确立，社会组织体系发生深刻变化，传统的行政化单位体制逐步瓦解，国家在相当程度上失去了依托原有单位承担社会职能的组织基础，同时强调现有单位在改革中剥离原来承担的社会职能，实现社会职能社会化（以及某种程度的市场化）。但是，社会管理体制改革却明显滞后，在一段时期里，仍然习惯于以行政化手段进行社会管理，其突出表现是，对社区基层自治组织的管理以及对其他社会组织的管理，都还具有深度行政干预的特征。这样，一方面，国家在改革经济管理体制时努力把组织社会生活的职能转移给社会；另一方面，社会却因为传统社会管理模式的延续而不能有效地自我发展和组织起来，难以承接这种职能转移。现阶段中国社会发展进程中出现的一系列问题，大都与这一矛盾密切相关。

解决这一矛盾的重要途径之一就是构建现代社会管理模式，实现中共十六届四中全会决定提出的建立健全"党委领导、政府负责、社会协同、公众参与的社会管理格局"的目标。而要构建现代社会管理模式，从宏观上说，就是要解决好下述三个方面的问题。

一是科学认识现代社会管理模式建设的主体目标。一般而言，现代社会管理既是政府向社会提供公共服务并且依法对有关社会事务进行规范和调节的过程，也是社会自我服务并且依据法律和道德进行自我规范和调节的过程。这两个过程相辅相成，缺一不可，更不能相互替代。这样，现代社会管理模式建设就包含着两个基本目标，即：一方面要不断提高政府的社会管理能力和成效；另一方面要加快社会的自我发育，增强社会自我管理的能力，扩大社会自我管理的范围。鉴于目前中国社会的发育发展明显滞后的现实状况，第二个目标的确立和实现显得尤为重要。

二是改革完善政府的社会管理体制。现代政府社会管理的主要对象是公民个人、家庭、基层自治社区和非营利社会组织所不能办理的公共社会事务，这些社会事务涉及社会整体的公共利益，必须依靠国家权力和政府权威予以办理；现代政府社会管理的主要内容包括保障公民权利、协调社会利益、回应社会诉求、规范社区自治、监管社会组织、提供社会安全，以及应对社会危机等；主要目的是培育合理的现代社会结构，促成公平公正的社会利益关系，化解社会矛盾冲突，

维系社会整合、秩序和稳定，从而构建经济、社会与自然协调发展的社会基础和环境；主要依据是规范政府相关行为、保障公民权利、促进社会公正、推动社会发展的系统社会立法；主要手段和措施是适应不同社会发展阶段需要，不断创新社会政策。这四个方面构成现代政府社会管理的基本逻辑、路径和模式，也为改革完善政府社会管理体制规定了基本方向和内涵。

三是大力发展社会自治和自我管理。社会自治和自我管理是现代社会管理模式的两大组成部分之一。培育和发展社会自治和自我管理能力，不断扩大社会自治和自我管理的社会空间，是推动社会管理模式现代化发展的关键环节；推动社会自主发展、传统单位制解体背景下的社会重新组织化、多主体平等参与以及多中心社会治理格局的形成，是实现社会管理模式现代化的主要路径。在当代社会，改变以政府为唯一中心的"单中心"治理结构，建立政府与社会平等合作的伙伴关系，形成政府与其他社会管理主体共同管理社会事务的多中心治理结构，提高社会自治与自我服务能力，已成为社会管理模式发展的基本趋势。

二　社会建设和社会管理的组织架构

从宏观上看，现代社会的组织体系主要由三大部门构成，第一部门是以政府机构为主体的国家组织；第二部门是以企业为主体的市场经济组织；第三部门是以非营利机构为主体的社会组织。换句话说，在组织分类上，除了"政府的"和"市场的"，剩下的都是"社会的"，或者说，除了"不营利的"组织（政府）和营利的组织（企业），剩下的都是非营利的社会组织。这三类组织对应着现代社会发展的三大基本功能要求：第二部门是经济建设功能要求的主要承担者（但也要在一定程度上参与社会建设），第三部门是社会建设功能要求的主要承担者，而第一部门则承担着对第二和第三部门进行调控、监管并提供服务的功能要求。如果说社会建设需要国家（政府）、市场（企业）和社会（组织）三个部门的共同参与，那么三大部门也都需要建构相应的组织体系，并且最终要整合成为密切联系、相互协调的社会建设组织架构。

1. 三大部门社会建设职能界定

作为第一部门，政府是社会建设所需公共资源的投入主体，并且扮演着领导、规划和统筹协调的角色。政府不能也不需要包办一切，其最重要的职责在于：充分投入和合理配置公共资源，不断改革和完善社会管理体制，广泛动员社会各界积极参与，逐步实现全体社会成员公平公正地分享社会建设的成果。

在第二部门，企业单位主要通过承担企业社会责任的方式，来履行其作为社会建设主体的职能。企业社会责任的核心在于社区参与、生产过程社会责任、劳资关系社会责任三个方面。社区参与包括参与一般性的社区事项、农业发展、地方经济发展、社区发展、文化教育培训、环境保护、健康、住房、体育、福利等；生产过程社会责任，包括环境保护、卫生与安全、人力资源以及企业责任伦理；劳资关系社会责任包括雇员福利和雇员参与，以及在企业决策和社会责任实践中把劳动者作为重要利益相关者加以考虑。研究表明，企业社会责任的履行与企业赢利的增长是相辅相成的。

第三部门的组成在不同的国家有所不同。从中国的国情出发，可以把基层社区居民自治组织、公立事业单位、人民团体和民间非营利社会组织四大类组织纳入第三部门的范畴之中。这个意义上的第三部门在中国社会建设工作中承担着极为重要的职能。第三部门发展得好，社会建设事业就能取得事半功倍的效果。然而，从三大组织力量对比来看，中国改革开放以前的组织架构具有"强政府、弱市场、弱社会"的特征；改革开放以后，通过大力发展市场经济，逐步形成了"强政府、强市场、弱社会"的格局。在这种情况下，为了加强社会建设，需要对中国社会的组织架构进行合理调整，其关键则在于发展第三部门的力量，最终建设成"强政府、强市场、强社会"的组织体系。从中国的实际出发，建设和完善第三部门组织体系的重点，是发展和完善第三部门由四大类社会性组织构成的基本框架。有鉴于此，这里有必要进一步论述它们各自在社会建设和社会管理组织架构中的定位和职能。

2. 完善居民自治组织，推进基层社会自我管理和服务

居民自治组织主要是指中国城乡社区居民的基层自治组织，在农村是村委会，在城市是居委会。近20年来，中国基层自治组织发生深刻变化，农村经历了村庄合并和撤乡建镇的过程，城市经历并正在进行居委会合并建立社区委员会的过程，基层自治组织的地域规模和人口规模在不断扩大，从20世纪90年代初到现在，中国农村居民自治组织从100多万个减少到60多万个，与此同时，城市居民自治组织也从10万多个减少到8万多个。

在新的社会管理格局中，要特别注意发挥社区在基层社会管理中的作用。社

区是居民自治组织，但同时也肩负着基层自我管理的任务，很多"社区服务中心"肩负着几十种服务功能，包括税收、治安、社会保障、社会福利、社会救助、就业、卫生、防疫，等等，有人用"社会千条线，社区一根针"来形容社区功能的广泛性，这种服务，实际上也具有社区自我管理的功能。随着社会的发展变化，居民的各种生活需求越来越多样化，社区功能也会出现日趋广泛的趋势。社区在基层社会管理中的作用越来越重要。

随着社会主义市场经济的发展，人们维护自身权益的意识不断增强，也会带来围绕权益保护而产生的一些权益纠纷，需要从基层社区开始，建立起"把问题解决在基层"的机制。通过社区生活，人们会逐步认识到，公民意识不仅包括公民权益，也包括公民责任，与社会主义市场经济相适应，也要逐步地建立社会主义公民社会。社区具有成为社会主义公民社会基础的趋势，这对中国未来的发展意义深远。

3. 加快事业单位改革，发挥人民团体作用

这里把事业单位和人民团体放在一起讨论，主要是基于它们都是国家财政供养单位和机构，承担政府性的公益社会服务供给职能。事业单位主要是指公立的教育、医疗、新闻出版、文化团体、科研机构等，它们实行不同于政府公务员管理体制和企业市场聘任管理体制的事业单位管理体制。目前全国的事业单位共有130多万个，近3000万人，其各项事业经费支出占政府财政支出的30%以上。按照财政来源划分，共分为四种类型：政府全额拨款单位、政府差额拨款单位、自收自支单位、企业化管理单位。中国与其他发达国家不同的是，在其他国家由非营利的社会组织承担的社会功能和公益服务，在中国很多实际上是由中国特有的"事业单位"来承担的。中国事业单位改革的方向，是要建立一个能够与社会主义市场经济体制相适应、满足公共服务需要、科学合理、精简高效的现代事业组织体系。在这方面，要研究社会发展领域不同于市场领域的规律，在政府机制和市场机制之间，探索多样性的、分类指导的管理方式：对纯粹公益部门，在保证财政供给的同时，也要有"社会核算"制度和严格的预算约束；对政府购买服务部门，要保证具有比政府办事业和完全市场运作更好的社会服务效果；对准市场化部门，要有完善的规则来规范其经营行为和发展方向。

人民团体主要是指工会、妇联、共青团、科协、文联等组织，这类机构一般都具有自上而下的全国组织体系，在财政供给、行政职级、管理体系等方面也基本参照政府公务员体系（简称"参公执行单位"）。考虑到它们在中国社会组织结构中占有的特殊地位，在社会建设实践中要注重发挥工、青、妇等人民团体和行业协会在社会管理及公共服务方面的主要作用。这些机构有自下而上的完备组织系统，有一支具有群众工作、思想政治工作和社会工作经验的人才队伍，它们不仅是党和国家联系群众的桥梁和纽带，而且能够在反映群众诉求、化解社会矛盾、提供咨询服务、参与社会管理等方面发挥独特的作用。

4. 大力发展民间非营利社会组织，动员社会广泛参与

民间非营利社会组织是党的十六届六中全会做出的《关于构建社会主义和谐社会若干重大问题的决定》提出的概念，其内涵与民政部门管理的"民间组织"基本相同。民间组织包括社团、基金会和民办非企业单位。社团包括各种学会、协会、联合会等，多数也是官办和半官办的；基金会是指具有慈善功能的基金组织；民办非企业单位是指民办的各种非营利机构，其中60%以上是民办的学校、医院、福利机构等。目前全国在民政部门登记注册的40多万个各类民间组织的业务范围，广泛涉及教育、科技、文化、卫生、环保、公益、慈善等社会生活的方方面面。

在社会建设实践中，要适应发展社会主义市场经济和政府转变职能的需要，着力培育发展经济类、公益类、农村专业经济协会和社区民间组织，支持和引导科、教、文、卫、体以及随着人民生活水平的提高逐渐涌现的新型组织。要充分发挥社团、行业组织和中介组织等社会组织提供服务、反映诉求、规范行为的作用。要按照以人为本的要求，通过积极培育各类社会组织，加强和改进对各类社会组织的管理和监督，完善社会化服务网络，努力形成社会管理和社会服务的合力，才能不断满足人们日益增长的物质文化需求。

当前和今后一个时期，要以社会组织服务经济社会发展为核心，以提高社会组织能力建设为重点，推进管理体制创新，建立法制健全、管理规范、分类管理、分级负责的民间组织管理体系。同时要加强对社会组织活动的依法监管，形成社会组织自我发展、自我管理、自我教育、自我约束的运行机制，加大对非法、违法、违纪民间组织的查处力度，打击邪教组织、黑社会性质的组织、非法传销组织和社会敌对组织，保证社会组织健康发展。

现阶段的民间社会组织绝大多数比较弱小、资源匮乏、能力欠缺，难以起到作为民间社会组织应有的作用；还有部分组织行为不规范，公信力不足。从国际

经验看，社会组织的再组织是它们独立自主解决这些问题的重要出路，主要途径是组建某种形式的倡导性和支持性联合组织，作为各类社会组织整合资源、交流互动、提升能力和公信力的平台。世界上许多国家和地区的社会组织都有类似的联合性组织平台。就中国而言，比较合适的做法可能是分行业、分领域或分地区组建社会组织的联合组织，形成有机联系的组织网络。组建社会组织尤其民间社会组织的联合组织意义重大，一是有利于相关社会组织实现资源共享、能力共建，促进社会组织自我管理的规范化；二是可以由此凝聚社会组织的力量，有利于协调社会组织尤其民间社会组织与国家和市场的关系，推动公民社会的成长；三是有助于节约国家管理成本，使国家的相关管理工作无须直接面对数以百万计的小型组织，而是主要面对这些联合性组织，通过与它们建立规范化、制度化的管理关系，实现对小规模组织的间接管理。

三　社会建设的资源保障

社会建设是一项庞大的系统工程，需要大量资源投入。经过三十多年的发展，中国已经具备了一定条件来满足社会建设的资源投入需求，现在的关键是公共资源的合理配置、社会资源的有效动员、人力资源的培育发展以及制度资源的拓展和完善。

1. 合理配置公共资源

国家公共资源对社会建设的投入，是社会建设最重要的财力资源保证。加大国家公共资源投入社会建设的力度，首先要科学认识这种投入的性质和意义。社会建设投入绝不意味着公共资源的纯粹消耗。与经济建设投入一样，社会建设投入具有很强的生产性功能，即推动人民福利的共同增长，促进社会机会获得的公平公正，实现社会结构的转型优化和利益关系的良好调节，从而能够为经济社会持续健康发展培育新的动力源泉。进而言之，社会建设投入所获得的产出，是服务于整个社会并且具有长远意义的公共产品，具有最大的包容性和共享性。而且，政府职能的转变也必然要求国家公共资源配置结构的重大调整。

客观地说，改革开放以来，中国投入社会发展领域的公共资源一直呈增长趋势。例如，社会文教支出占国家财政总支出的比重，从 1978 年的 13.1% 上升到了 2006 年的 26.8%。然而从社会建设的需要来说，中国公共资源的投入仍然不足。据经合组织统计，2005 年，经合组织中 26 国公共财政社会净支出相当于国民总收入的比重平均为 25.5%，其中韩国的该比重较低，为 9.5%，法国的该比重高达 35.3%。在中国的各项公共财政支出中，有四项支出明显属于社会支出，即教育支出、社会保障和就业支出、医疗卫生支出和城乡社区事务支出，2009 年此四项支出合计 27146.1 亿元，相当于当年国民总收入的 7.9%。可见，中国公共资源配置结构还有巨大的调整空间。

在满足社会建设需要的同时，避免社会建设投入给国民经济造成过大压力，应考虑在未来五年内逐步将中国社会建设净支出占国民总收入的比重提高到 12% 左右。为此，要进一步调整公共财政支出的结构。今后五年中，应考虑将公共财政支出中的社会支出比重提高到 60% 左右（2009 年该比重为 35.6%），同时将经济建设支出、行政管理支出和其他支出的比重都控制在 10%~15%。从国际比较看，这样的结构有利于公共财政资源较多地投入社会建设。例如，2005 年，美国联邦、州和地方政府财政支出中，经济性支出占 8.4%，政府性支出占 6.5%，社会支出占 58.9%，国防支出占 10.2%，其他支出占 16.0%。

政府间财政支出结构是一个广受争议的问题，中央集中财力过多往往被认为是政府间财政支出结构不合理的主要原因。然而，从统计上看，改革开放以来，中央财政支出占全国财政总支出的比重一直处于下降趋势，到 2009 年仅为 20%，地方政府支出占 80%。如果考虑预算外支出，则地方政府支出比重将会更大。2009 年，全国预算外支出中，中央政府仅占 6.3%，地方政府占 93.7%。中国政府间财政支出结构问题主要在于省、地、县三级政府支出结构不合理，根据 2008 年 16 个省和自治区的统计年鉴提供的数据计算，2007 年，省（区）级政府本级财政支出比重平均为 25.1%，地（市、州、盟）级政府本级财政支出比重平均为 24.4%，县（市、区、旗）级政府支出比重平均为 50.5%。调整政府间财政支出结构，有两种思路可供选择。第一种思路是在维持现有中央与地方政府公共支出结构的前提下，降低省、地两级政府支出比重，提高县级财政支出比重，实现公共财政资源向基层倾斜；第二种思路是降低地方政府支出比重，提高中央政府支出比重，同时由中央政府直接担负更多的社会公共服务供给职责。在当前社会公共服务供给职责严重下沉的情况下，第一种思路不失为现实的选择。然而，从长远看，第二种思路更为可取，更有助于在全国范围内实现公共服务供给的均等化，尤其是社会保障的全国统筹。实际上，在成熟的市场经济国

家，中央（联邦）政府的财政支出比重一般都在60％左右，同时，中央（联邦）政府直接承担着广泛的社会服务供给职责，这也是这些国家的社会公平程度更高的重要原因所在。

2. 有效动员社会资源

对于社会建设来说，非公共的社会资源也是重要的资源来源。从国际经验看，社会资源投入主要有三种来源：一是各种机构的内部社会建设投入，例如作为现代企业社会责任组成部分的企业社会建设投入；二是以成立各种民间非营利组织为途径和方式的社会投入，这些组织在启动以后一般可以通过非营利的有偿服务来自我维持和发展；三是各种形式的社会捐赠，包括慈善捐助。

非公共的社会建设投入，从有形的价值量上看，不可能成为一个国家社会建设的投入主体。例如，据经合组织统计，2008年，该组织中26个成员国的非公共社会总投入占国民总收入的比重平均为3.8％，净投入所占比重为2.9％，远低于公共社会投入的相应比重。但是，非公共的社会投入具有更为重要的社会价值，即体现社会的广泛动员和参与，能起到凝聚人心的作用，我们应当予以高度重视。

比较起来，中国的非公共社会建设投入还是比较有限。例如，据统计，2009年中国慈善捐助总额509亿元，相当于同期GDP的0.17％，国家财政总收入的0.75％。而同期美国社会慈善捐款总额达到3000亿美元的规模，占当年美国GDP的2％左右，相当于美国财政总收入的10％。因此，如何在体制机制方面进行改革创新，推动企业等机构的内部社会建设投入，发展民间社会组织，培育社会捐赠文化，畅通社会捐赠渠道，从而更好地动员社会资源投入社会建设，是中国加快社会建设步伐所迫切需要研究的一个重大课题。

3. 培育发展职业化、社会化和专业化的人力资源

社会建设需要人力资源的巨大投入。一般而言，社会建设的人力资源由职业化和社会化的人力资源组成，职业化的社会建设人力资源是指各种就业于社会建设各专门领域的人才队伍；而所谓社会化的人力资源，则是指以各种非职业化方式参与社会建设的人员，具有代表性的是各种志愿者。

（1）职业化。职业化的社会建设人力资源主要来自政府相关部门、公办社会事业服务机构、官方社会团体和群众组织、基层社区自治组织以及民间非营利社会组织。目前，政府相关机构工作人员、公共事业单位职工队伍、公共财政支持的群团组织和中介组织工作人员、城乡基层社区自治组织工作人员、非营利民间社会组织专职工作人员的总量在4000万人以上，占全国就业总人数的6%左右。作为中国社会建设的职业化人力资源存量，其规模相当可观。但从实际需要来看，还远远不够。以经合组织国家为例。2007年，该组织29个主要成员国在教育、卫生和社会工作等领域就业的劳动力所占比重平均达到23%左右，当然其中包括了营利性机构的工作人员，但即使按二者规模大致相当来估计，非营利的教育、卫生和社会工作等领域的就业人员比重也应当在12%左右。据此预测中国对职业化社会建设人力资源的需要，应在现有水平上翻一番，并且主要应当在社会工作等领域增加人力资源。目前，国家计划培养300万的社会工作者队伍，这主要是从政府需求角度考虑的结果；实际还有大量非营利民间社会组织也同样需要职业化的各类社会工作者，且其需求规模会更大。

（2）社会化。社会化的社会建设人力资源以各类志愿者为代表。近年来，中国社会志愿精神有了较大发展，志愿者人数迅速增长，到2009年，全国规范注册的志愿者总数已达3047万人。从国际经验看，志愿者队伍是非常重要的社会凝聚力量。当然，与许多国家相比，中国社会的志愿精神和志愿者队伍的发展都比较滞后，亟须加快培育志愿精神，发展志愿者队伍。同时，必须注意到，社会化的社会建设人力资源并不限于志愿者队伍，社会建设是全社会的事业，社会利益关系的调节、社会冲突矛盾的化解、公民素质的提升、新型社会规范的形成以及对社会建设工作的社会监督，都需要全体公民的广泛参与。

（3）专业化。社会建设人力资源的专业化，主要是指职业社会建设人才队伍的专业化，特别是专业社会工作人才队伍的建设。社会建设是一种新的社会发展战略，相关从业人员需要更新观念、更新知识、增强技能、提升素质，成为社会建设各领域专业人才。职业社会建设人才队伍实现专业化，一方面要通过常规教育体系的持续培养，另一方面需要加强相关培训。包括广大志愿者在内的非职业社会建设参与者，也需要在知识和能力等方面接受一定程度的训练，更要形成积极参与的氛围。现代公民意识的养成、公民社会行为规范的内化、基本参与知识和技能的掌握，是建设好非职业社会建设人力资源的基本要求。要把这些内容纳入整个现代教育体系，通过教育体系传播公民知识、培育公民意识、塑造公民人格。

4. 拓展和完善制度资源

（1）继续完善社会建设基本法律体系。要进一步完善国家宪法和相关法律法规，构建现代公民权利体系，作为社会建设法律和制度体系的基础、目标和社

会建设成效的检验标准。现代社会公民权利主要包括三方面内容：民事权，即公民个人的基本人身权利和财产权；政治权，即公民的平等政治参与权；社会权，由获得经济福利、社会安全以及享有达到通行标准的文明生活等权利组成。中国现行宪法和法律总的来说对这三组公民权利都有相关规定，需要进一步整合，有些涉及公民平等权利的法律还需要进一步明确。

（2）直接规范社会建设实践的社会立法体系。从法理的角度看，与社会建设相关的立法都属于社会立法范畴，包括劳动就业和培训立法，反贫困、家庭补助、住宅立法，教育立法，医疗卫生事业立法，社会保障立法，社会组织立法，慈善事业立法，企业社会责任立法等。目前，中国社会立法需要解决的主要问题有两个。一是各领域立法的整合程度较低，与公平正义的基本要求还有距离，需要对现行法律、法规和政策进行清理、整合和完善，提升它们的公平正义水平。二是部分社会建设领域只有法规、条例、规划纲要甚至政策方案层级的规范，例如在收入分配、劳动培训、住宅、医疗卫生事业、社会组织和企业社会责任等方面就是如此，现在亟须将它们提升到国家法律层级，尤其要抓紧研究制定社会组织基本法，在社会组织的登记注册、人才使用、税费缴纳和过程管理等方面提供有利于它们健康发展和发挥作用的基本规范。

（3）建立健全社会建设保障制度和政策体系。在这一层次，财税体制、投入体制、人才制度以及信息公开制度尤为重要。与社会建设相关的财税体制改革核心是向政府以外的社会建设参与主体提供税收支持。例如，对机构和个人的慈善捐助和社会组织募集的资金给予税费减免待遇等。投入体制主要是指公共资源尤其是国家财政预算对社会建设投资的制度化安排。人才制度建设的重点，一方面是要为社会建设职业人才队伍的成长提供制度条件；另一方面是要把社会组织尤其是民间社会组织员工的劳动就业、技术职称和社会保障等纳入全国统一的制度体系，保证社会组织能够吸引人才、留住人才，发挥人才的积极性。

四 现阶段中国社会建设的若干经验

开展社会建设，是一种具有中国特色的社会发展道路探索。中国改革开放的一个重要经验，就是"摸着石头过河"，注重基层实践经验，把自上而下的推动与自下而上的经验结合起来。近若干年来，各地在社会建设方面进行了多方改革和探索，形成了一些新的经验和做法，值得认真总结。

1. 北京市构建社会建设组织架构、创新社会组织管理体制的经验

北京市在社会建设实践中进行了多方面的改革尝试，构建新型的社会建设组织架构和创新对非营利社会组织的管理，是其中值得高度关注的两种主要做法。

在建构新的社会建设组织架构方面，北京市委、市政府在认真总结经验和充分调研论证的基础上，报经中央有关部门批准，于 2007 年成立了北京市委"社会工作委员会"，这是我国地方政府成立的第一个类似机构，它是一个与市委组织部、宣传部、统战部同样级别的实体机构，同时也是市政府的"社会建设办公室"。这个机构的主要任务是：着力搭建宏观管理平台，研究制定首都社会建设的总体规划；着力加强基层基础工作，加强城市社区建设；着力扩大载体，积极培育各类社会组织；着力加强"两新"组织（即"新经济组织"和"新社会组织"）党的建设、加强社会工作者队伍和社会志愿者队伍建设；着力加强社会建设的薄弱环节。

在社会组织管理体制机制创新方面，北京市的基本方针是"一口审批、分类规范、政府监督、扶持发展"。围绕这一基本方针，北京市主要从三个方面改革完善社会组织管理体制和机制。首先，出台《北京市关于构建市级"枢纽型"社会组织工作体系的暂行办法》，推动"政社分开、管办分离"，逐步将政府部门对一般社会组织的主管权转移给一些重要的社会组织——即所谓"枢纽型"社会组织。北京市原有 100 多个政府部门有资格成为社会组织主管单位，按照改革方案，除少部分有特殊职能的部门外，从 2009 年起，大部分行政部门原则上不再接收新的社会组织申请，其主管的社会组织也逐步脱钩，交由相关市级"枢纽型"社会组织管理。其次，改革社会组织登记注册制度，加快社会组织发展。北京市社会建设办公室、北京市民政局于 2009 年 4 月启动社会组织设立"一站式"服务大厅，集中开展社会组织设立的政策咨询、业务审查和登记审核等工作，实行"'一站式'服务、联合审查、20 个工作日回复"的新机制，特别是帮助符合条件的社会组织协调确定业务主管单位。另外，在中关村国家自主创新示范区开展民政部门直接登记试点工作。再次，建立健全税收减免优惠制度，减轻社会组织的负担。2008 年度，全市有 31 个非营利社会组织获得免税资格；2009 年度，全市有 38 个组织获得免税资格，另有 113 个组织获得公益性捐赠税前扣除资格，总计 182 个组织获得税收减免资格。

2. 上海市推动社会工作职业化的经验

社会工作是社会建设实践的重要组成部分，而职业化则无疑是社会工作得以迅速发展和有效发挥作用的重要途径。在这方面，上海市的发展走在了全国前面。

1993 年以来，上海社会工作社会工作职业化进展显著，一大批职业社会工作者和社会工作相关从业人员活跃在社会福利、社会救助、慈善事业、残障康复、优抚保障、社区建设、心理疏导、司法矫正等重要领域，帮助个人、家庭、特定群体等服务对象解决困难和问题，较好地起到了协调社会关系、解决和预防社会问题、化解社会矛盾、促进社会和谐进步的作用。

概括起来，上海市推动社会工作职业化发展的实践，主要在三个方面取得了进展和好的经验。一是社会工作相关制度、体制和机制建设注重整体配套，建立了比较规范的职业社会工作者制度。二是社会工作队伍建设形成多层次广泛参与的结构。第一个层次是通过职业资格考试的人员，已有上万人获得了社工师、社工师助理或社工员资格，注册社工达到数千人，他们是社会工作的专业队伍；第二个层次是初步具有社会工作理念和方法，正在向职业化和专业化方向迈进的社会工作人员，全市约有 4 万人，其中民政系统的社区建设、社会福利、流浪救助等领域约有 2.2 万人，政法系统的司法矫治等领域 1400 多人，劳动与社会保障部门的就业服务等领域约 8000 人，人口计生系统 6500 多人，残联 1000 多人，妇联系统 200 多人，他们是上海市社会工作人才队伍中的基础力量；第三个层次是社会工作领域的相关从业人员，规模巨大，估计约有 50 万人。三是社会工作组织体系建设注重发挥社团组织的作用，基本做法是"党委统一领导、政府主导推动、社团自主运作、社会广泛参与"。

3. 辽宁省建设"民心网"的经验

2004 年，辽宁省纪委、省政府纠风办开通了"民心网"，接受群众网上投诉。开通仅两个月，就受理行风举报投诉 263 件，受理数量是上年全年的两倍多。"民心网"从网上接受大量投诉，然后把这些投诉分门别类地转送到相关部门去解决，并对办理和处理过程进行实时监督。投诉转到什么部门，几天有答复，处理结果是什么，在网上都一目了然。

"民心网"积极搭建省、市、县三级政府部门与该网的联网工程。目前，联网点已达 1500 多个。通过联网点，启动直转直办，最大限度地发挥了基层联网部门的积极性。"民心网"还制定了对问题处理的五星级评价制度，把群众诉求的解决效果和群众满意度进行科学量化，在"民心网"上公开排名，客观上形成群众舆论压力，促使各级政府部门积极解决群众诉求。截至 2009 年 4 月 20日，"民心网"通过"全天候"公开受理群众关于不正之风问题的举报投诉，经有关部门调查核实，已有 422 人受到党纪政纪处分，1128 人受到组织处理；收缴违规违纪金额 1.21 亿元，清退违规违纪收费 6868 万元，从源头上治理取消不合理收费 2.2 亿元。

随着"民心网"在群众中知名度不断提高，举报投诉量不断增加，"民心网"进一步把解决群众投诉问题与提供公共服务结合起来，走出了一条利用网络平台进行社会管理和提供公共服务的新路。同时，"民心网"也为社会建设的社会参与机制、需求响应机制以及监督监管机制的有效发挥作用提供了条件。

4. 浙江温岭市发展基层协商民主的经验

1999 年发端于浙江温岭的基层民主恳谈会，作为一种协商民主形式和机制，是一种力图让普通民众平等参与地方公共事务决策过程和政府有效地吸纳民意的尝试，引起了国内外广泛的关注。

在各种民主恳谈形式的平等协商行动中，关于企业工资决定和政府预算形成的平等协商的意义最为重大。浙江温岭市是私营经济发展较快的地方，劳动密集型企业占有巨大份额，劳资矛盾广泛存在。进入 21 世纪以后的头几年，这些问题变得尤为突出，各种规模的工人罢工和集体上访事件频发，更多劳工选择"用脚投票"，频繁跳槽，企业则陷入用工严重不稳和短缺、互相挖人和哄抬工价的恶性竞争。为了解决好这些问题，在个别企业试点的基础上，温岭市政府把工资民主协商机制引入行业层次，组建业主行业协会、工人行业工会，形成行业集体协商主体，然后，组织劳动部门专家对行业各工种和工序的劳动定额进行测算，形成初步工价。在此基础上，行业协会与行业工会进行多轮次平等协商和民主谈判，确定各方都能接受的工价。同时，行业工会和行业协会还约定，每年就调整行业职工工资（工价）进行一次集体协商，保证职工工资（工价）与企业效益的增长相适应。工资集体平等协商制度的引入有效减少了劳资矛盾，劳资纠纷引起的上访大幅度下降。

把协商民主机制引入乡镇预算形成过程，是温岭市民主恳谈机制向纵深发展的重要标志，在温岭形成了一种独特的乡镇政府预算民主制度。2005 年 7 月，温岭市新河镇运用民主恳谈方式审议镇政府年度预算，在国内首开预算民主的先

河。2006 年，新河镇对这一制度进行了完善，形成了一整套的机制。2008 年启动的泽国镇民主恳谈会则进一步提高了民主化的程度，该镇采用在 12 万农村居民中随机抽样的方式抽取参与预算民主恳谈代表的机制。几年来的实践表明，这种参与式预算民主是有成效的，能够更好地反映群众的需求，使乡镇预算更加合理，支出结构得到改善优化。

5. 江苏南通市构建"大调解"网的经验

随着工业化和城镇化的快速发展，社会矛盾不断增多，为适应发展和化解矛盾，2003 年 4 月江苏南通市在全国率先建立社会矛盾大调解机制，创建了"横向到底、纵向到边"的覆盖城乡的六级大调解网络。

南通的经验是把调解的重点放在基层。大量调研显示，80% 的社会矛盾纠纷发生在基层，过去县级调处总量占大头、乡镇与村级调处占小头，呈现倒金字塔形。要使这种结构得到根本性扭转，必须加强乡村调解。从 2007 年起，南通市村民委员会和居民委员会普遍推行"1122"专职队伍建设新模式，即每个村配备 1 名综合治理专干、1 名民警、2 名专职保安、2 名专职调解员。目前，全市 1990 个村民委员会和居民委员会总共配备起 3216 名专职调解员。这些专职调解员，大多为来自辖区的内退休法官、检察官、警官、律师、法律工作者和有一定法律专业知识的老干部。南通市给予政策扶持：专职调解员报酬由市镇两级财政各出一半，一般每人每年在 5000 元左右。

南通市创造的"大调解"制度，有效避免了群众走"上访"道路和"打官司"解决问题的高成本，形成了把问题和矛盾解决在基层的新机制。

五 当前社会建设的工作重心

社会建设是一项长期的社会发展战略，涉及诸多领域，需要分阶段、有重点地实施。从政府层面来看，现阶段的焦点任务，一是要实现工作重心的调整，把社会建设工作放在更加重要的位置来抓；二是要从制度建设、组织建设和人才建设等方面，为社会建设战略的顺利实施打好基础；三是要加快政策体系创新步伐，解决好当前突出的重大现实问题。

工作重心调整的关键在于政府职能进一步转型，将工作重心从单一经济建设转向经济建设与社会建设并重，并尽可能多地侧重社会建设。改革开放之初，我们党果断把工作重心从"阶级斗争"转向经济建设，取得了举世瞩目的伟大成就；今天，我们党需要以巨大的决心和勇气，再次调整工作重心。从全国来说，中央政府的工作重心调整要走在前面，要切实转变职能，打造服务型政府。要强化社会建设相关职能部门，组建全国社会建设工作领导机构，具体负责领导、规划、组织和协调实施社会建设战略。在地方层面，不同地区的经济社会发展水平存在差异，调整政府工作重心的进程会有一定落差。经济发达地区可先行一步，尽快实现政府职能转变，把社会建设工作放在更加重要的位置上抓紧抓好。欠发达地区的经济建设工作，在某种意义上还是重中之重，但是要注意解决好两个方面的问题：一是在大力发展经济的同时把社会建设工作提上重要议程，有意识地促进经济社会协调发展；二是在发展经济的过程中，尽快转变工作方式，贯彻落实以人为本的科学发展观，推动经济发展方式转型，避免所推行的经济发展措施在获得经济增长之时侵害人民群众的权利和利益。

1. 制度建设

制度建设是落实工作重心调整的重要途径。目前社会建设领域的制度建设重点有三个。一是进一步完善公民基本权利保障制度体系，促进全体公民权利平等，尤其要切实消除传统城乡二元社会结构和相关制度安排造成的城乡居民权利不平等。要进一步确立相关法律体系的权威和效力，消除居于下位的各种法规、条例和政策与上位法确立的公民权利之间的冲突，例如，在快速城市化进程中，有关征地、拆迁的各种条例和政策，应当充分尊重物权法、农村土地法等法律的规定。二是进一步完善社会立法，构建现代社会立法体系。目前尤其要加快社会组织立法进程，尽早制定颁布社会组织基本法，按照多元发展、独立自主、完全法治的要求培育发展民间组织，重新审视社团管理的某些基本理念和制度规定，改革双重管理体制，放宽入口管理，强化过程管理和监督。三是进一步建立和完善社会建设保障制度体系。在社会管理层面，要加快制度改革，为政府社会管理、社会自我管理以及它们之间的相互关系做出合理的制度安排，推动政府社会管理创新，强化社会参与、社区自治和社会自我管理。在资源配置层面，要进一步提升财政预算的法制化程度，建立现代公共财政，加快提高社会建设支出在公共财政支出中的比重。要建立和完善社会资源动员制度，在捐赠、受赠、税收等环节构建有利于社会资源动员的制度环境。另外，增强公共财政和税收制度对民间社会组织的支持力度，也是社会建设保障制度体系建设的当务之急。

2. 组织建设

社会建设领域的组织建设，关键是要建立和完善社会建设的组织架构，形成三大部门分工合作的组织格局，逐步推动社会建设和治理从第一部门"包打天下"的单一中心模式向三大部门共同参与的多中心模式转变。目前，建立社会建设组织架构的重点在于大力发展第三部门。可以说，第三部门的四大类机构和组织都有发展的空间。各类事业机构要进一步明确在社会建设实践中的功能定位，增强服务能力，提高服务质量，强化管理，提高效率。各类官方半官方群团组织、行业协会和其他中介组织，一方面要继续做好党和政府联系人民群众的桥梁和纽带，协助进行行业管理和中介服务；另一方面要增强为相关社会群体服务的意识，不断提高服务能力和水平，一些组织还要加快进行"政社分离"的改革，完成作为社会组织的角色转换。基层社区自治组织要进一步提高民主自治水平，推进参与式的社区治理，搞好社区社会服务，维护社区成员合法权益，促进社区整合和社区秩序。非营利民间社会组织建设是第三部门组织建设最突出的重点领域，在这方面，需要一系列的制度改革和政策创新，促进其发展，满足社会建设的需要。2009 年，全国在民政部门登记注册的民间社会组织为 43.1 万个，登记注册社会组织密度为每万人口 2.94 个，远低于世界上许多国家的水平，例如，法国为每万人口 110 个，日本为每万人口 97 个，美国为每万人口 52 个，印度为每万人口 10.2 个。中国非营利民间社会组织创造的增加值仅占国内生产总值的 0.15%，而世界各国的该比重平均达到 4.6%。这些都表明中国民间社会组织发展得还很不充分。当然，由于现行管理制度不太合理，中国还有一部分民间社会组织被迫在工商行政管理部门登记注册，更多民间社会组织则根本不登记注册，或者挂靠于其他机构和组织，或者处于"法外"生存的灰色状况，这些情况则表明中国社会对民间社会组织发展有着巨大的需求。如果中国登记注册的民间社会组织密度达到印度的水平，按照现阶段的总人口规模，登记注册民间社会组织可以达到 130 多万个。

3. 人才建设

人才建设工作的重点是社会建设专业人才队伍建设。目前中国社会建设专业人才队伍远远不能满足社会建设对人才的实际需要，因此中央提出要培养 300 万人的社会工作人才队伍。正规学校教育和职业培训是发展社会建设专业人才队伍的主要途径。目前，全国高校社会工作系和社会工作专业总计约 200 个，在校学生约 4 万人，每年大约有 1 万人毕业。按照这样的培养规模和速度，需要大约 300 年才能完成中央提出的任务。可见，进一步加大高校社会工作教育发展力度，是一项非常紧迫的任务。当然，社会建设工作专门人才队伍并不等于社会工作者队伍，它的建设涉及许多其他专业领域。因此，除了发展高校社会工作教育之外，整个教育体系都需要在传播社会建设理念和知识、培养社会建设专业能力方面做出努力，包括设置新的课程，或者在现有相关课程中增加社会建设相关知识内容，具体办法需要组织科研教学人员进行广泛深入的调查研究。同时，还要大力发展职业培训，弥补正规学校教育不足。社会建设工作必然要以现有相关人力资源为基础，因此必须大力发展相关职业培训，来提高他们的专业化水平。

4. 公共社会政策体系创新

要落实社会建设的相关制度安排，发挥相关运行机制的作用，还需要以公共社会政策体系创新作为联结制度与实践的主要环节。按照比较通行的划分方式，政府的公共政策被分成政治政策、经济政策、社会政策、文化政策等领域。其中，社会政策主要包括人口和城乡管理政策、就业和劳动关系政策、收入分配政策、社会保障和社会救助政策、教育培训政策、医疗卫生政策以及环保政策等，社会捐赠和慈善相关政策也属于社会政策领域。应当说，在社会建设的实践中，中国已经形成了比较系统的社会政策。但是，还有一些非常尖锐的社会问题尚未获得很好的解决，如城乡关系问题、劳动关系问题、收入分配问题、环境保护问题等；一些问题出现新的变化，例如，人口问题正在从数量过大、增长过快的问题转变为人口素质问题、人口结构问题以及老龄化问题。要解决好这些问题，一方面要立足长远，逐步建构和完善社会立法体系；另一方面要立足现实，不断进行政策创新，把已经制定的社会立法和制度安排付诸实践，并为未来新立法和制度创新提供经验，指明方向。

The Framework Design for China's Contemporary Social Construction

Abstract：Social development is an important part of the theoretical system of "Socialism with Chinese Characteristics". Since China adopted the "opening up policy", our country has adhered to the great emphasis on economic construction. To these days,

the issue of social construction has been raised to a prominent position and has been given special attention. This becomes an essential requirement when China's social and economic development moves forward to a new stage. Compared to economic construction, social construction is a relatively new area without a complete theoretical framework. The paper attempts to propose a theoretical design for social construction framework. The main focuses of the paper include the important components of social construction, its organizational architecture, guarantee on resources, and the priority of our future work.

Key Words: Social Construction; Society Management; Improvement on People's Wellbeing

2010 年中国互联网舆情分析报告

祝华新　单学刚　胡江春*

摘　要：2010 年，中国互联网舆论继续保持了高速发展的态势，在网民数量持续攀升、权利意识不断提高、热点话题层出不穷的背景下，微博客等新兴网络平台发展迅猛，网络"意见领袖"发生分化，改变着传统的社会舆论格局。"网络问政"大潮初涌，政府和企业对网络舆论的应对和引导仍处于不断探索之中，经验、教训并存。

关键词：微博客　意见领袖　词媒体　网络问政

中国正在成为世界上少有的一个舆论超强磁场。截至 2010 年 6 月 30 日，中国的网民达 4.2 亿人，互联网普及率达到 31.8%，① 继续超过世界平均水平。某个突发事件在网上刚一曝光，即可迅速引爆全国舆论，把地区性、局部性和带有某种偶然性的问题，变成全民"围观"的公共话题，甚至变成需要中央政府出手干预的公共事件。很多突发事件只要涉及官员、警察、城管、司法、央企、富人、下岗工人、小商贩、农民工、房价、物价等敏感因素，很容易引发铺天盖地的舆论声浪。在这种形势下，追踪研究网络舆情，有利于把握社会发展的脉搏和"痛点"，找到官民对话和互动的桥梁，找到为社会"活血化瘀"的疗法。

一　年度 20 件网络热点事件

近一年来，由于媒体报道和互联网的议论经常受到抑制，舆论似乎没有 2009

---

* 祝华新、单学刚、胡江春，人民日报网络中心舆情监测室研究人员。

① 中国互联网络信息中心（CNNIC）《第 26 次中国互联网络发展状况统计报告》。

年"欺实马"事件、邓玉娇事件、"钓鱼执法"事件的力度大。但根据五大网络社区和新浪微博客的统计,一年来围绕热点事件的发帖数量依然有较大增长。

由于纳入了微博客,为了便于比较,此次统计的帖子包括了主帖和跟帖。在20大热点事件中,帖子超过5万条的热点事件有13项,其中发帖超过10万条的事件有7项,超过100万条的有2项(见表1)。这些热点事件主要涉及公民权利保护、公共权力监督、公共秩序维护、公共道德伸张等一系列重大社会问题,体现了中国网民积极的社会参与意识。

表1 年度网络热点事件排行榜

单位:人次

序号	事件/话题	天涯社区	凯迪社区	强国论坛	新浪论坛	中华网论坛	新浪微博客	合计
1	腾讯与360互相攻击	477000	6592	3213	240861	42312	2605482	3375460
2	上海世博会	149093	6547	10472	7824	13838	1061019	1248793
3	网络红人"凤姐"	22600	2169	756	10509	6374	570050	612458
4	李刚之子校园撞人致死	25641	4982	2154	5864	16870	144840	200351
5	富士康员工跳楼	33800	4072	16900	5015	23211	57327	140325
6	袁腾飞言论惹争议	2522	1352	18400	1493	66973	45163	135903
7	北京查封"天上人间"	13400	1840	2350	5869	9504	82932	115895
8	郭德纲弟子打记者事件	30400	3636	2873	4835	15235	29550	86529
9	唐骏"学历门"	821	3620	1976	1309	2746	72657	83129
10	宜黄强拆自焚事件	22100	2416	1919	608	6452	44990	78485
11	方舟子遇袭	1248	1994	12300	2809	16433	43293	78077
12	张悟本涉嫌虚假宣传	11900	2777	549	1220	3386	36465	56297
13	各地校园袭童案	14100	848	642	2221	1524	32141	51476
14	安阳曹操墓真伪之辩	15900	2520	554	1090	1857	27861	49782
15	山西"问题疫苗"	6542	2856	1117	517	1792	35939	48763
16	商丘赵作海冤案	10400	3825	1386	1759	2984	23094	43448
17	王家岭矿难救援	11800	1452	874	647	3631	18076	36480
18	谷歌退出中国	10500	2182	914	1254	3555	15323	33728
19	唐福珍自焚	11000	5562	2230	1083	1658	9651	31184
20	部分地区罢工	10729	4080	661	3199	7124	4167	29960

注:(1)入选舆情指的是较为具体的事件,庞大且笼统的事件只选取其中具体事件。

(2)以上数字包含主帖和跟帖。

(3)此数据通过设置多个关键字多途径、全文搜索得出统计结果,并剔除了重复的帖子。

(4)随着网络热点事件的发展,有可能衍生出网络新词,存在一些帖子并不是讨论该事件本身,而是引用网络新词的状况,这里也一并计入。

(5)以上数字不包含已被社区管理员从根目录彻底删除的帖子,但包括删除后还存在"快照"的帖子。

(6)统计数据截至2010年11月8日24时。

网络热点事件也充分体现了网络的特点：与网民这一群体利益密切相关的事件，无论是事件的数量，还是事件的热度，都占据明显的优势。如"腾讯与 360 互相攻击"和"网络红人凤姐"热度排序分别为第一位和第三位。

二　年度网络热点事件领域分布

1. 讲述小康生活的苦乐，草根民众相互取暖

互联网正在成为老百姓的"自媒体"（We Media），① 普通网友从传播媒介的"旁观者"转变为"当事人"，通过博客、微博客、BBS、音视频等自主发声的网络平台，讲述各自的生活经历和心理感受。

带有市民消费色彩的上海世博会，借助新媒体的广泛应用，成为平民的网络狂欢。新浪网博客中有关"世博"的博文达 87 万篇。在百度视频搜索中，相关视频总量达 19 万个，而 SOSO 相关视频搜索多达 67 万个。网民甚至捧热一个另类的世博游客形象"小月月"，她举止粗俗却自我张扬，其娱乐性超过先前的一些网络名人，无论是否炒作，都属于网民对当今世俗生活情态的审视和调侃。

浙江宁波一个落魄街头的流浪汉，被摄影爱好者拍照传到网上，"忧郁眼神秒杀网友"，被戏称为"犀利哥"。网民"恶搞"出很多"犀利哥"嵌入好莱坞大片和歌星演唱会的 PS 图片。在网络亢奋背后，是对弱势群体的深切同情。在互联网的撮合下，"犀利哥"与闻讯赶来的亲人相认，回到了离散 11 年的老家。

北京两名流浪歌手光着脊梁翻唱歌曲《春天里》的视频，引出"史上最干净的跟帖"，没有网上常见的愤世嫉俗和相互攻击，只有深深的感动。农村网友想起进城后满腹的委屈无处诉说，漂泊多年依然居无定所，生活在别人的城市，只有那未知的明天。而城市网友感叹："他们辛勤地劳作，赚点微薄的工资；每个月的某一天都会到邮局排队，寄钱给家人，给小孩买文具、买衣服，养家糊口。自己在工地受伤也不敢告诉家人，真的很伟大！"湖南省委书记向大学生村官推荐这首《春天里》，要求他们"接地气"，感受社会底层"对梦想执著追求的生命力"。

---

① Dan Gillmor, 2004, We Media: Grassroots Journalism by the people, for the People. O'Reilly & Associates.

网民在网上相濡以沫，相互取暖。天涯社区出了一个时光倒流的幻想帖《我要回到 1997 年了，真是舍不得你们》，寥寥数语，竟然引出 3.1 万条跟帖，277.3 万人次访问，逝去的亲情、友情、事业特别是低价购房机会，让无数人"泪奔"。

2. 反映基层官民关系，在不满中寄予期待

2010 年 10 月 16 日晚，河北大学校园内发生了一起车祸，肇事者李启铭系醉酒驾车，撞死撞伤各一名女生后逃逸，被拦下后嚣张地宣称"我爸是李刚"。李刚是事发地河北保定市某公安分局副局长。只因这一句话，点燃了网民积郁的心火。猫扑网发起"我爸是李刚"造句大赛，应者云集，一周内涌现出 36 万条造句，唐诗、宋词、流行歌曲乃至广告语，无一不被网友们改成"李刚版"。此事终于成为与 2009 年邓玉娇案相类似的群体泄愤事件。

2010 年 3 月福建南平市发生的屠童惨案，迅速波及南平官场。南平市委书记在医院慰问受伤儿童时，一名中年妇女下跪喊冤而被工作人员架开带走，女书记表情淡定，引起网友不满。很快，一篇题为《福建公选出史上最年轻的县长——市委书记的儿子》的帖文在网上流传开来，推测共青团福州市委副书记 27 岁就被选为副处级干部，或与其母亲的背景有关。如果不是长期以来基层官民之间的隔阂和对峙情绪在发酵，网民不可能把对凶杀案的怒火忽然抛向官场，转向质疑官场的纯净。

对官民关系杀伤力最大的，是拆迁暴力和征地补偿问题，由于公权力过于强势，这类事件多发生流血冲突。过去的一年中，在四川，自唐福珍自焚后，又有峨眉山村民集体自焚。在河南，同样为征地问题，睢县乡长拘留农民，新郑市的镇党委副书记拘留农妇。在江苏，东海县拆迁户父子自焚，宿迁拆迁户杀人。在河北，邢台铲车碾压拆迁户。在广西，北海市白虎头村委会主任带队，村民集体抵抗政府低价强征土地。在辽宁，抚顺少年为征地问题杀死截访者；庄河市千名村民因征地补偿和村干部涉嫌腐败问题，到市政府大楼前集体下跪，请求市长接见。这类问题在网上闹得沸沸扬扬，已经成为官民关系的一个滴血的伤口，在一些地方甚至危及基层政府的执政合法性。而庄河市千名村民集体下跪，则很微妙地表露了人们对于政府的某种信任，期待政府能为他们主持公道。

3. 农民工新生代权利意识觉醒，同时亟须心理救助

在近一年的网络舆论中，劳资问题上升为官民矛盾之后占第二位经常引发冲突的焦点。与 2009 年通化钢铁公司原国企员工打死民营资本总经理不同，2010 年的劳资纠纷和劳工权益事件的主体是农民工，准确地说，是 "80 后" 和 "90 后" 的 "农二代"，他们比父辈有更强的权益保护意识。以他们为主体，2010 年在沿海一些外资企业发起罢工，让媒体和网络惊呼中国廉价劳动力、低人权保障的经济模式面临拐点。

2010 年连续发生的富士康员工跳楼事件后，自发组织的 "网友观察团"，潜入富士康做社会调查。有人抨击企业无良，但更多网民意识到，就员工薪酬和劳动强度而言，富士康远称不上 "血汗工厂"。尽管时有员工自杀，仍有更多的农村青年在富士康门口排队希望被录用。网上一些 "意见领袖" 分析，富士康的悲剧更多源自农民工进城后的尴尬处境：工业化流水线上的 "高密度生存"，割断了农村的亲缘，又看不到在城市安家的可能性，陷入 "身份认同危机"。在这种情况下，他们亟须心理救助。

4. 社会不公状况加剧，草根暴力表达蔓延

目前中国社会最突出的问题之一，就是社会分配不公和机会不均等，网民对此有痛切的感受，就像最近网上流行的一个段子说的那样："世界上最远的距离，是我俩一起出门，你买 '苹果 4 代'，我买 4 袋苹果。" 网民对此最容易提出质疑。例如，山东新泰市被提拔的几名副局长和法院副院长，被质疑为凭借其特殊的干部家庭背景；温州市龙湾区被曝光曾经专场招录 "副科级以上领导干部子女"。

在过去一年中急剧恶化的高房价，产生了最大的社会不公。一方面，是少数官员和富人占有多套住房，而普通民众面临的是北京 "胶囊公寓"、深圳 "箱居"、上海征婚帐篷、郑州 "地下标间"，大学毕业生逃离北（京）、上（海）、广（州）等。房价重创新生代对人生、对社会的信心。另一方面，中产阶层的被剥夺感，在过去一年也变得严重。

2010 年，福建南平等地发生多起袭童案，暴力犯罪恶性蔓延，引起全社会的极大震惊。在人民网舆情频道的 "在线访谈" 中，有学者警告说，要防止 "强势集团欺压弱势群体，弱势群体滑向边缘群体，边缘群体中的绝望者可能沦为暴力群体"。温家宝在接受凤凰卫视访问时表示：频频发生的杀童案，说明中国社会存在深层次矛盾，而且日趋尖锐化；社会矛盾的深化和不公平问题的存在，是导致事件发生的根源。这一谈话在网民中产生强烈共鸣。新浪、搜狐、网

易、腾讯四大商业门户网站不约而同地将其在首页头条挂了整整 24 小时。

5. 社会公信力下降，公民表达权、舆论监督成舆论敏感点

在一些突发事件中，由于一些地方政府试图封堵新闻和舆论，或曲意辩解，往往会进一步激怒公众，使事态更加严重。南京市发生丙烯管道泄漏爆燃事故后，有官员在现场质问电视记者："你是哪个单位的？叫什么名字？哪个让你直播的？"当天，网友发布有关内容的微博近 3000 条，微博评论与转载 15 万条。很多网友把自己的 QQ 和 MSN 签名档改成了"哪个让你直播的"或"哪个让你上网的"。"直播门"的后果，就是公众对政府发布的死亡人数不信任，让政府为澄清流言、稳定人心付出了更大的心力。山西王家岭煤矿救援中，8 天 8 夜后奇迹般地救出了 115 人。但对于井下实际被困人数到底是多少，获救者是否都来自井下，网上的小声嘀咕始终没有停歇。山西官方声称"尊重绝大多数遇难人员家属的意见"，对遇难人员名单不再公布，更让网民怀疑可能另有隐情。

某些企业也企图玩弄政治手段，隐瞒真相。紫金矿业污染汀江后，紫金矿业证券部总经理辩解说，未及时公布事故信息，是考虑到"维稳为重"，担心引起当地民众的恐慌。金浩茶油被发现致癌物超标，湖南省质监部门负责人辩称，选择不公开是为了"维护社会稳定"。这样的诡辩应对，又激起了民众对官商勾结的不满。

专家公信力低落，也值得忧思。在山西等地发生的地震恐慌中，地震局专家一再被公众当做调侃对象。此外，宣称能把"吃出来的病吃回去"的张悟本，自称能"辟谷"潜水的李道长，从公众追捧到四面楚歌，来得快去得也快。"打工皇帝"唐骏的美国"西太平洋大学博士"学历存疑引起连锁反应，百余位公众人物紧急修改网上的个人简历，上市公司甚至发布公告调低董事会成员的学位。

6. 不同地区的网络舆论具有不同特点

在一定程度上，网络舆论的发达，与经济社会发展程度成正比。一个地方的经济增长越快，社会分工越是发达，利益群体越是分化，社会各阶层就越有可能借助大众传媒，特别是互联网，表达各自的利益诉求。在过去一年中，沿海地区成为网络舆论热土。尤其是，涉及广东的网络舆论高居各省之首，其中负面的新闻也不少，比如广州"咆哮哥"。但广东是全国经济增长最强劲和社会开放度最高的地区，也是"网络问政"做得最好的地区之一。中共广东省委书记亲自给

做批评报道的记者撑腰；广东警方开通微博客，"阿 Sir"上网与网民及时沟通；广州市政府网上晒账本；深圳率先制定限制"裸官"的干部政策；东莞放弃给记者发放"专用采访证"的企图，改口表示"不会制定实施有违现代社会发展趋势的审稿制度"。自上而下的宽松氛围，使民众有地方说话，政府学会倾听，"公民社会"得到发育成长。例如，番禺业主抵制垃圾焚烧发电厂的"集体散步"和缓收场，业主上了街但没有闹事，政府也没有抓人，宣布"暂缓"该项目后将与居民"共同寻找相对合适的垃圾处理方式"。

但是，如果社会管理和执政理念落后于时代发展的要求，即使在经济发展相对滞后的地区，负面舆论也会大量发生。近年来另一个引人注目的现象，是中部一些省份如湖北、河南、山西经常爆出一些惊动全国的突发事件。中部 6 省中，有 4 省进入突发事件多发省份前 10 名。中部地区的社会矛盾凸显，青年就业难，官民矛盾，警民矛盾，城管与商贩的矛盾，经常引发激烈的社会冲突。湖北石首市一个普通厨师的坠楼，导致数万人上街要求调查发布真相；荆州英勇救人的大学生牺牲，却成为皮包打捞公司"挟尸要价"的筹码；河南栾川大桥垮塌死伤惨重，县委、县政府向上级市委、市政府发道歉信，却偏偏忽视了几十具冰冷的尸体和几十个破碎的家庭；山西的高温疫苗、地震恐慌，乃至矿难救援，一再暴露出政府公信力的低迷。这些基层乱象，提示中部地区在经济大踏步前进的同时，政府公共治理的理念和技巧还严重滞后，并因此成为网络舆论关注的热点地区。

三　各种网络媒介的舆论强度分析

网络媒体在 2010 年发展迅猛的同时，各种载体的力量对比也在悄然发生着变化。

1. 微博客改变网络舆论载体格局

微博客可以通过电脑、手机等客户端即时发布消息，每条 140 字左右，现场记录，晒晒心情。2008 年以 Twitter 为代表的微博客在国内逐渐兴起，其便捷、快速和病毒般的传播力使许多人都迷上了这个小工具，"饭否"、"叽歪"和"做啥"等国内微博客站点也陆续出现。2009 年 7 月，新浪网旗下的微博客测试版上线，依靠其惯用的名人路线迅速聚集了很多名人安营扎寨，截至 2010 年 10 月

底粉丝数超过百万的微博已达 63 个，并吸引了大量普通网友"围观"加入，逐渐成为国内影响力最大的微博。2010 年 9 月，新浪发布《中国微博元年市场白皮书》，其数据显示，2010 年 3～6 月，国内微博市场月覆盖人数从 5452.1 万人增长到 10307 万人，月度有效浏览时间从 761.07 万小时增长到 3035.69 万小时。

随着微博影响力的扩大，越来越多的专家学者、社会名人和突发事件当事人开始使用微博，微博话题也从日常琐事转向社会事件，逐渐发展成为介入公共事务的新媒体，成为网络舆论中最具影响力的一种，改变了传统网络舆论格局的力量对比。传统媒体不再是唯一的信息源。微博客成为网民收发信息的首选载体之一，其涉及领域已渗透到网民社会生活的各个层面，无论是在重大事件、防灾救灾，还是公民权益、社会救助等各个领域，微博客都成为重要的信息发布载体之一，往往也对事件的发展起到重大的影响和推动作用。

青海玉树地震发生后，网友通过新浪微博发出"超级急"的信息，告知首都机场一号航站楼北线货运站征集救灾物资，号召网友将灾区急需的物品送达。4 月 18～21 日，由社会热心人士联系的海航包机连续 4 天运输网友捐赠的赈灾物资，总量超过 20 吨。在上海世博会上，微博也成了广大网民记录美好瞬间的主要工具之一。

微博客带来的更大社会震动，在于实现了对突发事件的"现场直播"，通过手机等无线终端，每个人都可以轻而易举地成为信息发布者。在江西宜黄拆迁自焚事件中，微博客的作用得到淋漓尽致的发挥。先是《凤凰周刊》某记者在微博上发出"机场女厕门连续直播"，报道自焚者家属钟家姐妹欲赴京上访时，在南昌机场被地方干部堵截在女卫生间长达 40 多分钟的经历，使得自焚事件向一个万众瞩目的公共事件突进。进而，钟家小妹钟如九自己开通微博，直播事情的后续进展。9 月 26 日晚，钟如九更新微博，发出母亲自焚后病危的消息，被转发 1.3 万次。经过网民信息接力，28 日钟母转往北京解放军总医院治疗。

微博客网友以每个人都承担一份责任的方式，成为推动社会良性发展的"微动力"。可以说，一种可观的微博政治在中国业已形成。微博客是突发新闻的出色载体，言论表达的开放平台，参政议政的良好工具，也是政府阳光执政不可缺少的通道。

2. 网络社群发展迅猛

社会的变迁与生活的需要，使人们结为各种各样的社群。在全球化时代的媒介环境中，由于人际交往的需要、互联网的迅速发展和传播的草根性，力量更强大、话语更有效的"网络社群"开始出现。中国的网络社群，以 QQ 群和 SNS（Social Network Services）社交网站为主要形式。与开放式的网络舆论载体不同，网络社群是由部分具有相关性（如同学、同事、朋友等）的网民构建的相对封闭的交流空间。绝大部分网络社群在不加入其中的情况下无法观看内容，因此具备了一定的保密性。

在网络社群中，成员之间的关系往往以现实社会中的关系为基础，真实度很高，因此，比较容易实现实名制。在 Web 2.0 的大背景下，如果要建设一种不需管理员的言论网站，网络社群应该是最为接近理想的载体。网络社群大都具备了传统博客的功能，成员除了可以发表自己的文字、图片、视频外，还可以了解群内朋友的动向并展开交流，从事娱乐活动。

据公开数据，在中国，目前 QQ 群已经超过 5000 万个，开心网的注册用户数已经达到 8000 万个，人人网（原校内网）更是达到了 1.2 亿个。这样庞大的用户群不仅为相互联络提供了便利，也为公共信息传播提供了一条新的通道。目前，人民网、新华网和许多知名传统媒体都在社群网站中开设了自己的账户，用以传播新闻信息，网民之间自发传达信息的数量更是非常庞大。虽然目前国内社交网站的主要作用是娱乐与交友，较少介入社会公共事务，但考虑到社群成员在组织上相对紧密的优势，所以，在未来的突发事件中，网络社群很可能成为继微博客之后又一种影响力极强的传播工具。

3. 论坛、博客爆料功能弱化，新闻跟帖数量减少

网络论坛、博客、新闻跟帖是三种最强大的传统网络舆论载体。2009 年，人民网舆情监测室统计了 77 件当年热点事件，发现其中有 18 件来自于天涯社区、新浪博客、百度帖吧等论坛、博客。

但是，仅仅过了一年，在微博客、网络社群等新载体的"夹击"下，论坛、博客的活跃程度有所减弱。在 2010 年，网民爆料的首选媒体变成了微博客，论坛、博客在事件曝光方面的功能明显弱化，很多知名网友的主要活动阵地也转往微博。部分热点事件虽然初次曝光的平台是论坛、博客，但舆论发酵的主要舞台随后就转到了微博上。这一方面是微博客在信息传播中的优势决定的，另一方面也与当下论坛、博客管理日趋严格和拘谨有关。

当然，论坛和博客适合于深度阐述观点、剖析问题，在未来社会热点事件中

仍会拥有特殊的生命力，尤其是适合所谓"意见领袖"挥洒才华。此外，论坛人气最旺盛的天涯社区于2010年11月10日凌晨推出了微博客，可见网络论坛也在想方设法开辟多种言论载体。

4. "全民造词运动"推动"词媒体"登上舞台

"词媒体"是指将词作为传递信息的载体，将特定时间、地点、人物、事件进行超浓缩，发布到网上或传统媒体中，以便于口口相传。现代社会大量资讯，信息过载，为了锁定自己所需的信息，人们经常要使用"关键词"进行信息检索。由于关键词的更新换代频率屡屡被刷新，"标题党"更是将关键词的作用发挥到极致，于是产生了"热词"、"锐词"，迅速普及到广播、电视、报刊、杂志、图书等领域。如2010年11月10日《人民日报》头版头条的标题《江苏给力"文化强省"》，使用了锐词"给力"，引起网民极大兴趣。在这个知识爆炸时代，各种平面与网络媒体都有可能成为"词媒体"，但互联网无疑是新锐词汇的大本营。"全民造词运动"在网络上蔚然成风。

"互动百科"网站发布的2010年9月十大网络热词是足"囚"协会、方舟子、蜱虫、直通中南海、捉奸门、个性假期表、裸捐、鲁迅大撤退、盗梦空间、女厕攻防战。10月十大网络热词是千年极寒、十全十美婚、小月月、羊羔体、重金属香烟、功夫男篮、阶梯电价、蒙牛陷害门、炫父、泡菜危机。几乎每一个热词背后都有一段鲜活的故事，通过网友的群体智慧，精辟地揭示当下社会形态和一代人的欢喜悲哀。一些招惹民怨的突发事件虽然遭遇到一时的压制，但网民通过造词"三个俯卧撑"、"躲猫猫"、"欺实马"、"我爸是李刚"等调侃八卦的新词，记录了草根的愤怒。每一热词背后，都记录了一次追寻真相的不懈努力，见证了社会良知的健康力量。

5. 传统媒体与网络的呼应更加紧密

在网络海量信息爆炸般增长的年代，传统媒体明显地感觉到在信息量和传播速度上的劣势，以及受众的流失。在网络上寻找素材，跟进采访，追踪报道和评论，成为传统媒体，特别是都市类报刊的主要信息来源之一。但这并不意味着传统媒体只能成为互联网的尾巴。职业记者强大的采访报道实力，在网络爆料之外挖掘出新的事实，加上媒体评论的影响力和品牌的公信力，使得传统媒体的介入在突发事件的演进过程中成为至关重要的环节。

体制内传统媒体，包括各级党报、电视台，关注和回应网络舆论，可以表达政府改进公共管理的诚意，对突发事件的解决经常能起到一锤定音的作用。2010年体制内传统传媒，从总体上不如 2009 年在杭州"欺实马"、上海钓鱼执法和成都唐福珍自焚等事件中表现的那样大义凛然，在领导干部财产申报、袭童案、安元鼎等事件中失语，但也不乏可圈可点之处。比如《人民日报》的"人民时评"，抨击杭州警察给发廊女家属写信而侵犯人权，让很多网民感到意外和感动。在宜黄拆迁事件中，面对"没有强拆就没有中国的城市化"、"每个人其实都是强拆政策的受益者"等似是而非的观点，《人民日报》发表"人民时评"《来自宜黄的"强拆论"值得警惕》，指出"与某些地方所看重的工程项目、城市面貌相比，人民生活水平的提高、正当权益的维护更为重要"，正本清源，在网络上引发了广泛好评。

四　网民价值取向和网络生态的新变化

1. 互联网成为网民的"吁天权"

如何保障公民的知情权、参与权、表达权和监督权，新闻传媒本来就责无旁贷。一年来，《中国经济时报》、《财经》杂志、《南方都市报》等传统媒体在山西疫苗、北京安元鼎截访公司等报道中都有过不错的表现，但从总体来说，传统媒体的舆论监督功能似有弱化倾向。在这个背景下，只有基于开放平台的互联网，成为老百姓最便捷的表达利益诉求和赢取公众支持的通道。

江西宜黄的拆迁自焚案，就是一个典型的例子。一家三口面临政府强拆愤而自焚，并没能讨回公道。如果不是自焚者家属钟如九姐妹上访遇阻的情况在微博客上现场直播，引发舆论强烈关注，可能就不会有宜黄县委书记、县长被双双问责。微博客的诉说，网民的"围观"，比自残更能震慑某些地方政府。面对一些基层政府滥用权力、侵犯公民权利的胡作非为，或者不作为，当事人上网爆料和网民上网表达与声援，属于一种良心拒绝和温和反抗，是理应受到宽容和尊重的"抵抗权"，甚至可以称作"吁天权"。当然，这样的"抵抗权"应在法律的框架内，以理性的精神行使。

2. 网络"意见领袖"的作用凸显和立场分化

在一些突发事件中，网民习惯于打开网络"意见领袖"的博客，或追逐其微博客上的只言片语，从他们那里寻找诚恳的解读、深刻的剖析、犀利的批判。

"意见领袖"的来源大致可以分为四类。第一类是作家、学者、艺术家，他们以深厚的文化功底观察和描绘社会，像现代艺术家艾未未简直把互联网作为行为艺术的一部分。第二类是传统媒体记者、编辑、评论员，他们在互联网上找到了短、平、快和无障碍地报道新闻、尖锐评说时事的方式，比在他们从业的媒体更具活力。这两类网友可归于所谓"公共知识分子"范畴。第三类是其他行业的业余观察家和自由撰稿人。他们差不多也是某个行业的专家，事业有成，只不过不属于传统的文化圈。这类网友中还有一个数量不多但很活跃的群体，就是维权律师。第四类是自由职业者，甚至无业游民。他们无恒产而有恒心，关心公益，同情弱者，疾恶如仇，勇于表达，也不惮在网下付诸行动——此时他们更像社会活动家。在福州三网民案中，到庭审现场外表达关注和抗议的近千名网友，多半属于这一类。这类网友的气质离知识分子很远，但在公共事务关怀这一点上与知识分子遥相呼应。

随着近年来社会矛盾有所加剧，"意见领袖"的价值立场发生明显分化。一部分人对社会的渐进发展失去耐心，趋于激进；另一部分人依然坚定地选择了体制内改革的立场。有趣的是在2010年，网民中的"左翼"和"右翼"均发生双向流动。如何团结和借重其中理性的声音，抑制其中非理性的声音，孤立打击极少数真正的敌对分子，发展"网络统一战线"？如何摒弃网上"极左"和"极右"的思潮，恪守渐进而不激进的立场，凝聚"意见领袖"推进改革的基本共识？解决好这些问题，需要政府及相关部门付出更为诚挚和细腻的努力。

3. 商业利益渗透互联网

一些网民抱怨网上一些地方政府和行业部门的"网评员"频繁发帖，"稀释"了网络民意。其实，网上高倍"稀释"甚至伪造民意的，主要来自商业公关公司。他们的舆论运作技巧和推动力比"网评员"强大得多。

在网络时代，负面效应的炒作极易流行，也就是"以丑为美"，大爆隐私，迎合民众猎奇心理，从而达到出名的目的。2006年前，以芙蓉姐姐为代表的网络红人，幕后推手都是一种个人作坊式的经验模式，大多数商家并没有从中看到市场前景。最近几年，网络营销和网络公关从个体作坊式向公司化跃进。这个新近出现的"行业"既没有自律，也缺乏公共监管，表现出严重的"唯利益主义"现象，甚至为了赢利不惜制造大量低俗、恶俗的事件或话题，打法律和道德的擦边球。

网络营销和网络公关具备一定的隐秘性。它们在论坛中渗透自身的力量，通过收买热门论坛版主、管理员，让网络推手的帖子在众多帖文中脱颖而出，然后吸引传统媒体的报道。有些传统媒体在开设《网眼》一类栏目报道网络热点事件时，经常为网络推手甚至网络打手"背书"。传统媒体报道之后，网友进一步"确认"事件的真实性，于是扩大了事件的传播范围。需要指出，除了网络营销和网络公关公司，有一批网络打手只是在无意识中自发形成一股力量，因为网上失实、煽动性的描述正好迎合了网民一触即发的极端情绪。例如，最近发生的农夫果园砒霜门事件、霸王洗发水致癌事件、章光 101 事件等，都被指出疑似竞争对手在幕后操控网络打手实施的恶性攻击，对各企业造成了极大的负面影响和巨大的经济损失，同时也给消费者和公众造成了恐惧感和心理混乱。网络打手这一群体影响了正常的经济秩序，也让企业道德底线下降，为了自身的利益而不择手段。商家如果忽视了网络打手这个群体，缺少必要的预警机制，很可能陷入飞来横祸似的商业危机之中。

此外，为了消除在网络上的不良影响和负面形象，很多企业和官员面对负面信息的第一反应便是"删除"。因此，一些以网络删帖为营生的网络危机公关公司应运而生且大行其道。在广西韩峰"日记门"事件中，据检察机关调查，韩峰为了删除网上流传的香艳日记，曾向某商人索取现金 15 万元，交给相关人员作为"删帖费用"。删帖竟能提供商业机会，揭示出网络论坛管理规范和相关的法律法规尚不健全。

4. "网权"概念问世，虚拟空间权益同样受到关注

在现实社会中，网民以网络为主要平台维护其各项政治和社会权益的现象早已经为我们所熟悉。然而，2010 年以来，网民维护其在网络虚拟世界中的"网络用户权利"的概念也被提起，并逐渐深入人心。维护"网络用户权利"，即"网权"。有学者在其微博上将"网权"总结为：用户有使用或停用任何网络应用的权利；用户有安全使用网络应用的权利；用户有以社群组织维权的权利；用户有作为网络公民（Netizenship）被尊重的权利；用户有利用网络应用声张自我的权利。

2010 年，中国互联网中两家有影响的企业——腾讯和奇虎 360 之间出现了一场旷日持久的软件纷争。起初，网民多以旁观心态看待此事，但是，11 月 3 日晚，腾讯通过全国 IM 弹窗形式，向网友宣布其刚刚做出的"艰难决定"：在

360 公司停止对 QQ 进行外挂侵犯和恶意诋毁之前，腾讯将在装有 360 软件的电脑上停止运行 QQ。这一强迫用户进行"二选一"的决定，迅速把众多网民由观众转变为利益相关方，网民们对两款应用广泛的软件去留难以取舍，同时也悲愤难当。网民纷纷用"一个艰难的决定"造句，表达对"两个绑匪"绑架几亿网民、绑架公共生活的不正当竞争行为强烈不满。网民维护"网权"的努力最终取得了成效，次日，在有关部门的干预下，腾讯和奇虎 360 的争端逐渐降温。

五 "网络问政"的进与退

胡锦涛总书记在纪念党的十一届三中全会召开 30 周年大会上，郑重提出"问政于民，问需于民，问计于民"。温家宝总理在新华网与网友交流时明确提出"网络问政"的概念。中央和地方各级党政机关都在持续探索通过互联网有效听取民意、汇集民智、排解民怨的方法和途径。可以说，"网络问政"开辟了党和政府与人民群众之间更好交流的全新平台。

1. 各级政府倾听民意，鼓励上网，减少上访

在中央层面，网络民意受到高度重视。2010 年 2 月 27 日，温家宝总理再次与网友在线交流，就房地产市场调控、医疗体制改革、社会财富分配等问题回答网友提问，网民通过新华网"发展论坛"发出的帖子就超过了 10 万条。8 月 13 日，中央政法委书记周永康在法制网与网友在线交流，透露中央政法委机关每个月向他报告一次网民意见和建议。

公安部已经 11 次集中回复人民网网友留言，教育部、卫生部、国资委、审计署等部门也都先后回复了网友反映的问题。在湖南省人代会上，时任省长的周强在政府工作报告中，把网络民意提升到院士专家同等重要的地位。

江苏睢宁的"网络问政"力度很大。县委书记王天琦在"西祠胡同"实名注册亮相，网友也踊跃跟帖发帖，对整顿官风、城区道路建设、铁路问题、平抑房价等与县委书记展开探讨。全县各个单位均明确一名领导班子主要成员兼任网络发言人，同时设有一名网络联络员，及时掌握网络信息，在 48 小时之内回复网民们提出的问题。2008 年 10 月后被问责的 108 名干部中，78 人与"网络问政"有关。2009 年睢宁县进京、去省、到市上访总量同比批数下降 32%，人次下降 41%。这些举措有效缓解了民怨，减少了上访，推动了和谐社会的建设。

2. 制度化办理网民留言成为"时尚"

网民留言板这一形态在 2010 年继续快速发展。曾在 2009 年获得中国新闻奖的人民网"地方领导留言板"保持良好的发展势头，得到各地党政机关的积极回应。据统计，截至目前已经有 44 位省委书记、省长和超过 170 位地市级一把手对"留言板"中的网友留言做出公开回复，涉及全国 28 个省区市，促成各地大量实际问题的及时解决，有力化解了社会矛盾。在这一经验的鼓舞下，人民网"部委领导留言板"、"知名企业留言板"、"代表委员留言板"、"公安局长留言板"等板块相继开通。2010 年 9 月"直通中南海——中央领导人和中央机构留言板"也正式推出，在海内外媒体和网友中引发强烈反响。截至 9 月 19 日下午 4 点，给中共中央总书记、国家主席、中央军委主席胡锦涛同志的留言超过 39760 条，给国务院总理温家宝同志的留言超过 41802 条。

此外，地方"网络问政"平台也发展迅猛。广东的奥一网"网络问政"平台在 2009 年 7 月升级改版，建成了地方第一个系统化的"网络问政平台"，"捎话汪书记"、"有话问黄省长"等常设板块吸引了大批网民留言，网民给汪洋书记的留言超过了 7 万条。天津政务网和北方网共同创办的网络互动平台"政民零距离"栏目，推行"件件有回复、件件能落实"，让网民倍感亲切。被誉为"最务实也最有个性的官方网站"的成都市新都区"香城新都网"问政平台，以个性化回复，一改政府"刻板形象"，受到追捧。宁夏石嘴山市开设了"石嘴山人民议政网"，政府在网站上公开评议信访问题，公布信访事件的处理过程、处理结果，市长的批件也清晰可见。

为了规范留言办理程序，避免随意性，制度化办理网民留言也已经成为了各地推进"网络问政"的一种"时尚"。截至目前，全国已有山西、安徽、河南、广东、天津等 15 省区市以"文件"的形式，建立起回复办理包括人民网"地方领导留言板"在内的网民留言的固定工作机制，明确了办理机构和流程。此外，吉林省委办公厅组建了网友留言督办处，云南、天津等信访部门组建了网络信访处，山西、河北等地还专门成立了社情民意办公室。广东珠海香洲区启动网络政民互动平台后，要求对网民发帖 4 小时内初步回应，5 个工作日内正式回复，体现了政府运转的高效率。

3. 运用新兴网络互动载体，提高互动速度

"网络问政"的重要特征是与网民的互动，积极运用新兴手段强化互动，也

就成为推动"网络问政"走向实效的重要环节。

网络发言人制度 2009 年开始在部分地区试水后，逐渐在全国范围内推广。江苏南京市委宣传部在"中国南京网"开设了"网络发言人论坛"，90 名网络发言人均由所在地区、单位的班子成员或中层领导担任。他们将适时发布本地区、本单位的政务信息，24 小时之内受理网友建议、意见、咨询等网帖，并在获得部门相应负责人答复后及时回帖给网民。

政府微博客上线也是加强官民互动的一个重要步骤。继云南省政府新闻办、湖南桃源县政府率先开设政府微博之后，公安系统微博在 2010 年如雨后春笋般出现。2010 年 2 月，广东开设我国首批公安微博群，3 个月内广东公安微博共发布信息近万条，粉丝总数逾 10 万人，评论总数超过 3 万条。此后，河北公安微博群、济南公安微博群等相继浮出水面。8 月 1 日，北京公安正式开通官方微博"平安北京"后，20 天内访问量突破 210 万人次，"粉丝"近 5 万人。目前，新浪微博中带有"公安"标签的已达 244 家。

4. 争取政府的话语权，鼓励体制内"意见领袖"

积极利用网络空间发布消息、澄清事实，越来越得到地方各级党政机关的重视。在 2010 年 9 月江西上饶县一起拆迁冲突中，当地政府主动将冲突现场的大量图片、视频资料和一些证明文档在网上公开发布。虽然拆迁户和政府至今依然各执一词，但这对长期以来政府、拆迁户之间的纠纷解决提供了新路径。

网上民间"意见领袖"的影响力日增给宣传部门带来了一个新的课题：能否在体制内涌现一大批有号召力、影响力和公信力的"意见领袖"？云南省委宣传部副部长伍皓等努力利用网络空间接近网民，南京市委宣传部部长叶皓和副部长曹劲松在"政府新闻学"和"政府网络传播"上的研究、探索，都已经取得了一定成效。国务院新闻办处长侯召迅以活跃博主身份发表的《在联合国会议上"收玉米"》，现身说法讲解中国网民的社会参与和言论自由度，也令人耳目一新。今天需要体制内"意见领袖"响应民意，情系民瘼，给网民讲解政府公共治理的全部复杂性，促进官民沟通，呼唤官场的党性、良知和改革冲动。党的文宣工作要以理服人，以情感人，不能只有封堵权没有话语权，把网上话语权拱手让给民间"意见领袖"，而且坐视网上的激进情绪愈演愈烈，却依然只剩封堵信息一招包打天下。

5. 重视本地网络社区（BBS）与"在地政治"

本地 BBS 长期以来处于一个尴尬的发展境地，很多地方的本地 BBS 受到当地管理部门过于严格的限制。然而，网络是没有地界、国界的，限制网民在本地 BBS 的正常表达，会把网民赶到全国性的 BBS 如天涯社区，甚至海外 BBS，会使地方性的事件变成全国网民关注的话题，掀起更大的舆论风潮，使当地形象受到更大损害。而且，不允许网民在本地 BBS 上与政府对话，政府就会失去随时了解民意的机会，使某些潜在社会矛盾发酵和扩大，无益于地方的真正和谐稳定。

人民网舆情监测室在 2010 年 5 月提出，本地 BBS 是疏导民意的最短路径，呼吁各级地方党政机构重视本地 BBS 建设，关注"在地议题"，争取就地解决网民诉求。江苏常州市长期重视本地论坛建设，市长在"化龙巷"与网友对话，环保局局长对发帖要求自己引咎辞职的网友设奖悬赏，被赞为"齐王讽邹忌纳谏"的新篇。上海搜房网实行"双版主制"，让专职管理员和居委会干部同时担任本小区论坛的版主，居委会搬到网上办公，及时了解和解决业主网友提出的诉求，探索了基层社区组织结合网络论坛进行社区管理的新模式。安徽芜湖利用当地论坛"市民心声"沟通民意，河南洛阳在当地网民中间推选出人大代表、政协委员等，都是利用地方 BBS 提高政府治理绩效、增强官民粘合力的有益尝试。

六 政府对互联网管理的价值尺度

1. 多元舆论空间的网络管理

中国的网络舆论空间多元化格局已经初步形成。较为保守的"乌有之乡"，自由知识分子集中的"中国选举与治理网"、"凯迪社区"，年轻人喜欢的"中华网社区"等网站，在各自用户中都已经形成较为一致的价值观，虽然各网站之间时有观念冲撞，大致也能和平共处。北京海淀教师进修学校历史教师袁腾飞风靡网络，被称为"史上最牛历史教师"，因其对中国近现代史一些问题的见解引发尖锐争议，甚至出现了聚众到袁腾飞图书的销售点闹场的行为，但最终却也"相安无事"。这体现了互联网的多元化、包容性观念已为管理者认同。

互联网作为现阶段中国"思想文化信息的集散地和社会舆论的放大器"，本

身承载着中国各种社会情绪宣泄"窗口"的作用，保持这种合理、适度的多元性，无疑有利于社会整体的和谐稳定，也让中国经济社会的进一步发展保有活力。

2. 保持信息自由流动和开放透明仍为上策

2010年5月，中断互联网10个月之久的新疆逐渐恢复了互联网业务。新疆维吾尔自治区政府在官方网站上发表声明说："现在自治区形势趋稳向好，新疆正处于大建设、大开放、大发展的历史时期……需要网民贡献出自己的才智。"

新疆2009年"七五"恐怖事件后，如此长时间、大范围中断互联网服务，在中外互联网史上罕见。在边疆反恐等重大斗争中，这种临时性断网的举措实属迫不得已。但对于内地广大地区而言，在处置属于人民内部矛盾范畴的突发事件过程中，还是应该保持包括互联网在内的信息自由流动和开放透明，这往往是平息事态有效的上策。

能否提出这样一个问题：互联网管理需从政法思维主导，转向意识形态思维主导。遇到突发事件和敏感话题，网上言论汹涌澎湃，政法思维关注的是社会当下的稳定，倾向于采取强制措施，封堵不良信息乃至所有负面议论，强行消除网上的杂音；而意识形态思维强调官民互动，占据舆论的主导权，用信息开放对付似是而非的流言和不负责任的谣言，用过细的思想工作来说服民众。单纯地封堵信息是容易做到的，网民和公众也可以暂时沉默，但在其内心深处，突发事件会留下深刻的划痕，留下对社会不公的愤恨，对政府的怨怼。

我们主张，网络管理需要"软硬兼施"，在坚决清理违法不良信息的同时，更要仔细了解网民声音背后社会矛盾的真实构成，把握不同群体的利益诉求，促进各利益相关方特别是官民之间的良性沟通和顺畅互动，小心翼翼维护社会公正。如何从旗帜鲜明地反对什么，到同时学会倾听，学会回应甚至学会道歉，学会主动设置议题和转移议题，这些都是互联网时代对执政能力的新挑战。

3. 规范网络管理的主体和执法标准

现阶段，由于基层管理存在很多问题，社会矛盾众多，网络言论经常显得十分尖锐，这确实给网络管理带来了难度。新闻跟帖"实名制"、BBS话题过滤、限制部分网友的发言，现阶段的这些管理手段试图消解舆论热点于萌芽之中，一方面有利于引导网民理性建言，但另一方面，有时也构成对公众表达权的限制，影响了网络舆论秩序。而网络管理部门对这个尺度的把握缺乏明确的标准，有时显得进退失据。

事实上，网络舆论在发展过程中，自身就带有一定的修复功能，对于非理性和偏激的言论，网民会自发在跟帖或回复中表达不同观点，网络舆论最终往往都会走向平衡。删帖并不是最好，更不是最有效的网络舆论应对方法。而现在一些地方政府的"跨省删帖"，比 2009 年河南灵宝王帅案的"跨省抓捕"危害更大。跨省抓捕侵犯的是网民个体的权利，跨省删帖是地方公权力恶性扩张的标志。删帖保护的往往是一些不良官员，其对民主法治的破坏非常严重。

总之，网络舆论的高速发展和网络管理规范化建设相对滞后之间的矛盾已经显现。对于互联网舆论这一新生事物，如何在民主与法制的轨道上，制定和落实科学的管理规范，避免网络管理受制于管理者个人的文化视野、价值观念、智力水平，乃至于瞬间情绪状态？如何规范网络管理的主体和执法标准，如何区分网民的正当舆论监督和恶意诽谤，如何管理日益泛滥的网络推手、甚至网络打手，如何约束"删帖"中存在的诸多乱象，都是目前网民呼声日高、管理部门迫切需要反思和解决的问题。

七 2011 年网络舆情展望

1. 微博客将成为网络舆论的主要载体

预计在 2011 年，微博客的巨大作用将继续体现在对公共事件走势的深刻影响上。随着微博客用户数量的持续增长，如果这种舆论载体能解决其合法身份的问题（目前中国内地所有微博客均为测试版），无疑将在未来的网络舆论中发挥更大的作用。目前，政府管理部门对于是否允许微博客的发展，以及给予多大言论空间，还在观望和思考。

2. 网络炒作和网络公关将产业化

由于网络媒体的舆论影响力越来越大，而制造舆论影响力的成本越来越低，同时又属于法律的模糊地带，对网络打手的行为难以施加惩罚，所以网络炒作和网络公关将更加自觉化、规模化和产业化。对于政府部门和政府官员来说，在市场利益主体多元化和利益博弈规则不够健全的情况下，也要警惕利益相关方仅仅出于经济动机，以网络打手的形式对政府和官员实施恶意

中伤。

3. 门户网站影响力迅速消退

在大众麦克风时代，网民获取信息的方式多样化，门户网站传统的"编辑 – 发布 – 阅读"的模式，难以满足用户的多样化需求。虽然门户网站的新闻内容仍然是网民获取新闻最重要的方式，但舆论影响力将越来越小，在舆论引导上更是难有作为。换句话说就是：新闻获取在门户网站，展开讨论在互动社区。

4. 专业网站时事化，小众网站政治化

一些原本专业性很强的小众网站，也开始关注时事政治。如当年周正龙华南虎照事件，摄影小众网站"色影无忌"率先对陕西地方政府提出强烈质疑。豆瓣网本是以书评和影评为主的站点，但网友开始以时政话题建立讨论组。在一些娱乐、游戏类网站中，年轻网友激动声讨 BT 网站关停、韩寒《独唱团》出版不顺，以犀利影评见长的"时光网"被整顿。在"魔兽世界"等游戏论坛中，网游爱好者们在讨论游戏之余不忘议论政府文化管理政策的得失。对于文化部和新闻出版总署围绕游戏审批权"打架"，有玩家制作了著名的网络视频《网瘾战争》，对政府部门之间的利益之争导致"神仙打架，凡人遭殃"大加挞伐。

Analysis on Internet-based Public
Opinion in China, 2010

Abstract：In 2010, we witnessed that Chinese internet-based public opinion gained more momentum. On the one hand, the population of Chinese internet users keeps expanding, and internet users' awareness of citizenship is gradually increasing, with more active internet participation in the debate of various social problems. On the other hand, with the newly emerged internet technology, such as the mini-blog, there is a divergence on viewpoints from internet-based "opinion leaders", which changes the power structure of traditional public opinion dynamics. Also, "internet-based political participation" becomes a new form of citizenship, which urges both the government and various organizations to explore new strategies to guide its healthy development.

Throughout this period, we have learned some valuable lessons and gained some administrative experience.

Key Words: Mini-blog; Opinion Leadership; Keyword Media; Internet-based Political Participation; Internet-based Public Relation

B.15

2010~2011：城乡社会救助制度的
问题及对策

唐 钧 修宏方*

摘 要：根据《中共中央关于制定国民经济和社会发展第十二个五年规划的建议》，"实现城乡社会救助全覆盖"是未来一段时间内工作的重点。本文首先描述了2010年城乡社会救助的实施状况和特点，分析认为：当前社会救助存在物价上涨冲击低保家庭、低保标准亟待调整、地方政府负责筹资悖论和"应保尽保"说法不科学等四个主要问题，并据此提出了相应的对策建议。

关键词：城乡社会救助 社会政策

2010年发布的《中共中央关于制定国民经济和社会发展第十二个五年规划的建议》（以下简称《建议》）提出："实现城乡社会救助全覆盖"。在《建议》提出的诸多有关民生，尤其是有关社会保障的制度安排中，只有对"新型农村社会养老保险"和"城乡社会救助"这两项制度的要求是"全覆盖"。对于"新型农村社会养老保险"，因为尚在试点之中，到2010年底，计划中的覆盖面是23%。因此提出尽快做到"全覆盖"，应在情理之中。对于"城乡社会救助"，在中共十七大提出"完善城乡居民最低生活保障制度，逐步提高保障水平"后，2007年就做到了"城乡社会救助体系基本建立"。如今"十二五"期间仍然强调城乡社会救助的"全覆盖"，自有其特殊的意义。

---

* 唐钧，中国社会科学院社会学研究所研究员；修宏方，南开大学周恩来政府管理学院在读博士。

一 城乡社会救助制度的实施现状和特点

1. 2010 年城乡社会救助的实施状况

从民政部的官方网站上，可以看到截至 2010 年第三季度中国社会救助制度实施的最新数据。

（1）城市低保。城市居民中共有 1131 万户 2290 万人得到了最低生活保障。城市的平均低保标准为每人每月 240 元，低保对象月人均补助为 164 元。与 2009 年底的数字相比，城市低保对象的户数和人数都略有减少，而平均低保标准有所提升，人均补差基本持平。

（2）农村低保。农村居民中共有 2450 万户 5087 万人得到了最低生活保障。农村的平均低保标准为每人每月 110 元，月人均补助为 62 元。与 2009 年底的数字相比，农村低保对象的户数和人数有所增加，平均低保标准也有提升，但月人均补差却略有减少。

（3）农村五保。农村五保对象共有 531 万户 554 万人。其中，集中供养的有 169 万户 174 万人；分散供养的有 362 万户 380 万人。集中供养的月人均支出是 190 元，分散供养的年人均支出是 1990 元。五保供养的人数与 2009 年基本持平，但支出水平有所下降。

（4）医疗救助。在城市中，共有 176 万人次享受了医疗救助；在农村，共有 392 万人次享受了医疗救助。医疗救助制度还资助 831 万城市贫困人口参加了城市居民基本医疗保险，资助了 2586 万农村贫困人口参加了新型农村合作医疗。与 2009 年相比，享受医疗救助的城市贫困人口增加不少，而农村贫困人口减少很多，受资助参加城市居民医保和新型农村合作医疗的人数基本持平。

2. 中国社会救助制度实施的特点

中国社会救助制度的实施，近年来表现出如下的特点。

城乡低保对象人数发展平稳，增长趋缓。如果绘出最近 10 年的发展轨迹，可以看到：城市低保在 2001 年到 2002 年之间，救助对象人数急剧上升，而到 2003 年以后，则基本上保持在 2200 万～2400 万人之间。农村低保在 2004 年到 2007 年之间翻了三番，但到 2008 年以后增长势头明显减缓，并保持在 4000 万～5000 万人。

城乡低保发展平稳的关键是中央财政支持力度加大。据《2009 年民政事业发展统计公报》提供的数字，在 2009 年的城市低保资金 482 亿元中，中央财政补助资金为 359 亿元（其中包括"春节一次性生活补贴"34 亿元），中央"补助"占全部支出的 74%。在 2009 年的农村低保资金 363 亿元中，中央财政的补助资金为 255 亿元（其中包括"春节一次性生活补贴"40 亿元），中央"补助"同样占到农村低保资金的 70%。从这个意义上说，中央"补助"的增长是城乡低保资金得以增长的必要条件。

表1　2001～2010 年城乡低保人数变化状况

单位：万人，%

年　　份		2001	2002	2003	2004	2005
城市	保障人数	1171	2065	2247	2205	2234
	年增长率		76.4	8.8	-1.9	1.3
农村	保障人数	305	408	367	488	825
	年增长率		33.9	-10.0	32.9	69.1
年　　份		2006	2007	2008	2009	2010*
城市	保障人数	2240	2272	2335	2346	2290
	年增长率	0.3	1.4	2.8	0.5	-2.4
农村	保障人数	1593	3566	4306	4760	5087
	年增长率	93.1	123.9	20.7	10.6	6.9

＊2010 年的数据只截止到第三季度。
资料来源：民政部网站（http：//www.mca.gov.cn）。

表2　2001～2009 年城乡低保总支出与中央财政补助情况

单位：亿元，%

年　份	城　市			农　村		
	低保总支出	中央财政补助	补助占总支出比重	低保总支出	中央财政补助	补助占总支出比重
2001	42	23	55	—	—	—
2002	109	46	42	—	—	—
2003	151	92	61	—	—	—
2004	173	105	61	—	—	—
2005	192	112	58	—	—	—
2006	224	136	61	—	—	—
2007	275	—	—	109	30	28
2008	393	—	—	229	90	39
2009	482	359	74	363	255	70

资料来源：民政部网站（http：//www.mca.gov.cn）。

低保总支出的增加是因为低保标准不断提高。2009 年，城市低保的平均标准为每人每月 228 元，较 2008 年的 205 元提高了 11%；月人均实际补助为 165元，较 2008 年底的 144 元提高了 15%。农村低保平均标准为每人每年 1210 元，较 2008 年的 988 元提高了 22%；农村低保对象月人均实际补助为 68 元，较 2008年底的 50 元提高了 34.9%。

表 3　2009 年城市低保的平均标准

单位：元/月

地 名	标 准	地 名	标 准	地 名	标 准
北　京	410	江　西	234	四　川	196
天　津	430	山　东	213	贵　州	170
河　北	245	河　南	194	云　南	199
山　西	213	安　徽	262	西　藏	310
内蒙古	241	福　建	186	陕　西	192
辽　宁	272	湖　北	214	甘　肃	171
吉　林	212	湖　南	195	青　海	223
黑龙江	217	广　东	244	宁　夏	204
上　海	425	广　西	217	新　疆	172
江　苏	310	海　南	243	全　国	228
浙　江	334	重　庆	231		

资料来源：民政部网站（http：//www.mca.gov.cn）。

表 4　2009 年农村低保的平均标准

单位：元/月

地 名	标 准	地 名	标 准	地 名	标 准
北　京	238	江　西	90	四　川	76
天　津	267	山　东	100	贵　州	75
河　北	88	河　南	81	云　南	69
山　西	83	安　徽	96	西　藏	62
内蒙古	121	福　建	119	陕　西	72
辽　宁	124	湖　北	82	甘　肃	66
吉　林	105	湖　南	73	青　海	84
黑龙江	96	广　东	159	宁　夏	62
上　海	283	广　西	84	新　疆	77
江　苏	208	海　南	160	全　国	100.84
浙　江	213	重　庆	123		

资料来源：民政部网站（http：//www.mca.gov.cn）。

二　城乡社会救助制度存在的问题

随着城乡社会救助制度的发展进入稳定期，城乡社会救助工作对于保障和改善民生、构建社会主义和谐社会，发挥了重要作用。但是，从目前的情况看，城乡社会救助在发展中也存在不少问题。

1. 物价上涨冲击低保家庭

物价上涨对低保家庭冲击极大。2009 年以来，物价上涨已经成为公众反响最大的社会问题之一，CPI 牵动着每一个老百姓的心。按国家统计局的报告，2010 年 10 月 CPI 同比上涨 4.4%，环比涨幅达到 0.7%。从分类别看，多数商品的价格出现上涨局面。其中最主要的是食品（1.1%）、衣着（1.0%）和居住（0.9%）。

但据农业部提供的数字，2010 年 10 月中国食用农产品价格预计同比上涨 10%，而且是粮食、肉、蛋、糖、水产品等价格一起上涨；其中，蔬菜价格上涨 31%，水果上涨 17.7% 等。

从某种意义上说，低保家庭的消费能力乃至生活方式是被政府"规定"了的。譬如城市居民最低生活保障标准是"按照当地维持城市居民基本生活所必需的衣、食、住费用，并适当考虑水电燃煤（燃气）费用以及未成年人的义务教育费用确定。"农村最低生活保障标准则是"按照能够维持当地农村居民全年基本生活所必需的吃饭、穿衣、用水、用电等费用确定。"所以，无论城还是乡，现在涨幅较大的几类商品，恰恰都是低保家庭须臾不可或缺的、最起码的生活必需品。低保制度的另一个特点，就是标准的调整总是滞后于物价上涨。因为物价上涨之后，要等政府反应过来，才会采取措施。所以，凡遇到物价上涨，尤其是生活必需品价格的上涨，首先受到影响的一定是城乡低保家庭。

2. 低保标准偏低亟待调整

除了物价上涨的原因之外，影响低保家庭生活的诸多因素中，低保标准偏低也是一个一直未能得到解决的问题。如果拿城乡低保标准与城乡人均收入的百分比来比较，可以发现两个问题：其一，标准偏低，城市低保标准最高的年份是 2003 年的 21%，农村低保标准最高的年份是 2009 年的 24%；其二，城市低保的标准实际上在以1%的速度下滑，从2003年到2007年下降了5个百分点。2007~2009年虽然止住了下跌的趋势，但总是维持在很低水平的16%。

表5 2003~2009年城市低保标准占城市人均收入的比重

单位：元，%

年 份	2003	2004	2005	2006	2007	2008	2009
城市人均收入	706	785	874	980	1149	1315	1431
城市低保标准	149	152	156	170	182	205	228
标准占收入比重	21	19	18	17	16	16	16
农村人均收入	—	—	—	—	345	397	429
农村低保标准					70	82	101
标准占收入比重	—	—	—	—	20	21	24

资料来源：民政部网站（http://www.mca.gov.cn）。

按国际标准，欧盟国家的社会救助标准一般是人均收入的50%~60%，美国在很长一段时间内保持在33%，中国的城市低保标准只有美国的一半，欧盟的1/3。农村低保标准所占比重略高一些，但要与发达国家的标准比较，还是处于偏低水平。总而言之，重新调整中国的城乡低保标准迫在眉睫。

3. 地方财政负责筹资是个悖论

从表2中的数据和分析结果看，城市低保资金的支出现状，明显是中央财政的"补助"占了大头。但是，这样的做法与《城市居民最低生活保障条例》中的说法："县级以上地方各级人民政府民政部门具体负责本行政区域内城市居民最低生活保障的管理工作；财政部门按照规定落实城市居民最低生活保障资金"，"城市居民最低生活保障所需资金，由地方人民政府列入财政预算，纳入社会救济专项资金支出项目"，是不一致甚至是相违背的。

农村低保与城市低保情况类似，而且在相关文件中说得更直白："建立农村最低生活保障制度，实行地方人民政府负责制，按属地进行管理"，"农村最低生活保障资金的筹集以地方为主，地方各级人民政府要将农村最低生活保障资金列入财政预算，省级人民政府要加大投入。"

相关法规中的说法，其实是一个悖论，因为越是经济不发达的地区，财政收入越少，贫困人口越多。如果城乡低保要地方政府负主要责任，地方财政负责筹

资，那么对很多地方，尤其是贫困地区而言，都会是"少米之炊"或"无米之炊"。实际上，城乡低保的实践已经证明，中央财政是低保制度的主要财政支柱。这种法律法规与行政行为不一致的现象需要及时加以调整。

4. "应保尽保"的说法并不科学

一直以来，"应保尽保"似乎已经成为城乡低保工作的主要目标之一，甚至还成为诸多任务中的重中之重。但是，严格说来，这样的提法并不科学。因为社会救助是一个国家公民的基本权利，这种权利是通过普遍授权而不是通过普遍补贴实现的。如果一个居民家庭因各种原因收入中断甚至断绝而感觉生活困难，他们就可以向政府申请救助。但是，另一方面，如果他们自己出于种种原因不提出申请，这也是他们的权利。一般来说，考虑到申请的时间成本和机会成本，家庭人均收入与低保标准距离不大的家庭可能不会申请救助，这种被称为"不利用"的情况世界各国都有。所以，社会救助或低保制度并不是一项政府捧着钱，到处找"穷人"发放的制度。社会工作中"助人自助"和"案主自决"的原则在这里显得很重要。

三　完善城乡社会救助制度的政策建议

针对上述问题，笔者从社会政策的理念、理论和实践经验出发提出如下对策建议。

1. 尽早实现"全覆盖"

低保制度是通过普遍授权的方式来保障公民的基本权利的，在"十二五"规划建议中再次提出城乡社会救助的"全覆盖"，指的是这项"公民权利"的全覆盖。因此，从操作层面上考虑这种"全覆盖"，应该考虑两个问题：其一，是否还有某些社会群体没有被覆盖？其二，是否还有某种贫困状况没有被覆盖？

对于第一个问题，回答是肯定的，譬如，重度残疾人群体、重病人家庭、遭遇失业人口等。对于第二个问题，回答也是肯定的，譬如，家庭困难的大学毕业生的求职费用、失业人员的求职或谋职的费用、遭遇天灾人祸的居民家庭的生活费用等，也没有相应的法律法规。社会救助权利的"全覆盖"可以通过制定社会救助法和社会救助专业化来解决。当然，当务之急还是解决低保标准的适时调整的问题。

2. 尽快出台《社会救助法》

中国的社会保障制度的建立和完善，已经经过了十多年的努力，其整体框架是在 2007 年十七大以后才清晰起来的。社会保障制度的"基础"部分是社会福利、社会保险和社会救助，"重点"是基本养老保险、基本医疗保险和城乡低保制度。为什么这么说呢？因为这三者都属于国家和政府的不可推卸的责任，所以被列为"基础"和"重点"。但是，十七大报告中有关社会保障制度的论述，在中国社会中，甚至在中国政府有关部门中也还没有达成完全的共识。这种认识上的分歧，加上潜在的利益纠葛，使《社会救助法》的制定复杂化。而一部较为成功的《社会救助法》，应该根据十七大已经理清了的社会保障制度框架，对法律应该调整的政府和公民之间的权利和义务关系作出规范。

《社会救助法》所要规范和调整的法律关系是政府对公民的社会救助责任，以及公民在年老、疾病或者丧失劳动能力的情况下，从国家和社会获得社会救助的权利。这在《宪法》中已有明确规定，是《社会救助法》的立法之本。但是，现行的相关法规和正在制定的《社会救助法》总在回避这一点。不明确政府的责任和公民的权利，《社会救助法》就没有根基。

"社会救助"被冠以"社会（Social）"的根本原因是强调其为一项公民的社会权利，从立法的角度看就是一部社会法。在国内，常常把"社会"与"非政府"等同起来，一见到"社会"二字就要把民间的互助互济"纳入"进来。时至今日，应该将民间行为从社会救助中划分出去，明确社会救助就是国家和政府不可推托的责任，而民间互助互济的社会行动应该由"慈善事业法"去调整和规范。

3. 社会救助专业化势在必行

城乡社会救助工作近年来已经进入了一个平稳发展的时期，进一步完善、规范城乡低保和社会救助的制度安排，将成为工作的重点。其中很重要的一点就是城乡低保和社会救助走向专业化，社会工作的介入也就成为题中应有之义。

中国城乡低保制度的工作框架，是依靠 400 万居委会和村委会的社区干部支撑起来的。随着社会经济形势的不断发展变化，如今再以社区干部"业余

地"去做社会救助，缺点也就暴露出来。社区干部的特点是与社区居民的"零距离"，但这也可能导致"优亲厚友"。同时，基层也流传着不少社区干部因坚持原则，生命财产受到威胁的故事。从某种意义上说，社会救助工作是政府工作，申请低保应该向政府机关申请，而不应该向群众自治组织申请。所以，作为一项基本公共服务，可以在乡镇街道一级建立专门的办事机构，由专业社会工作者来承担对低保户的个案管理，而社区居委会则是扮演"协查"的角色。

党的十六届六中全会提出，要"建设宏大的社会工作人才队伍"。这意味着，在社会工作领域，社会工作也要走上专业化的道路。社会工作，作为一门现代应用社会科学学科，讲究的是科学助人、理性助人。专业化社工对社会救助的介入，必将使社会救助工作更上一层楼。

4. 建立长期有效的低保标准调整机制

目前民政部和很多地方的民政厅局都已经在尝试建立长期有效的低保标准调整机制，如上海、北京和广州都已经积累了成功的实践经验。但是，在进行这项工作时，有以下几个问题需要注意。

城市居民最低生活保障标准的确定最终是一项政治上的决策，与用"科学方法"计算得出的最低生活需求（国际上一般称为"贫困线"）并不是一回事。通过使用某种方法计算得到的"最低生活需求"（有时也称"法定贫困线"）是一项客观指标，是调整低保标准的最主要的依据，但不是唯一的影响因素。

提高低保标准，不仅意味着现在的低保对象的生活水准得到提高，还意味着低保范围的扩大。原来家庭平均收入超过低保标准的"边缘户"，现在有可能合乎标准而被纳入低保的范围。提高低保标准后，可能被纳入低保范围的边缘户人数众多并且大多是具有劳动能力的。如果忽视这个影响因素，加上低保制度的"含金量"不断增加，会给制度的实施带来困扰。

就城市低保制度本身的目标而言，它不仅要保障低保对象的最低生活水准，而且还要起到鼓励低保对象积极工作的作用，起码不要成为阻碍低保对象参加社会劳动的因素。如果低保标准太高，譬如最低工资乘以2（一对夫妇）小于或等于低保标准乘以3（三口之家）的话，意味着出去工作比不工作光拿低保的收入还少或一样多，这样的低保标准是不合适的。

2010 −2011：Challenges and Solutions to China's Urban and Rural Social Assistance System

Abstract：According to the Recommendation on the Drafting of the Twelfth Five-Year Plan from the Central Committee of the Chinese Communist Party (CCCCP), "realizing the full coverage of social assistance system in both urban and rural areas" is the emphasis of our work for the next period. The paper first describes the implementation status and features of the urban and rural social assistance system in 2010. According to the author, there are four major problems regarding the current social assistance system. First, price increase has significantly affected low income families. Secondly, the threshold of social welfare for low income families should be adjusted. Third, relying on local government to raise capital is not a feasible plan to achieve. Last but not least, the notion that "full coverage without prerequisite" is not scientifically accurate. Based on the analysis, the author makes several proposals to solve those problems.

Key Words：Social Assistance System for Urban and Rural areas；Social Policy

B.16
反腐倡廉　改善民生

文盛堂*

摘　要：2010年中国的反腐倡廉更加注重制度建设，着力解决人民群众反映强烈的突出问题，致力于保障和改善民生，以廉政建设的新成效取信于民。近年来，政府不断采取新的举措，在加大对国土资源管理和房地产市场政策调控力度的同时，也加大对该领域反腐败的力度，以保障人民群众的切身利益。目前制定《房地产管理及住房保障法》的时机已经成熟，加快推进规范房地产市场运行的法治化建设迫在眉睫。

关键词：反腐败　房地产　民生

2010年，中国的反腐倡廉建设在进一步强化监督制约权力运行的同时，加大了对民生领域惩防腐败工作的力度，以保障和改善民生。尤其是在国土资源管理和房地产领域，党和政府一方面加大政策调控力度，保障国家经济社会健康有序发展，另一方面加大惩防腐败的力度，保障国家和人民群众利益不受侵害。

一　强化对公权运行的监督制约

（一）反腐倡廉建设新的总体部署

2010年新年前夕，胡锦涛主持政治局会议，研究部署党风廉政建设和反腐败工作，强调抓紧解决反腐倡廉建设中人民群众反映强烈的突出问题，强化对权

---

* 文盛堂，最高人民检察院高级检察官。

力运行的监督制约，着力推进反腐倡廉制度建设。1～3月，先后召开中央纪委十七届五次全会和国务院廉政工作会议，会议要求清醒地看到反腐倡廉形势依然严峻，突出强调加强对中央关于保障和改善民生、规范和节约用地等政策措施落实情况的监督检查；严肃查办工程建设、房地产开发、土地管理等腐败现象易发多发领域的案件；把住房等情况列入党员领导干部报告个人事项的内容；深入开展工程建设领域突出问题和"小金库"等专项治理工作。3月11日，在十一届全国人大三次会议上，最高人民检察院的工作报告提出依法严肃查办发生在党政机关和领导干部中滥用职权、贪污贿赂、失职渎职犯罪案件，商业贿赂犯罪案件和严重侵害群众利益的犯罪案件，群体性事件、重大责任事故背后的犯罪案件，工程建设、房地产开发、土地管理和矿产资源开发等领域的犯罪案件，为黑恶势力充当"保护伞"的犯罪案件。

9月14日，周永康主持召开中央政法委第15次全体会议暨司法体制改革第7次专题汇报会，听取最高人民检察院关于深化人民监督员制度改革情况的汇报。人民监督员制度是为加强对查办职务犯罪进行监督的重要司法改革项目，2003年经党中央同意并报告全国人大常委会后试行。已有3137个检察院在社会各界选任人民监督员3万多人次，共监督职务犯罪嫌疑人不服逮捕决定、拟撤案、拟不起诉的"三类案件"32304件，其中不同意检察机关拟处理决定的1635件，检察机关采纳899件，采纳率为54%。人民监督员针对检察人员违法违纪"五种情形"① 而提出监督意见1000余件，对其他各项检察工作提出意见和建议1.8万余件，检察机关逐一查核或研究论证后，将查处结果或采纳情况向人民监督员反馈。中央同意全面推行这项制度，要求努力形成法制化的长效机制。最高人民检察院将查办职务犯罪工作中具有终局性的环节和可能发生权力滥用或误用的部位纳入监督范围，严格按照人民监督员集体评议表决程序重点监督七类案件：应当立案而不立案或者不应当立案而立案；超期羁押或者犯罪嫌疑人不服检察机关延长羁押期限的决定；违法搜查、扣押、冻结或违法处理扣押、冻结款物；拟不起诉；拟撤销案件；应当给予刑事赔偿而不依法予以赔偿；检察人员在

---

① "五种情形"即应当立案而不立案或不应当立案而立案；超期羁押；违法搜查、扣押、冻结；应当给予刑事赔偿而不依法予以确认或者不执行刑事赔偿决定；检察人员在办案中有徇私舞弊、贪赃枉法、刑讯逼供、暴力取证等。

办案中有徇私舞弊、贪赃枉法、刑讯逼供、暴力取证等违法违纪情况。从此，法律监督机关查办腐败案件必须接受人民群众有序参与的直接监督，严防执法不公和司法腐败。

（二）惩防腐败取得新的明显成效

1. 运用审计职能查处经济活动中的腐败

2010 年 1～3 季度，全国审计机关共审计（调查）87124 个单位。通过审计，为国家增收节支 320.3 亿元，其中已上交财政 187 亿元，已减少财政拨款或补贴 38.1 亿元，已归还原渠道资金 95.2 亿元；核减固定资产投资项目投资或结算额 272.5 亿元，帮助被审计单位和有关单位挽回或避免损失 89.8 亿元。向司法、纪检监察机关移送事项 616 件，涉及人员 1003 人。前三季度共完成对 18449 人的经济责任审计。共有 19 名被审计领导干部和 108 名其他人员的问题被移送司法、纪检监察机关处理。自 2009 年 4 月以来，全国党政机关和事业单位共发现"小金库" 24877 个，涉及金额 122.42 亿元。全国因设立"小金库"和使用"小金库"款项受到行政处罚 842 人，组织处理 413 人，党纪政纪处分 1035 人，移交司法机关处理 322 人。

2. 加强制度建设，整治人事腐败

党中央在继续整治拉票贿选问题的同时，采取高压态势重拳出击买官卖官问题。2010 年 3 月 7 日中共中央办公厅印发《党政领导干部选拔任用工作责任追究办法（试行）》，中组部配套印发了《党政领导干部选拔任用工作有关事项报告办法（试行）》等三个试行办法。这四项链式组合制度共同构成进一步匡正选人用人风气的重要举措。10 月，中央纪委、中组部、监察部联合印发《关于严厉整治干部选拔任用工作中行贿受贿行为的通知》，对整治买官卖官顽症进行部署。此后中纪委、中组部又联合下发《坚决刹住用人上的不正之风——关于 12 起违规违纪用人典型案例的通报》，要求坚决抵制选人用人腐败现象这一公众反映强烈的突出问题。2008 年至 2010 年 10 月，全国共查处违规违纪选人用人案件 10716 起，对 1665 名有关责任人进行了严肃处理。

3. 进行廉政教育，防治国企腐败

近年来发生在国有企业的腐败现象愈演愈烈，贪污贿赂大案要案居高不下。如近年来湖北省纪委查办的 26 件国企领导人违纪违法案中，涉及厅局级"一把手"9人、中层干部数十人,窝案串案20件,个人违纪金额都在数百万元以上,有的过千万元。湖北省国资委和归口管理的企业近四年来共发现违纪违法案件458件,追究党纪政纪处分547人,追究刑事责任37人。湖北省纪委专门下发《国有企业开展廉洁风险防控工作的意见》及其5个配套制度以构筑反腐"防火墙",防控国企廉洁风险。2008年至2010年9月,上海市检察机关查办贪污贿赂等职务犯罪案件848件,涉案959人,总案值13.49亿元,其中发生在国企的有403件,涉案427人,占案件总数的47%。尤其是在大案要案中,国企占94%。有的国企管理混乱如麻、腐败丛生。在查办原大型建筑国企吉林省交通建设集团有限公司11人集体腐败案过程中,原董事长刘忠吉向检察官供述其在企业管理混乱中贪污受贿情况时说:"腐败很正常,不腐败很难得!"有鉴于此,在加强央企管理的同时,国资委要求加强对央企领导人员反腐倡廉教育,把开展新提任领导人员集体廉洁谈话工作作为落实党风廉政建设责任制的重要措施。2010年10月,国资委对2008年以来新提任的150位央企领导人员进行集体廉洁谈话,以发生在央企的违纪违法案件警示央企领导人员慎用权力,并要求其必须学习掌握廉洁从业各项规定和要求,不得滥用职权,同时要承担反腐倡廉的政治责任,把企业的反腐倡廉建设抓好,把职责范围内的反腐倡廉工作做好。2010年11月10日,国资委纪委召开部分央企学习《镜鉴》座谈会,选录近年来央企查办的100个涵盖不同层次、不同岗位的干部员工在生产经营管理业务中发生的腐败案件,以典型案例为镜子,警钟长鸣,充分发挥警示教育在反腐倡廉建设中的独特作用。

4. 整肃驻京机构,防治"网络型"腐败

作为沟通京地之间的资信交流和促进各类资源流动的"桥梁"与"纽带"的各地驻京办,在推进经济体制改革和活跃市场、繁荣经济中发挥了一定作用。截至2010年7月,仅各地政府及其部门驻京办共有971家。但有的驻京办也成为地方联络京城的同乡、同学、朋友、战友、各类特定交往人、各种官商交易者定期或不定期集聚的"俱乐部",逐步形成"筷子一端、原则放宽","举杯共饮、交易共赢"的潜规则,成为极易滋生腐败的温床。

为了整肃素有"跑部钱进办"之称的地方驻北京办事处,2010年1月19日国务院办公厅印发《关于加强和规范各地政府驻北京办事机构管理的意见》,并于4月1日召开国务院电视电话会议对清理和规范各地政府驻京办的管理工作进

行部署。中央经过3年酝酿，铁腕出招整肃地方驻京办。国务院规定除保留52家副省级以上单位的驻京办外，其他近万家县级单位、有关企业、各种协会设立的驻京办6个月内裁撤。到10月底清撤任务基本完成，除50家省级政府（包括计划单列市、副省级城市和新疆生产建设兵团）及经济特区政府和296家地市级政府驻京办事机构保留外，共撤销625家。2010年10月27日北京市人力资源和社会保障局官网发布通知，重启办理驻京办工作居住证，最多不超过8人。在清撤任务完成后的实际调研和抽查工作中，仍发现个别驻京办少数人员还没有撤回及未得到妥善安置；一些驻京办因资产产权关系复杂，特别是房产未能处置完毕而未清撤；部分保留的驻京办职能转变不到位等问题。为了防止撤销的驻京办事机构变相存在，一是严禁新设或变相保留驻京办事机构，不得以变换名称、转移驻地等形式变相保留驻京办事机构；二是加强督促检查，对拒不撤销驻京办事机构以及以其他名义变相保留或新设驻京办事机构的，一经查实严肃处理追究有关人员的责任。同时，欢迎社会各界、新闻媒体、人民群众对此进行监督，及时举报。通过加强对保留驻京办的管理，加大监管力度，推动驻京办事机构健康有序地开展工作。

二 坚决遏制房地产领域的腐败

（一）专项整治：集中治理房地产领域的腐败

针对土地房产领域腐败猖獗的势头，近年来中央及有关部门组织了一系列专项治理。

1. 深入整治危害民生的土地领域的腐败

国土资源领域的腐败不仅影响土地和矿产资源保护与合理配置，妨碍经济社会的科学发展，而且严重损害群众利益，引发了大量社会矛盾，严重影响社会和谐稳定。2010年8月19日，深入开展国土资源领域腐败问题治理工作电视电话会议在北京召开，中共中央纪委常委、最高人民检察院副检察长邱学强出席会议并在讲话中透露：2009年1月至2010年7月，全国检察机关立案查办国土资源领域职务犯罪案件1855件，其中贪污贿赂犯罪1609件，渎职犯罪246件；大案1303件，县处级以上干部要案178人。

土地领域的腐败特点是发案数量多、涉案金额大、窝案串案多，国土资源部门领导干部犯罪问题和渎职犯罪比较突出，有关部门正在依据职能分工采取进一步专项整治的新举措。

2. 着力防治侵害群众利益的工程建设领域腐败

2009 年 7 月，中央决定用两年左右的时间集中开展工程建设领域突出问题专项治理工作。同年 8 月成立由中央纪委牵头，最高人民检察院、发展改革委等 21 个部门参加的中央治理工程建设领域突出问题工作领导小组，在深入调研的基础上制发《专项治理工作实施方案》，按照工程建设的基本流程，梳理出工程建设领域突出问题易发多发的 8 个环节，并分解为 34 项任务，明确了主要措施、责任单位和牵头部门。

截至 2010 年 4 月底，全国纪检监察机关共受理工程建设领域举报线索 17269 件，立案 9188 件，结案 8656 件；给予党政纪处分 5241 人，其中地（厅）级 57 人，县（处）级 611 人；移送司法机关处理 3058 人。5 月 20 日，中央治理工程建设领域突出问题工作领导小组在新闻发布会上通报了查处的 20 起典型案件。河南省郑州市原副市长兼郑东新区管委会主任王庆海利用职务便利，在土地出让、规划审批、征地拆迁等方面为请托人谋取利益，收受贿赂人民币 1936 万余元、港币 20 万元。其中，帮助某汽车销售公司在郑东新区取得土地使用权，为其情妇谋利 400 万元；帮助该公司将取得的土地部分变更为商业住宅用地并提高容积率，收受人民币 300 万元；帮助某房地产公司取得 27 余亩土地，收受商品房 15 套（价值人民币 415 万余元）。2009 年 11 月，王庆海被开除党籍、开除公职，已移送司法机关依法处理。

2009 年 9 月以来，全国检察机关共立案查办工程建设领域贪污贿赂和渎职犯罪案件 8981 件，涉案 10854 人，涉案金额 18.5 亿余元。其中，贪污贿赂大案 6343 件，重特大渎职犯罪案件 463 件；县处级以上要案 993 人。所查案件中，涉及国家公务员 3752 人，一批利用职权插手工程建设、谋取非法利益的领导干部和利用行政审批权、执法权、司法权索贿受贿、权钱交易的国家公务员受到法律追究。立案查办在工程建设中滥用职权、玩忽职守等渎职犯罪案件 919 件，为国家挽回经济损失两亿余元；立案查办各类行贿犯罪案件 1469 件，一批在工程建设中为谋取不正当利益，大肆拉拢腐蚀国家工作人员的行贿犯罪分子受到法律的惩治。同时，强化办案的治本功能，加强职务犯罪预防，认真做好行贿犯罪档案查询工作，促进了防治工程建设领域腐败长效机制建设。

监察部、人保部还印发《违反规定插手干预工程建设领域行为处分规定》，适用对象为副科级以上行政机关公务员，企业、事业单位、社会团体中由行政机关任命的副科级或相当于副科级以上人员。明确规定"违规插手干预工程建设领域行为"中违规插手干预房地产开发和经营活动的具体行为包括：要求有关部门同意不具备房地产开发资质或资质等级不相符的企业从事房地产开发与经营活动；要求有关部门为不符合商品房预售条件的开发项目发放商品房预售许可证；对未经验收或验收不合格的房地产开发项目，要求有关部门允许其交付使用；其他违规插手干预房地产开发用地、立项、规划、建设和销售等行为。《规定》共列出违规插手干预的9个方面、39种具体行为表现形式及相应的处分种类和幅度。情节较重的，给予降级或撤职处分；情节严重的，给予开除处分。这是在此前中央纪委印发解释的基础上，从行政处分规定上明确了"领导干部只要实施了违反规定插手干预行为，就应受到处分"的原则。如公务员未索贿受贿、谋取私利，但只要给国家和人民利益以及公共财产造成较大损失，或给本地区、本部门造成严重不良影响，就将给予记过或记大过处分，情节严重的给予开除处分。另外，违规插手干预工程建设领域行为应给予党纪处分，移送纪检机关处理，涉嫌犯罪将移送司法机关追究刑事责任。

3. 严厉惩治房地产开发领域的腐败

近年来，执纪、行政执法、国家司法机关建立健全职能分工合作体制和完善快速反应的工作衔接协调机制，充分利用信息技术和网络平台，形成严惩房地产开发腐败的整体合力与综合功能。在各系统分别开通统一举报电话和网上密码举报的同时，建立奖励举报制度，切实加大对房地产开发市场的介入力度，及时彻查严办损害国家安居工程与保障性住房建设的违规违纪和违法犯罪案件。与此同时，针对该领域的腐败主要表现为由开发商行贿直接诱发国家工作人员受贿的商业贿赂易发多发的特点，加大了惩治和预防行贿的工作力度。最高人民检察院于2010年5月制定下发《关于进一步加大查办严重行贿犯罪力度的通知》，将房地产领域的行贿犯罪明确规定为查办重点，建立健全行贿与受贿统筹查办机制、区域联动办案机制，强化对查办和惩处行贿犯罪的侦查和审判监督机制。在总结四年来实施行贿档案对外查询工作的基础上，将"黑名单"的查询范围扩展到所有行贿犯罪，筹建最高人民检察院行贿犯罪档案管理中心，完善查询系统软件，推动实现全国联网，有效强化对房地产等领域行贿诱发受贿犯罪的打击和防控。

2010 年 9 月被终审判处死缓的贵州省贵阳市人民政府原市长助理樊中黔受贿、巨额财产来源不明案，就是由纪检监察和检察机关协同配合下调查侦破的。这一腐败官员的受贿案牵涉 70 多个行贿的开发商，并牵出贵阳城市国土、建设领域的腐败案 15 件，涉案 18 人。樊中黔利用职务便利，在房地产工程建设、项目手续审批、项目招投标、城市建设配套费减免、相关工程资金拨付等工作中，为他人谋取利益，长期大肆收受贿赂共计人民币 1005 万余元、美元 4 万元、欧元 0.8 万元、港币 24.8 万元，价值 18 万多元的 50 根金条，价值人民币 1.7 万元的黄金版《周易》经书一本。其尚有人民币 246 万多元、美元 25 万多元、欧元 12 万多元和港币 36 万多元不能说明来源合法。"商向官进贡，官为商牟利"已成为房地产行业普遍存在的"潜规则"。反腐败的职能机关就是针对这一"潜规则"展开对房地产领域腐败的发案规律、特点、原因的深入研判，探索出有效查出和预防腐败的新方略、新途径、新对策，严惩腐败官、商，严防腐败蔓延。

（二）政策规制：强化对房地产市场的调控监管

切实调控房地产市场和有效遏制房地产价格过快上涨，早已成为当前中国社会涉及民生、影响稳定、关系和谐的重大政治问题。在以往探索和推进抑制房地产价格过快上涨的调控基础上，2010 年 3 月温家宝总理在十一届全国人大三次会议上所作的《政府工作报告》中提出，要继续加快推进保障性安居工程建设，全年计划建设保障性住房 300 万套、各类棚户区改造住房 280 万套。国务院两次为此召开座谈会加以推进，住房和城乡建设部代表安居工程协调小组与各省级政府签订目标责任书，会同监察部等部门进行督查和研究建立考核问责制。4 月 17 日，国务院印发《关于坚决遏制部分城市房价过快上涨的通知》，从建立考核问责机制、抑制不合理住房需求、增加住房有效供给、加快保障性安居工程建设、加强市场监管等方面，提出更加严格、更加有力的调控措施。住建部为贯彻落实国务院的要求，制发了《关于进一步加强房地产市场监管完善商品住房预售制度有关问题的通知》等一系列细化相关措施的文件。9 月份国家陆续出台的一系列深化推进调控的措施，既有诸如收紧银行信贷、严查囤地炒楼行为的规定，又采取税收调控、限制购买等新的政策措施。有关部门还联合研究制定了加强房地产经纪机构的管理、规范发展二手房市场等方面的制度。各地根据调控政策的要求进一步加强市场监管，严肃查处违法违规行为，加大住房交易市场检查力度，

依法查处经纪机构炒买炒卖、哄抬房价、怂恿客户签订"阴阳合同"等行为。对房地产开发企业土地闲置、改变土地用途和性质、拖延开竣工时间、捂盘惜售等违法违规行为加大曝光和处罚力度;对有违法违规记录的房地产开发企业暂停其新购置土地;同时进一步强化督察房价飞涨背后形形色色的腐败因素,严格依照法纪规制问责和保障调控措施的实施,使通过"政策组合拳"遏制房价过快上涨的调控初见成效。

(三) 综治战略:规制房地产市场依法运行

近年来为了遏制房价过快上涨,政府先后出台多项应急调控政策,虽有时立见成效,但总的来说受政策时滞等因素的影响,调控的整体效果不佳。尤其是短期调控政策被灵活的市场对策和随机应变的腐败手段应对的节奏日益加快,多轮调控的结果最终又大多形成"屡调屡涨"的尴尬局面,使调控效果难以满足人们的心理预期和客观需要。因此,深化房地产市场体制的综合改革,加快推进房地产市场运行的法治化建设迫在眉睫。

1. 房地产管理及住房保障关乎国计民生,务必完善立法

当前房地产领域的各种乱局和腐败现象屡禁不止,甚至愈演愈烈难以有效遏制,皆因现行法制严重滞后且存在诸多实体与程序上的缺陷,如与有关法制规范不协调、与《物权法》的相关内容存在矛盾、与现行土地政策的某些规定不尽一致等,亟待全面系统地进行整合梳理,制定统一完善的、包括房地产管理与住房保障内容的、实体与程序有机结合的基本法律。鉴于房地产管理与住房保障属于关乎国计民生的大事,应当制定由全国人民代表大会通过的、其法律效力仅次于宪法的法律,以利于有效规范房地产市场,使其以法制为边界活而不乱地有序运行。

2.《房地产管理及住房保障法》应当参酌中外、统筹城乡

目前制定《房地产管理及住房保障法》的时机已经成熟,国外有诸多可资借鉴的立法技术和成果,国内亦有丰富的经验和大量的教训,应当紧密结合实际参酌中外立法取长补短。在实体方面不应忽视以下内容。

一要统筹规范城乡房地产市场及住房保障。目前人类社会已进入城市化时代,全球 50% 以上的人口居住在城市。中国未来 20 年将有数亿农村人口转移到城市,其规模之大、人数之多,可谓史无前例、举世无双。新的立法必须切实关注这一中国特色，务必根据宪法及有关法律，确保农民及其他农村人口的法定人权、物权、民主权等各项权益不受侵犯。2010年中共中央一号文件规定："农村宅基地和村庄整理后节约的土地，仍属农民集体所有。"根据《宪法》、《土地管理法》等法律的规定，村民对本村土地集体享有的所有权与政府对国有土地的所有权是等价的，不得违背农民意愿强行圈地、野蛮拆迁、劳民伤财、损害农民利益。对于农村人口的住宅也应当与城市人口一视同仁地依法确认其享有所有权。

二要依法废止地方政府的"土地财政"。大量案例显示，某些地方官员无休止地把开发利用土地当做刺激经济的增长点、改变面貌的助推剂、提升形象的显示屏、追求政绩的功劳簿，其实质是抬高地价虚增房价、损害公共利益谋取个人名利、假借为民谋利实为官商交易，聚集多种腐败于一体。自1990年实行分税制改革以后，土地出让成为一些地方政府财政收入的重要来源。据统计，仅非农建设占用耕地一项，从1987年到2002年各级地方政府就从农民手中获得土地净价收益14200亿元以上。有的地方财政收入50%以上依赖出售土地使用权。目前土地出让违法违规的成本极低。一些地方官员在成片开发、造城运动中，既显耀着"政绩"铺就"升迁"之道，又充实财政提供大量公款消费来源，还可从中获得巨额个人好处。然而，正是"土地腐败"直接导致一部分农民贫困。目前，全国因"农村圈地运动"而出现4000万"三无农民"。① 如果不迅速解决土地腐败造成的官民矛盾，和谐社会的构建必将受到极其严重的危害。

三要严格规范监管房地产中介组织。目前房地产经纪行业存在程度不同的从业人员素质低、参与违规炒房多、相互内讧严重等问题。如发布虚假广告，损害当事人的利益、渲染房源紧俏的气氛等，为房价虚高推波助澜，给房地产市场注入了不少泡沫和危机。因此，应在立法中规定准入的注册资金、上岗资质、员工规模等方面要求，加强市场监管。

四要建立科学的惩戒罚则体系。执纪执法与司法实践证明，国土官员腐败与盲目追求政绩密切相关。2007年以来，仅广东省纪检监察机关查处的市县两级国土资源局局长多达28人。而由人民网开展的"官场十大高危岗位调查"中，国土资源局局长位居榜首。随着土地资源的增值，国土资源部门在土地审批、交易、开发等过程中，各种违法现象屡见不鲜。因此，《房地产管理及住房保障

---

① 邵道生：《将"土地廉政之风"进行到底》，《新世纪周刊》2006年第20期。

法》应当针对各类违法的行为分别规定所承担的法律责任。尤其是对违反职责的腐败行为，应当列举违法行为的模式，规定相应适用处罚种类，并明确与职责相关的重点法律责任主体及重点惩戒的违法行为。

Combating Corruption，Upholding Moral Integrity，and Improving People's Livelihood

Abstract：In the year of 2010，China's campaign on combating corruption and upholding moral integrity highlights the importance of institutional improvement and focuses on solving social hot issues，all of which aim to protect and ameliorate people's livelihood and gain the trust of the general public. In recent years，government has implemented various new policies to strengthen its administration on national land resource. At the same time，government made efforts to punish and prevent corruption which was related to real estate development. Now，it is time to introduce the Real Estate Administration and Housing Insurance Law to guarantee that the real estate industry operates within the legal framework.

Key Words：Punishing and Preventing Corruption；Real Estate；People's Livelihood

B.17
地方债务风险：现状、成因及对社会的影响*

黄燕芬 邬拉**

摘 要：1994 年，基于国家财政汲取能力的不足，中国进行了具有划时代意义的分税制改革，然而由于改革尚非彻底，造成中央和地方财力与事权不匹配，地方政府由此累积了大量的显性和隐性债务。加之随着工业化和城市化进程的不断加快，民生工程突飞猛进，特别是 2008 年以来，中国为应对国际金融危机而出台的大规模投资计划进一步加剧了地方政府债务的风险，地方债务规模急速膨胀已经成为影响社会稳定与发展的重要因素。地方债务风险如不能得到积极和及时的防范和化解，将会向中央财政转嫁，进而会严重威胁社会稳定和经济社会的可持续发展。

关键词：地方债务风险 金融危机 民生工程 社会稳定

地方政府债务作为地方政府平衡财政收支的一种手段，是社会事业发展的一把典型的"双刃剑"，若利用得当，适度负债将会使地方社会事业得到长足的发展和稳定；但是若过度举债，将会危及社会的长期稳定与可持续运转，容易诱发各种社会危机，进而致使当地社会出现不和谐。

一 中国地方政府债务现状分析

地方政府债务是指地方政府作为债务人以政府名义举借或者担保举借的债

---

* 本文得到教育部"211 工程"三期子项目"中国特色的公共管理与公共政策学科平台建设"的资助。

** 黄燕芬，中国人民大学公共管理学院教授；邬拉，中国人民大学公共管理学院博士。

务，并由此承担的资金偿付义务。地方政府债务风险，是指地方政府无法清偿到期债务的偿债风险以及由偿债风险引发的其他风险。具体而言，中国地方政府债务风险主要以规模风险、结构风险和管理风险三种形式呈现。

（一）地方政府债务的规模风险：规模巨大，扩张明显

随着中国市场经济体制改革的不断深化，地方政府为弥补资金缺口，多年以来以各种名义举借了大量债务，其潜在的风险不容忽视。尽管中国目前学术界、政府部门和市场人士尚无关于中国地方政府债务确切规模的全面、真实的权威数据，但是从大量的调研报告可以看出，地方政府负债的总体规模极其庞大，且扩张明显。

1. 全国范围的地方政府债务规模

早在 2004 年，国务院发展研究中心宏观经济部地方债务课题组报告《关于中国的地方债务问题及其对策思考》的统计显示，2004 年地方政府债务至少在 10000 亿元以上，其中乡（镇）政府债务 2200 亿元，平均每个乡（镇）债务 400 万元，且地方政府债务规模呈加速上升趋势。财政部经济建设司的报告也显示，按照平均数推测，2004 年全国地级及以上城市的负债总额为 10800 亿~12000 亿元。

2005 年财政部办公厅协作调研课题组《关于化解地方政府债务有关情况的调研报告》也指出：调查中大多数省的地方政府债务规模呈逐年上升态势，债务余额庞大，且增速较快，同时其债务余额超过当年全省地方本级财政收入，债务负担率大多数超过 10%。从增长情况看，调查的省市债务规模扩张都比较快，近年债务增长速度几乎都超过了 GDP 和财政收入增长速度。

目前这一水平已被大大突破。一些调研报告对 2009 年中国地方政府债务规模进行了估计。例如，高盛研究报告估计，截至 2009 年底，政府总负债为 15.7 万亿元，约占 2009 年 GDP 的 48%。这主要包括中央政府发行的国债余额、地方政府在进行基础设施建设和其他投资时所承担的债务，以及在 2000~2001 年期间商业银行剥离但仍体现在资产管理公司账面上的不良贷款三大部分。其中，中央政府国债占 GDP 的 20%，地方政府债务大致在 7.8 万亿元，约占 GDP 的 23%，第三部分总额为 1.6 万亿元，接近 2009 年 GDP 的 5%。[①] 安邦集团研究报

---

① 乔红、宋宇：《潜在房产调整和政府过度借贷的风险评估》，《高盛集团研究报告》，2010 年 5 月 10 日。

告估计，2009 年末，中国地方负债总额至少达到 7.43 万亿元。① 中金公司研究报告估计，2009 年末地方政府融资平台贷款余额约为 7.2 万亿元，其中，2009年净新增约 3 万亿元。预计 2010 年和 2011 年后续贷款为 2 万亿 ~ 3 万亿元，2011 年底将达到 10 万亿元左右。② 此外，上海申银万国研究报告估计，中国地方省级层面的政府债务于 2009 年末大约在 9.5 万亿元。③

央行 2009 年第四季度披露的数据显示，截至 2009 年 5 月末，全国地方政府的负债超过 5 万亿元。④ 2010 年 6 月 23 日，第十一届全国人民代表大会《关于2009 年度中央预算执行和其他财政收支的审计工作报告》指出，地方政府性债务总体规模较大，融资平台公司的政府性债务平均占一半以上。审计调查的 18个省、16 个市和 36 个县本级截至 2009 年底，政府性债务余额合计 2.79 万亿元。其中，2009 年以前形成的债务余额为 1.75 万亿元，占 62.72%；当年新增 1.04万亿元，占 37.28%。在这些新增债务中，仅有 8.92% 用于中央扩内需新增投资项目的配套资金，还有相当部分用于建设 2008 年前已开工的交通、市政等基础设施。这些地区共有各级融资平台公司 307 家，其政府性债务余额分别占省、市、县本级政府性债务总额的 44.07%、71.36% 和 78.05%，余额共计 1.45 万亿元。

2. 部分省份的地方政府债务规模数据

有关各省、市、县的地方政府债务规模的估计和调研不在少数，但是鉴于数据来源的保密性，调查目标都以"某省"、"A 市"、"S 县"的形式描述，而明确标明具体地名的债务规模数据非常有限，散见于少量的研究文献中，现整理如表 1。从表 1 中几个省 2007 年的债务规模来看，地方债务规模已达到相当高的水平。

---

① 李明旭：《地方债务正在酝酿下一轮银行坏账大潮》，《安邦集团研究报告》，2009 年 9 月 15日。

② 毛军华、罗景、鄢耀：《在发展中动态解决问题 地方政府融资平台贷款风险可控》，《中金公司研究报告》，2010 年 3 月 11 日。

③ 李蓉、李慧勇、魏强：《客观威胁若隐，主观恐惧若现——中国地方政府融资风险研究》，《上海申银万国研究报告》，2010 年 9 月 21 日。

④ 中国社会科学院经济研究所"国内外经济动态"课题组：《有效化解地方债务难题的对策思路》，2010，中国社科院经济研究所网站，http://ie.cass.cn/window/jjzs.asp?id =735。

表1　2007年各地债务规模统计汇总

单位：亿元，%

省份	债务总额	债务总额/ 当地GDP	其　中		
			直接债务 （占债务总额）	担保债务 （占债务总额）	政府性挂账 （占债务总额）
陕西省	1272	23.2	886(69.7)	345(27.1)	40(3.2)
河南省	2171	14.5	1805(83)	158.2(7.3)	208(9.6)
浙江省	—	12.5*	–(80)	–(10)	–(10)
辽宁省	1481.48	13.4	—	—	—

　　注：担保债务是地方政府为事业单位、地方政府城市投资公司担保而具有的隐性债务；政策性挂账债务是地方政府由于体制改革等多方面原因对企业和个人的欠款。

　　＊该数据为保守估计下的假设。

　　资料来源：财政部财政科学研究所《我国地方政府债务风险和对策》，《经济研究参考》2010年第14期；孙勇：《地方政府债务风险问题初步分析》，《金融会计》2010年第3期。

（二）地方政府债务的结构风险

1. 举债主体多元化

　　正常情况下，举债的主体理应由主管地方政府财政的财政部门来承担，然而事实上，中国地方政府债务举债主体众多，不仅包括各级地方政府和财政部门，还包括政府所属的投融资公司及其所属职能部门和企事业单位以及一些公益性单位等，并非由财政部门单一决定，从而出现了"债出多门"的现象。这会导致地方财政部门对债务管理的"缺位"以及政府债务风险意识的减弱，从而进一步膨胀地方政府债务。

2. 逾期债务居高不下

　　早在2005年，财政部办公厅协作调研课题组《关于化解地方政府债务有关情况的调研报告》就指出，福建省2004年县乡两级政府占全省债务规模的58.2%。其中，县乡两级政府逾期债务占总额的84.1%。[1] 地方政府债务的偿还资金主要来源于地方政府的财政收入以及举债投资的项目收益。在现阶段

---

　　[1]　财政部办公厅协作调研课题组：《关于化解地方政府债务有关情况的调研报告（2005年）》，财政部网站，http://www.mof.gov.cn/preview/bangongting/zhengwuxinxi/diaochayanjiu/200806/t20080618_46046.html。

中国地方政府财力普遍薄弱的情况下，加上政府投资项目多为"铁公基"建设，项目很难产生高收益，这无疑造成了地方政府债务逾期率处于较高水平。据有关统计，中国中央政府转贷和地方自行借债等已到期但没有如期归还的债务中，73%是地方自行借款发生的。此类项目的平均逾期率达到了 1/3 之多。①

3. 或有债务②隐蔽性强

在中国地方政府债务中，或有债务占据相当大的比重，由于其具有很强的隐蔽性，我们很难确切把握或有债务的总量，这不利于决策者进行政策制定。或有债务虽然在现阶段还不属于政府的直接债务，无须地方政府立即偿还，但是其潜在的风险不容忽视。这是因为，一旦出现或有显性债务无力偿还的情况，或有隐性债务很可能会在地方政府偿债压力下演变为政府直接显性债务，这将进一步扩散和加剧地方政府债务风险。

（三）地方政府债务的管理风险

1. 地方债券市场尚未真正建立

允许地方政府发行债券，是实行规范化的分税制财政体制国家的普遍做法。目前中国已初步建立起分税制财政体制，地方财政已成为一级独立的预算。在这种情况下，地方政府应该享有包括举债权在内的财权。然而，现阶段中国地方政府举债缺乏合理正当的法律依据，债务的转让和交易更多的是通过各种隐秘的方式变相进行，而且有相当一部分是通过银行打包处理来进行，有利于对隐性债务进行统一规范化管理和有利于建立地方政府长效融资机制的地方债券市场尚未真正建立。中国的债券市场规模较小，结构不合理，造成了债券市场体系的不健全。一方面，企业债券市场发展明显落后于政府债券市场发展；另一方面在政府债券市场内部，国债市场发展迅速，而地方政府债券的发展还处于初级阶段。这是因为地方政府债券的信用评级、发行渠道等制度环节尚不完善，地方政府债券

① 转引自周鹏《经济危机背景下地方政府债务的探究》，《改革与开放》2010 年第 3 期。
② 参照世界银行专家对政府债务风险的划分，地方政府债务可以分为直接债务和或有债务。其中，直接债务是指不需要特定事项的发生，在任何情况下地方政府都需承担支付责任的债务；或有债务是指基于特定事件发生的地方政府债务。或有债务又根据债务的发生是否属于法定义务分为显性或有债务和隐性或有债务。

管理统一的制度框架尚未建立，没有以地方政府为单一信用主体的地方政府债券。① 地方政府债券市场的缺失，使中国地方政府债务的透明度较差，从而不能有效地控制和管理地方债务风险。

2. 地方融资平台风险积聚

当前地方政府通过融资平台积聚的资金过于庞大，银监会 2010 年第三季度经济金融形势分析通报会议上通报的数据显示，截至 6 月末，中国商业银行地方融资平台贷款达 7.66 万亿元。② 还有学者认为，2009 年地方政府的投融资平台的负债总规模已经超过了地方政府全年的总财政收入。③ 这表明中国目前一些地方投融资平台积累了巨额风险。此外，由于地方融资平台的操作过程不规范和不透明，资金的隐性风险也在不断积聚。从中国政府近期一系列举措中也可以看出中国地方政府融资平台问题突出。2010 年 1 月 19 日，温家宝总理在国务院第四次全体会议上提出，要把"尽快制定规范地方融资平台的措施，防范潜在财政风险"列入 2010 年宏观政策的重点工作。2010 年，中国加大了地方融资平台的清理力度，6 月 10 日，国务院下发了《关于加强地方政府融资平台公司管理有关问题的通知》（以下简称国发〔2010〕19 号文）。7 月 30 日，财政部、国家发改委、中国人民银行、中国银监会四部委联合发布了《关于贯彻国务院加强地方政府融资平台公司管理有关问题的通知相关事项的通知》（以下简称《通知》），此次四部委发出的《通知》是对国发〔2010〕19 号文的细则补充，其要求：7 月 1 日（含 7 月 1 日）以后，地方政府确需设立融资平台公司必须足额注入资本金，不能带来经营性收入的基础设施等公益性资产，不得作为资本注入融资平台公司。

二　对中国地方政府债务成因的思考

本文将从体制、政策、管理、社会层面对地方政府债务形成的原因进行剖析。

---

① 根据《国务院代理发行地方债券的通知》、《财政部代理发行地方债券暂行办法》以及《财政部关于地方政府债券预算管理问题的通知》三份文件提出的框架要求，中国目前地方政府债券的发行是由财政部代理发行，经国务院批准同意，以省、直辖市、自治区和计划单列市政府为发行和偿还主体。也就是说地方政府不能独立发行地方债券，同时对于较大规模的地级市以及县级市，严格禁止其发行地方债券。

② 转引自谈佳隆《银监会第三次经济金融形势通报会议披露：1.7 万亿元地方债有坏账风险》，《中国经济周刊》2010 年第 32 期。

③ 转引自叶建国、谈佳隆、王红茹、刘永刚《地方债务危机》，《中国经济周刊》2010 年第 8 期。

（一）体制因素分析

体制方面的原因主要涉及财政体制、投融资体制和行政管理体制三方面的内容。

1. 分税制改革不彻底

1994 年，为解决中央财政财力严重不足的问题，中国进行了分税制财政体制改革，提高了国家财政的汲取能力，具有划时代的意义。但是，这一改革并不彻底，由此遗留了很多问题。最为突出的是政府间事权及支出责任与财权划分的不对称，逐渐形成"财力向上集中"和"事权向下转移"的局面，迫使地方政府通过各种非正规渠道直接或间接地借入内外债务，违规融资，负债运营。政府财政收入向上级政府集中的格局，随着时间的推移越发明显，从图 1 可以看出，改革开放以来地方政府财政收入占总财政收入的比重呈下降趋势。

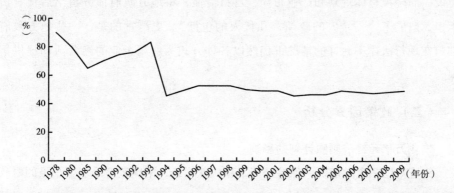

图 1　1978 ~ 2009 年中国地方政府财政收入占总财政收入的比重

资料来源：《中国统计年鉴（2009）》和《关于 2009 年中央和地方预算执行情况与 2010 年中央和地方预算草案的报告》。

2. 多元投资格局尚未形成

在经济转轨过程中，原有的政府投融资体制已被打破，而新的适应市场经济要求的政府投融资体制却尚未成型。中国目前投资渠道单一，尚未形成真正意义上的多元化投资格局。在投资渠道上，中国地方政府习惯于大包大揽一切基础设施建设，很少通过将国有、公营的公用事业所有权或经营权转移给社会力量来减轻财政压力，引入市场机制和利用社会资金存在明显不足，社会资金的准入门槛

较高，造成了政府对私人"市场投资行为"的过度干涉以及政府投资范围过宽的问题，且没有形成政府、市场和社会为一体、相互协调的多元化投资格局，其直接后果就是增加了地方政府债务的风险和责任。

3. 政府行为不规范

在中国，有相当一部分地方政府债务的形成是政府直接行为不规范的结果。这主要体现在，首先，政府职能转变不到位。公共财政理论表明，公共财政的活动范围只能限定在市场失灵的领域内，不能超出这一领域而损害市场机制的正常运转。但中国地方政府"越位"与"缺位"问题并存，对于政府本应基本退出的营利性和竞争性领域的投资，地方政府没有实现应有的退出，仍然扮演着十分重要的角色，包含着相当大的政府干预成分。其次，地方政府官员行为不负责任。在现行政绩考评机制下，地方各级领导干部确立了"经济增长率是硬道理"、"GDP 增长是硬道理"的目标，大搞"形象工程"和"政绩工程"建设，而轻视整体规划和产业布局，盲目借债，将地方政府债务留给后任官员承担，造成了"一个人的政绩，几代人的包袱"。更严重的是，一些地方政府部门在现行法律不允许的情况下仍然以各种方式为所属企业的经营活动提供担保。

（二）政策因素分析

1. 4 万亿元经济刺激计划的影响

为应对国际金融危机，保持经济平稳快速增长，中国政府采取了积极的财政政策，提出了 4 万亿的经济刺激方案。然而，4 万亿元投资是指中央政府拟于两年内投资 1.18 万亿元，带动地方政府和社会投资共约 4 万亿元。也就是说中央只负担 4 万亿元总投资计划中的 1.18 万亿元，剩下很大部分需要地方财政和社会资金配套。① 尽管中央为了解决地方配套资金来源问题，已于 2009 年、2010 年代理发行了地方政府债券 4000 亿元，② 但这对于一些财力薄弱的地方政府来

---

① 转引自《李肇星：4 万亿刺激经济中央只出 1.18 万亿》，新浪财经网，2009 年 3 月 5 日，http：//finance. sina. com. cn/g/20090305/07245933803. shtml。

② 引自财政部、银监会等部门负责人就《关于贯彻〈国务院关于加强地方政府融资平台公司管理有关问题的通知〉相关事项的通知》答记者问，财政部网站，2010 年，http：//www. mof. gov. cn/zhengwuxinxi/zhengcejiedu/2010nianzhengcejiedu/201008/t20100819_ 334013. html。

说仍只是杯水车薪，只能通过地方融资平台来配套，才能进行大量融资。根据国家发改委有关部门测算，[①] 2009 年，地方政府须为中央投资项目提供配套资金约 6000 亿元，而地方政府自身仅能提供 3000 亿元，缺口近 3000 亿元。这将进一步凸显和加剧地方政府债务的潜在风险。

2. 结构性减税政策的影响

2008 年以来，中国出台的一系列减税政策，导致地方财政收入的增速放缓。新企业所得税法实施带来的减收效应，以及个人所得税费用扣除标准的提高，都在一定程度上减少了地方政府财政收入。此外，2009 年开始的增值税转型改革，使当年增值税减收约 1200 亿元。按照现行共享税的分享比例计算，地方财政则减少了约 300 亿元的增值税收入，另外，有关统计数据显示，城市维护建设税收入和教育费附加收入减少 100 亿元，企业所得税收入地方财政分成增加 25 亿元，增减相抵，地方财政共减少了 375 亿元的税收，[②] 这无疑增加了地方财政筹集资金的压力。

3. 土地政策的影响

近年来，中央不断强化对房地产市场的调控和管理，严格保护耕地。2009 年，财政部、国土资源部等五个部委联合下发了《关于进一步加强土地出让收支管理的通知》，要求地方将土地出让收入全额缴入地方国库，支出则通过地方基金预算从土地出让收入中予以安排，实行彻底的"收支两条线"管理；2010 年国家对房地产政策的调控力度进一步加大，这一系列管理举措相对规范了地方政府土地出让行为。这使得地方政府的主要财政收入也是主要偿债来源——土地出让金面临缩水的危险，地方政府的"资金链"有可能断裂，地方政府的债务风险将进一步加大。

（三）管理因素分析

1. 地方债务管理落后

中国地方债务管理落后主要是因为债务管理的效率不高。首先，地方政府缺

---

① 转引自尹仪《财政破产之虑——解读 3 月 Top 时空：〈2000 亿地方债能否破解地方政府负载难题〉》，《企业家天地》（理论版）2009 年第 12 期。
② 引自财政部财政科学研究所《中国地方政府债务风险和对策》，《经济研究参考》2010 年第 14 期。

乏对举借债务的科学论证和整体规划，重复建设现象、无效工程、"胡子"工程和"首长"工程屡见不鲜。地方政府官员过于关注政绩，而过少顾及实际偿还能力，导致地方政府财政入不敷出。其次，中国地方政府的基础工作还很薄弱，政府债务的统计、核算、计量体系尚未建立，地方政府债务的确切规模因而就很难被准确地掌握，进而政府债务的负债率、偿债率等监控指标也无法运用，相应的债务风险预警机制也就无从建立。再次，中国缺乏相应的举债约束机制，从而催生了地方干部扭曲的负债观，进一步助长了地方政府的盲目举债行为。最后，中国地方债务尚未纳入预算管理的范围，导致偿债资金难以落实，且给地方财政带来了突发性或计划外的偿付压力。

2. 地方人大监督乏力

地方政府的不规范行为理应在地方人大的监督下有所控制，然而事实上，中国地方人大并未发挥其应有的监督政府的作用，这在很大程度上是因为中国地方人大代表的结构凸显官员化，从而造成地方人大对地方政府的监督约束软化，监督不力，不能很好地抑制政府的不规范行为，进一步助长了地方政府的行为随意性。目前部分地方政府的权力存在过分集中于党政领导个人的现象，具有官员身份的人大代表不大可能向行政级别比自己高的上级进行真正严厉和到位的质询、罢免等有效的监督。同时，"一府两院"由人大产生，向人大负责，受人大监督。具有官员身份的人大代表显然存在既是运动员又是裁判员之嫌。

（四）社会因素分析

1. 转轨期间克服社会不稳定因素需要大量财力支持

在社会主义市场经济转轨期间，社会矛盾与冲突交织，政府除了承担发展经济的职责之外，还必须承担和履行维护社会稳定、化解社会矛盾的责任和义务。政府要履行好这些职能，就必须有一定的财力支持。在市场化进程中，地方出现的社会突出矛盾主要体现在"三农"问题，弱势群体、下岗工人、居民的社会保障，金融的混乱行为等方面，这些都应作为本级政府的重点工作内容，并需安排相应的财力进行保障。

2. 工业化和城市化进程中的资金供求矛盾

国际经验表明，经济的发展通常会伴随着工业化和城市化的快速发展。中国工业化和城市化进程开始进入稳定快速发展阶段，地方政府亟须大量资金投入。

发展工业化必须转变发展方式，实现资本、技术的积累和产业结构的升级优化，这必然需要大量的资本投入来配套。同时，伴随着工业化而来的城市化建设，也迫切要求地方政府积极筹资以提供城市发展所需的各种城市生活基础设施，面对城市化进程中的地方基础设施建设以及全国基础建设中地方政府投资部分的巨大资金需求，地方财政必须具备一定的物质基础，然而，由于中国政府投融资体系的市场化程度不高，地方政府资金来源主要还是地方财政收入，这就形成了资金来源难以适应快速增长的投资需求的矛盾，捉襟见肘的地方政府不得不依靠举债进行融资。

三　地方政府债务风险的社会影响

（一）地方社会事业发展难以持续，公共物品和服务质量降低

各地经济社会的快速发展，需要政府提供相应的公共物品和服务。地方政府债务风险的积聚，将使社会供给能力减弱，地方政府提供的公共物品和服务由于原有财力被挪用于偿付到期债务而被迫降低其供应的质量，不利于地方社会事业的发展。而其后果，一方面将会大大限制地方政府对基础设施、教育科学、医疗卫生等地方公共物品和服务的继续投入；另一方面可能会出现公务员和中小学教师等相关人员工资拖欠、社保资金和扶贫资金拖欠、国有企业破产财政兜不住底、下岗人员生活和再就业难、企业离退休人员养老金拖欠等问题，严重的将会威胁社会稳定。

（二）损害社会诚信体系，进一步引发社会信用危机

地方政府作为社会诚信体系的建设主体，对社会诚信体系的构建起到了或促进或阻碍的关键作用。地方债务展期、拖欠等地方政府失信行为对社会其他经济主体起了不良的示范作用，由于地方政府债务风险暴露，一些地方政府甚至出现了"工资停发、发票停报、车子停转、食堂停餐、电话停机"的局面。政府信用是社会信用的基石，地方债务不能到期清偿还会产生严重扭曲的市场信号，动摇投资者与消费者的信心，阻碍了投资和消费。此外，在地方银企争端中，地方政府往往将企业看做是自己的，银行看做是中央的，而倾向于偏袒企业一方。这

些都将会严重影响政府的公信力，因而也会恶化社会信用环境，损害社会诚信体系，进一步引发社会信用危机。

（三）增添潜在的社会不稳定因素，破坏当地社会和谐

地方政府债务的不断膨胀可能引起更大范围的社会危机，造成社会不安定，破坏当地社会和谐。由于中国人口的65%都居住在农村，县级以下行政组织是中国政治经济的基础，若出现基层债务危机，不仅会使县级以下行政组织失去其存在的经济基础，还会导致地方政府职能的萎缩。因此，急剧扩张的地方政府巨额债务是社会稳定与发展的重要隐患。财政部办公厅2005年《关于化解地方政府债务有关情况的调研报告》反映，据黑龙江省齐齐哈尔市的不完全统计，2004年因乡村债务引发的上访几乎占到上访总数的一半以上。① 此外，由于中国地方政府不能破产，因此一旦政府出现财政危机，中央政府就成为最后"兜底者"，从而拖垮中央财政，进而危及整个国家的经济安全和社会稳定。

（四）地方债务逼高地价，成为高房价的潜在支撑力量

多年以来，地方政府主要依靠城市土地出让金来填补财政空缺。巨额的地方政府债务使地方政府更多地求助和依赖于土地出让金收入，而迅速膨胀的土地出让行为进一步推动了城市房地产价格的上涨，因而在一定程度上导致了地方政府和房地产开发商出于自身利益最大化而在抬高房地产价格方面的目的一致性。一方面，地方政府通过在卖地中寻租而间接地向购房者征收隐形税来筹集财政资金；另一方面，房地产开发商依靠抬高房价谋取高额利润，从而地方政府和房地产开发商达成共谋的局面，这种政府管理人员与房地产开发商的利益风险共担现状又进一步推动了政府卖地行为，从而逼高地价。因此，地方政府债务逐渐成为房价高企不下的潜在支撑力量。

（五）阻碍经济社会的可持续发展，造成眼前利益与长远利益的冲突

各级地方政府为加快经济发展，追求高经济增长率和确保资本回报率，想方

---

① 财政部办公厅协作调研课题组：《关于化解地方政府债务有关情况的调研报告（2005年）》，财政部网站，http：//www. mof. gov. cn/preview/bangongting/zhengwuxinxi/diaochayanjiu/200806/t20080618_ 46046. html。

设法加大招商引资力度，鼓励负债经营，举债建设，部分地方财政已从早期的"吃饭财政"转变为"要饭财政"，"寅吃卯粮"和"吃了上顿没下顿"的现象突出。通过负债不断地追加投资，必然会使某一时点的地方经济指标能得到相当水平的提升，能够实现"一代人的政绩"，但"短期是政绩，长期是负债"，这种只顾眼前利益的短期行为严重阻碍了地方的长期可持续发展，一方面使与群众密切相关的民生工程建设的必要资本投入受到影响，另一方面也制约了地方政府为转变发展方式而进行产业结构优化和战略调整所需的前期大量资本投入，这些投入都是基于对地方政府长远发展的考虑，地方政府若不能很好地平衡眼前利益和长远利益，将会严重抑制地方的发展。

四 关于防范中国地方政府债务风险的政策建议

（一）理顺中央和地方的关系，进一步明确政府间事权和支出责任的划分

进一步明晰中央与地方的事权和支出责任的划分，并以事权为中心合理分配中央与地方的财权。明确的事权和支出责任的划分是确保地方政府职能"不越位、不错位、不缺位"的基础，同时也是配置相应财权、财力的重要依据。应该在市场经济体制和公共财政框架上，遵循事权划分的基本规则，参照市场经济国家的通常做法，尽快在教育科学、医疗卫生、社会保障等基本公共服务领域，形成相对规范、明晰的管理权限和支出责任的划分模式，并以法律形式固定下来。此外，根据事权和财权相匹配的原则，在保证中央权力集中的基础上，适当赋予地方政府的税收自主权，扩大地方政府的税基、税率决定权，并给予地方政府在某些共享税上更多的发言权与参与权，还可以考虑将一些区域性强、不影响分配格局和经济发展全局的地方税种管理权限下放给地方。

（二）树立风险防范意识，强化地方政府债务风险管理

国际先进经验表明，但凡地方政府债务管理规范有序、控制较严的国家，其地方财政都能平稳健康运行，社会事业发展也迅速。中国目前尽管部分地方政府自行制定了当地政府性债务管理的一些规定和办法，但尚未形成全国性统一的债

务管理机制。当务之急，中国应尽快建立一套全国规范统一的债务管理机制和制度体系，规范地方政府行为，并建立起切实有效、具有可操作性的地方政府债务规模管理和风险预警机制，依据国发〔2010〕19 号文的指导思路，研究将地方政府债务收支纳入预算管理，可以考虑对现行地方单式预算进行改革，编制复式预算，并将其纳入复式预算体系，使地方政府债务管理走上规范化、法治化、科学化的轨道，从而扭转当前多头举债、权责不清、控制不力的不良局面，防范地方财政风险。此外，还需借鉴国际先进经验建立政府债务总体规划，尽快制定一个中长期的地方债务偿还机制，做到科学借债和有序还债。

为了控制地方政府债务风险，中国一些地方政府也积累了较为成功的经验，如上海市为地方政府债券的发行规模制定了三个原则。① 中国各级地方政府可以在借鉴国际经验的基础上，结合自身的实际，制定出各项指标的具体标准，以便于当某一指标超出了标准时，能够通过及时采取适当的应对措施来有效地控制事态的发展。

（三）充分发挥地方"两会"的作用，规范地方政府行为

充分发挥地方"两会"的作用，尤其要充分发挥地方人大的监督作用，坚持理顺党政关系，加强地方人大的职责。同时当地公共财政的政策安排要听取广大民众的意见，进一步推进基层民主建设，政策的制定也应平衡眼前利益和长远利益。

规范政府行为，建设服务型政府，必须从转变政府职能和完善政府绩效考评机制两方面入手。转变政府职能是化解地方政府债务风险的治本之策。要真正实现从传统的管理型政府向现代的服务型政府转变，从传统的"无所不能、无所不在"的无限型政府向现代的"有所为有所不为"的有限型政府转变，并妥善处理好政府与企业、市场、社会的关系。科学的发展应该是以人为本，社会等诸多方面全面、协调、可持续的发展。政府绩效考评机制也应以科学发展观为指导，将中长期政绩和短期政绩、显性政绩和隐性政绩、经济性政绩和非经济性政

---

① 转引自谢文峰《完善我国地方政府债务风险的对策》，《管理世界》2009 年第 7 期。三个原则分别为：财政赤字占全市 GDP 的比重控制在 3% 以下，地方债务余额占全市 GDP 的比重不能超过 45%，上海市财政的债务依存度（即地方债券发行额占财政支出和地方债务还本付息之和的比重）不能超过 15%。

绩、局部性政绩评价与全局性政绩评价相结合，立足全局与长远、国家与人民的根本利益，破除对经济指标的盲目崇拜和追求。

（四）进一步解放思想，允许条件成熟的地方政府发行地方债

由于中国地方政府发债权没有在法律上得以明确，因此地方政府债务多以"隐性债务"和"准地方政府债务"的形式存在，累积了大量的风险和隐患。事实证明，如果中央政府只是通过法令形式一味地禁止地方政府发债，其结果只能是大大助长地方各种隐性融资规模的进一步扩大，这种隐性融资形式将更加隐蔽，使政策制定者难以掌握实际债务规模，极大地削弱了资金使用效率，并不能及时意识和防范债务风险，因而这种"开后门"的方式比"堵住发行债券的正门"的方式带来的危害更加严重。为此，在现阶段，中国应进一步解放思想，允许条件成熟的地方政府发行地方债。首先，要尽快修订《预算法》和《担保法》中有关地方政府融资的相关条款，使地方政府发债合法化，从而赋予地方政府真正意义上的信用主体资格。其次，对于部分不超过政府债务预警线且财力较好的地方政府，应允许其在中央财政严格审批和监管下，逐步开放地方债券市场并发行一定数量的债券，从而有效地制约当前地方政府预算的软约束。

社会主义和谐社会的全面构建是一个漫长而系统的过程，不能一蹴而就，公共财政在构建和谐社会的贡献上不可能做到包揽全部，但可以做到对社会事业的发展有所作为。

The Debt Risks of China's Local Government: Status, Causes and Impact on Society

Abstract: In 1994, because of the insufficient ability on managing state financial revenue, our country carried on the epoch-making tax distribution system reform. However, the reform is not yet complete, which led to the mismatch of financial power and administrative authority between the central and local governments. Local governments have accumulated massive debt during this process. Moreover, along with the progress of industrialization and urbanization, the People's Livelihood Project

progresses by leaps and bounds. Especially since 2008, the large-scale public investment plan which aims to deal with the international financial crisis has further intensified the debt risk of the local governments. The rapid expansion of the local debt scale has already threatened social stability and economic development. If the local debt risk cannot be controlled promptly, it will pass the burden to the central government, and then compromise social stability and sustainable development.

Key Words: The Risk of Local Debt; International Financial Crisis; The Livelihood of People Projects; Social Stability

阶 层 篇

Reports on Social Strata

B.18

2010 年中国职工状况

——呼唤共享经济发展成果和集体劳权

乔 健[*]

摘 要：2010 年中国职工状况的主要特点是在强劲的经济复苏引导下，职工的就业压力大为缓解，工资水平稳步提高，社会保障扩面发展，劳动争议大幅回落以及职业安全明显改善。但在这种背景下，发生了前所未有的夏季罢工潮。本文重点分析了富士康连环跳楼事件和南海本田罢工事件对中国劳动关系的影响，并对工会存在的问题和体制改革进行了评述。

关键词：罢工潮　新生代农民工　增长模式　工会改革

* 乔健，副教授，中国劳动关系学院劳动关系系主任。

一　劳工阶层的现状

1. 职工的就业压力大为缓解

2010 年，中国经济正强劲复苏，前三季度国内生产总值为 268660 亿元，按可比价格计算，同比增长 10.6%，比 2009 年同期加快 2.5 个百分点。① 在经济的强势推动下，职工的就业压力大为缓解，就业状况保持稳定。1～9 月，全国城镇新增就业 931 万人，已完成全年 900 万人目标的 103%；全国下岗失业人员再就业 440 万人，完成全年 500 万人目标的 88%；就业困难人员实现就业 126 万人，完成全年目标 100 万人的 126%。截至第三季度末，全国城镇登记失业人数 905 万人，比第二季度末减少 6 万人，同比减少 10 万人；城镇登记失业率为 4.1%，比第二季度末降低 0.1 个百分点，同比降低 0.2 个百分点。②

根据中国人力资源市场信息监测中心对全国 109 个城市的公共就业服务机构 2010 年第三季度市场供求信息的统计分析，总体上看，劳动力供给仍大于需求；虽然用人需求和求职人数均比上季度有所回落，但与 2009 年同期相比有较大幅度增长，其中需求人数和求职人数比 2009 年同期分别增加了 114 万人和 75 万人，各增长了 21.8% 和 13.1%，企业需求增长更为明显。分行业看，企业用人需求集中在制造业、批发和零售业、住宿和餐饮业、居民服务和其他服务业、租赁和商务服务业、建筑业；与第二季度相比，制造业、居民服务和其他服务业、租赁和商务服务业的用人需求有所增长，批发和零售业、住宿和餐饮业的用人需求略有减少；与 2009 年同期相比，各行业用人需求均有较大幅度增长。③

2. 职工收入继续增长，劳动争议明显回落

从 2010 年初开始，各省纷纷调整 2009 年被冻结的最低工资标准。截至 9 月末，全国已有 30 个省调整了标准，月最低工资标准最高档增长幅度平均为 24%，7 个省试点最低工资与物价联动机制。目前，全国 31 个省月最低工资标准最高档平均为 870 元。政府加大企业工资支付保障工作力度，下发进一步解决

---

① 国务院新闻办发布会介绍 2010 年前三季度经济运行情况，新华网，2010 年 10 月 21 日。
② 人力资源和社会保障部 2010 年第三季度新闻发布会，人民网，2010 年 10 月 22 日。
③ 《2010 年第三季度部分城市公共就业服务机构市场供求状况分析》，人力资源和社会保障部政府网站，2010 年 10 月 20 日。

企业拖欠农民工工资问题的通知，并组织督查组赴部分地区对企业职工工资支付情况进行督查，农民工工资支付基本得到保障。全国总工会甚至建议全国人大将"欠薪罪"写入刑法，对欠薪逃匿等恶劣行为追究刑事责任。① 前三季度，城镇居民家庭人均总收入 15756 元。其中，工资性收入增长 10.1%。农村居民人均现金收入 4869 元，其中，工资性收入增长 18.7%。②

在经济复苏和就业局面向好的背景下，进入法律程序的劳动争议案件在 2009 年度高位的基础上有明显回落。2009 年，全国各级劳动争议仲裁机构共立案受理劳动争议案件 68.44 万件，涉及劳动者人数 101.69 万人，其中集体劳动争议案件 1.38 万件，涉及劳动者人数 29.96 万人。2010 年前三季度，全国各级劳动争议仲裁机构共立案受理劳动争议案件 44.31 万件，同比下降 14.62%，其中集体劳动争议案件 0.6 万件。③

针对当前一些地区劳动争议案件的调解率低、涉诉信访率高的现状，劳动保障部门加大劳动人事争议调解仲裁工作力度，加强仲裁机构实体化建设，重点组建省级劳动人事争议仲裁委员会。同时建立多层次的调解组织，建立预防在先的工作机制，健全调解委员会的内部管理和工作联系等制度，为劳动争议预防调解工作的有序开展创造条件。此外，最高人民法院于 2010 年 9 月公布《关于审理劳动争议案件适用法律若干问题的解释（三）》，界定了社会保险争议的范围，要求法院受理企业改制引发的争议，使加班费举证责任的分配更加科学、合理。

3. 职工的社会保障进展顺利，法规制度进一步完善

职工的社会保障得益于强劲的经济增长，其特点表现在三个方面。一是扩面征缴总体形势良好。截至 2010 年 9 月末，全国基本养老、基本医疗、失业、工伤、生育保险参保人数分别为 25025 万人、42072 万人、13147 万人、15871 万人、11973 万人，分别比 2009 年末增加 1475 万人、1925 万人、431 万人、975 万人和 1097 万人。截至 9 月末，全国农民工参加基本养老、基本医疗、失业、工伤保险人数分别为 3093 万人、4573 万人、1854 万人、6131 万人，分别比 2009 年底增加 447 万人、238 万人、211 万人、544 万人。1～9 月，全国五项社会保

---

① 江旋：《全国总工会：建议把欠薪罪写入刑法》，2010 年 3 月 10 日《每日经济新闻》。
② 《国务院新闻办发布会介绍 2010 年前三季度经济运行情况》，新华网，2010 年 10 月 21 日。
③ 综合人力资源和社会保障部 2010 年第一、二、三季度新闻发布会统计数据而成，人民网。

险基金总收入 12904.5 亿元，比 2009 年同期增加 1945.9 亿元，增长 17.8%；总支出 10643.9 亿元，比 2009 年同期增加 1788.7 亿元，增长 20.2%。①

二是职工各项社会保险待遇按时足额支付。全国实发企业离退休人员基本养老金 6923.8 亿元，比 2009 年同期增加 1109.2 亿元，增长 19.1%，并连续六年调高企业退休人员基本养老金。支付医疗、工伤和生育保险待遇 2664.3 亿元，比 2009 年同期增加 580.7 亿元，增长 27.9%。截至 9 月末，全国领取失业保险金人数 211 万人，比 2009 年底减少 24 万人；失业保险基金支出 241.9 亿元，比 2009 年同期增加 22.8 亿元，增长 10.4%。为稳定就业，2010 年仍对企业采取"五缓四减三补"的社会保障扶持政策。

三是社会保险法规制度进一步完善。《社会保险法》于 2010 年 10 月通过。养老保险关系转移接续工作总体实施顺利，养老保险省级统筹继续巩固。医疗保险关系转移接续和异地结算工作取得重要进展，全国已有 86.7% 的统筹地区大部分住院医疗费用实现了即时结算。继续推进关闭破产国有企业退休人员参保工作，628 万原未参保的关闭破产国有企业退休人员已纳入职工医保，统筹解决了近 200 万其他关闭破产企业退休人员和困难企业职工的参保问题。"老工伤"人员调查摸底工作已全面启动，工伤保险市级统筹工作进一步推进，目前全国已有 67% 的地市实现了市级统筹。社会保障卡发放进展顺利，到 9 月末已发放 8500 万张。全国纳入社区管理的企业退休人员达到 4091 万人，占全部企业退休人员的 75.6%，比 2009 年底提高 0.4 个百分点。

4. 职工的职业安全喜中有忧

2010 年 1～10 月，全国职业安全事故起数和死亡人数同比分别下降 5.18% 和 9.4%。煤矿等重点行业领域安全状况持续改善，反映安全生产水平的煤矿百万吨死亡率、道路交通万车死亡率、工矿商贸 10 万从业人员事故死亡率和亿元 GDP 事故死亡率等指标进一步降低，多数地区安全生产状况比较稳定。

以煤矿为例，1～10 月，在煤炭产量同比大幅增长的情况下，全国煤矿共发生各类事故 1117 起、死亡 2048 人，同比分别下降 16.8% 和 2.6%。特别重大瓦斯事故同比减少 1 起、死亡减少 99 人，分别下降 33.3% 和 53.8%。

但重特大事故仍然多发频发。1～6 月，全国共发生一次死亡 10 人以上重特

---

① 人力资源和社会保障部 2010 年第三季度新闻发布会，人民网，2010 年 10 月 22 日。

大事故 45 起，死亡和下落不明 764 人，同比增加 12 起、266 人，分别上升 36.4% 和 53.4%。[1] 特别是，相继发生了湖南湘潭立胜煤矿"1·5"井下火灾、内蒙古神华集团骆驼山煤矿"3·1"透水、山西华晋焦煤公司王家岭矿"3·28"透水、河南中平能化集团平禹煤电公司四矿"10·16"瓦斯爆炸等特别重大事故，造成了恶劣的社会影响。

在职业病方面，据卫生部透露，全国 30 多个行业不同程度遭受职业病危害，估计有 2 亿劳动者在从事劳动过程中不同程度遭受职业病危害，中国已进入职业病高发期和矛盾凸显期。[2] 以 2009 年为例，全国报告职业病病例数较上一年增加了 31.9%。[3]

为此，2010 年 7 月《国务院关于进一步加强企业安全生产工作的通知》公布，该《通知》有十项制度创新，包括重大隐患治理和重大事故查处督办制度、领导干部轮流现场带班制度、先进适用技术装备强制推行制度、安全生产长期投入制度、企业安全生产信用挂钩联动制度、应急救援基地建设制度、现场紧急撤人避险制度、高危企业安全生产标准核准制度、工伤事故死亡职工一次性赔偿制度、企业负责人职业资格否决制度等。

5. 新生代农民工的主要特征[4]

近年来，特别是作为 2010 年夏罢工潮主体的新生代农民工越来越受到政府及社会的关注。新生代农民工是指出生于 1980 年代以后，年龄在 16 岁以上，在异地以非农就业为主的农业户籍人口。据国家统计局数据，2009 年全国农民工总量为 2.3 亿人，外出农民工数量为 1.5 亿人，其中，16~30 岁的占 61.6%。[5] 据此推算，2009 年外出新生代农民工数量在 8900 万左右，他们占外出农民工的六成左右，在经济社会建设中日益发挥着主力军的作用；他们的平均年龄 23 岁左右，初次外出务工岁数基本上为初中毕业年龄；近 80% 的人未婚；受教育和

---

① 安全监管总局召开上半年安全生产形势新闻发布会，国家安全监管总局网站，2010 年 7 月 23 日。

② 谢伦丁：《中国进入职业病高发期 陈竺称 2 亿劳动者受危害》，新华网，2010 年 11 月 9 日。

③ 郑莉：《据测算我国每年 5.7 万名矿工患上尘肺病》，2010 年 11 月 10 日《工人日报》。

④ 本目主要引自全国总工会课题组《关于新生代农民工问题的研究报告》，2010 年 6 月 21 日《工人日报》。

⑤ 国家统计局：《2009 年农民工监测调查报告》，2010 年 3 月 19 日。http://www.stats.gov.cn/tjfx/fxbg/t20100319_402628281.htm。

职业技能培训水平相对传统农民工有所提高；在制造业、服务业中的就业比重有所上升，在建筑业中的就业比重有所下降；成长经历开始趋同于城市同龄人。

新生代农民工具有四大特征：时代性、发展性、双重性和边缘性。

时代性：新生代农民工处在体制变革和社会转型的新阶段，物质生活的逐渐丰富使他们的需求层次由生存型向发展型转变；他们更多地把进城务工看做谋求发展的途径，不仅更注重工资待遇，而且也更注重自身技能的提高和权利的实现；使用电脑和手机使他们能够更迅捷地接受信息知识，形成多元的价值观与开放式的新思维，成为城市文明、城市生活方式的向往者、接受者和传播者。

发展性：新生代农民工年龄大多20岁出头，其思维、心智正处于不断发展、变化的阶段，因此外出务工观念亦处于不断发展、变化中，对许多问题的认识具有较大的不确定性；他们绝大多数未婚，即将面临结婚、生子和子女教育等问题，也必然要承接许多可以预见及难以预见的人生经历和变化；他们大多刚从校门走出3~5年，虽然满腔热情、满怀理想，但是，职业经历刚刚开始，职业道路尚处于起点阶段，在职业发展上也存在较大的变数。

双重性：他们处于由农村人向城市人过渡的过程之中，同时兼有工人和农民的双重身份。从谋生手段来看，靠务工为生，重视劳动关系、工作环境，看重劳动付出与劳动报酬的对等，关注工作条件的改善和工资水平的提高，具有明显的工人特征；但是受二元体制的限制，他们的制度身份仍旧是农民，也不可避免地保留着一部分农民的特质。

边缘性：新生代农民工生活在城市，心理预期高于父辈，耐受能力低于父辈，对农业生产活动不熟悉，在传统乡土社会中处于边缘位置；同时，受城乡二元结构的限制与自身文化、技能的制约，在城市中难以获取稳定、高收入的工作，也很难真正融入城市主流社会，位于城市的底层，因此，在城乡两端都处于边缘化状态。

新生代农民工与传统农民工在思维观念上存在一些明显差异，概括起来，集中体现为"六个转变"，即外出就业动机从"改善生活"向"体验生活、追求梦想"转变，金钱是他们追求的一部分，但他们更渴望成功；对劳动权益的诉求，从单纯要求实现基本劳动权益向追求体面劳动和发展机会转变；对职业角色的认同由打工者向白领阶层转变，对职业发展的定位由亦工亦农向非农就业转变；对务工城市的心态，仍存有过客心理，同时保留自己在乡村的土地；维权意识日益增强，维权方式由被动表达向积极主张和集体投诉转变，有更强的平等意识和维权意识；对外出生活的追求，从忽略向期盼满足精神和情感生活需求转变。

二 员工自杀和部分企业罢工事件推动调整 低成本的经济增长模式

2010 年发生的劳动关系重要事件首推富士康员工自杀事件和广东南海本田公司罢工引发的罢工潮。

1. 富士康员工自杀事件

2010 年 1～8 月，全球最大的代工企业——富士康科技集团陆续发生了 17 起员工自杀事件，这一被媒体称作"连环跳"、造成 13 死 4 伤的悲惨事件引发了社会的广泛关注。5 月 27 日，由人力资源和社会保障部、全国总工会和公安部组织的中央部委联合调查组进驻富士康进行调查。在民间，从传媒到社会团体，从知识分子到普通民众都以各自的方式，对事件进行反思、讨论。这是继 1993 年深圳致丽玩具厂的"11·19"大火后，全社会再一次集中关注一个工业化进程中的劳工案件。尽管中央政府早在 5 月下旬就对富士康事件作出了"企业存在管理方式问题，新生代农民工的情感脆弱问题，政府、工会的劳动关系协调制度存在问题"等官方定调，但迄今为止，中央调查组仍未公布他们的调查结论。

根据高校的调研报告，① 富士康在管理上存在以下问题：其一，富士康的各地厂区均存在大量非法使用职业技术学校学生工的情况。富士康利用无须与学生工签订劳动合同、为他们缴纳社保等规定，大规模使用学生工作为廉价劳动力，还强迫学生工超时加班，强制未成年工加夜班，侵犯了学生权利。其二，富士康的半军事化管理模式最显著的特征可谓"人训话管理"而非"人性化管理"，其"高效"的生产以牺牲工人尊严为代价，这包括工时超长与劳动强度极大，劳动过程的管理原则是"服从，服从，绝对服从"，导致出现"把人当机器，活着没意思"的困局。其三，富士康表面上为工人提供了食宿、服务和娱乐设施等条件，但实际上工人的休息时间、生活空间都被纳入工厂管理体系，服务于其全球生产策略。在很大程度上，工人的生活空间仅仅是车间的延续。其四，在职业安

---

① 引自"两岸三地"高校富士康调研组《"两岸三地"高校富士康调研总报告》。

全方面，电镀、冲压、抛光等车间工作环境恶劣，职业安全隐患诸多，工伤频发。此外，工伤瞒报谎报、处理不规范等问题亦十分严重。其五，近九成工人表示自己没有参加工会，四成工人表示工厂没有工会，大部分工人不了解工会的职能。在监督企业合法运营方面，工会几乎没有起到任何积极作用。此外，富士康宣称自6月起工厂会为工人加薪30%，10月后生产普工底薪将加至2000元，两次加薪近百分之百。但从工人实际收入来看，实际涨薪非常有限，没达到之前承诺的涨薪三成，且新员工涨薪使一些老员工心里很不平衡。

劳动心理学家沃克和盖斯特早在1952年发现，生产线员工对他们工作最不满意的地方，就在于工作的重复性质。重复性工作会导致分泌过多的肾上腺素，而血液中钾离子的浓度也会提高，是产生焦虑、苦闷、心理不健康乃至崩溃的重要原因。① 这解释了员工自杀的部分心理原因。但我们很难得出结论说，富士康事件仅仅是一个偶发事件，它的深刻原因应当从中国工业化和城市化所产生的社会问题中寻找。

2. 南海本田罢工事件及其影响

南海本田的罢工与时下中国的其他罢工一样，始于工人工资过低。"工资这么低，大家别做了！"5月17日早晨，在两位发起者的倡导下，300多名员工参加了罢工。由工人推选出的数十名代表提出了共计108条的书面要求。到5月21日，在资方仍虚与委蛇的情况下，全厂所有1800名工人均参加了罢工。5月22日公司开除罢工领袖，还不断给罢工者拍照，以此威吓罢工工人。工人们则统一戴上帽子和口罩，以防秋后算账。为避免力量被公司逐个削弱，工人们无一人去车间，全部集中于公司篮球场，众人集思广益，商讨罢工组织、策略、口号等细节，重要决定就以"传纸条"告知。之后，本田零部件公司全线停顿，导致本田其他三个公司也全线停顿。此时，海内外记者蜂拥而至，南海本田罢工事件被公之于外。

5月24日，公司第一次让步，只同意加薪55元。这激起工人们更大的愤怒，遂罢工到底。5月26日，公司第二次让步，同意增加实习生工资及生活补贴共477元，增加正式员工340～355元。然而，工人们的共同目标是增加800元，遂再次拒绝。5月27日，经集体讨论，工人们提出了简略的《工人要求》：

① Michael Argyle：《工作社会心理学》，巨流图书公司，1995，第319页。

①基本工资提高 800 元，年度加薪不少于 15%；②追加工龄补贴，一年加 100 元，10 年封顶；③因罢工被辞退者必须安排复工，保证对罢工的员工不秋后算账；④支付罢工工资；⑤重整工会，重新选举工会主席等相关工作人员。6 月 3 日，罢工工人临时谈判代表团公开发表《佛山本田罢工工人谈判代表团致全体工人和社会各界的公开信》，这封公开信包括对员工的呼吁，对资方的要求，对工会的谴责，对社会的希望。罢工工人还邀请劳动法学者常凯作为顾问帮助工人谈判。6 月 4 日，经过 6 个小时的艰苦谈判，员工代表、本田资方及政府三方终于达成协议。本田确认，把正式员工的月最低工薪从 1544 元上调至 1910 元，整体涨薪 24%。6 月 7 日，南海本田重新恢复生产。

南海本田罢工开启了劳工抗争的新模式，也推动了各地以提高工资为目标的罢工行动的密集展开。4～6 月，经海内外媒体报道的就有 30 多起，其中影响较大的包括：4 月 24 日武夷山竹排工罢工要求享受竹筏"返利款"，5 月 14 日河南平顶山平棉集团工人堵塞厂门罢工，5 月 28 日兰州维尼纶厂一线工人罢工，6 月 3～10 日日资陕西兄弟缝纫机公司员工罢工要求加薪及改善待遇，6 月 5 日深圳美律电子上万工人罢工，6 月 5 日湖北随州市铁树集团近 400 名工人围堵车间抗议，6 月 6～7 日广东惠州亚成电子厂两千多名工人集体罢工，6 月 7 日江西九江台资思麦博运动器材有限公司七千工人罢工，6 月 9 日台资奇美电子上海厂数百工人罢工，6 月 30 日天津日资三美电机有限公司的 3000 名工人罢工。

以大连开发区为例，2010 年 7 月，大连开发区爆发了建区以来第三次罢工潮，有 73 家企业近 7 万名工人参与，其中 48 家为日资企业。此次罢工规模较大，持续时间长，但形式温和，罢工的主要诉求仍在工资待遇方面。大连每年工资增长 45 元左右，工资增长与经济发展严重不协调。新生代工人对社会公平更为敏感，有着较强的权利意识，同时亦受南海本田罢工事件、富士康连跳事件的影响，工人们利用手机和网络互通信息，最终罢工潮在不同企业间陆续波及开来，企业停工时间从半天到 14 天不等。据称，对上述罢工，基层工会主席基本不发挥作用，而政府的工资指导线不仅时间滞后，且脱离实际。①

据透露，2010 年以来，11～49 人的一般性集体争议有 4000 多起，涉及 11.8 万人；50 人以上的重大集体争议有 216 起，涉及劳动者 2.9 万人，平均每案人数

---

① 兰方：《今年 5 月大连罢工潮曾波及 73 家企业》，财新网，2010 年 9 月 19 日。

为 137 人。重大集体争议案件一般以政府调解方式来处理。集体争议涉及的内容包括劳动报酬，加班工资，占 64.4%；经济补偿金，占 25%。集体争议主要集中在纺织、电子、建筑等劳动密集型企业，发生群体以农民工、女工为主，集体争议主要发生的地区是广东，占案件总数的 49.1%，占涉及总人数的 60%。由于劳动者认为集体劳动争议更加便利，更能为自己争取权益，故导致集体争议数量增加。而且，集体争议的组织性在增强，持续时间更长，从发生的地点和路线设计来看，是有组织和有目的的。目前，有三类企业的用工行为容易引发集体争议：一是劳务派遣；二是改制处于深化阶段的国有企业，包括电力、金融等垄断型国有企业，2010 年协议解除 3 万份劳动合同，这么大规模的裁员行为很难避免争议，而法院一般不受理，劳动者无法通过法律来为自己争取权益；三是事业单位围绕人事制度和绩效工资制度改革容易发生人事争议，诉求不一，处理难度较大。①

2010 年初夏的罢工潮继 2007 年《劳动合同法》颁布后，又一次使劳动关系和劳工问题成为政府和全社会广泛关注的重大社会问题，也迫使我们反思其背后的经济增长模式。

改革开放以来，中国经济增长的主要特点是依据以农民工为主体的劳动力价格低廉的比较优势，发展出口导向工业化，参与经济全球化，以形成自己的国际分工。故而，经济发展通常以牺牲劳动者的利益作为代价，其工资增长长期落后于高速增长的经济。加之有法不依，执法不严，企业侵犯劳动者工资权益的事件屡有发生。工资集体协商制度缺失，或劳动者集体声音微弱，导致公平与效率的关系长期失衡。

因此，目前罢工潮与劳工抗争事件的频繁发生，主要反映了以新生代农民工为主体的劳工阶层明确拒绝以"地板工资"（最低工资标准）作为劳动报酬的现实基准，要求参与工资共决的主张和诉求。早在 2004 年，南方出口加工区即已出现"民工荒"现象，这其实是在劳动力市场供过于求的背景下，农民工通过"用脚投票"的方式表达自己对企业工价的自发不满，经历了 2009 年金融危机的影响，他们开始用群体抗争的方式自觉表达自己的利益诉求，且这种方式经传

---

① 引自人力资源和社会保障部调解仲裁管理司司长宋娟在"中国集体劳动争议状况及对企业劳动关系的影响"研讨会上的主题报告，2010 年 9 月 18 日。

染而蔓延开来。进一步而论，它可能意味着政府调整长期以来以榨取廉价劳动力为核心的低成本经济增长模式和工业化路线已势在必行。

另外，从政府经济和劳工政策的角度看，调整这一经济增长模式也顺理成章。中国已宣示要奉行以人为本的"科学发展观"，制定"十二五"计划的主旨是"包容性增长"（Inclusive Growth），要构建和谐劳动关系，使劳动者过上"体面"和"有尊严的"生活，分享改革发展的成果。更现实地说，在后危机时代国际市场依然不景气的情况下，中国已不能再将经济增长的重心放在出口导向工业化之上，必须要转向开发国内的消费需求上来，提高工人工资势在必行。

但现实的情况是，劳动报酬收入在 GDP 中的占比连续 22 年下降，从 1995 年的 56% 下降到 2005 年的 41% 左右；① 政府过度追求 GDP 指标，上大项目，使公共资源纷纷涌向国有垄断企业，任凭其从社会公众中攫取垄断利润，而中小企业所能获得的资源更加有限，对劳资双方利益实现均有不利影响。凡此种种，都使得收入分配呈两极分化，也使得经济结构失衡，不利于产业结构升级换代，更进一步埋下了社会冲突和阶层对抗的火种，不利于公共安全和社会稳定。因此，无论从促进经济可持续健康发展还是维护劳动者切身利益的角度看，政府都应当放弃低劳动力成本的经济增长模式。

因此，颁行《企业工资条例》，就成为规范工资分配行为，缩小收入分化，维护劳动者工资权益的重要举措，《企业工资条例》的内容包括如何界定工资的内涵和外延；明确同工同酬的实施规范；如何规范加班工资等特殊情况下工资支付问题；如何加强工资支付保障制度建设，从根本上杜绝工资拖欠，以及劳动定额管理、最低工资制度、政府在企业工资分配中的职责和对国企工资分配及高管薪酬做出规定等，其核心是要否将工资集体协商机制作为企业工资分配的基本方式。在广东，建立这项机制的前哨战已经遭遇到企业雇主的强烈抵制和反对。② 然而在世界经济普遍低迷的背景下，推开工资集体协商无疑会缩水劳动力市场和就业岗位，不利于维护工人的核心利益和保持社会稳定，因而对推行工资集体协商态度并不积极，且希望找到其他企业工资决定的替代机制。人力资源和社会保

---

① 李静睿：《全国总工会官员称劳动报酬占 GDP 比例连降 22 年》，2010 年 5 月 12 日《新京报》。
② 由于不少香港商会担心工资标准须经协商而导致成本上升，纷纷表态反对《广东省企业民主管理条例》三审稿中有关工资集体协商和争议处理的内容，迫使广东省人大常委会主任会议决定，暂缓在 2010 年 9 月 27~29 日举行的省人大常委会第 21 次会议上提请审议该草案。

障部已经确定，在 2010 年末完成《企业工资条例（草案）》的起草工作，2011
年由国务院择机颁行。

三　关于工会存在问题和体制改革的探讨

要开展工资集体协商，发育工会的自治性和独立性尤为重要。但是，面对
2010 年如此密集的劳资冲突，我们很少看到企业或地方工会能够直面矛盾，坚
定不移地代表职工利益，为职工说话办事。在企业发生罢工等群体性事件时，工
会不能根据《工会法》的要求，明确自己代表职工利益的立场，对企业和有关
方表达职工合理的权益诉求。在富士康连环跳楼事件中，企业工会始终没有成为
职工的代言人；在南海本田罢工中工会竟然与罢工工人发生冲突，使工人提出重
整工会的要求。① 在日常工作中，多数企业工会做的更多的是配合企业促进生产
经营或组织文娱活动，而不敢主动发起集体协商要约，出现"不敢谈"和"不
能谈"的情况。有的为了完成上级任务并被企业老板接受，集体合同内容空洞、
照抄照搬法律的现象较为多见，还有的地方干脆直接编造虚假集体合同，② 致使
这项重要的劳动关系协调机制流于形式，无法达到调整收入分配结构，促进职工
与企业共建共享的目的。究其原因，主要有以下几个方面。

1. 单纯自上而下组建工会的模式模糊了企业工会的性质

《工会法》规定："工会是职工自愿结合的工人阶级的群众组织。"但在实践
中，由于采取政治运动式的动员方式和依靠老板组建工会的模式，模糊了企业工
会组织的性质，使其难以代表劳动者的利益。这种工会组建模式带来的另一个后
果是工会会员意识的淡薄，大部分企业职工认为自己不是工会会员，说明这类企
业工会在相当程度上并不能代表劳动者利益。

2. 企业工会严重缺乏独立性，在经济上对资方存在依附关系

工业化市场经济国家的工会出于组织独立性的考虑，一般不会将工会组建在

---

① 如广东省总工会主席邓维龙所指出：劳资矛盾的激化、工人权利得不到保障和企业工会的形
同虚设是密切相关的。很多企业工会在工人心目中只是老板的附设机构……当劳资矛盾发展
到比较尖锐的时候，工会就代表老板的利益了（张小磊等《企业工会主席多不是民主选举》，
2010 年 7 月 3 日《羊城晚报》）。

② 李国生：《被"注水"的集体合同》，《中国财富》2010 年第 8 期。

工作场所，而是建立在产业和行业一级。而中国则主要将工会建立在企业一级，其考虑一是"以工建促党建"，加强社会控制和党的阶级基础建设，再就是利于经费收缴。一般而言，企业工会及其人员在经济上依附资方，缺乏自身独立性。中国工会在这方面甚为突出，这表现在：一是中高层管理人员兼任工会主席的情况甚为普遍，有些甚至是由人力资源经理兼任，这必然造成角色混淆，职责不明；二是工会对资方存在经济依附关系。企业工会专职工作人员的工资、奖励、补贴由所在单位支付，社会保险和福利享受本单位职工同等待遇。这导致了企业专职工会干部在经济上没有独立性，完全依附于资方。①

3. 现行工会体制存在着一系列制约企业工会有效发挥作用的障碍

首先，中国工会的工作模式存在较为严重的"政社不分"问题，政府对工会工作内容和工会组织方式进行控制，这虽然有利于实现对总体利益与具体利益双重维护相统一的维权目标，但也使工会组织出现了明显的行政化趋向，比如工会有条件参加劳动三法的立法工作；地方工会干部具有公务员身份和待遇；一些地方工会主席按同级副职配备、进党委常委、兼任人大常委会主任等；工会经费近年的增收在很大程度上得益于税务代征的公权力介入。另外，由于忽略工会组织固有的民主化、群众化等基本性质要求，忽视会员在工会组织中的地位和权利，工会组织与会员群众在相当程度上处于脱节状态，特别是基层工会组织不能很好地代表和维护职工权益。

其次，重视企业工会，而忽视产业、行业工会的发展，是舍本逐末之举。众所周知，市场经济条件下最能唤起劳工团结意识、凝聚劳工力量、独立性最强的工会组织方式是产业和行业工会，产业一级的集体协商和三方机制也是最为恰当的确定劳动标准和协调劳动关系的制度形式。但是，由于种种原因，最终出现在非公有制企业组建工会的浪潮采取了重企业工会而轻产业工会的做法。尽管《劳动合同法》明确规定在县级以下区域内，建筑业、采矿业、餐饮服务业等行业可以订立行业性或区域性集体合同，全总也出台了相应指导意见，但在工会组织领导体制上并未将维权体系的工作重点转到产业和行业工会上来，工会改革依然任重道远。如果产业工会不转型和切实发挥作用，工会维权的重任就只能压在企业工会身上，纵使其力不胜任。

再次，中国立法还不能完整地保障"劳工三权"，即团结权、集体谈判权和集

---

① 中国劳动关系学院课题组：《非公企业存在的问题与对策建议》，《理论动态》，2010 年 7 月 20 日。

体争议权，这是十多年来集体协商和集体合同制度流于形式的根本原因。保障"劳工三权"是集体劳动关系协调制度之基石，它们是完整的一束权利，彼此不能割裂开来。然而在现实中采取的实用主义做法是，对团结权采取工会一元化和自上而下组建的做法，基于和谐劳动关系理念而排斥集体争议权，在此基础上重点在企业层级推进集体协商。由于缺乏必要的压力机制，集体协商机制在企业内部并没有真正发挥作用。此外，企业工会干部的合法权益不能得到法规和上级组织的有效保护。

2010 年 7 月，在全总十五届四次执委会议上，全国总工会主席王兆国提出了要依法推动企业普遍建立工会组织，依法推动企业普遍开展工资集体协商的未来一个时期的工作方针。我们认为，"两个普遍"必须建立在正视工会存在问题和推动工会体制改革的情况下才能发挥作用。

第一，工会应从职工队伍中寻找自己的"资源"和"手段"，扩大实施工会直接选举制度。2010 年 7 月，广东省政府已发布文件，要"完善工会主席和工会委员会民主选举制度"，期待企业工会通过真正的民主选举制度能够成为工人自治性的组织。建议启动《工会法》的修改进程，增设会员一章，对其权利作出明确概括，确定会员代表大会是工会组织的权力机构。

第二，采取切实措施，逐步推进企业工会独立于企业雇主的进程。例如，改进工会干部职业化，使之与企业工会会员的民主直选、民主监督制度相结合，加强会员对工会干部的内在约束。在工会经费分割方面，扩大基层工会的留成比例，开展企业专职工会干部工资福利由工会经费负担的试点，深化工会独立的改革。严格执行《企业工会主席产生办法（试行）》对工会主席候选人的资格所做的限制。

第三，推进工会体制改革，为企业工会发挥作用创造条件。随着市场化程度的加深，工人的权利意识、团结意识也在不断提升，尤其是作为产业工人主力军的新生代农民工。工会面对日渐提升的工人权利和团结意识，更应引导工人依托工会有效维权，这也是工会改革的契机所在。比如，探索必要的压力机制，以保障集体协商权力的行使。[1] 再如，发挥产业和行业工会在协调劳动关系和确定劳动标准方面的越来越重要的作用，形成产业工会与企业工会相互协调的维权格局，同时保护企业工会工作者的积极性。

---

[1] 参见王向前《我国进行罢工立法已经刻不容缓》，《劳动与社会保障》2010 年第 3 期；常凯：《关于罢工合法性的法律分析》，《战略与管理》2010 年第 4 期。

结　语

继 2009 年入选《时代》年度人物后，"中国工人"再次作为一个群体荣登美国道琼斯公司旗下知名财经杂志《财智》评选的 2010 年"全球最具影响力人物"排行榜。《财智》认为，2010 年许多中国工人得到了他们期待的东西：更高的工资和更好的工作条件。[①]

但这种工人"期待的东西"主要是通过他们的罢工和抗争才得到的。2010 年职工状况的一个矛盾现象是：罢工事件多发的现象是在劳动关系指标数据的一片向好当中出现的。就业压力的大幅缓解、工资水平的提高、社会保障的扩面发展、劳动争议的回落及职业安全的改善都没能阻止 2010 年夏天的罢工潮。如何解释这一奇特的现象呢？笔者认为，必须联系中国产业工人的主体——新生代农民工诉求的变化来思考这一问题，他们的权利意识、平等意识特别是团结意识的觉醒使之已不满足于法律所保障的最低劳动基准，他们的诉求已从基本权利转向了利益诉求，以分享经济增长的成果和争取有尊严的体面劳动为目标，且主要是通过自主的集体行动来实现。从这一角度来看，过往衡量劳动关系稳定与否的标准已悄然改变，中国劳动关系进入了一个更为复杂多变的发展阶段，亟待创新劳动关系的协调机制加以因应。

The Situation of China's Working Class in 2010

—Calling for the Sharing of Economic Gains and Collective Labor Rights

Abstract： The main feature of China's Working Class in 2010 is that, under the background of strong economic recovery, the employment situation is ameliorated dramatically. On the one hand, workers' wage gradually increases, accompanied with a

---

① 谭利娅：《"中国工人"作为一个群体登全球影响力人物排行榜》，2010 年 10 月 28 日《羊城晚报》。

comprehensive development of the social safety net system; on the other hand, the amount of labor disputes falls in large scale, with a significant improvement of occupational safety. However, during the summer, there was an unprecedented wave of strikes. The paper analyzes two labor dispute events—Foxconn employees' series of suicide tragedies and the Nanhai Honda strike—which may have far-reaching influence on Chinese labor relationship. To conclude, the paper makes comments on existing problems of the current labor union system, and proposes new ways to reform.

Key Words: Strike Wave; New Generation of Migrant Workers; Low Cost Economic Growth Mode; Labor Union Reform

B.19

我国当前的农村社会形势和农民阶层

樊 平[*]

摘 要：2010 年中国农村经济社会发展保持了良好的势头，粮食持续增产，农民收入增长幅度提高。城镇化进程加快和农业经营体制创新，促使农民群体结构产生深刻变化。以土地权益流转和土地用途转换为核心的土地收益分配，成为农村社会问题的重大事件。农村基层组织中的干群矛盾愈加凸显。2011 年农村经济社会发展要重视农业生产的组织机制的变化，高度警惕土地非农化过程中的收益分配不公，加强农村集体资源和资产的管理。

关键词：农业现代化 土地流转 阶层分化

2010 年中国农业农村发展面临各种传统和非传统挑战，一系列重大事件与农村发展和农民群体结构的变化有内在关联。农产品引领 CPI 上涨使全社会对三农问题高度关注，关系到农村基本资源配置和农民重大利益关系的一些制度有的在调整，有的在完善，有的滞后于社会发展，导致社会矛盾和冲突。本文结合历年数据，特别是使用第二次全国农业普查分类数据，结合 2010 年重大事件，梳理脉络，展示中国农民阶层的现状、变化和发展趋势。

一 农村社会形势

2010 年的农村发展延续了以前格局，政府重视三农问题，农村基础建设投入增加，农业现代化水平显著提高，粮食七年连续增产，农民收入增加。与此同时，在快速城市化压力下，征地并村几成运动，成为社会矛盾突出的焦点。

---

[*] 樊平，中国社会科学院社会学研究所副研究员。

强力推动资源要素向农村配置成为统筹城乡发展的指导方针。2010年中共中央一号文件提出，当前中国农业农村发展面临各种传统和非传统挑战，要"强力推动资源要素向农村配置"。一号文件对"三农"投入首次强调"总量持续增加、比例稳步提高"，以"稳粮、惠民、统筹、强基"为中心，着力构建以工促农、以城带乡的长效机制，全面提升农业农村可持续发展能力。保障农民的生产能力和资源权益，保障农民的生存环境，注意完善相应的制度建设，以农民利益为支点，统筹考虑城乡协调发展，成为农村发展和农村和谐的关键。文件还提出，要"着力解决新生代农民工问题"，这是党的文件中第一次使用"新生代农民工"。

2010年中国农村发展表现出新的特点。

1. 全年粮食产量增加

2010年全国粮食产量有望再创历史新高，产量连续四年保持在1万亿斤以上。在资源约束加大、灾害影响加重、比较效益下降、市场制约加剧的不利条件下，粮食生产实现了"七连增"。科技抗灾、科技增产成为近年粮食生产中的突出亮点，科技对农业增长的贡献率从"十五"末的48%，提高到目前的51%，超过了土地、劳动力和物质等要素投入的贡献份额。优良品种和先进适用技术在粮食生产中起到了支撑作用。全国800个示范县农业主导品种、主推技术覆盖率已经超过95%。在发达地区，现代农业产业技术体系已经构建，基层农技推广体系改革快速推进。科技创新和新技术推广有效提升了粮食生产科技支撑能力。

2. 农民收入提高，农民现金收入、财产收入和转移收入增长较快

据国家统计局公布的数据，2010年前三季度农村居民人均现金收入4869元，增长13.1%，扣除价格因素，实际增长9.7%。其中，工资性收入增长18.7%，家庭经营收入增长8.7%，财产性收入增长19.4%，转移性收入增长17.2%。农村居民收入增速快于城镇。前三季度，扣除价格因素，城镇居民人均消费性支出实际增长6.3%，农村居民人均生活消费现金支出实际增长7.3%。预计2010年农民纯收入增长率将超过8%。

农民内部的收入差距持续扩大，财产性收入和转移性收入是区域间农民收入差距拉大的主要原因。据2010年全国部分地区的调查，经济发达的苏南、广东地区，农民财产性收入分别占到总收入的1/10和1/3，而中西部地区农民的财产性收入则相对很少。

3. 农产品引领 CPI，价格上涨明显

2010 年，农产品价格明显呈现"涨价幅度大、涉及品种多、接力式上涨"的特点。食品类和居住类产品价格是人们的刚性需求，农产品价格上升带动的物价上涨，使得城市居民的生活压力增加，农业的生产和流通环节也引起人们普遍关注。农民对农产品惜售心理明显，有明显的看涨预期。

4. 农业就业竞争力度加大

集约化农业生产根据比较效益形成了就业竞争，传统子承父业的务农就业模式受到挑战，一批高素质生产者、经营者、投资人进入农业生产经营领域。农用地流转聚集形成的规模种植、绿色食品价格的市场导向、循环经济和气体减排的环保要求、分工合作的组织效率、精细标准的田间管理技术，促使一部分专业农民在农业生产环节上组织起来。在苏州，以流转承包几千亩土地的大户为核心，成立了农民的农业生产专业合作社。原来 1 个农民劳动力种 30 亩地应付不过来，大户牵头由 8 个农业劳动力成立分工协作合作组织后，种 240 亩地应付自如，农闲时间还可以在厂里上班。合作社与养殖大户联系用养殖业家畜肥料种田，减少了化肥用量，生产的绿色无害大米每斤多卖 0.5 元。这种模式被概括为"小地主、大佃户"，[①] 农民劳动时间得到了充分利用，土地生产潜力得到充分挖掘，节能减排的环境安全和消费者的食品安全的市场需求得到满足，优质优价的农产品也保证了农民的种田收益，这种合作组织还有利于保证农民农业收入的持续和稳定。

5. 并村征地引发的社会矛盾明显增加

并村征地已成为 2010 年农村群体性事件的主导原因，且有持续激化扩大趋势。首先是并村征地扩张迅猛，涉及大量农田的非农化。全国城市化进程中普遍面临建设用地指标紧缺的状况，而耕地 18 亿亩红线不能突破。在这种情形下，地方政府为追求巨大的土地财政收益，以国土资源部 2006 年推行的"城乡建设用地增减挂钩"试点为政策背景，采用以农民宅基地置换建设用地指标的方式，驱使村民"上楼"。在执行过程中，地方上违背民意的强拆日益增多，曲解政策现象时有发生，导致了农民土地权益被剥夺和农民"上楼致穷"的不良后果。2010 年，农民群众反映的征地纠纷、违法占地等问题占信访部门受理问题总量

---

① 中央电视台《中国财经报道·"苏南模式"升级版试验》，2010 年 9 月 18 日。

的73%，其中40%的上访涉及征地纠纷问题，征地纠纷问题中的87%涉及征地补偿和安置问题。在反映问题的上访中，有一多半是集体上访。目前因征收农地引发的群体性事件已经占全国农村群体性事件的65%以上，对中国社会的稳定和经济的健康发展造成极大的威胁，土地纠纷已成影响农村社会稳定的首要问题。① 土地是农民的生存保障，并村换地涉及巨额经济利益，土地争议更具有对抗性和持久性。就此，2010年11月，国务院常务会议研究部署规范农村土地整治和城乡建设用地增减挂钩试点工作，特别强调，开展农村土地整治要坚决防止违背农民意愿搞大拆大建，不能逼民上楼。

北京致诚农民工法律援助与研究中心在全国22个省的74个行政村调研后形成的《中国农村法治热点问题研究报告》指出，近年来因农村宅基地引发的诉讼量呈逐年上升趋势。由于此类案件目前还没有统一的审判标准，以及"农村宅基地房屋买卖合同无效，买受人需要向原房屋出卖人返还房屋"这一司法导向，使许多潜在纠纷大量涌现。征地补偿普遍进入讨价还价相持阶段，多种多样的征地补偿安置模式，如一次性货币补偿安置、重新择业补偿安置、农业生产安置等并存。但在开发环节建立起农民有效参与、公平分享收益、充分保障农民利益的集体土地开发制度，还在探索起步阶段。在城市化进程当中产生的大量垃圾转移过程中，受资金、技术、利益等方面的影响，一些城市甚至将未经处理的垃圾倾倒在农村的田野、坑塘地带，对农民的环境权益造成了损害。

6. 农村基层组织中的干群矛盾愈加凸显

"村官"作为农村基层事务管理者，履职过程中涉及的经济利益也越来越多。最高人民检察院公布的数据显示，在2008年全国立案侦查的涉农职务犯罪案件犯罪嫌疑人中，农村基层组织人员有4968人，占总数的42.4%。"村官"财务问题主要集中体现为直接侵害村集体财产和补偿救助款项、收款入不敷出、违规提款、骗领各类专款和补偿款项等多种方式。

农村管理冲突增多，与进入统筹城乡发展阶段国家和社会支持农村建设的转移支付和资源配置有关。实行城乡统筹以来，对于村级的转移支付和项目专项资金增多，村级财务应当按照财产性质作出区分，分别采取不同的管理模式。对国家拨付给农民的补贴、救济等款项，应直接发放给农民；对村集体管理支配的财

① 文贯中：《以拆迁修法促解"三农"问题》，2010年1月6日《经济观察报》。

产，包括村务活动、公共建设、征地补偿安置中集体管理部分、村集体经营资产等，要建立规范有效的集体资产财务管理制度。现在的村民自治制度对第二类管理有效，对第一类还缺乏规范化的管理措施，造成村级财务管理混乱，"村官"没有受到有效监管。

二 农民群体结构

2010 年农村问题表现复杂，一系列涉农事件表明，农民群体结构的变化和阶层关系演变，决定着农民阶层的自我意识和社会行动。

一般研究定义中国农民是按照职业和身份来定义的，村庄生活作为农民阶层分化的活动背景似乎不言而喻。但在转型时期的社会阶层结构研究中，这样的假定存在着风险，即假定其他阶层与时俱进，而农民阶层只是社会转型前自然经济或者计划经济社会结构的遗留物，相对容易忽视农民阶层内部的分化。谈到中国农民，一般有三重含义：一是身份农民，即国家统计数据的乡村人口；二是职业农民，即乡村人口中直接从事农业生产经营的劳动者，农业劳动是他们的工作方式，农业产出是他们的收入来源；三是中国农民是指生活居住在乡村的常住人口，以区别于长年外出就业的农民工。

一般研究认为，1949 年以来，中国农村社会阶层结构变迁划分为四个阶段，即农村土地改革前后、计划经济时代、改革开放前期（1978 年至 20 世纪 90 年代中期）和改革开放后期（20 世纪 90 年代中期至今），每一个阶段都形成了独特的社会阶层结构。[①] 值得关注的是，在改革开放后期，以十六届三中全会提出城乡统筹为标志，中国的城乡关系进入到一个新的阶段。这一阶段的基本特征是，中国已经完成了从计划经济向市场经济的转变，进入从农业社会向工业社会、从乡村主导社会向城市主导社会的快速转型进程，以城乡统筹为标志，改变了以往以城市为中心以农村为保障基地的城乡二元支配—依附模式。城乡互动加强，城乡间社会流动增加，农民分化超越了乡村的局限，与城市社会和农业现代化结合起来。

---

① 崔传义：《专题研究报告之二——中国农民的过去、现在与未来》，参见 http：//wenku. baidu. com/view/cf513800a6c30c2259019e4b. html。

进入城乡统筹阶段的农民阶层分化有三个突出特点。一是一部分农民流向非农产业，且就业结构和收入相对稳定，纳入城市社会管理。二是农民阶层变化不仅表现为农业生产者减少，而且表现为务农农民内部的持续分化。农业生产的组织经营形式由传统的农户经营农业为主转变为规模经营农业和农户经营农业并存，农业生产者由传统农民向现代农民转变。三是农民分层受城乡统筹、农村资源配置、农业生产社会化服务水平影响，表现为一种被动的职业变动。

从 2000 年到 2009 年，中国城镇化率发展很快，由 36.2% 提高到 46.59%，年均提高约 1.2 个百分点。城镇人口由 4.6 亿增加到 6.2 亿，城镇县城区面积由 2000 年的 2.24 万平方公里，增加到 2008 年的 3.63 万平方公里，八年时间增加了 62%。快速城市化一方面大量地吸收农民劳动力进城务工，另一方面也全面地汲取农村各类资源，改变着乡村社会结构和阶层关系。随着农业生产技术提高，农村社会化服务体系日益完善，农村基础设施和农田基础设施的国家投入显著增加，农业生产的经营主体由家庭承包经营为主正在演变为农户经营与规模经营并存。现在务农农民了解国家的农业政策，在整体上有了相对清晰的职业定位和专业意识，种粮积极性显著增长，务农农民素质显著提高，农业生产的专业化、职业化特征开始显现。一批农民转变为土地规模化经营的农业生产者，同时还成为农村的种植业专业技术人员和专业经营人员。

跨年度同项数据相比可以清晰反映出职业农民的规模。根据国家统计局人口司 1994 年公布的数据，当时我国居住在农村并且和土地生产资料具有直接联系的农民为 7.97 亿，占乡村人口总数的 88.4%。其中真正从事农、林、牧、副、渔生产的农民有 5.23 亿。他们之中从事农业劳动的有 4.6 亿多人，其余近 6000 万人从事非农业劳动。4.6 亿农业劳动者中，粮农 4.2 亿人，这部分人占乡村在业人口的 64.98%，其余尚有棉农 1469 万人，菜农 670 万人，茶农、果农、桑农 316 万人，其他农业劳动者 183 万人。根据 1994 年中共中央政策研究室和农业部对 312 个农村固定观察点的专题调查推断，在全国农村劳动力 44256 万人中，农民的职业构成比例为：农业劳动者 63.4%，农民工 12.2%，乡村集体企业管理者 0.9%，个体或合伙工商劳动者、经营者 6.5%，私营企业劳动者 0.8%，受雇劳动者 3.0%，乡村干部 0.6%，教育、科技、医疗卫生和文化艺术工作者 1.1%，家务劳动者 8.1%，其他劳动者 3.3%。从两次农业普查数据看，中国农村人口和乡村农业从业人口每年持续减少，但是和产业结构相比，第一产业的就业人口所占比例仍然偏大。2008年全部乡村就业人员47270万人中，乡镇企业就业15451万人，私营企业就业2780万人，个体经营2167万人，还有26872万人主要是在农村从事农业生产。按这一数据推算，中国存在着身份农民72135万人，存在着职业农民30319万人，农村人均耕地面积2.18亩。

根据2006年第二次中国农业普查数据可以了解到现阶段中国农民阶层的分化状况。

1. 农业生产经营户规模扩大为20016万户

农业生产经营户比1996年第一次农业普查时增长了3.7%。在农业生产经营户中，以农业收入为主的家庭户占58.4%，比10年前减少7.2个百分点。农村从业人员47852万人，占农村劳动力资源总量的90.1%。其中，从事第一产业的占70.8%，即33879.22万人；从事第二产业的占15.6%；从事第三产业的占13.6%。

2. 经过乡镇企业改制，原来的村办企业管理者和村集体企业职工阶层解体，并入私营企业主和农民工阶层

随着市场发育和经营规模扩大，私营企业主的企业经营突破了本村地域的局限，私营企业往往不雇佣本村村民，而是使用外来劳动力，这样节约成本，便于管理。市场经济发展也改变着传统乡村的习俗社会交往方式，以前村落社会内部熟人社会帮工换工的习俗，正在为雇佣结算关系所替代。村内的短工服务已经成为村民的一项重要收入来源，计为工资收入。据2008年统计，在乡村就业的私营企业人员2780.3万人，其中私营企业主440.7万人。乡村个体就业者2167.0万人。

3. 农业生产者队伍内部发生变化，正在经历从传统农民向现代农民的转变

传统农民（Peasants）是农户经营，依靠家庭劳动和传统经验积累务农，主要是自给性生产。现代农民（Farmers）是按照规模经营方式从事农业经营，以市场需求调整种植结构，雇佣农工从事农业，农业生产的技术构成和资本构成水平高，主要是市场农业生产。一方面，由于农业生产科技进步，单位农田面积农民付出的劳动时间比以前缩短；另一方面，农业机械化服务、农产品种植指导和农产品销售都普遍出现了农村经纪人，纯农户投入农业生产经营的劳动过程被分割、劳动时间被替代。如果沿用以前的农产品产出价值除以农户劳动力数或者家庭人口数作为农民的人均收入时，就有可能高估务农户的户均收入和人均收入。

第二次农业普查数据中农村农业生产者33879.22万人，其中包括了从事农业服务业成员，也包括了规模经营大户。

2006年取消农业税后，国家给予种地补贴，农业规模经营能够获取更大的收益，农民开始普遍重视土地产出，重视提高农业生产效率和效益，出现一批规模经营的农业大户。按中国家庭劳动力从事农业的一般水平，一个劳动力承包15亩称之为标准户。在此规模之上的经营称之为农业大户。随着国家政策提供规模经营，土地经过流转向种田能手和农业公司集中，专业的农机经营户和农业经纪人出现，农业生产和社会化服务体系建立，农村专业合作社出现，国家实行种粮补贴和粮食收购保护价格政策，农业保险开始试点，都促使中国农村的农业经营大户产生。另一种形式是通过农业生产的终端销售环节稳定的价格预期引导农民调整种植品种，以标准化服务引导农民逐渐改变小农经营的传统种植和管理习惯。农户承包土地的经营形式没有改变，但是种植条件、种植项目、田间管理、产品销售等经营权已经经过契约转移给了经营公司，农户通过劳动获取的是工资收入。这种生产已经不同于纯农户生产。农业经营和管理现代化提高了土地价值，增加了农民收入，也促进了土地经营规模化。农业经营大户和农业公司进入乡村规模经营农业，更多发生在东部和中部地区，体现了农业生产现代化的趋势。

4. 农村的文化卫生工作者群体比以前有所减少

一方面，国家在公共服务和文化服务方面向乡村社会延伸，替代了原来乡村知识分子的部分职能；另一方面，农村的文化服务功能由传统乡村社会功能泛化逐渐向专业化转变，也压缩了原来由乡村知识分子承担的乡村文化服务空间。原来的乡村小学民办教师制度在乡村教育体制改革中取消了。村办卫生室基本上是有资质有备案的家庭经营户，2008年全国乡村医生和卫生员有938313人，与乡镇卫生院和县级医院建立了医疗服务和医疗费用结算网络。农村有文化专业户640975个。乡村剧团组建基于合伙人经营机制，现在乡村的红白喜事也由乡镇和县级水平的专业队伍来承办，服务经营改为现金结算。市场化服务对乡村民间文化生活和文化消费的渗透压缩了原来村庄知识分子的作用空间，也改变了村民的文化消费习惯和消费方式。农村文化工作者逐渐并入乡村个体劳动者和个体工商户阶层。

5. 乡村个体劳动者和个体工商户阶层规模有较快增长

一是农机经营专业户、农村经纪人，他们促进了并服务于农业规模化经营。二是农业种植大户，他们在纯农户基础上扩张承包土地，雇佣劳动力按照规范进行农业生产，他们的经营性质类似于个体工商户，有的种粮大户经营方式类似于私营企业主。

6. 乡村管理者面临的基层矛盾愈加尖锐

乡村管理者主要指乡村党支部和乡村村委会成员。据民政部《2009 年度全国民政事业发展统计报告》，截至 2009 年底，我国共有村委会 59.9 万个，村民小组 480.5 万个，村委会成员 234 万人。按此推算，仅村委会成员和村民小组长就超过 700 万人。村干部是乡村土地资源的管理者、乡村发展的规划落实者、乡村社会秩序的维护者、广大村民和基层政府的联系人，也成为下乡的农村经营技术和资本与村民联系的纽带。

然而近年来，乡村管理者面对的乡村工作日益复杂。2004 年以后，广大农村基层干部的误工补贴从以前由"三提五统"支付改为由县级以上政府公共财政支持，减轻了农民负担。实行城乡统筹以来，县级以上政府对于农村的基础设施建设和公共服务投入大量增加，在征地的程序、数量、顺序、收益分配，农户承包地、宅基地调整，与乡村集体资产特别是乡村土地资源拥有合法性密切相关的乡村户口和村籍管理等方面，乡村管理者都是直接管理人和责任人。村民对土地资源的重要性和收益非常关注，以土地资源和村级集体资产为焦点形成的阶层矛盾、干群矛盾、村民和基层政府的矛盾，其紧张程度和社会动员深度都达到前所未有水平。

三　结论与建议

总而言之，当前中国农村的经济社会发展呈现出以下几个趋势：第一，农业生产者的就业方式正在发生深刻变革。伴随着农业现代化进程加速，农业职业趋高级化进展迅速且形成规模，传统农民正在向现代农民转变。第二，推进农业经营体制创新，提高农民组织化程度，正在成为发达地区农村建设农业生产的创新实践。第三，以往农村劳动力从农业向非农产业转移，现在是农村劳动力在农业领域也开始了就业竞争。能不能适应学习和采用现代农业生产经营管理技术，能不能适应市场需求进行农业生产，成为农民务农收入差距拉大的重要原因。第

四，随着现代农业生产的规模化经营，农用地流转成为提高农民财产性收入的重大突破口。以土地权益流转和土地用途转换为核心形成的土地收益分配成为农村社会问题的重大事件。第五，在城乡统筹进程中，农村发展的资源配置和乡村建设内容发生了重大变化，中国从以经济发展为中心进入经济社会统筹协调发展阶段。农村的公共管理和村民自治需要适应这一重大变化，农村的公共服务和社会建设要服务于这一目标，加强对乡村干部的新知识新技能轮训、岗位资格培训和政务公开培训，提高农村干部的素质成为农村建设发展的重点。

2011 年，推进农业农村经济稳定发展需要关注以下几个问题。

1. 高度重视农村农业生产的组织机制正在发生的重大变化

当前农业的家庭经营正在向采用先进科技和生产手段的方向转变，集约化水平提高。这对农村就业和农村阶层结构将产生深刻影响。一个是通过土地流转发展规模经营，提高劳动生产率；另一个是发展设施农业，提高土地产出率。相比分散经营，种粮专业大户实现了科学管理和生产要素的优化组合，产生了规模效益。2008 年中国专业村农户数为 1900 多万户，占中国农户总数的 7.8%；专业村农民人均纯收入 5085 元，是中国农民人均纯收入的 1.2 倍。从现代农业和规模经营上则可以看到在生产方式、生产条件、生产环境上传统农业与现代农业、传统农民与新型农民的异质性。

务农农民的减少，并不必然带来从事非农产业经营农村劳动力的增加。这就要求非农领域和农业领域两个方面提高农民的职业素质和就业竞争能力。农民的收入增长也不能只依靠农产品产量增长，而是要依靠单位农户经营的土地规模的增长。土地规模的增长又要依靠其他农户从农业生产领域中退出，因此解决农业问题的根本出路是城镇化和农业现代化。发展理念上由传统农业向现代农业升级，发展方式由大田农业向设施农业升级，发展策略由分散经营向组织化集约经营升级，发展主体由传统农民向新型农民升级。

2. 重视对农村劳动力转移的动因变化的研究

农民分层的变化，表面上是农民个人的主动选择，实质上是受到环境诱导和压力的被动改变。在现代化进程中，农村人口和农业生产人口减少是必然趋势。城市化进程对农村人口形成拉力，集约化农业经营对务农劳动力形成推力。20世纪 90 年代，乡镇企业发展转移农村劳动力是拉力为主；2006 年以来，村内农业现代化对劳动力的推力居主导地位。在拉力为主的条件下，农民的职业流动是一种主动选择，可以保持自己的阶层地位不变；在推力为主的条件下，村民的社会流动就可能是一种被动的裹胁型的下向流动，存在着被农业生产排挤和农村生活排挤的双重风险。

3. 关注失地—失业农民问题

目前对失地农民的规模还没有权威发布的统计数据。他们中的一部分人融入城市，脱离了农民身份；他们中还有一部分人不能被城市社会保障有效覆盖，也没有了土地资源。他们是近年来乡村社会矛盾和城乡社会冲突中的焦点人物。征地引发的社会矛盾不断加剧，真正原因并不是城镇化进程加快，而是土地政策和征地操作方面还存在一些重大缺陷，土地转为非农地过程中的收益分配不公平，土地经营权的拥有者——农民的利益受到侵犯。

4. 加强农村集体资源和集体资产的管理

现在农户、企业层次的权益关系相当清晰，但对农村集体资产的收益权和分配权还有待于进一步完善。村委会对乡村集体资产的管理主要是土地管理，特别是农村村民身份与土地承包之间的权益关联，成为农村社会管理中的一个突出问题。由于土地权利的界定存在困难，在村庄管理和村民权益之间造成大量冲突和纠纷。在土地问题上集中表现出农村阶层矛盾的新特点：阶层关系简化，资源保护意识增强，利益相关者对于村内占用资源和城市占用农村资源有强烈的排斥感和集体反抗能力，这已经直接影响到中国农村的社会整合和社会秩序。

中国农村农业问题，最终归结为中国的农民问题。数量众多且分散经营的小农户如何进入现代化，和其他居民共同享有社会发展成果，是决定中国社会发展的根本性问题。中国是一个农业人口大国，人地矛盾十分尖锐。要使农民摆脱贫困，国际经验之一是以农业规模化、产业化解决分散的非规模经济。使几亿农民在较短的历史时期内摆脱贫困，以较低社会代价进入现代发展状态，这意味着中国在统筹城乡发展条件下探索自己独特的农村现代化之路时需要在城市化、市场化的视角之外，有农业现代化和农村发展的视角。从世界发展史看，农业在资本主义社会的发展和积累要依靠一批从小生产者分离出来的中产阶级，他们有实现农业现代化的愿望和实力，这个条件在中国也是一种发展的必然。随着农用地流转制度建立和耕地相对集中，农业劳动者将逐步成为真正独立的现代农业的经营者，不再是传统的小农，有可能与非农领域中的中小业主以及其他自营业者一起成为社会中间层的组成部分。

Report on the Social Situation in China's Rural Society and the Peasants

Abstract: In 2010, China's rural social and economic development keeps its momentum of stable growth. On the one hand, the grain production increases steadily; on the other hand, peasants' income grows by a dramatic magnitude. Also, the process of urbanization and the innovation on agricultural production mode facilitate significant changes on the structure of peasants' population. Meanwhile, the transferability of land ownership and land-use right is the core of the distribution of land related property rights, which is the most significant event in the rural society. Further, at the grass-root level, the conflict between government officials and peasants becomes more and more apparent. In 2011, the development of the rural areas should focus on the organizational change regarding the agricultural production. And we should be aware of the possible injustice in the process of land-use transformation from farmland to industrial land. Therefore, we should reinforce asset management for collectively owned properties.

Key Words: Peasants; Agricultural Modernization; Transferability of Land; Social Stratification

私营企业主阶层成长过程中的
若干问题分析

张厚义 *

摘　要：本文引用多方数据论证私营企业主阶层在恢复中持续增长，指出"国进民退"的说法不够准确。本文还对私营企业主阶层的私人财富、参与政治活动的基本情况和社会效果进行了论述，并对国家关于私营经济与私营企业主阶层的最新政策法规作了介绍。统计数据显示，近年来，非国有经济的发展快于国有经济，特别是私营经济进一步发展壮大，已经成为我国国民经济的重要组成部分。国有企业在一些关系国计民生的重要行业中虽然仍居主导地位，但各项指标在整个国民经济中的比重却呈下降趋势。

关键词：私营企业主阶层　产业结构　政治参与

根据近五年来的有关数据、资料的综合分析和观察思考，在本年度的报告中，笔者将对私营企业主阶层成长过程中若干可见端倪的趋势性问题，作一个大致的描述和基本的判断。

一　私营企业主阶层在恢复中持续成长

在国际金融危机的影响下，中国私营企业主阶层的经营受到了冲击。但是，在市场经济的海洋中，他们奋力拼搏，调适应对能力，在恢复中持续成长。

1. 私营企业主阶层队伍扩大，户数增加，经济实力增强

从表1可以看出，截至2009年底，全国登记的私营企业有740.15万户，比

---

* 张厚义，中国社会科学院社会学研究所研究员。

上年增长 12.6%, 比 2005 年增长 56.83%。同一时期, 全国私营企业从业人员为 8606.97 万人, 比上年增长 8.89%, 比 2005 年增长 47.78%。其中, 私营企业主 (即投资者) 为 1650.61 万人, 比上年增长 9.50%, 比 2005 年增长 48.72%; 雇工人数达 6956.35 万人, 比上年增长 8.75%, 比 2005 年增长 47.56%。

表1 全国私营企业发展状况 (2005～2009 年)

年份	户数（万户）	增长率（%）	从业人数（万人）	增长率（%）	注册资本总额（万亿元）	增长率（%）
2005	471.95	17.3	5824.0	16.1	6.13	28.0
2006	544.14	15.3	6586.0	13.1	7.60	23.9
2007	603.05	10.8	7253.1	10.1	9.39	23.5
2008	657.42	9.0	7904.0	9.0	11.74	25.0
2009	740.15	12.6	8606.97	8.9	14.65	24.8

注:(1) 表中私营企业户数均已包含分支机构数量;(2) 数据来源于国家工商行政管理总局。

截至 2009 年底, 全国私营企业注册资本总额为 14.65 万亿元, 比上年增长 24.80%, 比 2005 年增长 139.00%。平均每户私营企业注册资本金额 197.86 万元, 比上年增长 10.84%, 比 2005 年增长 38.75% (见表1)。

2. 私营企业的组织形式和产业结构

(1) 私营有限责任公司所占比例最大, 私营股份有限公司增长速度加快。截至 2009 年底, 全国私营有限责任公司达到 610.25 万户, 比上年增长 14.0%, 占私营企业总户数的 82.45%; 注册资本金额 13.34 万亿元, 比上年增长 24.75%, 占私营企业注册资本总额的 91.06%。

实有股份有限公司达到 1.51 万户, 比上年增长 34.84%, 占私营企业总户数的 0.20%; 注册资本金额 4192.96 万亿元, 比上年增长 33.88%, 占私营企业注册资本总额的 2.86%。平均每户私营企业注册资本金额 2776.80 万元, 是全国私营企业平均每户资本金额的 13 倍。

独资企业有 115.80 万户, 比上年增长 6.92%, 占全国私营企业总户数的 15.65%; 注册资本金额 6730.90 亿元, 比上年增长 17.08%。

合伙企业有 12.58 万户, 比上年下降 0.86%, 占全国私营企业总户数的 1.70%; 认缴出资额 2164.73 亿元, 比上年增长 37.96%。

（2）服务业领域的私营企业发展迅速，在第三产业中所占比重持续增大。截至 2009 年底，全国从事第三产业的私营企业有 503.20 万户，比上年增长 14.00%，占全国私营企业总户数的 67.99%；注册资本额 8.99 万亿元，比上年增长 24.87%，占全国私营企业注册资本总额的 61.37%。在从事第三产业的私营企业中，经营批发和零售业的最多，有 263.19 万户，占私营企业经营第三产业户数的 52.3%；注册资金总额 3.21 万亿元，占私营企业从事第三产业的注册资本总额的 35.70%。

3. 私营企业的地域分布

（1）私营企业在区域分布上，仍以东部区域占多数，但西部地区发展速度较快。截至 2009 年底，东部 12 省市实有私营企业 487.2 万户，比上年增长 11.26%，占全国私营企业总户数的 65.82%；其中，私营企业户数排在全国前五名的省市（包括江苏省 91.16 万户、广东省 81.34 万户、上海市 63.03 万户、浙江省 56.66 万户和山东省 47.12 万户）共有 339.35 万户，占全国私营企业总户数的 45.85%。西部 10 省市有私营企业 106.58 万户，比上年增长 17.76%，占全国私营企业总户数的 14.4%。中部 9 省有私营企业 146.38 万户，比上年增长 13.44%，占全国私营企业总户数的 19.78%。

（2）私营企业的城乡分布。随着城镇化的推进，城镇私营企业发展速度加快。截至 2009 年，全国城镇共有私营企业 521.31 万户，比上年增长 14.56%，占全国私营企业总户数的 70.43%；投资者人数达 1164.99 万人，占全国私营企业投资者总数的 70.58%；雇工人数达 4379.34 万人，占全国私营企业雇工总数的 62.95%；注册资本金额 104129.66 亿元，占全国私营企业资本总额的 71.10%。农村有私营企业 218.85 万户，比上年增长 8.15%，占全国私营企业总户数的 29.57%；投资者人数为 485.65 万人，占全国私营企业投资者总数的 29.42%；雇工人数 2577.0 万人，占全国私营企业雇工总数的 37.05%；注册资本额 42316.96 亿元，占全国私营企业注册资本总额的 28.90%。

4. 作为私营企业主阶层的后备军——个体工商户发展速度加快

截至 2009 年底，全国登记的个体工商户有 3197.37 万户，比上年增长 9.60%，比 2005 年增长 29.77%；从业人数 6632.04 万人，比上年增长 14.81%，比 2005 年增长 35.33%；注册资金总额 10856.55 亿元，比上年增长 20.55%，比 2005 年增长 88.88%。以上三项指数的增长速度都是 2005 年以来最高的（仅注

册资金总额增长速度低于 2008 年的 22.52%）。在进一步分析中，还可看到以下几个特点。

（1）2009 年新登记的个体工商户，不仅数量较上年多（比上年增长 11.81%），而且户均规模大（户均注册金额为 4.62 万元，比全国个体工商户户均资金高 35.88%，比上年新登记工商户的户均资金高 10.26%）。

（2）从事第一产业的个体工商户增长更快（达 33.74%），户均注册资金 11.46 万元，是全国个体工商户户均注册资金的 2.37 倍。

（3）城镇个体工商户发展快。2009 年，全国城镇共有个体工商户 2081.90 万户，比上年增长 12.00%，占全国个体工商户总数的 65.11%；注册资金额为 6982.97 亿元，比上年增长 20.51%，占全国个体工商户注册资金额的 80.52%。

（4）港澳台居民在内地的个体工商户规模较大。截至 2009 年底，港澳居民在内地注册的个体工商户达 4204 户，比上年增长 14.86%；从业人员 11234 人，比上年增长 16.43%；注册资金额 2.90 亿元，比上年增长 19.83%。平均户有从业人员 2.67 人，注册资金为 6.9 万元。其中，从事零售业的最多，占港澳居民在内地注册个体工商户总数的 74.48%。台湾居民在大陆海峡两岸农业合作实验区和台湾农民创业园注册的农民个体户有 138 户，从业人员 541 人，注册资金 4916 万元；平均每户有从业人员 3.9 人，注册资金 35.7 万元；主要从事种植业和养殖业。

二 统计数据显示，"国进民退"的说法不能成立

国家统计局统计数据显示，近年来，非国有经济的发展快于国有经济，特别是私营经济进一步发展壮大，已经成为我国国民经济的重要组成部分。国有企业在一些关系国计民生的重要行业中虽然仍居主导地位，但各项指标在整个国民经济中的比重却呈下降趋势。

1. 工业中的非国有经济比重提高

2005 年，我国规模以上工业企业中，国有及国有控股企业的单位数量、总产值、资金总额、利润总额和从业人数，占全部规模以上企业的比重分别为 10.1%、33.3%、48.1%、44.0% 和 27.2%。到 2009 年，上述主要经济指标分别为 4.7%、26.7%、43.7%、26.9% 和 20.4%，分别下降了 5.4 个、6.6 个、

4.4 个、17.1 个和 6.8 个百分点。

工业中的非国有经济的比重相应提高。其中，私营经济的单位数量、总产值、生产总额、利润总额和从业人数占全部企业的比重，由 2005 年的 45.6%、19.0%、12.4%、14.3 和 24.5%，分别提高到 2009 年的 58.9%、29.6%、18.5%、28.0% 和 33.7%。

2. 民间投资比重达 52.0%

2010 年以来，国有及国有控股企业投资从 1~2 月的 27.4% 回落到上半年的 21.5%，上半年增速比 2009 年同期回落 9.9 个百分点。而民间投资各月增速均超过 30%，比国有及国有控股企业投资增速快 10.4 个百分点。与之相应，民间投资占城镇投资的比重持续提高，2009 年 1~2 月为 44.9%，2009 年全年为 48.2%，2010 年上半年达到 52.0%。

3. 在国内贸易中，非国有经济比重提高

从第二次全国普查结果看，2008 年在全国 140.3 万个批发和零售企业中，非国有控股企业的个数、销售额和资产总计，分别占 96.2%、67.1% 和 70.4%；全国 14.5 万个住宿和餐饮业法人企业中，非国有控股企业的个数、营业额和资产总计，分别占 91.9%、83.4% 和 71.9%。这些数据均不包括个体工商户。

三　私营企业主阶层的经济实力

私营企业主阶层的私人财富究竟有多少，外国人制作的中国富豪榜公布后，这一问题更加引起人们的关注与争议。下面对富豪榜、慈善榜、500 强、注册资本金额、全国抽样调查数据的相关情况作一个概述。

1. 富豪榜、慈善榜

1994 年，美国《福布斯》与香港《资本家》杂志合作，首次公布中国内地富豪榜，上榜者共 19 人，首富财产 6 亿元。此后停了 4 年。1999 年，在安达信工作的英国小伙胡润与《福布斯》合作，于 2000 年推出了"中国 50 财富人物排行榜"。2004 年，胡润与《福布斯》分手，同"欧洲货币投资机构"（传媒集团）合作，推出胡润版的中国富豪榜，首富财产为 106 亿元。同一年度，胡润还推出了"中国内地慈善家排行榜"。但是，人们发现，中国捐赠高达 2.1 亿元的"首善"，却没有入围"百富榜"。胡润"百富榜"中仅有 17 人进入了"慈善

家"的榜单。2009 年，余彭年以 25 亿元财富位列胡润"富豪榜"第 432 位（共 500 位），2010 年则没有入围。因为，他已捐出 62 亿元。2009 年，《福布斯》发布的"慈善家"榜上，"首善"捐赠达 2.74 亿元，但在同年《福布斯》"富豪榜"上，其身家仅为 65.3 亿元。近日，万达董事长宣布，将于 2010 年底前一次性捐款 10 亿元用于重建金陵大报恩寺，而他在 2010 年度的胡润"富豪榜"上仅排名第 7 位，拥有财富 350 亿元。

《福布斯》制作中国富豪榜的主要依据是：各种合理可信的公开数据；对于海外上市公司的股份，评估的依据是最近的股票价格；对于上市中国 A 股的企业，则暂时使用净资产；对于非上市公司，采用净资产评估，也包括企业的收入、利润和净资产。由于我国统计资料不尽完备，信息收集困难，要想真正掌握富豪们的财富状况难度很大。所以，有人称这样的富豪榜其实只是"中国内地最富有私营企业家排行榜之阳光版"。一般来说，只要公司上市，就有可能上榜。例如海普瑞药业公司，这是一家从猪小肠中提取肝素钠（抗血凝药）原料的制药公司，2010 年 4 月在深圳上市时，发行价为 148 元，于是该公司控制人的身家立刻超过 400 亿元，位居胡润百富榜的第二名。但是，海普瑞药业公司的主营业务收入在 2009 年只有 22.24 亿元，虽然较 2007 年增长了 649.55%，但其净利润仅为 8.09 亿元。

房地产业上榜人数居首位。2010 年胡润榜中，从事房地产业的中国富豪所占比重虽然比上一年度略有减少，但仍高达 20.1%。从事房地产行业前 50 名上榜者的平均财富，是排名第二行业上榜者平均财富的两倍。2004～2008 年，房地产业富豪在胡润榜中的比例，处于逐年上升的趋势，分别为 23.4%、24.0%、25.5%、28.0% 和 45.0%。

近日发布的《胡润百富榜——中国富豪特别报告》称，10 年（1999～2009 年）来上榜的 1330 位富豪中，有 50 位发生了"变故"，其中，获刑的有 18 人，待判的 2 人，正在接受调查的 10 人，下落不明的 7 人，曾被调查过的 7 人，已经过世的 6 人。客观地说，"落马"富豪的比例是不高的。

2. 民营企业"500 强"

从 1998 年开始，全国工商联每年做一次"上规模民营企业调研分析报告"，并在调查对象中选出前 500 名企业进行重点分析。下面将以 2010 年度"500 强"为例，分析私营企业主的财富状况。

入围民营企业"500强"的最低门槛是营业收入36.6亿元，调查时点是2009年底。

"500强"户均营业收入为97.73亿元，比上年增长15.24%，增速略低于2008年度，但远高于2009年度全国上市公司5.35%的增长速度。

"500强"户均资产规模为77.96亿元，其中，户均净资产27.51亿元，分别比上年增长37.99%和29.51%。有4家企业营业收入超过500亿元，其中沙钢达到1463.13亿元，苏宁电器和联想集团也都超过1000亿元。

"500强"户均净利润达4.36亿元，比上年增长32.84%；平均利润率由2008年的3.99%提高到4.60%。利润率最高的是采矿业、通用设备和专用设备、房地产3个行业，利润率分别达到14.09%、10.62%和10.51%。

虽然近年来民营企业发展较快，但是，将"民营企业500强"同"中国企业500强"相比，仍差之甚远。在营业收入上，超过1000亿元的中国企业有63家，其中，民营企业仅有5家（华为、沙钢、海尔、苏宁、国美）。有3家"央企"（中石化、国家电网、中石油）的年营业收入超过1万亿元。在利润总额上，"民营企业500强"的利润总额2179.52亿元，尚不及中国移动、中石油两大"央企"的利润之和（2491.0亿元）。

3. 全国抽样调查数据

由中央统战部、全国工商联、国家工商总局、中国民（私）营经济研究会联合组成的"中国私营企业研究课题组"，每两年一次对全国私营企业抽样调查，迄今已经进行了九次。下面以其第八次调查数据为基础分析私营企业主的经济实力。这次调查时点为2007年底，调查范围覆盖全国31个省、直辖市、自治区，有效样本4098份。

调查数据显示，全国私营企业所有者权益（中位数）为300万元，其中，超过1000万元的占29.9%，超过5000万元的占8.0%，超过1亿元的占3.3%。

全国私营企业年销售收入（中位数）为784万元，其中，超过1000万元的占46.3%，超过5000万元的占22.3%，超过1亿元的占13.0%。

全国私营企业年纳税额（中位数）26万元，其中，超过100万元的占31.2%，超过200万元的占22.2%，超过500万元的占11.8%，超过1000万元的占6.3%。

从总体上看，现阶段的中国私营企业，经营规模小，资本有机构成低，绝大

多数是技术含量低、劳动密集型的小企业。由于成立时间不太长（中位数为 7 年），资本积累、技术积累、经营管理的经验积累都很有限，本小利微，因此整体讲，它们应对市场的能力不强。然而，就企业规模而言，中国私营企业规模的大小分化极其严重，并且由于企业本身的规模效应，以及地方政府普遍推行的扶优、扶强政策的重要作用，可以预见，中国私营企业主阶层中的"富豪"将会越来越多，越来越大。

四　私营企业主阶层政治参与的基本状况与社会效果

1. 私营企业主阶层政治参与的基本状况

由于个人经历、文化程度、资产规模及所在地区的差异，中国私营企业主阶层内部产生了严重的分化现象，他们在政治参与方面也表现出不同的层次。一般而言，可由低到高大致分为三个层次：第一层次占大多数，表现为关心政治，对许多问题的看法具有相当的一致性；第二层次的主要表现是将他们关心的问题提升为一种政治要求；第三层次的主要表现是积极参与政治，并获取一定的政治安排。

在现阶段，中国私营企业主阶层的政治参与，可分为两大类型：第一类是安排性参与。主要是由统战部门和工商联推荐，经过选举、协商，进入人大、政协、工商联等部门，参与相关的政治活动。他们中的多数人也热衷于此。据有关资料分析，1993 年 3 月，第八届全国政协委员中有 23 位私营企业主；第九届有 46 位，后又增补 2 名；第十届 65 位；第十一届超过 100 位。在全国人大代表中，第九届有 48 位私营企业主，第十届有 200 多位，第十一届约占代表总数的 10%，达到 300 位左右。如果他们组成一个代表团，其人数将超过全国代表名额最多的江苏省代表团。据全国工商联的不完全统计，仅在这个系统中，各级人大代表和政协委员中的私营企业主有 7 万多人。

在接受第八次全国私营企业抽样调查的 4098 个有效样本中，担任人大代表和政协委员者，共有 2101 人，占受访者的 51.1%。其中，全国和省级人大代表分别为 18 人和 68 人，全国和省级政协委员分别为 8 人和 63 人；担任县级和乡镇级人大常委会主任者分别为 2 人和 5 人；担任县级政协主席者 4 人。

第二类是非安排性参与。主要是指他们自发地要求加入中国共产党组织或其他民主党派，自行参与地方领导职位选举。

第八次全国私营企业抽样调查数据显示，在 4098 个有效样本中，有中国共产党党员 1372 人，占受访者 33.5%，与前两次全国抽样的比例不相上下。其中，2001 年以前入党的占 87.7%。有民主党派成员 285 人，占受访者的 7.0%。从共产党员企业主的职业背景看，曾在党政机关和事业单位工作过的占 79.5%。在尚未加入中国共产党的私营企业主中，写过入党申请书的占 10.3%，这一比例比 2005 年的调查数据（9.6%）略有提升。从总体上看，私营企业主要求加入中国共产党的仍然是少数人。在有中共正式党员 3 人以上的私营企业里，成立了中共基层党组织的只有 30.6%。

在受访的中共党员企业主中，担任各级党代表的占 28.3%，其中，担任全国和省级党代表者分别有 7 人和 15 人。调查数据表明，有 205 名中共党员私营企业主当选为地方党委委员，占中共党员企业主总数的 14.9%。其中，担任省、地（市）、县、乡镇级党委委员的分别为 4 人、10 人、77 人和 114 人。有 61 人担任县、乡镇两级政府的副职。

2. 私营企业主政治参与的社会效果

由于各级党委能够关注私营企业主的政治要求，并接受和吸纳他们的意见和建议，因此，他们多层次的政治要求，一般能够纳入现有的政治体系之中，进入有序状况，从而使他们对国家和社会产生了一种归属感，认识到自己是国家和社会的一个成员，有责任为国家和社会尽义务，作贡献。在这种归属感和责任感的推动下，他们比较注意自身形象，有利于他们提高自身素质，处理好企业内外部的各种关系。

在政治参与中，私营企业主通常能积极提出自己的利益诉求，并参与制定公共政策。他们从关心财富、关心企业发展到关注民生、关注国家经济社会发展，从议政到参政，已经成为中国社会发展不可或缺的组成部分。1993 年 3 月，在全国政协会议上，新希望集团刘永好作了题为《中国的民营经济是有希望的》的发言，赢得了全场的掌声。也是在这一次会议上，中国第一个可口可乐批发商李静大胆提出，要成立一家以私人资本为股东的民营性质的商业银行，以缓解"贷款难"的问题。从某种意义上说，正是这个建议，催生了我国第一家民营股份银行——中国民生银行。1994 年 4 月，出席全国工商联常委会议的刘永好等 10 位常委，经过热烈讨论后，一致同意发出倡议《让我们投身到扶贫的光彩事

业中来》，致力于为"老、少、边、穷"地区培训人才、兴办项目、开发资源，为促进共同富裕，动一份真情，作一份贡献的"光彩事业"，从此拉开了序幕。

但是，私营企业主阶层在政治参与方面的负面效果，即"钱权交易"，也不能忽视。较有代表性的是重庆"最富黑老大"案件。"黑老大"出身草根，下岗后做生意，开发房地产，经营夜总会，在地方官员的庇护下，其财产滚雪球似地壮大到 10 亿元。"黑老大"曾先后当选为渝中区人大代表和重庆市古玩协会会长。但是，由于他组织、领导了黑社会性质组织，违法犯罪。最终，黑老大被判七宗罪，执行死刑。另外，还有一位通过行贿当上安徽省人大代表的私营企业主。此人作为创业者回家乡投资办厂时，先向市委书记行贿，从而以低于 1/3 报价的价格拿下开发区 100 亩用地。工厂开始建设后，他又向市委书记提出想当全国人大代表的要求，于是该市委书记（市人大常委会主任）将他上报给省人大。参选全国人大代表落选后，通过活动，他为自己争取到了当省人大代表的资格。此后，他便开始了更大的圈地、倒地"游戏"。2006 年 4 月，安徽省驻京办主管的"北京企业商会"成立，他当选为会长。随着私人财富和政治人脉的积累，2008 年 1 月，他终于如愿当选为全国人大代表。2009 年 8 月，那位受贿的市委书记以受贿罪和巨额财产来路不明罪被判处无期徒刑。这位创业者却"因被当成污点证人而免受处罚"。对此，有宪法学者指出，"人民代表是人民意志的代表，有行贿污点却不受影响，是对人民意志的一种漠视和侮辱"。行贿者还能当人大代表？——这是中国私营企业主阶层在政治参与方面提出而又必须回答的问题。

五　关于私营经济与私营企业主阶层的政策法规逐步完善

1. 中共中央关于做好工商联工作的两份指导性文件

由于全国工商联工作遇到了新情况，需要进一步明确其性质、作用、职能、组织机构等问题，中央统战部于 1991 年 6 月向中共中央提交《关于工商联若干问题的请示》报告。中央同意统战部的请示，并于 7 月发出通知批转各地。

该通知指出：在我国，非公有制经济成分作为公有制经济的有益补充，将在相当长的历史时期内存在和发展。现在亟须有一个党领导的，主要是做非公有制经济代表人士思想政治工作的人民团体，对他们介绍党的方针、政策，进行爱国、敬业、守法的教育，并维护他们的合法权益，反映他们合法的意见。工商联作为党领导下的以统战性为主，兼有经济性、民间性的人民团体，可以配合党和政府承担这方面的任务，成为党联系非公有制经济代表人士的桥梁和政府管理非公有制经济的助手。

这份文件，不仅明确了工商联的性质、作用和职能，而且宣告在新的历史时期，对私营经济和私营企业主阶层采用适合国情的基本政策，从根本上终止了20世纪50年代实行的"利用、限制、改造"的政策。

时间过去了19年，全国登记的私营企业户数和注册资本总额，分别增长了754倍和1540倍，私营企业主人数和雇工人数也增长了73倍和46倍，中国的经济社会结构发生了重大变化。迅速变化的形势，迫切要求工商联的工作进一步加强和改进。为此，2010年9月，中共中央、国务院发布了《关于加强和改进新形势下工商联工作的意见》（以下简称《意见》）。《意见》共22条。在指导思想上，将对非公有制经济代表人士工作的基本方针，由过去的"团结、帮助、引导、教育"，改为"团结、服务、引导、教育"，突出了工商联的"服务"职能，要求工商联加强思想建设、组织建设、作风建设和制度建设，提高凝聚力、影响力、执行力，成为政治坚定、特色鲜明、机制健全、服务高效、作风优良的人民团体和商会组织。《意见》明确指出：工商联的基本任务是促进非公有制经济的健康发展和非公有制经济代表人士的健康成长。在工商联职能中，强调做好政府管理和服务非公有制企业的助手作用，协调劳动关系的积极作用。

2. 国务院关于鼓励、支持和引导私营经济健康发展的两个重要文件

2005年2月，国务院颁布了《关于鼓励支持和引导个体私营等非公有制经济发展的若干意见》（简称"非公36条"），这是改革开放以来中国第一部以促进非公有制经济健康发展为主题的文件，包括7大措施36条。其核心内容是确立非公有制经济平等的市场主体地位，为非公有制经济发展创造一视同仁的法制环境、政策环境和市场环境，明确提出了要贯彻平等准入、公平待遇原则。允许非公有资本进入法律法规未禁入的行业和领域，并就非公有经济进入垄断行业、公用行业、基础设施、社会事业、金融服务业、国防科技工业以及参与国有企业改组改造等方面，提出了改革方向和政策性意见。同时，要求相关部门和各地区要加紧制定相关配套措施和实施细则，完善具体的政策办法，确保政策落到实处。

随着"非公36条"以及一系列保障和鼓励非公有制经济的行业性政策法规

相继出台，中国非公有制经济获得了前所未有的良好发展环境，私营企业开始向原来被国有经济垄断的经济领域进军，进入了一个新的发展阶段。但是，尽管体制上的障碍消除了，事实上的非体制性障碍，特别是歧视观念仍然大量存在，私营经济仍面临"玻璃门"现象，"非公36条"及其配套政策在实际执行中遇到了不少的阻力。最能说明问题的是私营企业各项负担（包括纳税、交费、摊派、捐赠、公关招待等）支出占销售额的比重呈逐年上升趋势。全国私营企业抽样调查的数据显示，这一比重由2001年的9.78%上升到2007年的11.51%。

2010年5月，国务院颁布了《关于鼓励和引导民间投资健康发展的若干意见》（简称"新36条"），文件进一步拓宽了民间投资的领域和范围。这是继"非公36条"出台5年之后，中国对民间资本放开投资领域的又一个里程碑式的文件。

"新36条"要求规范设置投资准入门槛，创造公平竞争、平等准入的市场环境，对各类投资主体同等对待，不得单对民间资本设置附加条件。

"新36条"强调应该明确界定政府投资范围。政府投资主要用于关系国家安全、市场不能有效配置资源的经济和社会领域，对于可以实行市场化运作的基础设施、市政工程和其他公共服务领域，应鼓励和支持民间资本进入。

"新36条"明确指出，要进一步调整国有经济布局和结构。国有资本要把投资重点放在不断加强和巩固关系国民经济命脉的重要行业和关键领域，在一般竞争性领域，要为民间资本营造更广阔的市场空间。

"新36条"鼓励和引导民间资本进入基础产业和基础设施，市政公用性事业和政策性住房建设，社会事业、金融服务、商贸流通、国防科技工业等领域；同时，鼓励和引导民间资本重组、联合和参与国有企业改革，积极参与国际竞争，推动民营企业加强自主创新和转型升级；并要求清理和修改不利于民间投资发展的法规、政策。相信在"新36条"的指引下，中国私营企业的发展会更加健康，中国私营企业主阶层的队伍将更加壮大。

The Analysis of Entrepreneurs' Development

Abstract：The paper analyzes multiple data sources to demonstrate that the group of

Chinese entrepreneurs keeps the momentum of sustainable growth. The notion that "State-owned enterprises gain, private businesses retreat" is an inaccurate description. The paper also examines Chinese entrepreneurs personal wealth, political participation and their social impact. Further, the paper also provides an update on the new laws and regulations on private businesses and Chinese entrepreneurs. Statistics show that, in recent years, private sector outpaced state-owned enterprises. And private businesses, with their increasing strength and influence, have become an important part of our national economy. Although some state-owned enterprises still dominate several key industries, many indices show that their influence is declining in the whole national economic system.

Key Words: Chinese Private Entrepreneurs; Industrial Structure; Political Participation

附　录

Appendix

B.21
中国社会发展统计概览（2010）[*]

张丽萍^{**}

一　人口总量与结构变化

在经济发展、社会转型和计划生育政策的共同作用下，中国人口结构类型已经发生了历史性转变，由高出生、高死亡、低自然增长，发展到高出生、低死亡、高自然增长阶段，现在转变到低出生、低死亡和低自然增长阶段。1949～2009 年，中国总人口从 5.4 亿人增加到 13 亿人以上，出生率从 37.00‰下降到 12.14‰，死亡率从 17.00‰下降到 7.06‰，自然增长率从 20.00‰下降到 5.08‰。

中国城市化进入快速推进时期。新中国建立初期的 1949 年，中国城镇人口只有 5700 万，城镇化水平为 10.6%，比 1900 年世界平均水平还低 3 个百分点，

---

　*　除特别注明外，图中 2010 年数据均为推算数。

**　张丽萍，中国社会科学院社会学研究所，副研究员。

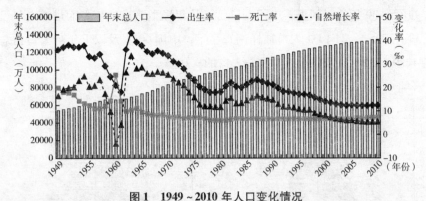

图1 1949～2010年人口变化情况

数据来源：国家统计局，《新中国人口60年》，中国统计出版社，2009；《中国统计摘要2010》，中国统计出版社，2010。

是一个典型的农民大国。1949～1978年，城镇化水平逐步提高，1978年达到19.7%，但一直长期低于20%。改革开放以后，中国工业化发展迅速，大大加快城市化进程。从1949年到1978年的29年中，中国城市化水平仅提高7个多百分点；而从1978年到2008年的30年中，中国的城市化水平从19.7%升至45.7%，比1978年提高了26个百分点。

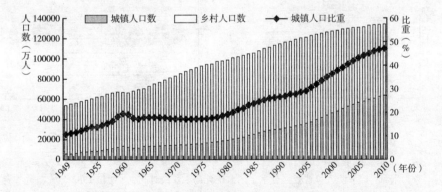

图2 1949～2010年城乡人口变化情况

注：1981年以前数据为户籍统计数；1982年、1990年和2000年数据为人口普查数据，1987年、1995年和2005年数据根据全国1%人口抽样调查数据推算，其余年份数据为人口变动情况抽样调查推算数；1982～1989年数据根据1990年人口普查数据有所调整；1990～2000年数据根据2000年人口普查数据进行了调整；按城乡分人口中现役军人计入城镇人口。图3同。

数据来源：国家统计局，《新中国人口60年》，中国统计出版社，2009；《中国统计摘要2010》，中国统计出版社，2010。

在不到30年的时间里，中国人口已经从年轻型跨过中年型而进入老年型人口阶段。2005年全国1%人口抽样调查显示，中国60岁及以上年龄人口占总人口的12.9%，65岁及以上人口占总人口的9.07%。

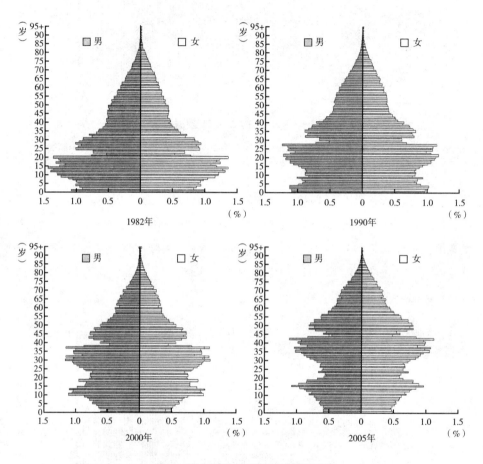

图3　部分年份人口年龄结构状况

数据来源：国务院人口普查办公室，国家统计局人口统计司，《中国1982年人口普查资料》，中国统计出版社，1985；《中国1990年人口普查资料》，中国统计出版社，1993；《中国2000年人口普查资料》，中国统计出版社，2002；国务院全国1%人口抽样调查领导小组办公室，国家统计局人口和就业统计司，《2005年全国1%人口抽样调查资料》，中国统计出版社，2007。

未来几十年，劳动年龄人口增量和抚养比都将发生重大变化。根据预测，到2017年、2018年左右，劳动年龄人口的增量要从下降转到一个负数。与此同时，老年人口的比重上升加快，老年人口抚养比和总抚养比持续增加。

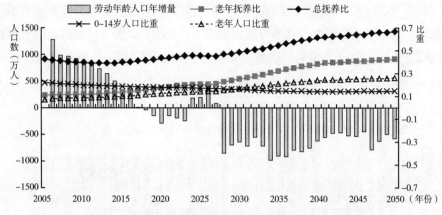

图4 抚养比与劳动年龄人口增量预测（TFR = 1.76）

数据来源：王广州，《人口预测及其分析》，《中国人口与劳动问题报告 No. 7（2006）》，社会科学文献出版社，2006。

二 经济发展

我国经济增长进入新的增长期。2009 年国内生产总值现价总量为 340507 亿元，2010 年截至第三季度末，国内生产总值达到 268660 亿元，比 2009 年同期增长 10.6%，预计 2010 年全年国内生产总值将突破 37 万亿元。

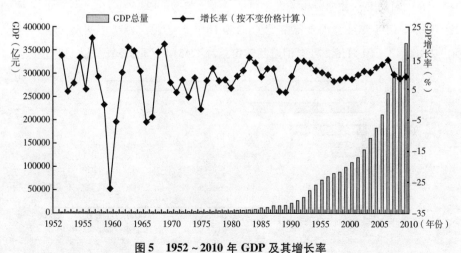

图5 1952～2010 年 GDP 及其增长率

数据来源：国家统计局，《新中国人口 60 年》，中国统计出版社，2009；国家统计局，《中国统计摘要 2010》，中国统计出版社，2010。

改革开放以来，国内生产总值的增长中，最终消费支出对经济增长的带动逐渐减少，资本形成总额的贡献率带动作用增加，货物和服务净出口拉动的作用处于波动过程中。2010 年投资和消费的带动作用均有所回落，外贸出口出现恢复性增长，前八个月的同比增幅达到 34.5%，其对经济增长的贡献率上升，扩大内需、增强内需拉动经济增长作用的任务依然艰巨。

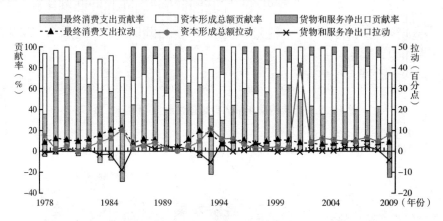

图 6 1978～2009 年三大需求对国内生产总值增长的贡献率和拉动

数据来源：国家统计局，《中国统计摘要 2010》，中国统计出版社，2010。

社会消费品零售总额持续增长。2010 年是"十一五"规划的最后一年，预计"十一五"时期的社会消费品零售总额是"七五"期间的 16 倍，是"十五"期间的两倍多。1978 年社会消费品零售总额为 1558.6 亿元，2009 年达到 132678.4 亿元。2010 年 1～10 月份，社会消费品零售总额 125313 亿元，同比增长 18.3%。

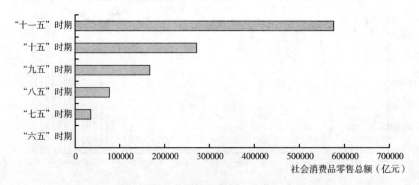

图 7 "六五"以来社会消费品零售总额

数据来源：国家统计局，《中国统计摘要 2010》，中国统计出版社，2010。

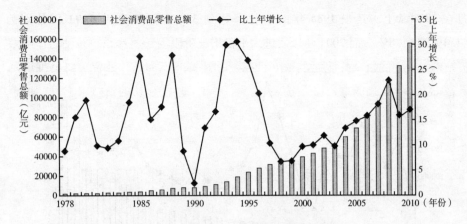

图8 1978～2010年社会消费品零售总额

数据来源：国家统计局，《中国统计摘要2010》，中国统计出版社，2010。

"六五"以来全社会固定资产投资增长幅度较大。其中"八五"时期和"十一五"时期的全社会固定资产投资都比上期增长三倍以上。另外，全社会固定资产投资存在明显的城乡差异，而且这种差异呈现出扩大的趋势，"六五"和"七五"时期，城镇与农村的全社会固定资产投资之比为2.6∶1，"八五"和"九五"时期超过3.5倍，"十五"时期为4.9∶1，"十一五"期间这一差距扩大为6.7∶1。

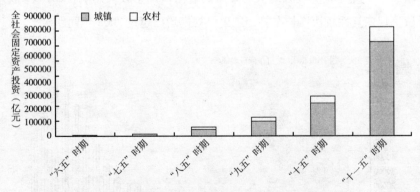

图9 "六五"以来分城乡全社会固定资产投资

数据来源：国家统计局，《中国统计摘要2010》，中国统计出版社，2010。

分年度看全社会固定资产投资在"六五"以来从总体增长但起伏较大到逐渐平稳增长的阶段。1982～1988年和1991～1994年以及2004年以来的年增长率都在 20% 以上，其中 1985 年的增长率达到 38%，1992 年和 1993 年分别为 44.4% 和 61.8%，而 2004 年以后进入平稳增长阶段。

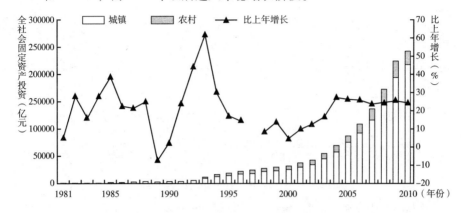

图 10 1981～2010 年城乡全社会固定资产投资

数据来源：国家统计局，《中国统计摘要 2010》，中国统计出版社，2010。

经过改革开放和经济的持续发展，我国对外贸易不仅实现了贸易的快速发展，而且对外贸易顺差快速增长，为国民经济发展提供了强有力的外汇储备支持，大幅度增强了政府的宏观调控能力。从 1978 年到 2008 年，我国货物进出口总额从 355 亿元增长到 179921 亿元。从货物进出口差额变化看，我国贸易顺差逐步增加，2008 年世界金融危机对我国的进出口产生较大影响，2010 年以来中国外贸呈现恢复性较快增长态势，进出口规模均已超过 2008 年同期水平。

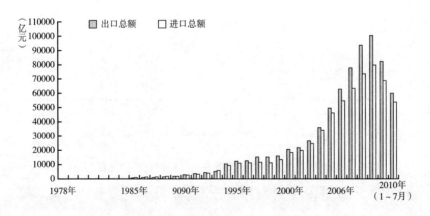

图 11 1978～2010 年进出口总额变化

数据来源：国家统计局，《中国统计摘要 2010》，中国统计出版社，2010。

三　经济社会结构与就业状况

经济社会结构发生重大变化，2009 年城乡人口比例分别为 47%、53%；第一产业、第二产业和第三产业中就业人员比例分别为 38%、28% 和 34%，而在 GDP 的产业构成中三次产业比例分别为 11%、46% 和 43%。农村人在人口结构中超过一半，就业人员结构中第一产业的比例将近 40%，但在 GDP 构成中第一产业仅为 11%。

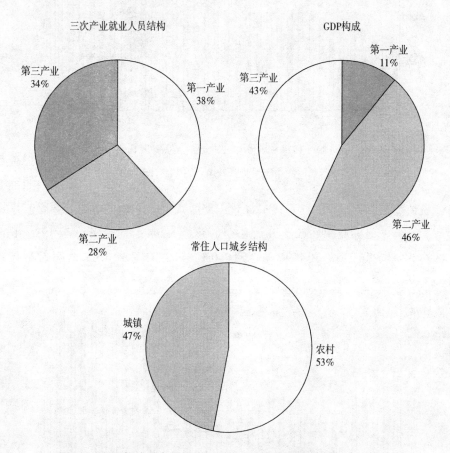

图 12　2009 年就业人员构成、国内生产总值构成与城乡人口构成

数据来源：国家统计局，《中国经济摘要 2010》，中国统计出版社，2010。

就业人员中产业结构处在急剧变化中。改革开放以来，就业人员从 4 亿人增长到 7.8 亿人。就业结构发生巨大变化，第一产业就业人员比例从 70.6% 下降到不足40%，第二产业就业人员从17.3%提高到接近30%，第三产业人员比例从12.2%上升到34%。就业人员结构从以农业为主转向三类产业就业人员三分天下的局面。

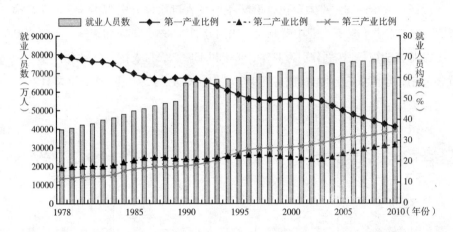

图13 1978~2010年三产就业人员数及比例

数据来源：国家统计局，《中国统计摘要2010》，中国统计出版社，2010。

城镇登记失业人数经历了1970年代末期的减少、1980年中期后持续上升的过程。城镇登记失业率在改革开放初期的超过5.0%，而后下降至1985年的1.8%，之后略有上升，到1996年达到3.0%，2002年达到4.0%，再后略有上

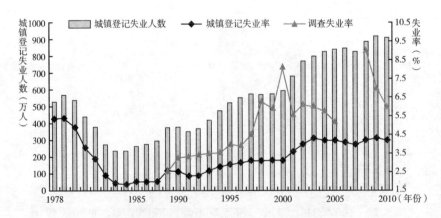

图14 1978~2010年城镇登记失业人数与失业率及调查失业率

数据来源：国家统计局，《中国统计摘要2010》，中国统计出版社，2010；调查失业率出自不同学者根据不同调查数据进行的测算，只有参考价值。

升。相同年份的调查失业率均高于登记失业率。2010 年就业形势总体情况有所好转，截至第三季度末，全国城镇登记失业率为 4.1%。

四　城乡居民生活

改革开放以来，城乡居民收入持续增长，城乡居民生活水平明显改善，同时城乡差距也在扩大。城镇居民家庭恩格尔系数由 57.5 下降到 2009 年的 36.5，农村居民家庭恩格尔系数由 67.7 下降到 41.0。但是城乡居民收入差距也在逐渐加大。1978 年到 2009 年，城镇居民人均可支配收入增长超过 50 倍，农村居民家庭人均纯收入增长不到 40 倍；城乡居民人均收入比（城镇居民家庭人均可支配收入/农民人均纯收入）在 1978 年为 2.57∶1，之后逐渐缩小为 1985 年的 1.85∶1，而后这种差距又扩大，到 2002 年达到 3.11∶1，2009 年达到 3.33∶1。2010 年城乡居民收入继续增长，农村居民收入增速有望快于城镇居民。前三季度，城镇居民人均可支配收入达到 14334 元，扣除物价因素后，实际增长 7.5%；农村居民人均现金收入达到 4869 元，扣除物价因素后，实际增长 9.7%，农民人均纯收入全年增长预期超过 8%，有望超过城镇居民人均可支配收入的增长速度。

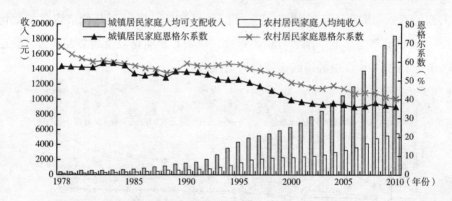

图 15　1978～2010 年城乡居民收入与恩格尔系数

数据来源：国家统计局，《中国统计摘要 2010》，中国统计出版社，2010。

目前居民消费价格进入上行轨道，2001 年以来，居民消费价格指数的变化呈现波浪式变化状态，每一期的波峰较上期水平都有所提高，而 2010 年受极端天气、重大灾害引发的未来农产品价格的上涨预期影响，5 月份居民消费价格指数（CPI）同比增长突破3%；7月份同比上涨3.3%，8~9月份居民消费价格分别同比上涨3.5%和3.6%，10月份达到4.4%，对居民生活，特别是低收入群体的生活产生重要影响。

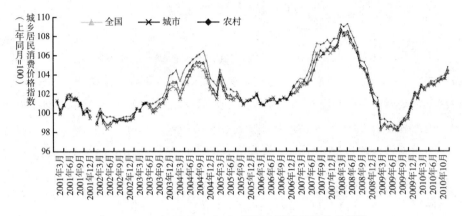

图16　2001年至2010年10月城乡居民消费价格指数

数据来源：中华人民共和国国家统计局网站（http：//www.stats.gov.cn/tjsj/）。

从2010年居民消费价格分类指数看，食品和居住价格上升幅度较大。食品价格上涨幅度最大，1月份接近4%，2月份超过6%，3~6月在6%左右变动，7月起一直处在攀高不下的状态，10月份达到10%。居民消费价格指数的变化对消费者信心产生影响，消费者信心指数、消费者预期指数及消费者满意指数在从2010年的1~6月份的持续走强后开始跌落。

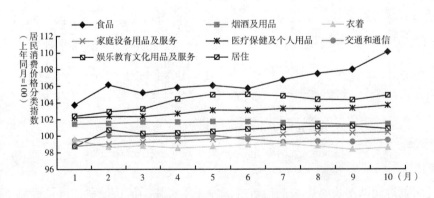

图17　2010年1~10月居民消费价格分类指数

数据来源：中华人民共和国国家统计局网站（http：//www.stats.gov.cn/tjsj/）。

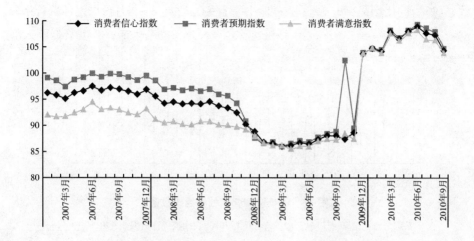

图18　2007～2010年9月消费者信心指数

数据来源：中国经济景气监测中心数据，中华人民共和国国家统计局网站（http://www. stats. gov. cn/tjsj/）。

五　社会服务

门类齐全、层次不同、覆盖广泛的社会组织体系初步形成。截至2009年底，登记注册的社会组织将近42.5万个。其中社会团体的数量在20世纪末21世纪初略有减少，在2004年以后又逐渐增加，2009年社会团体23.5万个；民办非企业单位数量近年来迅速增加，在1999年不足0.6万个，2009年已经达到18.8万个；基金会的数量从2003年的954个发展到2009年的1843个。

基层群众自治制度逐步完善。截至2009年底，全国共有村委会59.7万个，居委会8.5万个。

城乡社区建设积极推进，健全城乡社区服务体系，拓宽基本公共服务覆盖面，截至2009年底共有城镇社区服务设施17.5万处，社区服务网点10003个，城市便民利民网点69.3万个。

社会捐助网络初步形成。2005年接受社会捐款31.3亿元，3611万人次受益；2008年接受社会捐款达到479.3亿元，5203万人次受益；2009年接受社会捐款为66.5亿元，1522万人次受益。

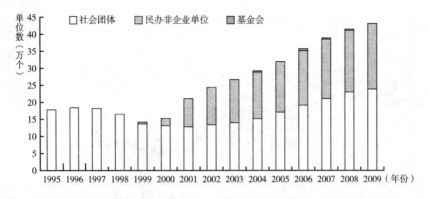

图19 1995~2009年社会组织数量

数据来源：国家统计局，《中国统计摘要2010》，中国统计出版社，2010。

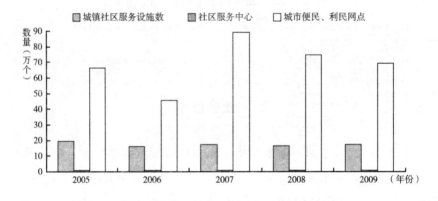

图20 2005~2009年城镇社区建设情况

数据来源：《中国统计摘要2010》，中国统计出版社，2010。

以城乡低保为基本内容的救助制度日趋完善。城市最低生活保障平均标准五年来从156元提高到228元，农村的平均标准从76元提高到100.8元。重点将因病、因残、年老体弱、丧失劳动能力和生存条件恶劣的常年贫困人口纳入低保范围；五年来，城市享受最低生活保障的人数在2300万人左右。农村居民最低生活保障人数近几年增加迅速增加，2005年为825万人，2009年增加到4760万人。

社会福利服务设施建设的加快，切实改善和提高了老年人、孤残儿童和残疾人的生活水平。收养类福利单位从2005年的4.1万个增加到2007年的4.4万个，在2009年底为3.9万个；每千人拥有床位从1.25张增加到2.24张。

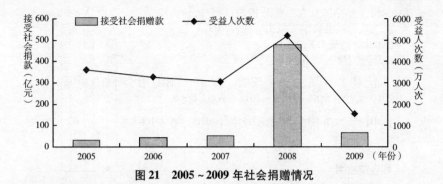

图21 2005～2009年社会捐赠情况

数据来源：国家统计局，《中国统计摘要2010》，中国统计出版社，2010。

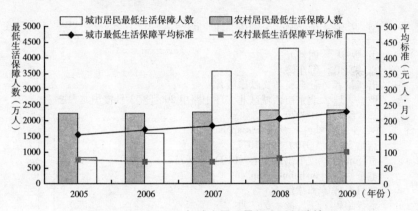

图22 2005～2009年城乡居民最低生活保障情况

数据来源：《中国统计摘要2010》，中国统计出版社，2010。

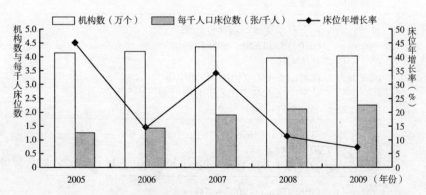

图23 2005～2009年全国各类收养性社会服务机构每千人口床位数和机构数

注：每千人口社会服务床位数是指每千人口收养的老年人、残疾人、孤儿、精神病及特殊人群的床位数。

数据来源：国家民政部规划财务司规划统计处。

图书在版编目（CIP）数据

　　2011 年中国社会形势分析与预测/汝信，陆学艺，李培林主编.
—北京：社会科学文献出版社，2011.1
　　（社会蓝皮书）
　　ISBN 978 - 7 - 5097 - 2000 - 4

　　Ⅰ. ①2… 　Ⅱ. ①汝… ②陆… ③李… 　Ⅲ. ①社会分析 - 中国 -
2010 ②社会预测 - 中国 - 2011 　Ⅳ. ①D668

　　中国版本图书馆 CIP 数据核字（2010）第 231004 号

社会蓝皮书

2011 年中国社会形势分析与预测

主　　编／汝　信　陆学艺　李培林
副 主 编／陈光金　李　炜　许欣欣

出 版 人／谢寿光
总 编 辑／邹东涛
出 版 者／社会科学文献出版社
地　　址／北京市西城区北三环中路甲 29 号院 3 号楼华龙大厦
邮政编码／100029
网　　址／http：//www. ssap. com. cn
网站支持／（010）59367077
责任部门／皮书出版中心（010）59367127
电子信箱／pishubu@ ssap. cn
项目经理／邓泳红
责任编辑／王　颉　吴　丹
责任校对／白秀君
责任印制／蔡　静　董　然　米　扬
品牌推广／蔡继辉

总 经 销／社会科学文献出版社发行部
　　　　　（010）59367081　59367089
经　　销／各地书店
读者服务／读者服务中心（010）59367028
排　　版／北京中文天地文化艺术有限公司
印　　刷／北京季蜂印刷有限公司

开　　本／787mm×1092mm　1/16
印　　张／20　字数／341 千字
版　　次／2011 年 1 月第 1 版　印次／2011 年 1 月第 1 次印刷

书　　号／ISBN 978 - 7 - 5097 - 2000 - 4
定　　价／49.00 元

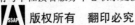

盘点年度资讯，预测时代前程

从"盘阅读"到全程在线，使用更方便
品牌创新又一启程

·产品更多样

从纸书到电子书，再到全程在线网络阅读，皮书系列产品更加多样化。2010年开始，皮书系列随书附赠产品将从原先的电子光盘改为更具价值的皮书数据库阅读卡。纸书的购买者凭借附赠的阅读卡将获得皮书数据库高价值的免费阅读服务。

·内容更丰富

皮书数据库以皮书系列为基础，整合国内外其他相关资讯构建而成，下设六个子库，内容包括建社以来的700余种皮书、近20000篇文章，并且每年以120种皮书、4000篇文章的数量增加。可以为读者提供更加广泛的资讯服务；皮书数据库开创便捷的检索系统，可以实现精确查找与模糊匹配，为读者提供更加准确的资讯服务。

·流程更方便

登录皮书数据库网站www.i-ssdb.cn，注册、登录、充值后，即可实现下载阅读，购买本书赠送您100元充值卡。请按以下方法进行充值。

充值卡使用步骤：

第一步

· 刮开下面密码涂层
· 登录 www.i-ssdb.cn
点击"注册"进行用户注册

第二步

登录后点击"会员中心"
进入会员中心。

SSDB
社科文献资源库
SOCIAL SCIENCE
DATABASE

社会科学文献出版社 皮书系列
SOCIAL SCIENCES ACADEMIC PRESS (CHINA)

卡号：51090579403870
密码：

第三步

· 点击"在线充值"的"充值卡充值"，
· 输入正确的"卡号"和"密码"，
即可使用。

(本卡为图书内容的一部分，不购书刮卡，视为盗书)

如果您还有疑问，可以点击网站的"使用帮助"或电话垂询010-59367071。